毛泽东在闽西

沈世豪　何英　著

作家出版社

毛泽东在闽西留下的唯一照片。毛泽东（左三）、陈毅（左四）、朱良才（左一）、谭政（左二）在龙岩合影。中央苏区（闽西）历史博物馆供稿。

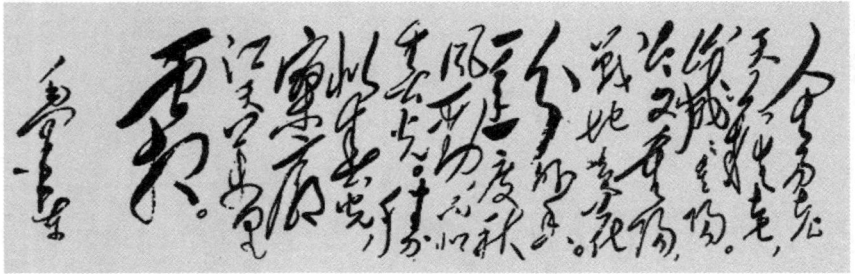

采桑子
重 阳

毛泽东

人生易老天难老，岁岁重阳。今又重阳，战地黄花分外香。

一年一度秋风劲，不似春光。胜似春光，寥廓江天万里霜。

（一九二九年十月作于上杭）

序

李安东

《毛泽东在闽西》的作者一再热情邀我写序，除了以文交集彼此相熟外，一个重要的原因是我曾经担任过大型文献纪录片《毛泽东》的编导。此片是为纪念毛泽东诞辰100周年拍摄的。由中央电视台组成的拍摄团队从韶山到长沙、从赣南到闽西、从井冈山到宝塔山、从西柏坡到中南海，从国内到国外，行程几万里，寻访上千人。我们查阅了大量历史档案，甚至还采访了二十几个国家的元首。片子在中央电视台第一套综合频道黄金时间连续首播12天，在全国引起了巨大轰动。这部文献纪录片后来成为许多大学的影像教材，并被中央档案馆收藏。

拍摄《毛泽东》，让我走近了这位伟人。重托在肩，责任使然。从此，我大量收集和阅读有关毛泽东的书籍和影像资料。学习和研读这些作品对我的世界观和人生观产生了很大影响，使我的灵魂得到洗礼。

打开中国共产党的百年光辉史册，闽西中央苏区无疑是其中分量极重的篇章。这片红色的圣地，人杰地灵，物华天宝，承载着党和人民军队发展壮大历程中太多的艰辛奋斗、曲折探索、成功经验、胜利希望。"胜利从这里开始！""古田会议永放光芒！"

毛泽东伟大功绩和光辉思想不仅改变了中国，也深刻地影响了世界。无论国内还是国外，研究毛泽东的著述，卷帙浩繁，但像作者这样在著名的原中央苏区闽西的土地上深耕红色历史，创作追寻伟人足迹的书却少见。《毛泽东在闽西》一书记述的是毛泽东当年在闽西六年战斗生活的故事。它不仅记述了毛泽东在闽西遭遇的罕见难和险、展现的卓越智与勇，也描写了一代伟人的深情大义和人生传奇。它不仅为读者打开了一幅20世纪30年代风云激荡波澜壮阔的革命斗争的画卷，也让我们了解了毛泽东自闽西发源的思想理论对中国革命产生的深远影响。在我们对毛泽东充满敬仰之情的同时，深深地爱上闽西这片秀丽的山水。

毛泽东在红四军中与错误思想的斗争可以说是他在闽西遇到的一大难。在史学界所指的朱毛之争中，毛泽东受到严重警告处分，落选红四军的前委书记，不得不提出辞职养病，一直到后来中央"九月来信"，他才重新回到红四军的领导岗位。作者把对中国共产党和人民军队建设产生巨大影响的古田会议的前因后果做了严谨考证和详尽的记述，给人以深刻启迪。

书中记述了毛泽东在闽西历经的最大之险。毛泽东染病期间突然被数百敌军包围，而身边只有少数几名警卫员，情况万分危急，是一个身躯瘦弱的农民兄弟冒死背着他跑了七八里山路才得以逃脱。毛泽东没有忘记这位救命恩人，1953年国庆节前夕，他特地点名邀请这位农民兄弟赴京参加国庆观礼。一个是党和国家、人民军队的伟大领袖，一个是闽西大山里普普通通的农民，他们之间生死交集的真实故事，感动了无数人，至今读来令人潸然泪下，也生动诠释了中国共产党与人民群众命运与共、生死相依、人民至上的真理。

三打龙岩城的调兵布阵，体现了毛泽东超群的军事指挥艺术。作者浓墨重彩地描述了这三次战斗的过程，让我们看到了毛泽东的非凡之智。

作者满怀敬意地颂扬了毛泽东在大柏地伏击战中的大勇之举。这位红军领袖亲自端起枪和警卫排一起冲向敌阵，在百年的党史、军史中，这是唯一的一次领袖参加战斗。

毛泽东是人不是神，但他的一生不仅波澜壮阔，而且充满了传奇。本书作者也非常巧妙、恰到好处地描写出毛泽东在闽西的经历的传奇色彩。1929年3月15日，红军在长岭寨打了一仗。驻守长汀的国民党中将旅长郭凤鸣见势不妙，弃马而逃后被红军击毙。他的坐骑被缴获。书中是这样描述的：

> 这是一匹神骏彪悍的大黄马。凯旋的红军指战员，纷纷想一试身手。不料，一个个都被这匹大黄马无情地甩了下来，人们恼怒不已，便提议杀了吃肉。闻声而来的毛泽东，立刻摆手制止众人，他走到大黄马跟前，伸手抚摸了一会儿，似乎是在悄然交流，突然，纵身一跃，忽地跳上马背。
>
> 正当人们为毛泽东担心的时候，刚刚还是桀骜不驯的大黄马，仰头长嘶一声，居然温顺地低下头，乖乖地听从毛泽东的使唤了。众人大惊。站在一旁的朱德军长，看见这一奇异的情景，情不自禁地拍手叫好："良驹寻主啊！"从此，这匹大黄马就成了毛泽东的坐骑。
>
> 此后，毛泽东骑着这匹大黄马，转战中央苏区，并经历了万里长征。

类似这样的精彩文字段落，书中比比皆是，犹如一幅长卷，把真实生动的画面展现在读者面前，令人击节赞叹！这是不是让我们想到了某部古书中的类似情节？

从"人生易老天难老"到"人间正道是沧桑"，毛泽东救国救民的坚定信念和改天换地、不辞万难的大英雄气概从未改变过。《毛泽东在闽西》一书有妙笔生花的描述，有历史真实的记录，有作者内心的感悟。为读者展现了一个个性鲜明、疾恶如仇的毛泽东；一个旷世奇才、大智大勇的毛泽东；一个有血有肉、有情有义的毛泽东。但这位叱咤风云的红军领导人当年究竟是什么模样？书中收录的 1929 年 6 月 19 日他和陈毅等人的合影，让我们看到时年 36 岁的毛泽东英姿勃发，气度非凡。凝视着他那深邃的目光，不禁令人浮想联翩。这也是他在闽西留下的唯一照片。遗憾的是这张珍贵的照片被尘封了 80 年，2010 年当它被发现时，照片中所有的人都已过世，毛泽东离开人间，也已整整 34 年！

闽西是毛泽东思想的重要萌发地，这里诞生了建党建军的伟大纲领。毛泽东思想曾经回答了中国革命道路历史之问，其世界观、方法论将继续指导我们回答实现中华民族伟大复兴的时代之问。毛泽东是一位永远受人尊敬的伟大领袖，毛泽东也是一部永远读不完的书。每每听毛泽东的故事，我们都会心潮澎湃。我想，《毛泽东在闽西》的作者也和我有同样的情怀，看他们站在闽西大山之上发出的感慨便能了解一二："真想听一听唱红了整整一个时代的客家山歌。带着中原大地苍茫寥廓的雄风，带着闽西山水的妩媚和柔情，唱落了西斜的夕阳，唱亮了天上多少星星。"

衷心希望读者们和我一样，喜欢这本书。

是为序。

2022 年 12 月 26 日

闽西是毛泽东思想的重要萌发地

中国共产党领导的中国革命的胜利，是毛泽东思想的胜利。

毛泽东思想是怎么产生的？借用他老人家在《人的正确思想是从哪里来的？》一文的逻辑和句式——是他头脑中固有的吗？不是。是从天上掉下来的吗？更不是。毛泽东思想同样来自实践。这位伟人从1929年2月4日首次率领红四军进入闽西，到1934年10月长征时离开，他在这片红色热土上前后生活了六年多时间，闽西大地，他几进几出，踏遍了这里的山山水水。毛泽东在闽西的故居之多，高达数十处，堪称全国之最。毛泽东在闽西的丰富、曲折且险象环生的经历和领导中国革命的光辉实践，孕育、催生、成就了毛泽东思想。

闽西是当时根据地面积最大、力量最强的中央苏区。它在中国共产党百年历史中具有不可替代的极为重要的地位与作用，不可低估。回首波澜壮阔的红色征程，人们往往只是注意到那些闪烁着异彩的具有历史转折意义的地点，如遵义、延安、西柏坡等，却忽视为之奠定了坚实基础并付出重大牺牲的闽西这片红土地。老红军刘忠将军出版了一部长篇革命回忆录，书名是《从闽西到京西》，很是耐人寻味。江西、鄂豫皖、四川、西北等革命根据地在十年土地革命战争中无疑具有重大作用，但就毛泽东思想的发源而论，闽西却是具有发轫首创且鼎足天下的特别重要的意义。

这是一个非常时期。红军初创，十分弱小。毛泽东率领红四军进入闽西，只有2500多人马。他面对的对手有三个：一是掌握数百万军队和专制政权、张开血盆大口欲恶狠狠吃掉毛泽东和红军的蒋介石；二是时任中央领导，只听从共产国际之命，言必称苏联、自称百分之百的布尔什维克，脱离实际，推崇"左"倾机会主义路线；三是红军内部几乎造成泛滥之势的非无产阶级思想。三者的性质、大小、危害不一，既有明火执仗的敌人，更有共产党内部执掌大权的上级领导，还有他亲自缔造和率领的红军，而每一个对手都非同小可。在人们还没有真正认识和了解毛泽东可以作为中国共产党领袖的情况下，他实在是太艰难了！用李白的《行路难》一诗形容："欲渡黄河冰塞川，将登太行雪满山。"处处阻力重重，并随时有刀光剑影、血雨腥风扑面而来。毛泽东就是在如此严峻乃至严酷的环境下，以超乎常人的胆略、睿智、气魄，在闽西杀开一条血路，筚路蓝缕，开创了一个马克思主义中国化全新的天地和世界。

不能照搬"本本"，又没有任何现成的经验，一切都是从头开始，一切都是新的。研究毛泽东在闽西这一时期跌宕起伏的实践历程，人们不得不赞叹，毛泽东不愧是个伟大的探索者、无畏的开创者、不懈的创新者。他脚踏实地，实事求是，深深植根在人民之中，通过实践，在关系中国革命前途和命运的重大关节点上，如中国革命的道路、思想建党、政治建军、民主建政、军事思想、合作经济、金融策略、土地政策、群众工作、统一战线等包括诗词创作都有卓越的建树，他还在闽西亲自主持了在我党历史上具有重大意义的南阳会议、红四军的多次党代会，尤其重要的是主持了在建党、建军历史上具有重大里程碑意义的古田会议。

马克思主义的基本原理，尤其是立场、观点、方法，被毛泽东运用得娴熟自如、炉火纯青。他是伟人，并不是神，但往往展现出料事如神的奇迹。令人们乃至专家们都感到不可思议的事实是：只要按照毛泽东指出的道路走，红军就如虎添翼，谈笑凯歌还；反之，一旦离开了毛泽东，就失去主心骨，遭受可悲的失败甚至落入全线崩溃的危险境地。打仗如此，干其他工作也是这样。除了个人天赋、人格、文化修养等之外，最为重要的原因，就是毛泽东从来不脱离实际地"拍脑袋"，而是深耕于厚实的实践土壤之中，实事求是、调查研究，具体问题具体分析，特别是在重大决策问题上，精心谋划，一次次地率领党和红军，越过急流险滩，冲破阴霾、黑暗，不断从胜利走向胜利。而毛泽东也因此成为远远超出当时中国共产党其他领袖之上的思想家、政治家、军事家、哲学家、教育家乃至书法家、诗人，成为令他的敌人和对手也不得不叹服的世纪伟人。

毛泽东在闽西两起两落，面对强敌的一次次残酷的"围剿"和党内错误路线、思潮、思想泛滥的危机，他始终坚持真理，始终坚定不移地坚持马克思主义和中国实际相结合即马克思主义中国化的正确方向，砥柱中流，扭转危局，书写了镌刻在我党、我军以及共和国史册上的辉煌篇章。

毛泽东在闽西如一棵顶天立地的大树，阅尽风云变幻，"构建"了毛泽东思想的坚实基础，初试锋芒，便惊艳天下、彪炳春秋！

恩格斯有句名言："实践之树常青。"实践出真知，实践也锤炼并造就了毛泽东和毛泽东思想。

历史选择了毛泽东，当年的毛泽东则选择了闽西！闽西因而发生了天翻地覆的变迁，并以佼佼者的姿态，昂首阔步走进中央苏区的前列。人们看到，中华人民共和国成立时，跟随毛泽东登上天安门城楼的将领们，大多数都曾在闽西战斗过。闽西，无愧是新中国的奠基之地。回首历史，千山万水如大潮奔涌，红旗漫卷，雄奇壮阔，写尽风流！

历史的长河在闽西曲折迂回地奔腾向前。

闽西无愧是毛泽东思想的重要萌发地。

现实短暂，历史却是永恒，人人生活在历史和现实的交融之中。让我们推开时空的大门，去感受、领略、品味那个并没有远去的感天动地的岁月吧！

第一章

几乎陷于绝境中的成功破局

闽西武平，深藏于闽赣边界的十万大山之中，红四军在此地逢凶化吉，戎马倥偬的毛泽东，深情地赞叹："武平是块福地嘛！"

红四军第一次入闽

闽西，武平民主乡，高书村。

这个村落的区域位置颇为特殊，它位于武夷山脉的最南端，系闽、粤、赣三省的交界处，素有"一脚踏三省，鸡鸣三省闻"之称。离村庄不远的山顶上，有块国务院在 1997 年立下的大理石界碑，三棱柱形，朝着三个省的方向，分别标有"福建""江西""广东"的字样。伫立此处，环顾四野，不尽青山滚滚来，气势磅礴、风情万种，颇有"拔地青苍五千仞，劳渠蟠屈小诗中"之感。

高书村很美，如一颗绿色的明珠，静静地守望着绵延不绝的群山峻岭。春三月，阳光明媚，百花盛开，万木葱茏；细看，绿叶片片如拭，纤尘不染，化为漫山滴翠的迷人画幅。浓荫如泼之处，有清泉潺潺流过，草木不惊。时代变了，泥墙乌瓦的农家老屋已经鲜见，代之以明丽鲜亮的西式别墅，骄傲地深藏在山坳里，飘溢着新时代的迷人异彩。虽然，像高书村这样的山村，闽西太多，但该村拥有的殊荣，却是其他村庄所无法替代的。

1929 年 2 月 4 日凌晨，毛泽东、朱德、陈毅率领的红四军第一次进入闽西，就在高书村。因此，如今偏僻的高书村，却有个像模像样的红四军入闽第一村陈列馆，陈列馆的屋顶，有幅固定的大标语，红色，上书：红四军入闽第一村。除了党史专家的考究之外，最为有力的证据，是闽西籍开国少将王直将军的亲笔题词：红四军入闽第一村——黄沙（高书）。王直将军之所以题这幅字，是因为他当年参加红小鬼班时，他的班长林琳是民主乡林荣村人，他们情同手足，十分投缘。1936 年，林琳在长汀的涂坊战斗中壮烈牺牲，为了纪念这位战友，王直将军特地题了这幅字，并写了本回忆录《少年英雄林琳》，令人钦佩。

"黄沙村"是高书村以前的名称。佩服这位身经百战老红军的细心，或许是担心后人会因此发生争议吧，特地用括弧中的文字注明是高书村，以示铁板钉钉之意。将军远去，但那粗犷、刚劲的笔迹，却给后人留下无可争辩的铁证。高书村因此堂堂正正地载入中国革命辉煌的史册。

90 多年过去，高书村的祖祖辈辈，尤其是那些因此跟着毛泽东去打天下的人的后代，把这段具有传奇色彩的历史，乃至细节，皆鲜活地流传下来了：

当年，红四军是从村庄东边的"石岩寨"大山中跋涉过来的。那里有条原始密林中的古驿道，不知留下多少脚印的石阶，逶迤蜿蜒，铺满落叶。征途劳顿，毛泽东曾经在"石岩寨"山崄一个小小的石洞中稍作休息。如今，这个石洞还被群众精心地保护着，百姓因此称之为"主席洞"。当然，这洞比上杭苏家坡那个同名的"主席洞"小多了，只能屈身坐一个人。其时，夜深人静，红四军在和平区黄沙乡农会主席黄善田与高埔村农会主席赖永强的引导下，悄悄进入高书村宿营。

毛泽东住在哪里？准确的情况是，当时红四军进入高书村，一是暂歇，二是意在迷惑敌人。为了安全起见，毛泽东当夜并没有住在高书村，而是住在村外。确切的位置，现在已经无从查考了。

　　红四军这次进入闽西，时间很短。第二天上午 10 点左右，朱德站在高书村的赖氏宗祠的门前，发表了演说。开始，听众不多，因为许多老百姓不知真情，听说有大军过境，以为是国民党军阀部队，大多数都躲到山里去了。朱德亲切地告诉村民，红军是劳动人民的队伍，是为了解放人民打倒国民党反动派而来的。得知消息，老百姓才纷纷回来听朱德的讲话，会议一直开到中午 12 点。

　　下午 1 点多钟，进村的红军开始从高书村撤离，途经山中的横奋凹茶亭的时候，红军的先头部队遭到当地反动民团头子钟文才的突然伏击。因为敌人有两挺机枪，红军没有准备，有十多位红军战士中弹牺牲。红军奋起反击，消灭了部分敌人，钟文才率领残部仓皇逃跑。此后，当地百姓就称这里为"杀人凹"。面对战友的不幸牺牲，红军在该地茶亭的柱子上写下了悲愤的诗句：

　　　横奋横奋

　　　使我悲愤

　　　痛恨敌军

　　　乘我不备

　　　遭敌伏击

　　　死伤兄弟

　　　握紧双拳

　　　心中流泪

　　　他日遭遇

　　　定还十倍

　　手上沾满红军战士鲜血的钟文才当然没有好下场，他后来怕红军报仇，干脆投靠国民党军队，在国民党军队的派系内讧中被杀死。

　　红四军为什么会进入高书村呢？

这是有深远宽广的时代背景和特殊原因的。

1928年4月28日即农历三月初九，毛泽东领导的"秋收起义"部队和朱德、陈毅率领的南昌起义部队在井冈山胜利会师，部队合编为中国工农红军第四军。朱德任军长，毛泽东任党代表，陈毅任士兵委员会主任。中国共产党在井冈山的第一个革命根据地建立以后，红军队伍不断发展壮大，引起了国民党反动派的恐慌，先后组织了三次闽赣两省国民党军队的"会剿"。井冈山地势险要，周围的五大哨口，皆是"一夫当关，万夫莫开"的关隘，敌人的一次次"会剿"均被粉碎了。正如毛泽东在《西江月·井冈山》一词中所描绘的那样："敌军围困万千重，我自岿然不动。"但敌人越来越多，尤其是敌人气势汹汹的第三次"会剿"，疯狂的敌人居然集中了6个旅3万兵力合围井冈山。面对敌人的巨大军事压力和经济压力，1929年1月4日，毛泽东在宁冈的柏露村组织召开红四军前委和地方党组织的联席会议，研究如何打破困局，最终达成一致的意见，即采取古代兵法中"围魏救赵"的策略，由毛泽东、朱德、陈毅率领红四军的主力28团、31团、特务营等3600多人下山，向赣南出击，吸引敌人，彭德怀的红五军以及红四军的32团留守井冈山，继续保卫和发展根据地。

1929年1月14日，毛泽东、朱德、陈毅率领的红四军主力冒着风雪严寒，下了井冈山，一路转战。离开了根据地的红军，处境极为艰难。毛泽东于1929年3月20日在《红军第四军前委给中央的信》中这样说道："沿途都是无党无群众的地方，追兵五团紧随其后，反动民团助长声威，是为我军最困苦的时候。"红军长途奔袭，闽、粤、赣三省有兵力优势的敌人围追堵截，敌众我寡，红军疲于应付，一路打了四次败仗。最危险且惊心动魄的一次，是1929年2月1日发生在寻乌吉潭镇圳下村的和敌人的遭遇战。

那是一个险情四伏的夜晚，敌人突然袭击红军领导的驻地。朱德憨厚，也显得老相，敌人误以为他是炊事员，他幸运逃脱。而朱德的妻子伍若兰为了掩护朱德而被敌人抓住了，10天之后被敌人杀害，年仅 23 岁，且怀有 4 个月的身孕。毛泽东、贺子珍距敌人不到 10 米，侥幸脱离险境。陈毅已经被敌人抓住，紧急之中，他脱掉敌人抓住的身上的皮夹克，跑掉了。毛泽东的弟弟毛泽覃在战斗中负伤。这支队伍中有毛泽东，有包括朱德在内的新中国的 4 位开国元帅、50 多位开国将军，他们集体遇险，可谓是中共党史、军史上的"冰点"时刻，太令人担忧也太惊险了！

再也不能这样走下去了！

2 月 2 日凌晨，脱险的红四军转移到江西寻乌项山腹地的罗福嶂村。这个村，"上头的村"属福建，"下头的村"也是福建的，因此群众戏称这里是"福中村"。这村山高林密，群众基础比较好，红军在这里住了一天两晚，大家得以稍作歇息。2 月 3 日上午，毛泽东在此地的仙师宫，主持召开连长以上的干部参加的红四军前委扩大会，研究下一步行动的对策。决定行动的方向是江西的东固，并对部队进行了整编，将团的建制改为纵队，当前的紧急任务，是在赣（寻乌）和闽（武平）之间通过"打圈子"的策略，迷惑敌人，最后甩开尾追的敌人。会议还有一项重要决议，就是暂停军委办公，将一切权力集中到前委，不仅减少了领导层次，精简了领导机关，更为重要的是"党指挥枪"这一根本原则初步得到体现和落实。

罗福嶂会议是个重要的"拐点"，它终于结束了红四军自从下井冈山之后被动挨打的局面即战略被动的态势，确定了今后前进的方向和落脚点。毛泽东后来这样评价罗福嶂会议，"在项山找到一根洋火，找到一个落脚点"。因此，而今的罗福嶂纪念园，其红色大标语是："一根火柴，点亮中国。"这是十分形象和准确的。

因为敌情突至，红四军连夜撤离罗福嶂村，向福建武平的高书村进发。从罗福嶂到高书村 70 华里，红四军于 2 月 4 日凌晨到达高书村。

选择高书村还有一个原因。

当时国民党军队有个规定，驻扎该省的军队，不得擅自跨省行动。高书村位于三省交界处，属于三个省的国民党军队都不太管的空隙之地，红四军才进入这个地方。第一次进入高书村的时间很短，从这里撤出后，红四军当日就折返到江西的寻乌吴畲村宿营。在寻乌，红四军遭到国民党赣军阻击，2月5日，红四军冒着大雨，又折回武平，经武平龙溪、沙公排等地，于当日下午到达东留。那天正是圩天，赶圩的群众很多，红军还向群众宣传革命道理和红军使命，当晚在东留宿营。6日按照计划继续北上，进入江西会昌，2月8日，红四军在江西的筠门岭设伏，打垮了从武平尾追而来的国民党郭凤鸣部。

2月9日，正是农历除夕，红四军进入瑞金附近的大柏地。敌人闻讯又追了上来，广大红军指战员忍无可忍，纷纷要求和尾追上来的敌人打一仗。毛泽东、朱德利用大柏地的地形设下埋伏，把敌人引进伏击圈，结果打了一次大胜仗。击毙敌人300多，俘获敌人800余人，缴获枪支800余支。在这次激战中，毛泽东亲自端起枪上战场，和警卫排一起冲向敌阵。在百年的党史、军史中，这是唯一的一次领袖参加战斗。

毛泽东于1933年考察闽浙赣革命根据地，重返此地，豪情满怀，诗兴大发，写了一首著名的词《菩萨蛮·大柏地》：

赤橙黄绿青蓝紫，谁持彩练当空舞？雨后复斜阳，关山阵阵苍。

当年鏖战急，弹洞前村壁。装点此关山，今朝更好看。

今天，我们重读毛泽东创作于1933年夏的这首词，同样也感受到当年即1929年年初，毛泽东和朱德率领红军从井冈山出发，在大柏地获得大胜的喜悦。这首词以欢快的笔调，描绘了一幅色彩斑斓的大柏地雨后的壮丽景色，和情景交融的革命豪情。

红四军第一次进入闽西，武平是逢凶化吉之地。从这里走出的红四军，先是在大柏地打了大胜仗，后来又在长汀的长岭寨打了大胜仗，实现了由被动到主动的战略性大转变。毛泽东后来深情地说：

"武平是块福地嘛。"原因正在于此。

意外战果：长岭寨之战

长岭寨就在长汀城西则，位于牛斗头村，离县城有三四公里。

这里有一座被当地群众称之为"牛斗头"的山。相传，古代在这里曾发生过两村的大水牛牴相斗的事件并引发了村民打架，故而得名。

牛斗头山不高，站在这里，一眼望去，群山连绵。西侧那最高的山崇就是长岭寨。漫山的绿树，松树为多，还有绿森森的毛竹。那山崇有古道，是长汀与外界的交通要道。往下俯瞰，山势起起伏伏，自然形成了一个个山坳。站在山上远远望去，汀江如练，历历在目。三月正值阳春，田野里的油菜花开得特别灿烂，古诗赞曰："如从佛地收金粟，闲替农夫补艳阳。"油菜花质朴却不乏辉煌之色，向来是春色中无比绚丽的动人风景。90多年过去，硝烟早已散尽，眼前是一派和平静好的景象。

上山不远，有片依山开出的小广场，靠山有个超大型雕塑，背景是长岭寨之战纪念碑，白色。主体是人物群雕，高有三四米，长超过50米，醒目的橘黄色，正中为毛泽东、朱德、周恩来、陈毅四人，参加当年长岭寨之战的将士们在后面的衬墙上，个个神采奕奕。是在此次全歼敌人取得大胜之后，指战员们在战场上谈笑自若情景的重现，还是他们正准备大步进入古城汀州呢？历史的精彩瞬间，被定格在这里。

关于长岭寨之战，朱德1937年在延安和美国作家史沫特莱的谈话中说道："出现了在长汀的意外战果，这是革命发展的转折点。"朱老总言语一向严谨，他所说的"意外"二字特别耐人品味，因为真实地揭示了此战的偶然因素：当时红军进入福建主要是避开数量上占优势的敌人，并没有计划拿下长汀，因为长岭寨之战，才有了这一引发后来大变局的可喜结果。

著名作家巴尔扎克有句名言："偶然是世界上最伟大的小说家。"战争往往也是如此，揭开长岭寨之战序幕的，可以喻为中国革命史上一个戏剧性的导火索。

会昌城外大柏地伏击战取得胜利之后，红四军军威大振，曾经在长途征战中不断遭遇险情和失利的毛泽东，此时也意气风发、壮志满怀。1929 年 3 月 11 日，红四军沿着武夷山脉的南端进入长汀境内的四都篓子坝。这是个四面环山的险要之地，红军长征后，坚持斗争的福建省委、福建省军区就设在这里。13 日，毛泽东、朱德在四都召集干部会，讨论进军闽西之后如何行动。会议刚开始不久，上午 10 时，远处突然枪声四起。原来是红四军在四都以北的山头上和前来阻挡红军的敌人接火了。来犯之敌是国民党驻长汀福建省防军第二混成旅郭凤鸣旅长派来的卢新铭补充团。他们欺负百姓时张牙舞爪，但在战场上和久经战阵的红四军对阵，却是一群脓包，没有打几个回合就朝长汀方向落荒而逃了。

送上门来的敌人，成为红四军攻打汀州城的"义务带路人"。

这时，长汀中共临时县委负责人段奋夫正好赶到红四军军部，向毛泽东等领导人汇报长汀城内的情况，指出郭凤鸣是闽西三大地方军阀之一，并没有太大的战斗力，郭凤鸣已经派了一个团的兵力据守长汀城外的长岭寨，企图凭险阻止红军进入长汀。在得知长汀和该城敌人的真实情况之后，毛泽东、朱德等红四军的领导人当即果断决定，乘胜攻占长岭寨，然后进军长汀。

战斗是在 1929 年 3 月 14 日凌晨打响的，红四军兵分三路向长岭寨发起突然的猛攻，红 31 团担任主攻，取道藤头脑印岭，直取长岭寨主峰；28 团从右侧取道百叶竹子岭攻占邻近制高点；特务营从左翼经牛坑迂回到敌人后面，断其退路。据守此地的卢新铭补充团，已经在篓子坝领教过红四军铁拳的滋味，战斗打响后，他们胡乱放几枪就四散逃跑，红军迅速占领长岭寨的主峰、高地等有利地形。汀州城里的郭凤鸣得知消息，气得破口大骂。他哪里知道，红军已经在长岭寨布好口袋等待着这个狂妄又愚蠢的家伙落网。

他派出又一个补充团往长岭寨扑来，随后，又亲自带着盒子枪队、教导团、炮营到长岭寨督战。他刚到离长岭寨仅五里的梁屋头，得知红军已经占领了长岭寨的主峰和左右制高点，便大喊大叫地命令部队往山上冲，并下令炮营向红军阵地开炮。红军居高临下，把一窝蜂拥上来的敌人打得稀里哗啦，郭凤鸣组织的几次进攻都被打退，郭凤鸣的腿也被红军击中。此时，红军吹起激越的冲锋号，潮水一样的红军指战员如猛虎下山，横扫残敌。郭凤鸣知道大事不妙，连忙躲到山脚下牛斗山栗树园的一间农家茅厕里，想脱下军装逃跑，被打扫战场的红军发现后当场击毙。

这是一场酣畅淋漓的歼灭战，前后仅3个小时就结束了。全歼郭凤鸣的第二混成旅2000余人，缴获步枪500余支、迫击炮3门、弹药无数。红军浩浩荡荡地开进长汀城。

长岭寨之战，是红四军自井冈山下山以来取得的一次最大的胜利，也是红四军入闽后打得最漂亮的一战。此战不仅沉重打击和动摇了国民党在闽西的反动统治，更为重要的是为红四军的重大战略转折、创建闽西革命根据地乃至中央苏区隆隆地推开了大门。

毛泽东潇洒地站在长汀城头，终于有闲情逸致点上一支烟，慢慢地品味长汀这座古城的风采了。此后，他九次进出长汀，处处都留下他的足迹。一代伟人的寸寸思绪和因此牵起的思想，永远留在了这里。

长汀古称汀州府，是闽西的首府。千回百转的汀江，绕城滚滚流去，成为天然的护城河。巍峨的古城墙，青灰色，环城而建，十三座宫殿式建筑的城门楼，瑰丽壮美，雄峙云天。全城依山傍水，古街纵横，且花木无数。新西兰的国际友人路易·艾黎曾经这样评价长汀："中国有两个最美丽的小城，一个是湖南的凤凰，一个是福建的汀州。"毛泽东是伟大的战略家，他更为欣赏的还是长汀的战略地位，这里地处汀江上游，如一把锁，系扼守江西、广东、浙东之要冲，进退俱佳，经济尤其是商业特别繁荣。经过大革命的洗礼，群众基础好，老百姓一心拥护共产党和红军。长汀比当年红军的根据地——位于山窝窝中的井冈山强多了。

3月15日，红四军在长汀城内的南寨广场召开群众大会，有1万多军民参加。红旗招展，雄风猎猎，毛泽东一口浓重的湖南口音，发表了激动人心的演说。他号召大家团结起来，武装起来，打倒帝国主义和国民党反动派，建立工农兵革命政权，实行土地革命。在这次大会上，红军还把没收的军阀郭凤鸣等反动官吏的粮食、布匹等财物，分给到会的群众。

被敌人不断围追堵截的红四军打了大胜仗！长汀解放了！期待了太久的重大转折，经长岭寨一战，终于到来了。到了长汀，红四军不仅得到极为难得的喘息和休整的机会，更为重要的是实现了重大的战略转变。

首先，自红四军从井冈山下山以来尾追不停的国民党军队暂时被甩掉了，红军摆脱了因为被强敌追击而无法发展的被动局面，转入有稳固的根据地，有群众、有地方党组织支持，因而进入可以主动开展游击战、运动战，在战争中不断取得胜利而壮大自己的新阶段。

其次，立足长汀为基地的闽西以及赣南，可以建立更大的革命根据地，实现了原来立足井冈山发展湘赣边界狭小地区的武装割据，向建立闽赣两省更大范围根据地的转变。

最后，毛泽东在井冈山斗争时期提出的利用军阀之间的矛盾，通过建立红军、实行武装割据的思想，到了长汀之后，则是明确了建立广袤的农村革命根据地，实行"农村包围城市"的思想和战略。朱老总所说的重大转变，至少包含了以上三大内容。

长汀真是个好地方哟！

红军攻占长汀城，得款5万余元，而且没收国民党郭凤鸣旅的被服厂，在这一工厂的基础上，招募了一批缝衣工人，成立红军被服厂

（后来改为"中央被服厂"），购买了一批灰色的布匹，赶制了 4000 套统一的红军军装。自井冈山建立红军开始，红军就没有统一的军装，有些人还穿着国民党军队的军装。在这里第一次有了红军的军装，应当设计成什么样式呢？设计人员仿照苏联红军的军装和列宁戴过的八角帽样式进行缝制，然后在军衣的衣领上缝上如小红旗那样的红布作为领章，八角帽上缝上五角星。

当时，正逢列宁逝世五周年，为了缅怀列宁的丰功伟绩，将灰色新军装的红领章都加上了黑边。这是红军首次在一个军的范围内有了统一的服装。朱德后来回忆说："我们现在终于有了第一批正规的红军军装。新军装的颜色是灰蓝的，每一套有一副裹腿和一顶有红星的军帽。它没有外国军装那么漂亮，但对于我们来说，可真是其好无比了。"穿起新军装的红军，军容整齐，队伍更加雄壮了。

红军实行官兵平等，在井冈山时期，每天的菜金只有五分钱。红米饭、南瓜汤就成为红军的家常便饭。从来也没有发过军饷。占领长汀城后，经济状况好转，红四军前委决定给红四军每人发四元零用费，官长、士兵、俘虏兵一律享受平等待遇。第一次发放军饷，人人喜笑颜开。

长汀不仅是红四军的重大转折之地，而且是中国革命的重大转折之地。这里创造了太多的全国第一。专家认为，长汀作为创建中央苏区的策源地，也是中央苏区的经济中心，在中国革命史上地位相当突出，为中国共产党探索治国理政的经验做出了重大贡献。

如果从毛泽东思想的重要发源地而论，长汀同样功莫大焉！

长岭寨一战的胜利，意义和影响之深远，如山高水长，非同凡响。

建立和扩大中央苏区的战略构想

长汀，辛耕别墅。

它位于长汀县汀州镇汀江巷 11 号。古巷深深，窄窄的小巷民房林立，大多是青砖、乌瓦的老屋，阅尽风雨了。用鹅卵石铺就的小道，高高低低，似乎延伸到岁月苍茫的历史深处。此楼原系民国时期长汀商会会长卢泽林的府邸，因主人害怕红军，听到红四军即将进城的消息，就连忙跑了，主人哪里晓得这正好给红四军腾出了空间。如今，100多年过去了，这幢落满沧桑的别墅，虽然有点陈旧了，但仍然不失端庄、厚重、典雅的风采。大门颇为讲究，呈扇形展开的两侧，分别有两页画幅形的装饰，青灰色，门楼为典型飞檐翘角式的古式建筑。拭目细看，花纹装饰精雕细琢，耐人品味。别墅为土木结构的二层楼房，占地面积532平方米。由外而内依次为大门、庭院、门楼、天井、大厅、后厅和天井。大厅前的天井左右有四间对称厢房，大厅与后厅左右各有两个房间，这是当年有经济实力的客家人建房的标准格局。红四军进入长汀，这里成为红四军前委所在地，毛泽东、朱德分别住在大厅左右房间，陈毅也住在这里。

风云际会的年代，这里不仅是红四军的神经中枢，而且是酝酿乃至决定中国命运的指挥部。

胸怀全局指挥若定的毛泽东，一旦从一次次危局中解脱出来，立足稳定，就有了大展身手的平台。

进入长汀之后，红四军有了统一的军装，军威大振，一批批翻身解放的农民自愿加入红军，长岭寨大胜之后，缴获的武器充实了红四军的装备，增强了战斗力。在此基础上，全军进行了改编，把原来的团的建制正式改为纵队：红第28团为第一纵队，林彪为纵队长，陈毅任党代表；红第28团余部和特务营合编为第二纵队，胡少海任纵队长，谭震林任党代表；红第31团为第三纵队，伍中豪任纵队长，蔡协民任党代表。每个纵队1200余人，500余支枪，下设2个支队。红四军在江西罗福嶂会议提出的整编任务终于得到落实。整编后的红军，面貌一新，精神抖擞，成为一支能征善战的劲旅。

红军每到一地，就着手建立地方政权和地方武装，播下革命火种，大力发展红色区域，到了长汀更是如此。在毛泽东、朱德的亲自操持下，长汀建立了苏区第一个县级红色政权——长汀县临时革命委员会。随后，该委员会召开了工农兵代表大会，正式选举产生了长汀县革命委员会，由地方党组织、民众代表、红军代表18人组成，邱潮保任主席，发布政纲，实施地方的有关领导和管理工作。长汀县革命委员会设立在风光奇秀的龙门潭边的云骧阁。这是一座依傍着小山头的地势建的宫殿式的古建筑，阁下是碧水悠悠的龙潭，四处奇石林立，古树遮天蔽日。登阁远眺，石桥旁的朝天城门巍峨的城楼，与乌石山相对的清丽八角亭阁相映成趣。如今，这里已经成为长汀展示红色历史的陈列馆了。

在革命委员会成立的同时，还组建了80余人的长汀县赤卫队，负责保卫地方政权。

长汀县革命委员会的成立和地方武装的建立，标志着毛泽东和他领导下的红军工作任务，不仅是通过打仗消灭反动势力，而且要发动群众，建立共产党领导的红色政权，尽可能在更大的范围内，实施党的革命政纲，进行土地革命，建立稳固的革命根据地。红军自井冈山下山以来，因为缺乏革命根据地，到处找不到党的地方组织和群众，尝够了孤军苦战、处处被动乃至多次遭受全军覆没危险的滋味。

毛泽东心里明白，革命根据地是红军的生存之根、生命之根。有了它，红军才可以如蛟龙出海，纵横驰骋，不断去夺取新的胜利。建立并扩大新的革命根据地，进而壮大红军的力量，是党和红军的迫切任务。

敌人依然虎视眈眈。长汀一战的胜利，壮大了红军，激励和鼓舞了革命群众，但也引起了国民党反动势力的恐慌。面对强敌，危险并没有完全消除，进一步扩大战果、解除危局的方向在哪里？

毛泽东有个很好的习惯，每到一个地方就找报纸了解政治时事。当年的汀州府，是闽西经济最发达地区，辖区包括今天的上杭、连城和三明的宁化、清流的部分乡村。城区到处都留下了秦砖汉瓦，来往的文人志士曾有"上河三千，下河八百"之说。因此这里各种报刊多，报道的各种消息五花八门，从花边新闻到国内外大事皆有。用今天的信息论的观点来看，来自报纸刊物的各种信息，就是分析形势、确定行动方案最重要的根据之一。

到了长汀之后，毛泽东更是极为注意各种报纸刊物的重要作用。他从中了解到由于各个帝国主义国家正加紧对中国的掠夺，而代表不同帝国主义国家利益的各派军阀的矛盾也正在日益尖锐化。其中，有则最令他注意的政治新闻：1929 年 2 月，以广西桂系李宗仁为首的武汉政治分会，要求南京政府下令改组湖南省政府，撤免亲蒋介石的省主席鲁涤平。蒋介石受到李宗仁的挑战，大怒，居然下令查办武汉政治分会，并调动大批部队威逼李宗仁。蒋介石与李宗仁的部队在江西九江一带横戈对峙，一场军阀混战一触即发。

这真是一个太难得的天赐良机哟！

毛泽东还在井冈山时期，就有一个重要的发现：自民国元年以来，中国有一个奇怪的现象，那就是白色政权之间几乎持续不断的战争。因此，他在井冈山八角楼写的《中国的红色政权为什么能够存在？》和《井冈山的斗争》两篇文章中，用独特的视角指出，这是帝国主义和国内买办豪绅阶级支持着各派新旧军阀的结果。他们为了背后支持他们的帝国主义国家和自己的私利，总是纷争不息甚至刀兵相见。1927 年轰轰烈烈的第一次国内革命战争失败以后，蒋介石虽然在表面上统一了中国，其实并没有真正地统一。蒋介石、冯玉祥、李宗仁、张作霖、杨森等军阀都各自拥兵自重，盘踞一地。他们有时也会媾和，但危及自己的利益时，就往往会大打出手。正因为如此，中国共产党领导的红色政权，才可以借机存在。

利用新旧军阀之间的矛盾和冲突发展自己，这是毛泽东的重大战略思想。

国内风云突变，军阀即将重开战。毛泽东聚精会神地注视着全国的局势。机不可失，时不再来，善于抓住转瞬即逝的机遇，有点像赤壁之战的诸葛亮借东风，这是战略家的大智慧、大手笔！

机遇，机遇！成功者的高明之处，就是紧紧抓住擦肩而过的机遇！如大鹏展翅，扶摇直上云天。

3月20日，思虑成熟的毛泽东当机立断，在辛耕别墅召开前委扩大会议。

辛耕别墅的大厅不大，坐满了前来开会的代表，长汀县委书记段奋夫等地方党组织的领导人也应邀列席了会议。段奋夫是位优秀的地方党组织的领导人，著名的长岭寨之战前夕，他就到四都见过毛泽东等红四军的领导人。令人扼腕叹息的是，他后来因受到混进党内的阶级异己分子、杀人魔王林一株的诬陷，在"肃清社会民主党"的大冤案中被错杀。

毛泽东主持会议并做了重要讲话。

首先，他回顾了红四军离开井冈山以来的工作并做了总结，特别强调了红军离开根据地之后所经历的无比艰难的被动处境。然后，从当前时局即将发生激烈变化的视角，精辟地分析了闽赣两省的政治、军事、经济状况和自然条件，尤其是十分详细地分析了闽西、赣南一带党的组织、群众运动、革命武装和敌我双方的力量对比，并提出红军今后行动的方向，那就是他在1929年3月20日当晚亲自起草的《红军第四军前委给中央的信》中所指出的：

> 前敌委员会决定四军、五军及江西红军第二、第四两团之行动，在国民党混战的初期，以赣南、闽西二十余县为范围，从游击战术，从发动群众以至于公开苏维埃政权割据，由此割据区域以与湘赣边界之割据区域相连接。

毛泽东的讲话，站在全国革命的高度，有理有据，条分缕析，气势如虹且具有强烈的科学精神，使与会人员受到极大的鼓舞和鞭策。在讲话中，毛泽东还特别强调"唯闽西赣南一区之内由发动群众到公开割据，这一计划是决须确立，无论如何，不能放弃，因为这是前进的基础"。

这是一个伟大的构想，后来的实践证明，毛泽东在辛耕别墅的红四军前委扩大会议上所勾画的宏图，正是此后的中央苏区。这既是一个宏伟的蓝图，又是红军的战略方针和行动计划。形势的发展完全证实了毛泽东预见的英明，果然，李宗仁和蒋介石打了起来，蒋桂战争爆发，红军利用国民党军阀混战的时机，迅速发展壮大。两年以后，不仅闽西、赣南创建了大片革命根据地，更令人振奋的是，1931 年 11 月，在瑞金召开了中华苏维埃第一次全国代表大会，毛泽东当选为中华苏维埃临时中央政府主席，标志着中央革命根据地的隆隆问世。

显然，中央苏区的诞生，是毛泽东在闽西长汀的辛耕别墅中酝酿成熟并催发的。实践证明，毛泽东在辛耕别墅中召开的红四军前委会议上制定的战略方针和行动计划是完全正确的。

青蘋之末风乍起，于无声处听惊雷。不得不钦佩毛泽东的锐利目光和英明预见。

红旗跃过汀江

又到汀江了。

1929 年 5 月 19 日，毛泽东、朱德率领红军 4000 多人，浩浩荡荡从瑞金出发来到长汀县的濯田镇，第二天上午 9 时，到了水口村的汀江渡口，准备渡江。

正值江南雨季，150 多米宽的汀江江面，浊浪翻滚，从上游席卷而下的洪水，将昔日秀丽的汀江水，幻化成凶猛的长龙，横亘在红军面前。渡口上，不见人影，也看不到一艘船只。怎么办？总不能飞过江去吧。红军将士们都有点焦急。

毛泽东不慌不忙，带了几个警卫员，沿江边行走，一直走了三四里地，终于看到一艘木船，孤零零地停在急流一侧稍显平静的江湾里，但不见人。于是，发生了一个流传至今的感人故事：

　　附近有个村子叫蓝坊，村子不小，房屋也很多，路上却是空荡荡的，没有人。这里的老百姓从来没有见过红军，听了国民党反动派的宣传，多数人都跑了，还有少数人躲在房子里看究竟。毛泽东叫警卫员去敲敲老百姓的门试试看。

　　几个警卫员到一家老百姓紧紧关闭的门前，轻轻地叩门，喊道："老乡，我们是工农红军，是保卫劳苦民众的军队，不要怕！请开开门！"那种情景，就像人们所熟悉的革命样板戏《智取威虎山》中解放军初次到夹皮沟，去敲山民李勇奇的门一样。

　　门敲不开。

　　再敲一家，还是没有人开门。

　　然而，幸运的是，这番情景，却有点意外地被这艘木船的主人蓝生朗从门缝里发现了，他觉得很奇怪，国民党不是说红军是红头发、绿眼睛、长着獠牙的妖怪吗？怎么看到他们是头戴八角帽、身穿灰军装、一脸和颜悦色的军人呢？尤其是看到那位像长官一样的人物，身材魁梧、仪表堂堂、儒雅文静、同士兵一样穿着草鞋的样子，蓝生朗马上联想到以前的国民党兵，敲门不开，就大声叫骂，甚至用枪托砸门。他觉得好奇，又有点不解，立即打开门，主动迎了出来。

　　淳朴忠厚的农民蓝生朗，当然不知道站在他面前的红军首长就是毛泽东。当毛泽东知道江边那艘木船的主人就是蓝生朗之后，亲切地对他说："红军是穷人的军队，是为穷人打土豪、分田地的，红军不压迫穷人，更不会抓壮丁！"毛泽东知道，老百姓最痛恨国民党反动派抓壮丁了。幽默风趣的毛泽东接着还问："你会撑船，还会不会作田？日子过得去吗？"蓝生朗兴奋地回答："都会，都会！就是这日子兵荒马乱的，过得不踏实。"

　　双方的心越靠越近了。蓝生朗感觉到毛泽东和红军是如此亲近。他用客家人最善良纯朴之心，招呼红军进门喝茶，之后，敲开邻居家的门，大声喊话说："大家快开门，为我们穷苦人说话的红军来了！"于是，家家打开家门，迎接红军。他还动员村里有船的村民和他一起为红军过江摆渡。短短的时间内，就有八艘木船撑到渡口，让红军顺利地渡过汀江。当天晚上，毛泽东住在汀江东岸的刘坊继节公祠，朱德则住在临江的三益店，警惕地防范从江西尾随而来的李文彬部队。

这是毛泽东第二次率领红四军主力进入闽西。为什么要选择此时率领主力部队挥师进入闽西呢？

要了解其中深刻的缘由，还必须从上海说起。

上海，世界驰名的东方大都市，写尽繁华。人们称上海是冒险家的乐园，颇有道理。处处灯红酒绿、流光溢彩。看不尽拔地而起的摩天大厦，气势恢宏；逛不够的各种商场，货品琳琅满目，应有尽有。剧院、咖啡厅、游乐场，令人流连忘返。世界各种文化在这里碰撞、汇聚，令人眼花缭乱。而各种政治势力，也汇聚此地，公开或秘密地进行较量。这座城市，是鸦片战争之后，世界上各个帝国主义国家侵略、掠夺中国的产物。他们以上海作为市场，施展资本之魔力，大力发展工业、商业经济，获取巨额的利润。各帝国主义国家在上海设立的租界，就是在这一特殊背景下的产物。

此时，中国共产党的党中央，就隐蔽在租界里。

这一时期，党的总书记是李立三。他是留过苏的，在反对瞿秋白的"左"倾机会主义的浪潮中上台，实际上，他执行的是一条比瞿秋白更"左"倾的机会主义路线。按照共产国际的指令和他的思想，其目标是以城市为中心的暴动，对毛泽东、朱德领导的红军，抱着悲观的思想和情绪。因此，便有中央"二月来信"，全名是《中央给润之、玉阶两同志并转湘赣边特委信》。

中央的这封信是2月7日发出的，信中向红四军前委介绍了当前的国际国内形势，着意强调城市工作的重要性，对在农村的红军前途做了较为悲观的估量。来信提出红四军必须分散成小部队的组织，"散入湘、赣边境各乡村中进行和深入土地革命"，以"避免敌人目标的集中和便于给养与持久"，并提出要朱德、毛泽东"应毅然地脱离部队速来中央"。

因为种种原因，这封信在路上辗转了近两个月，到 1929 年 4 月 3 日，前委才在瑞金收到了由福建省委转来的这封信。

毛泽东看到此信，他的表态是："中央二月来信的精神是不好的。"他虽然不同意这封信的悲观论调和主张，但还是很有组织原则的，为此，在 4 月 5 日，郑重召开了前委会议，讨论中央来信。毛泽东、朱德、陈毅、彭德怀、滕代远等都参加了会议。在前委会上，绝大多数同志都深有同感，不同意朱、毛离开部队，也不同意信中所提的将红军分散的主张。

当晚，毛泽东根据前委会议大多数同志的意见，亲自执笔代表前委给中央写了一封数千字的回信，详细地分析当时的局势以及红四军的真实处境，旗帜鲜明地提出：

> 我们建议中央在国民党混战的长期战斗中间，我们要和蒋桂二派争取江西，同时兼及闽西、浙西，在三省扩大红军的数量，造成群众的割据，以一年为期完成此计划。

蒋桂战争于 1929 年 3 月 26 日正式打响，双方的焦点是争夺湖南、湖北。蒋介石命令中央军兵分三路向武汉推进，同时又将亲桂的广州政治分会主席李济深骗到南京软禁起来，起用唐生智，瓦解驻扎河北的白崇禧部，收买桂军前线将领倒戈。4 月初，蒋军进入武汉，两湖桂军全部瓦解。25 日，蒋下令进攻广西。5 月，桂军败退龙州，李宗仁逃往香港。

国民党内部的军阀混战，给红军提供了乘他们无暇顾及而进军的良机，除了这一客观条件之外，毛泽东之所以选择闽西，还有更为深刻的原因。早在井冈山斗争时期，毛泽东就敏锐地指出，红色政权之所以能够存在，有三个条件：一是利用帝国主义和代表其利益的军阀之间的矛盾；二是有经过大革命洗礼的群众基础；三是有一支正式的有战斗力的红军。而今，第一个条件已经具备，对于第二个条件，在红四军入闽之前，闽西早就成熟了：

1927年，大革命失败后，革命转入低潮，闽西籍共产党人邓子恢、郭滴人、朱积垒、张鼎丞、阮山等由城市转入农村进行秘密活动。他们用马列主义教育贫苦农民，提高他们的革命觉悟，秘密组织了革命的阶级队伍——农民协会，革命群众性的武装队伍——铁血团，吸收贫苦农民中的先进分子入党。他们领导农民进行了争取各方面权益的经济斗争，后来逐渐发展为武装斗争。先后组织轰轰烈烈的闽西"四大暴动"：蛟洋暴动、后田暴动、平和暴动、永定暴动，开展土地革命。这些暴动由于敌众我寡，虽然暂时被镇压下去，但暴动的队伍被迫进入山区，继续与敌人斗争。可以这样说，闽西是被熊熊革命烈火焚烧过的红色土地，具有相当深厚的群众基础。这时邓子恢、张鼎丞通过参加过广州农讲所的人，了解毛泽东，后来致信请毛泽东率红四军来闽西。

此外，红四军首次入闽，在长汀打了一场大胜仗，毛泽东发现，福建的国民党军阀并没有什么战斗力，这里属于敌军力量比较薄弱的地区，都说柿子要拣软的吃，这是毛泽东最为精通且运用娴熟的战术。因此，红四军第二次入闽选择闽西就很自然了。

一场威武雄壮的大剧在闽西辽阔的土地上上演了。

5月21日，毛泽东、朱德率领的红四军甩开尾追的敌人，挥师直插闽西的腹地，到达上杭古田镇，其时，正值古田六甲的老圩日。刚好，圩场有一当地群众看戏的简易小戏台，毛泽东登上去发表演说，发动群众起来打土豪分田地。这是红军第一次来古田。下午，他们立即离开古田，傍晚时分，来到离龙岩城西30里的小池驻扎下来。5月22日晚上，毛泽东在小池的"赞生店"举行军事会议，研究攻打龙岩的军事部署。在我军历史上和"二进遵义""四渡赤水"等经典战例具有并列意义的"三打龙岩"的序幕就这样拉开了。

红四军这次入闽，穿越长汀、连城、上杭、龙岩、永定的千山万壑，长驱400里，沿途点燃起革命的烈火。在闽西特委的领导下，红四军进军的区域内，纷纷组织农民进行暴动，建立地方武装，全面配合红军的行动。在闽西国民党军的主力陈国辉等已经被抽调到广东和广西桂系军阀打仗的情况下，红军和共产党领导的地方武装会合在一起，如滚滚洪流，所向无敌。

处处红旗飘拂，处处是翻身解放人民喜迎红军的动人场面。红军捷报频传，闽西沸腾了！

1929 年秋，毛泽东写下一首词《清平乐·蒋桂战争》：

> 风云突变，军阀重开战。洒向人间都是怨，一枕黄粱再现。
>
> 红旗跃过汀江，直下龙岩上杭。收拾金瓯一片，分田分地真忙。

毛泽东的这首词，生动地反映了 1930 年，蒋介石与各路军阀混战，使中国大地陷入混乱之中。毛泽东高瞻远瞩，迅速把握军阀混战的有利时机，大力发展革命力量，同朱德一起率队伍东征闽西，开辟了闽西革命根据地，践行了工农武装割据的伟大战略思想。让我们读出了毛泽东的潇洒、浪漫和豪情横溢！

奥秘在哪里

危局迎刃而解！

毛泽东、朱德率领红四军第二次入闽，三打龙岩，直取漳州，攻占永定、武平、连城，甚至被誉为"铜上杭"的重镇，也落入红军之手。"收拾金瓯一片"的喜人局面，激荡山山水水。红四军在闽西这片大地上，纵横驰骋。有时，集中优势兵力，攻城略地，打得敌人落花流水、一败涂地；有时，又把部队分散成精干的小股力量，到乡间组织发动群众，甚至组织暴动，消灭反动民团等敌人武装。在总体还是敌强我弱的大背景下，红四军能够矫若游龙，神出鬼没，整个闽西的土地革命，搞得风生水起、轰轰烈烈，原因在哪里？

粟裕是毛泽东的爱将，曾任毛泽东警卫连的连长，他也是毛泽东的好学生。他有一段话，不仅十分形象地表现了毛泽东的幽默风趣，而且揭示了毛泽东率红四军到闽西达到几乎能够呼风唤雨境界的奥秘。

粟裕回忆道：

毛泽东同志很注意对部队进行建立根据地的教育，他常说，人不能老走着、老站着，也得有坐下来的时候，坐下来就靠屁股，根据地就是人民军队的屁股。毛泽东深入浅出的比喻，很有说服力。

用毛泽东的这段话，作为解开毛泽东第二次入闽、一路斩关夺隘屡战屡胜的钥匙，人们如脑洞顿开，发现毛泽东之所以能够创造神奇的深层原因。

根据地！毛泽东第二次进入闽西，完全破解了红军的危局，开辟了一个令人无比振奋的局面，除了毛泽东掌控全局、机动灵活的战略战术和英明果断的决策外，从深层次来看，最为重要的因素就在这里。

回首毛泽东、朱德、陈毅率领红四军主力下井冈山初期的被动局面，就可以更为清晰乃至透彻地认识这个问题了。毛泽东的确是人而不是神，在率领红军从井冈山下山短短的一个多月时间，红四军接连打败仗，多次险象环生，差一点全军覆没。而这次率领红四军，情况就完全不一样。有了根据地，就有了群众，有了党，红军就像畅游在大海中的蛟龙，耳聪目明，处处主动，不断打胜仗。

闽西古树多，数百年甚至上千年的榕树、樟树，不少地方的村前、河边都有。浓荫铺天盖地，树干遒劲古朴，恰如阅尽风雨的哲人，从容地守望着这片落满沧桑的大地。毛泽东率领红军经过时，只要条件允许，他往往亲自在这些古树下给群众演说，给当地穷苦的老百姓宣传革命的道理。毛泽东的讲话深入浅出，正如不少研究毛泽东的专家、学者所发现的，毛泽东的这些演说，不知吸引并点亮了多少群众心中的明灯。毛泽东最有号召力的讲话，如果浓缩起来，就是六个字："打土豪，分田地。"红军中有不少战士，他们以前是农民，就是听了毛泽东的演说，才一批又一批跟着红军走，从此踏上了革命的征程。

对于尽最大可能地争取群众的问题，毛泽东在 1929 年 3 月 20 日于长汀辛耕别墅召开红四军前委会议的时候和当晚代表红四军写给中央的信中，就曾非常鲜明地阐述了这个观点："在全国范围内要猛力地夺取群众，这时候无论什么派别欺骗群众，都敌不过我们共产党的事实了。"群众是什么？群众是山，是海，是铜墙铁壁，只要群众真正觉悟起来，紧紧地团结在共产党的周围，共产党就有了无坚不摧的力量。这和今日党中央领导始终强调的人民就是江山、江山就是人民的观点完全是一脉相承的。也可以这样说，后者是前者的继承、发展和升华。

用什么办法争取群众？最好的办法就是通过建立稳固的革命根据地，实行土地革命，解决农民祖祖辈辈都为之渴望的土地问题，让生活在最底层的穷苦农民翻身得解放，让他们从亲身经历中真正认识、拥护共产党和红军。因此，从毛泽东、朱德、陈毅率领红四军第一次入闽开始，红军就把建立革命根据地作为重大乃至首要任务。发展党的组织，成立农民协会，建立苏维埃政权并武装农民，让穷苦农民站起来当家做主人，红军每到一地，皆是如此。实践证明，毛泽东亲自缔造的红军，从一开始就不仅仅是打仗，而是要通过建立革命根据地做群众工作，让人口占绝大多数的穷苦百姓翻身做主人，这和共产党人的宗旨，即为人民谋幸福和为全国谋解放是一致的。

战争，不仅是军事力量的对比，而且是人心向背的对比。红军的力量虽然相对弱小，但因为有了根据地，有了千千万万的觉醒起来的老百姓，就像深深扎根在坚实土壤上的茂林嘉禾，有了不惧风雨的力量。

毛泽东率领红四军进入闽西，一路征战，而且红色政权得到迅速发展，有几个很值得注意的细节：首先，每到一地，事先都得到当地党组织和赤卫队的全力支持，高度重视实事求是的毛泽东，因此对敌情了如指掌，为战争中的决策提供了科学的根据。其次，红军打的是游击战或游击过程中的运动战，军事行动中的保密，也是通过群众的帮助而实现的。再次，红军每次作战，都有大批的赤卫队和群众随军参战，他们除了做好后勤保障、战场救护等之外，还抬着土炮，手持土枪、大刀、长矛，勇敢无畏，冲锋陷阵，以排山倒海之势，令敌人闻风丧胆，成为战斗中不可缺少的重要力量。最后，当年红军在闽西驻扎地，基本都是客家人聚集的地区。在历史上，客家人因战乱和饥荒，进行了六次长途跋涉的南迁。他们在闽西山区落脚后，用勤劳善良、热情纯朴的智慧，尽其所有迎接红军，并积极投身红军的队伍，因此才有在扩红时才溪乡等"一夜扩红三万"，才溪乡林攀信、林云彪家三个儿子争当红军和溪口乡罗珍城五子参军都牺牲在战场的壮举。

这是发生在 1929 年 6 月 7 日红军攻打白砂的一次战斗，在红军二占龙岩之后，也是红四军揭开"三打龙岩"的序曲。

上杭白砂，是离上杭县城不远的一个古镇，驰名的木偶之乡，战略位置十分重要，因为此地是通往龙岩的交通要道。镇上的守敌为敌人的一个团。敌团长为钟铭清，系上杭守敌卢新铭所部。其目的是企图截击红军的归路，并试图以此为据点配合龙岩陈国辉在返回龙岩时夹击红军。因此，从总体战局来看，白砂这个敌人的据点是必须要拔除的。

6 月 5 日，毛泽东在龙岩大池主持的红四军军事会议上，具体研究了攻打白砂的作战方案，并且严令要求全军封锁消息，部队准时到指定地点待命，务必一战歼敌。

早在 1976 年 4 月，上杭县博物馆请来了曾经亲历白砂之战的多位革命老人开座谈会，了解红军攻打白砂的情况。居住在白砂梧田的袁荫辉，曾任当时区苏维埃政府的秘书。他说道，毛泽东、朱德率领的红四军是白砂的地下党组织派人到溪口的大洋坝迎接过来的。苏维埃领导派他和其他几个人给红军带路、做向导，帮助红军进攻白砂。据这些亲历者回忆，战斗打响那一天，正好是农历五月初一，白砂群众正按照古老的民俗到寺里去"扛菩萨打醮"。红军在老百姓的支持下，严密封锁消息，敌人毫无准备，有些敌军还挤到人群中去看热闹。

毛泽东、朱德对此战十分重视，亲临前线指挥，率领红四军二、三纵队居中向白砂正面发起突击，第一纵队为主力，从大洋坝直扑白砂，包围敌人的主力部队；红军的一部分为右翼。毫无准备的敌人猝不及防，仓促应战，前后一个多小时，就被全歼，敌团长钟铭清只带了少数人，仓皇逃往上杭。白砂解放后，成立苏维埃政权和赤卫队。战斗结束的第二天，红军在白砂的罗家岭召开群众大会，毛泽东在会上发表了热情洋溢的讲话。

红四军轻取白砂，打得干脆利落。在红四军第二次入闽的诸多战斗中，白砂之战虽是其中规模不算大的一仗，但却充分地证明，有了群众的全力支持，红军就可以稳操胜券，战胜敌人。

兵民乃胜利之本。紧紧和群众结合在一起的红军，能够从小到大，由弱到强，突破危局，从胜利走向胜利，根本的原因就在这里。

第二章

中国革命往何处去

"走俄国人的道路"是中国首先觉醒的知识分子和共产党先驱者们当年的共识。果真完全如此吗？在照搬苏联经验付出巨大牺牲代价之后，人们才发现古田赖坊村协成店里"星星之火"的无比璀璨。

毛泽东的底气在哪里？

协成店："星星之火"照亮中国革命的道路

上杭，古田镇，赖坊村，协成店。

毛泽东于 1930 年 1 月 5 日给林彪的一封信即《星星之火，可以燎原》一文就是在这里写的，为中国共产党的历史留下了不朽的著作。

这是一座砖木结构的二层小楼。青砖、乌瓦、白色廊台、拱式窗户，九檩式构架，悬山式屋顶，传统的客家民居建筑风格却不乏西式别墅的某种韵味。此楼建于 1922 年，坐西朝东，古朴、精美、典雅，令人赞叹当年经商主人的审美情趣。如今，100 多年过去，小楼犹如颇有学识修养的乡间之士，静静地守望在飘飞的岁月里。

1929 年 12 月底，红四军进驻古田，第一纵队司令部设于此，林彪、熊寿祺、谢唯俊、萧克、欧阳毅等纵队领导人住在二楼。古田会议召开后，毛泽东从古田八甲村前委机关驻地移居此楼左厢房。

毛泽东居住的这间小屋，临窗、明亮、简洁。他当年针对党内的部分同志对革命前途、根据地建设等问题的悲观情绪，在这里秉笔直书，洋洋洒洒，写到文章的结尾，习惯于通宵苦战的伟人，举目远望，或许，明媚的阳光已经从壮美的彩眉岭上照射过来了，晨风敲窗，诗情如涌，于是，他用激情勃发的语言，对未来这样描绘：

> 它是站在海岸遥望海中已经看得见桅杆尖头了的一只航船，它是立于高山之巅远看东方已见光芒四射喷薄欲出的一轮朝日，它是躁动于母腹中的快要成熟了的一个婴儿。

今天的我们，重读毛泽东这篇不朽的著作，仍然能深深地感受到1927年大革命失败以后，党的工作重点由城市转入农村，国民革命暂时进入低潮的非常时期，毛泽东领导建立农村革命根据地后，当时党内那种在强敌进攻面前，怀疑革命的前途，"红旗到底能打多久"的消极、"左"倾的思想和毛泽东那种豪情万丈、高瞻远瞩的胸怀。文章的文笔之华彩，情感之激越，信念之坚定，预见之远大，力透纸背。让人们每读到此，无不感到心潮澎湃！

毛泽东对当年错综复杂的局势这样评述：

首先，是对当时中国社会状况精辟的科学分析。革命，尤其是以推翻帝国主义、反动军阀统治，建立劳动人民当家做主的新中国为使命的中国共产党，怎么看待貌似强大的穷凶极恶的敌人呢？此时，胸怀全局的毛泽东，操起马克思主义唯物辩证法中最为锐利的矛盾分析法，就像一个高明的医生，拿起手术刀，娴熟自如且淋漓尽致地把敌人解剖得一清二楚。他透过全世界只有中国有统治阶级互相混战的怪事这一现象，指出中国的国情是一个许多帝国主义国家争夺的半殖民地。因此，共产党领导的红军和革命根据地才可以在四面是白色政权的围困中存在、发展、壮大。毛泽东风趣地说，这同样是一件怪事，是西欧那些资本主义国家所绝对没有的。切莫小看理论的意义和作用，从毛泽东的分析之中，人们可以进一步认识到，理论的确是旗

帜、方向、行动的指南以及辨别复杂事物的强大武器。共产党人不是
逞匹夫之勇的莽夫，而是用马克思主义理论武装起来并善于联系实际
的先锋战士。

其次，是毛泽东敏锐地看到农民问题的严重性。早在第一次国内
革命战争时期，从农村走出的毛泽东就有"农民运动之王"的美誉，
并亲自在广东主持开办了农民运动讲习所，培养了大批农运干部。翻
开他写的《湖南农民运动考察报告》，毛泽东在开篇就以大江奔腾的
气势这样写道：

> 很短的时间内，将有几万万农民从中国的中部、南部和
> 北部各省起来，其势如暴风骤雨，迅猛异常，无论什么大的
> 力量都将压抑不住。他们将冲决一切束缚他们的罗网，朝着
> 解放的道路迅跑。一切帝国主义、军阀、贪官污吏、土豪劣
> 绅，都将被他们葬入坟墓。

令人惋惜的是，轰轰烈烈的湖南农民运动，因为党内右倾机会主
义路线的错误，特别是蒋介石集团的可耻叛变，被残酷镇压下去了。
在第二次国内革命战争初期，又因为党内的盲动主义严重错误，湖南
的革命力量几乎被摧毁殆尽。但农民问题，始终是毛泽东关注的焦
点。特别是红四军第二次入闽，毛泽东亲眼看到闽西的农民在共产党
的领导下，重新燃起冲天的革命烈火，书写了翻天覆地的崭新篇章，
更是受到巨大的鼓舞。他在此文中，在具体分析了当时中国各个阶
层，包括工人、农民、城市贫民、学生乃至反动军队中的士兵群众等
处在尖锐的社会矛盾之后，坚定地指出：

> 中国是全国都布满了干柴，很快就会燃起烈火。"星火
> 燎原"的话，正是时局发展的适当的描写。只要看一看许多
> 地方工人罢工、农民暴动、士兵哗变、学生罢课的发展，就

知道这个"星星之火",距"燎原"的时期,毫无疑义地是不远了。

不得不由衷钦佩毛泽东的远见卓识哟!

1929年,是中国共产党独立领导中国革命最为关键的一年。从1927年的"八七会议"开始,全国各地共产党人领导的数十次暴动,由于敌众我寡,绝大多数失败了,只有毛泽东率领的秋收起义的部队,顶着当时执行"左"倾盲动主义路线的党中央和湖南省委的沉重压力,把队伍从奉命进攻城市险些遭受全军覆没的困境中带出来上了井冈山,后来和朱德、陈毅带领的南昌起义部队胜利会师,树起了一面鲜红的旗帜。而后,又带领红四军主力下山,开辟闽赣边根据地,特别是红四军二进闽西,更是从逆境中昂然奋起,创造了即将开辟中央苏区的大好局面。毛泽东在古田镇赖坊村协成店中写的这篇文章,就像一盏明灯,照亮了中国革命的道路。

中国革命的未来道路应当怎么走?

有句人们耳熟能详的老话:"十月革命一声炮响,给中国送来了马克思主义。"于是,"走俄国人的道路"是中国首先觉醒的知识分子和共产党先驱者们当年的共识。而中国共产党就是在以苏联为首的共产国际的具体指导下成立的。因此,中国共产党的领导者,把共产国际的指示和苏联的经验视为绝对听从的神圣之言,便是很自然的事情。

共产国际的指示和苏联的经验就那么灵验吗?其实,并非如此。中国第一次国内革命战争的失败,历史上曾经把责任一股脑儿算到时任党中央总书记的陈独秀身上,有失公允。被免除总书记职务并受到严重处分的陈独秀,在感到无比委屈的同时,透露过他的心声:他在许多重大问题上,都是听命共产国际的指令。遗憾的是,由于种种原因,此事并没有引起尚处幼年时期中国共产党人的高度重视和注意。

潮流是一种伟大的力量。俄国十月革命的成功,改变了世界大局的走向，开辟了共产主义运动首先在一国取得胜利的新时代。对共产国际尤其是苏联的迷信甚至达到不可越雷池一步的神圣观念，是当时中国共产党中央领导人的特点，因为他们多数是从苏联留学并经过以斯大林为首的苏共培训的，这些自诩为"百分之百布尔什维克"的人们，论起马克思主义，可谓如数家珍，但他们并不了解中国，有的人甚至看不起毛泽东，认为山沟里出不了马克思主义。

是教条式的"走俄国人的道路"，还是走毛泽东所开辟的马克思主义中国化的道路，这是直接牵涉到中国前途和命运的根本问题，而回答这个最为要害和关键问题的答案，是毛泽东在协成店楼上的那间简陋的小屋中完成的。

因此，我们认为，闽西是毛泽东思想的重要发源地的重要论据之一，就在这里。

在这篇不朽的文章中，毛泽东在详细地分析了中国的时局和农民问题之外，对三大问题，进行了周到而准确的阐述：

第一是如何壮大红军的队伍。中国革命的主要形式是武装斗争，改良主义在中国行不通，而作为为穷苦人民打天下的红军，其壮大的方式不是单纯的流动游击，而是有计划地建立政权，深入进行土地革命，扩大人民武装的路线是经由乡赤卫队、区赤卫大队、县赤卫总队、地方红军直至正规红军的路线。

第二是如何建立政权。首先是深入进行土地革命，解决农民最为渴望的土地问题，借此争取和发动占人口绝大多数的穷苦大众，建立苏维埃政权，而政权发展采取波浪式的向前扩大方式。只要群众发动起来，任何强大的敌人都是奈何我们不了的。

第三是如何打仗即红军的战术。毛泽东自豪地说道，我们三年来从斗争中所得的战术，真和古今中外的战术不同，其主要内容是：

　　我们的战术就是游击战术。大要说来是："分兵以发动群众，集中以应付敌人。""敌进我退，敌驻我扰，敌疲我打，敌退我追。"强敌跟追，用盘旋式的打圈子政策。很短的时间内，很好的方法，发动很大的群众。这种战术正如打网，要随时打开，又要随时收拢。打开以争取群众，收拢以应付敌人。三年以来，都是用的这种战术。

对于那些醉心于搞城市暴动的人们，毛泽东的回答是："党在大城市中目前的任务是争取群众而不是马上举行暴动。"

毛泽东对未来斗争所提出的三点主张，其实已经不仅仅局限在对策的范畴，而是一条完整的战略和路线，那就是：中国革命要走以武装斗争为主要形式，以土地革命为主要内容，以农村根据地为依托的农村包围城市、武装夺取政权的道路。为了深刻批判在探索中国革命道路理论与实践过程中把共产国际的决议和苏联经验神圣化的教条主义错误倾向，同年5月，毛泽东又撰写了《反对本本主义》一文，强调"没有调查，没有发言权"。明确指出，中国革命的胜利要靠中国同志了解中国情况，反对保守、教条违背实事求是的本本主义的思想路线。这标志着毛泽东关于中国革命理论的初步形成。

中国革命向何处去？毛泽东在《星星之火，可以燎原》一文中做了很好的回答。

从井冈山到汀江

井冈山，中国红色根据地第一山。

洋洋五百里。看不尽的云海苍茫，群山如海。最令人流连的，当然要数井冈山山顶上的中心城市——茅坪。如今，这里已经成为一座秀美的公园：中间有个面积不小的人工湖，波光粼粼，亭台楼阁、小桥、流水、曲径、回廊，依山而建的现代楼房，明丽如画。人们或许不一定知道，毛泽东和他的战友当年在井冈山第一次举起红四军旗帜的时候，这里只是个大山中普普通通的村落。

毛泽东在茅坪的故居是一座简陋的两层农家小楼。泥墙、乌瓦，宁静地矗立在明净的阳光里。数不清的来客在这里留下脚印，是来拜谒一代伟人，寄托自己的追思、怀念，还是也有淡淡的遗憾？无论世人怎样评论毛泽东，但只要你到了井冈山，你就会由衷地赞叹他创造的伟业。莫道山水无情，那才是真正不朽的教科书，堪与天地共存的丰碑。时髦的人们在灯红酒绿的都市，高谈阔论文化沉淀的深厚，而井冈山的风雨，却在默默地倾吐自己的思绪。世界很大，有太多可看的风景，容纳了百川的井冈山，或许是看过了太多的辉煌，才在如今让人眼花缭乱的时世中安之若素。

说实话，毛泽东上井冈山是被敌人逼的。用他风趣的话来说，是"落草"。1927 年 9 月 9 日，他遵照党的"八七会议"的精神，奉中共湖南省委的命令，领导秋收起义，当时的目标是进攻长沙，夺取城市。起义爆发以后，遭到敌人的疯狂围攻，进攻城市屡屡受挫。作为前委书记的毛泽东，9 月 14 日在浏阳东乡上坪召开紧急会议，决定改变攻打长沙的计划，命令起义军的第一、三团与第二团余部迅速到浏阳文家市集中。

险情四伏。敌人已经张开血盆大口，准备吞噬揭竿而起的起义部队。

1927 年 9 月 16 日，部队一度陷入敌人的包围，曾被打散，部分突围脱险，激战中，不少人牺牲。

1927 年 9 月 19 日，各路起义部队按照指令，终于到达湖南省浏阳文家市。当晚，毛泽东主持召开了前敌委员会会议。根据敌强我弱的形势，会议改变了攻打长沙的计划，决定保存实力，到敌人统治力量薄弱的农村中去坚持武装斗争，发展革命力量。

1927 年 9 月 20 日上午，起义部队 1500 余人撤出文家市，敌人闻讯扑了过来，危机重重。第二天，部队在江西萍乡芦溪镇宿营时，突然遭受敌人袭击，年仅 22 岁的总指挥卢德铭在仓促应战中壮烈牺牲。部队且战且走，到达江西永新的三湾村时，全军已经不到 1000 人了。

连续作战，人困马乏，前途渺茫，不断有人开小差离开队伍，全军已经到了难以维持的地步了。就是在如此艰难的情况下，毛泽东进行了"三湾改编"，确定了把"支部建在连上"的原则。

时令正是深秋，毛泽东把队伍集中在村前一棵红枫树下，开诚布公地对大家说：

> 我毛泽东干革命，一不图升官，二不想发财，三更不是为了养家糊口，只是为了天下的劳苦大众得解放。此行前去，山高水长，任重道远，你们跟着我去开创井冈山革命根据地，可能很苦，很危险，但也很光荣。人各有志，不能相强。有愿意跟我走的，请站到左边来，我热烈欢迎；有愿意回家的，请站到右边，我热烈欢送，并且发给路费。

这一番发自肺腑的知心话，对于困境中的革命士兵，恰如久旱的甘露，点点滴滴落入心头。毛泽东崇高的人格和光明磊落的胸怀，感动了许多人，激起了他们昂扬的士气。大浪淘沙，留下的人们，便是队伍中的精华了。

聂荣臻元帅对毛泽东在率领起义军上井冈山过程中的"三湾改编"，曾经这样评价："三湾改编，实际是我军的新生。"因为，"支部建在连上"的决策，不仅成为我军克敌制胜的法宝之一，而且标志着我军从此在党的绝对领导之下，由小到大，由弱到强，不断从胜利走向胜利。

毛泽东在井冈山茅坪住的红泥小屋，两层，人们称之为八角楼。实际上得名并不是因为房屋的形状，而是因为屋顶的天窗正好呈八角形，于是，此楼得了"八角楼"的美称。其时，毛泽东住在楼上，房间不到15平方米，他爱阳光的自然流畅和明媚，在窗前摆了一张老式的木桌作为办公之用，并且，撑了一块木板在窗楣上，以遮挡烈日的暴晒。四处辗转、征战不息的动荡生活暂时结束了，疲于奔命的部队也得到了一个极为难得的喘息时机，而毛泽东也有了相对安定的环境，思考中国革命的前途。

风雨飘摇，敌人四面围困，井冈山犹如独立支撑的大树，召唤着风雨、雷电，也召唤着黎明的曙光，中国的革命道路该怎么走？毛泽东在八角楼里反复思索着这个庄严而急迫的命题。

当时党中央的决策，当然是恪守共产国际和苏联定下的方圆规矩："走俄国的道路"，以城市暴动为中心，实行城市包围乡村的战略。

权威的上级，令下如山。可以质疑吗？众所周知，质疑中央的命令意味着什么。

深秋，井冈山漫山的枫叶红了。红枫似火，点燃了毛泽东无尽的思绪。对中国国情了如指掌并有深刻体会的他，有一个十分重要的发现：中国是个半封建、半殖民地的国家，各个帝国主义国家以及它们的代理人即各派军阀之间，长期处于互相争夺的局面，白色政权的矛盾和分裂，为红色政权的生存提供了一个客观的生存空间。尤其是经历了第一次国内革命战争洗礼、有着广泛群众基础的地区，共产党人更是可以进一步组织力量，创建一块或几块红色区域。这正应了中国的一句老话："东方不亮西方亮，黑了南方有北方。"这就是中国特色，这就是那些脱离中国实际的某些党中央领导人所无法想到的。

夜晚，毛泽东借一盏油灯，把这些鲜活的思想，写进了《中国的红色政权为什么能够存在？》《井冈山的斗争》等文章里。身居茅屋，心忧天下。毛泽东充分施展他理论联系实际的雄才大略，科学地运用马克思主义的基本原理，紧密结合中国的国情，阐述了中国革命为什么不同于西方，也不同于俄国，在敌强我弱的情况下，不能去夺取中心城市，而应当首先在农村建立革命根据地，即进行工农武装割据，建立红色政权的道理。

毛泽东关于首先在农村建立红色政权的理论和实践，无疑是一个伟大的发明和创造，是井冈山革命斗争经验的光辉结晶。从走俄国人的道路，到走井冈山的道路即中国人自己的道路，是伟大的思想飞跃!

这条道路走得通吗?

1929 年 1 月 4 日,毛泽东、朱德、陈毅率领红四军下井冈山,本意是解井冈山之围。红四军终于突破敌人的重围,首次进入闽西,1929 年 3 月 14 日,在长汀长岭寨取得自井冈山之后的一次意外的大战果。

长岭寨一战大捷,红四军进入闽西的首府汀州,情况大变!

在这里,我们比较一下井冈山的茅坪和闽西的汀州,很有意思。

前者是山村,且在交通闭塞的崇山峻岭之间;后者是城市,而且是水陆交通发达、经济繁荣尤其是商业活跃、有着"小上海"之称的城市。面对这次"意外战果",毛泽东和红四军指战员感到无比兴奋之余,对中国革命的道路问题,有了更为深层的思考和发现,具体的内容则体现在毛泽东在汀州的辛耕别墅召开的红四军前委扩大会议上。

汀江,闽西地区的客家母亲河。碧绿如玉,洋洋洒洒,颇有唐代诗人王维所吟咏的"江流天地外,山色有无中"的况味。是美丽的汀江激发了毛泽东的灵感,还是他从这次重大的转折中发现了一个即将到来的全新的天地和世界?或许,两者都有。

如今有句时尚的话,叫与时俱进。汀江有点奇,"天下水皆东流,唯汀江独南",站在滚滚由西向南流去的汀江之畔的毛泽东,他的思想当然不会仅仅停留在井冈山的八角楼上,他看到了蒋桂战争即将爆发给红四军带来的天赐良机,看到闽西这片土地上千千万万受剥削受压迫的客家儿女如火山喷发的革命热情,于是,萌发了一个更为宏伟的战略构想:那就是把江西赣南和闽西连在一起,建立一个有 20 多个县连在一起的红色区域。毛泽东大手一挥,在闽赣边界广袤的大地上画了个圈,这就是后来的中央苏区。

毛泽东在井冈山孕育而成的首先在农村建立根据地,实行"工农武装割据"的思想,到了汀江之畔一派生机勃勃的汀州,如水到渠成,油然形成了在农村建立根据地,并以此立足,不断发展、壮大,形成农村包围的态势，最后夺取城市，完成中国共产党领导的新民主主义革命的任务的理论。

毛泽东发轫于井冈山的中国革命前途的理论，在汀州进一步完善并走向成熟了。

"一道残阳铺水中，半江瑟瑟半江红。"请万古奔流的汀江见证，这是汀州的光荣，也是闽西的光荣。

万里长征第一村

中复村，红军万里长征第一村之一。

能够获得如此殊荣可不是轻率自诩的。佩服当地的义务讲解员钟鸣先生，他家从家族中的祖辈算起，出了六位红军烈士。出于强烈的责任感，他放下在北京已经取得成功的企业，自愿回到家乡，为弘扬红军精神尽绵薄之力。他和有关部门以及专家等一起，在收集、研究有关资料的基础上，从1952版的《毛泽东选集》第一卷第160页的毛泽东著作中找到最为权威的根据——毛泽东对此的叙述。如今，在红军万里长征出发的零公里处，有一座石雕，上面是从毛泽东选集中撷取的文字：

> 1934年10月，中国工农红军第一、第三、第五军团（即红军第一方面军亦称中央红军）从福建西部长汀、宁化和江西南部瑞金、粤都出发，开始战略性的大转移。

石无言，石雕上的文字，却是铿然有声，一言九鼎。

中复村，这座古朴的村落和那栋融入华夏传统文化的"观寿公祠"，红军二万五千里长征的集结出发地，现在已经成为重要的红色旅游点。一条斑驳的石街，两侧是木屋，虽然很陈旧了，但当街的木质板墙壁、门、窗都显得干干净净。最能留住人们脚步的，是进村的那座廊桥。桥上的一根木柱上，刻有一个标志，正好是一支步枪加上刺刀的高度。那是红军新兵入伍的标准。另一个便是桥上另一侧关于"六子当兵"的介绍，这是一个十分感人的真实故事：

当年，红屋区塘背村有个叫罗云然的老人，他没有什么文化，有六个儿子，分别叫罗马一、罗马二、罗马三、罗马四、罗马五、罗马六。1929年红军进入闽西后，这位老人家的两个儿子踊跃参加红军，在战斗中壮烈牺牲了。1933年，罗家又有两个儿子加入红军队伍，也在战斗中牺牲了。1934年9月，惨烈的松毛岭战役打响。这是为了掩护红军长征即战略大转移的最后一战，数以万计的红军指战员长眠在这座长满松树的群山峻岭里。中复村，就在松毛岭战役地的白叶洋村（亦称"白衣洋"）下，当年村中男女老少都积极参战。这位老人最后的两个儿子也勇敢地报名加入红军的战斗行列。此时，乡苏维埃主席蔡信书深情而关切地对罗云然老人说，你已经牺牲了四个孩子，这两个孩子就留下吧！这位坚强的老人回答道："是红军给我家分了田，才有今天；不然，我们早就饿死了。"全家经过商量，不顾客家人所十分讲究的续香火问题，两个儿子毅然奔上炮火纷飞的战场，最后也牺牲在血雨飘飞的阵地上。六子参军感人肺腑的故事，不知激励和感动了多少后来者。

这位可敬的罗老汉所说的红军分田，就是毛泽东每到一地建立革命根据地的时候，所进行的土地改革。当年的土改，何以有如此强大的力量，让一个乡村的普通农民，义无反顾地先后为革命献出了六个儿子？

土地，中国农村的土地，始终紧紧系着农民的生存和命运。

几千年来，中国都在农耕社会缓慢的进程中跋涉，农耕社会最为重要的生产资料就是土地。1840年鸦片战争中国战败之后，各帝国主义的魔掌伸入中国，中国进入半封建、半殖民地的社会，但农村的土地问题，并没有什么变化。农村80%以上的土地都掌握在地主、豪绅手里，而占人口80%以上的穷苦大众，绝大多数都没有土地，或者只有少量的薄田，只能靠租种土地生存。那些土地占有者极为残酷的"田租"剥削，使处于最为底层的穷苦农民过着食不果腹、衣不遮体的穷愁潦倒的日子，往往是田间水稻刚收获，家里就断粮了。因此，在闽西民间有一流传广且极为形象的民谣，说的就是租田者："禾镰六（挂）上壁，就要向人借。"

孙中山先生领导的辛亥革命，虽然把皇帝赶跑了，进入民国，但军阀混战，中国的社会制度尤其是封建土地制度并没有改变，孙中山先生所提倡的"耕者有其田"的梦想破灭了。谙熟中国历史和农村状况的毛泽东一针见血地指出：中国共产党领导的新民主主义革命，实质就是土地革命。善于抓住本质，牵一发而动全身，是毛泽东思维方式中极为神奇的地方。

中国共产党领导的土地改革，不仅是让农民获得渴望太久的土地，更为关键的是废除了根深蒂固的封建制度。轰轰烈烈的土地改革运动，砸碎了数千年捆绑在劳苦大众身上的锁链，解放了农民，也动员了农民，让他们从自己的亲身经历和感受中认识、了解了共产党和红军，坚定信念跟着党和红军走。

有了占全国人口绝大多数的农民的觉醒和积极参与，经过土地革命的农民，涌现出千千万万如中复村那位送六个儿子参加红军的罗云然的人。他们汇成江湖河海，浩浩荡荡，顺之者存，逆之者亡，席卷天内天外。因此，任何反动派都无法阻挡中国共产党领导的汹涌澎湃的革命潮流。

在那中国军阀混战的特殊年代，毛泽东始终坚持自己的观点，一再试图说服党的领导，并始终用自己的观点来指导中国革命的底气，就在这里。

从农村走出的毛泽东，最了解也最熟悉农民的所求，他的与众不同之处，也在于了解农民的弱点。中国农民是自耕农，属于小生产者。新中国成立以后，毛泽东在指导农业合作化的过程中，曾经说过一句耐人深思的话："严重的问题是教育农民。"因此，毛泽东在农民分得土地之后，并没有满足于一片喜气洋洋之中，而是通过各种形式进行政治思想教育，让广大得到翻身解放的农民接受新的思想、理想、追求、境界。

这是一个颇有意思的故事：

1929 年夏秋之间，毛泽东在上杭的苏家坡养病。此时的毛泽东，由于在红四军"七大"上的意外落选，离开了红军的领导岗位，被安排到地方工作。当年的闽西消息闭塞，看不到报纸，毛泽东得的是疟疾，身体虚弱，组织上不得不让他养病，此时只有贺子珍陪着他。

苏家坡是梅花山脉深处的一个小村庄，这里四面环山，有一条清澈的小溪从村前流过。溪畔的山，险峻陡峭，有一个天然的山洞。闽西特委接到安排毛泽东养病的任务之后，就想到这里既偏僻隐蔽，又靠近交通要道，是读书养病的好地方。于是，就把化名为"杨子任""杨先生"的毛泽东安排在这里养病。如今，人们将这个山洞称为"主席洞"，已经成为著名的红色旅游点了。

有一天，贺子珍陪毛泽东在溪畔散步。树影婆娑，寂静无声。无意间，他们来到特委炊事员杨冬冬的家里，聊起了家常。发现她床上铺的是稻草，盖的居然是棕衣。一问，原来她的儿子参加赤卫队，把全家仅有的一床被子带走了。毛泽东沉思了一会儿，连忙叫贺子珍把自己的一床军毯拿来送给杨冬冬，使杨冬冬很受感动。她激动地流着泪对毛泽东说道："杨先生，你有大学问多好啊！可怜我们苏家坡人，世代文盲，一辈子受穷啊！"

毛泽东经过调查，了解到苏家坡人生活贫困，祖祖辈辈除了种地，还要靠烧石灰做苦力熬日子，村里农民世世代代文盲，目不识丁。对此，村里流传着一首民谣："苏家坡，三代盲，石头烧成白灰团。"

于是，毛泽东和贺子珍商量，建议在村里办起一座农民夜校。毛泽东把他的想法告诉时任特委书记的邓子恢，得到邓子恢的全力支持，但当时缺乏经费和教员。毛泽东提出，把他的交通员减少一个，节省下来的每月 20 元的交通费拿出来做教育经费，至于教员，他和贺子珍亲自担任。

一所平民小学就这样办起来了，地点选在村中的"树槐堂"后厅。这是一座古老的宗祠，现在仍耸立于村中，门前有一片荷塘。教室的正中墙壁上贴着马克思、列宁的拓印画像，还有一面绣着铁锤镰刀的红旗挂在上面。黑板是特委干部把木门板刨平后刷上黑漆做的，课桌是学生从自己家里搬来的，红军战士送来一个炮弹壳，就当成可以敲打的校钟了。

第一批学生是 14 位村里农民的孩子。毛泽东亲自编写教材，一边教孩子们认字，一边向他们普及革命道理。不久，村里的农民也纷纷来听课了。夜晚，村里的男男女女点着松明火前来上夜校，一边学文化，一边接受革命思想教育。在毛泽东的倡导下，从上杭开始，各地为农民扫盲的日校、夜校遍布革命根据地的各个乡村。为了培养师资，闽西特委在上杭溪口埔创办了列宁师范学校，曾志、贺子珍都到那里去当教师。

类似的范例还很多。

新泉，毛泽东故居"望云草室"隔壁，就是办得很好的农民夜校，学员清一色的全是客家妇女。她们以前都是文盲，响应苏区政府的号召，走出家庭，一面学文化，一面学习革命道理。客家人有就地取材、随意自编自唱山歌的传统文化，这些学员中有不少是唱山歌的能手，她们把革命道理用朴素的山歌形式编起来传唱，成为闽西革命根据地上广为流传、既通俗又感人的红色宣传风景。有一首在闽西各地流传至今的《妇女解放歌》便是见证："清早起来做到日落西，雨打风吹有苦谁人知？真正可怜啊，真正痛苦啊，劝我妇女们，快快觉醒起……"

分到了土地，农民在经济上有了立足之地，摆脱了地主的剥削，翻身成为土地的主人，这是铲除封建势力和制度的大变革。在这一基础上有了文化，懂得革命道理，农民的思想、觉悟真正提升到自觉跟着共产党和红军，把革命进行到底的层次与境界上。

思想上的解放才是真正的解放。

红军是穿起军装的农民。或许，正因为如此，面对强敌，闽西革命根据地才一次次出现贫苦群众踊跃当红军、走上革命道路的热潮，他们不怕牺牲，为夺取全国的胜利做出不可磨灭的重大贡献。

南阳之辉煌

南阳镇，位于上杭北部，系上杭、长汀、连城三县的接合处，当年隶属汀州府管辖，1958 年划归上杭县。

这里，四面环山，树木葱郁；绿水如蓝，潺潺流淌，是个美丽富庶的客家聚居之地。据说，这里传统中就种植金柑，南岭、香塔两地最为出名。近年，年产量高达 600 余万斤，因肉质甜美而畅销天下。该地的传统民俗、又让人感到喜气洋洋的是每年正月十五闹花灯，遇到风调雨顺、时局平静的年代，便有闽西特有的"板凳龙"热热闹闹地进入镇区，游走于千家万户的门前。那真是万众欢腾的盛景哟！

夜幕下，天上月亮圆了。一条"板凳龙"有 100 多米长。这里的板凳，是名副其实的木制简约条凳，一般约长 4 尺半，宽 6 至 8 寸，上面立着一盏盏精美的花灯，扎一条横杆，由两人用肩膀扛着，数百乃至上千盏花灯组成的长龙，在一片醉人的鼓乐和阵阵鞭炮声中，袅袅地摇曳着，摇进足有万人迎接的集镇里，熙熙攘攘，欢腾如海，辉煌至极！

不过，南阳最让人值得骄傲的，还是当年毛泽东亲自在这里主持召开的南阳会议。

会议召开时间为 1930 年 6 月 11 日至 13 日。当年，闽西的土地革命如火如荼。众所周知，土地革命的主力是农民，而最为关键的就是土地改革中如何公平、合理、科学地分配土地。这个会议在南阳的龙田书院召开。这座书院创立于清朝咸丰元年即 1851 年，创办人是南阳村人士黄登珩，他是中国"睁开眼睛看世界的第一人"的林则徐的同学。该书院首开南阳私塾启蒙教育之先河，功不可没。

书院为院落相连的古式建筑群，白墙、乌瓦，井然有序，背后还有几棵客家民系非常传统的、把守"风水"的参天古木，浓荫如盖。现在却只能从幸存下来的老照片中去品读了。因为，国民党军"围剿"红军时，侵入南阳，得知毛泽东曾在这里召开过会议，野蛮的匪徒，恼怒之下，居然点起一把火，把书院烧成一片废墟。现在，在原址设立了南阳中学和小学。

13岁参加红军、被毛泽东誉为"红小鬼"、后来成为党和国家领导人的陈丕显，当年就是这所学校的学生。被乡亲们亲切地称为"阿丕"的陈老，十分关心家乡和母校，去世前曾留下遗言：把他收藏的图书和储蓄的一点存款等，全部捐献给母校。拳拳之心，令人感动。母校感念他，特地为陈老立了一尊金黄色的半身铜像，置放在校园里，让这位特殊的学子日日夜夜守望他生前牵挂的热土。

毛泽东为什么会选择在南阳开这个十分重要的会议？这是有特殊的背景和原因的。

"耕者有其田"，消灭封建土地所有制，是中国共产党动员、组织农民参加革命最为有效的途径和手段。因此，在第一次国内革命战争时期，共产党领导的苏区就陆续进行土地革命。湖南醴陵开始得比较早，1927年年底就进行了。但真正称得上有意义而且搞得比较彻底的，是由共产党员彭湃在1927年至1928年2月领导的海陆丰地区。该地的苏维埃政权采取的办法是没收一切土地，进行统一分配。虽然正确地解决了分配土地中的数量和质量问题，但存在着严重的"左"的倾向，主张把一切反革命都杀得干干净净，对资本家和地主不加区别，规定"不革命不分田"等等，加上盲动主义的错误，海陆丰根据地最后失败了。

相比之下，由邓子恢、张鼎丞在1928年6月领导的闽西永定西南区的土地革命，就做得比较好。永定暴动之后，邓子恢就建议：

"赶快到乡下去肃清反革命分子，收缴反革命武装，立即进行土地革命，烧田契，废租废债，没收地主财粮给穷人。"永定暴动之后，还成立了福建第一支红军部队即闽西红军营，并建立苏维埃政权，召开了工农兵代表大会。非常难得的是，对人们最为关心的土地分配问题，邓子恢、张鼎丞这些领导者，深入乡村进行调查研究，分别找有经验、熟悉土地情况的老农民座谈，认真倾听他们的意见和呼声，和农民代表一起研究和制定没收和分配土地的政策。主要的内容是：

第一，所有的土地都拿出来分配，只有中农自耕土地多一点不动。

第二，土地分配的办法，按照人口平分，地主富农和贫下中农一样分田。

第三，分田以乡为单位，各乡农民原耕种的土地，归各乡农民分配。

第四，分田的方法是，按各人原耕土地抽多补少，不要打乱平分。

根据这个政策和办法，首先在永定溪南区金砂乡做试点。成立没收和分配土地委员会，进行人口和土地调查，召开各种会议，宣传共产党领导的土地革命主张和分配土地的办法，力求做到公平合理。在具体的分配方案确定之后，张榜公布，并召开群众大会通过。

邓子恢、张鼎丞他们创造的溪南区土地革命的经验，科学、合理、公平，照顾到农村的方方面面，不左不右，而且具有强烈的创新色彩。尤其是在当时革命烈火席卷一切的情况下，提出地主富农和贫下中农一起分田的政策，是需要有相当的胆量和远见的。这种不一棍子打死、给人出路的做法，最大限度地孤立了敌人，不会孤立自己。

溪南经验引起了毛泽东的高度关注和重视。

1929 年 7 月下旬，在毛泽东亲自指导下，中共闽西"一大"在蛟洋的文昌阁召开，毛泽东参加了会议并做了重要讲话。这次大会的重要成果之一，就是制定了土地政策，极大地丰富和完善了土地革命的纲领。

中共闽西"一大"通过的《政治决议案》和《土地问题决议案》，很值得注意，因为这是在充分肯定溪南分田经验的基础上，并有效地吸收了毛泽东主持制定的《井冈山土地法》和《兴国土地法》而完成的。认识的不断深化和实践经验的积累，使土地分配问题得到更为完美的解决。其内容如下：

第一，没收一切地主及福会公堂的土地。

第二，自耕农田地不没收，但所耕田地除自食以外尚有多余，经当地多数农民要求，得县、区政府批准者，得没收其多余部分。

第三，分田以乡为单位或数乡为单位，按照乡村人口数目，男女老幼平均分配。但有特别情形的地方，也可以按照劳动力分配，但须农民代表会议请求得到县政府批准。

第四，分田时以取多补少为原则，不可重新瓜分妄想平均以烦手续。

第五，对待农村小地主要没收其土地，废除其债务，但不要派款及其他过分打击，对豪绅、地主、反动派留在苏区的家属，应酌量分予土地。

第六，对于富农，在革命初期苏区不没收其土地，并不派款、不烧契，不废除债务；在革命深入后，富农自食以外的多余部分，在群众要求没收时应当没收。

第七，对于大小商人应区别对待。对于大商人一般应予保护即不没收，对于反动商人，宁可杀人、罚款，也不可没收商店；对城乡小资产阶级，绝对不可没收商店、焚烧账簿和废除账目。

　　和溪南经验比较，闽西中共"一大"的土地革命的政策规定得更为详尽、具体。其中有两个敏感的课题：一是如何对待中小地主以及反动分子的家属，并没有把他们赶尽杀绝，而是给予出路。二是对待工商业和小资产阶级，采取保护政策。展现了当时闽西党的领导人相当高的政策水平。善于进行社会调查，从而谙熟社会情况的毛泽东，对邓子恢、张鼎丞这些闽西党的领导人，在闽西土地革命中分配土地中丰富的实践经验以及从实际出发制定的正确政策，深为赞同，并发现这些经验对全国其他苏区具有重大的指导意义，于是，将重点解决土地革命中如何分配土地的会议，放在闽西的南阳开就很自然了。

　　毛泽东亲自主持的南阳会议，重点解决了土地革命中的"富农问题"和"流氓问题"，并分别做出了这两个问题的决议案。

　　南阳会议上，邓子恢代表闽西特委做了关于土地问题和粮价等问题的报告，特别介绍了他们在分配土地中如何解决肥瘦不均，富农隐瞒土地占便宜、贫农吃亏等情况，要求实施"抽多补少，抽肥补瘦"的土地分配原则，以及为了解决农民得到土地之后出现的卖粮难等诸多新问题，而组织起粮食合作社、建立闽西工农银行等措施，得到毛泽东的充分肯定和赞许。因此，南阳会议上，郑重地通过了《富农问题决议案》，明确地提出了在以前土地分配中"抽多补少"规定之外，加上"抽肥补瘦"的原则，并将以前文件中的"不得妄想平均"改为"不得把持肥田"，以杜绝富农在土地分配中占便宜的漏洞。

　　农村中的富农，人数虽然不多，却是一个敏感的剥削阶层。他们大多自己参加劳动，家庭富裕，有的还有点文化，社会关系也比较广，在农村具有一定的影响。在土地革命初期，为了尽量缩小打击面，并没有把富农作为打击对象。毛泽东在《湖南农民运动考察报告》一文中，曾经生动地描绘了对革命持不同态度的两种富农，一种是态度比较好的，他们规劝农民不要去办农民协会，一种是态度比较恶劣的，讥讽甚至攻击农民协会是"砍脑壳会"。因此，如何对待富农，直接牵涉到最大限度缩小、孤立敌人的营垒策略，展现了共产党人的政策水平和斗争艺术。在这次会议上，进一步明确了富农属于剥削阶级的概念，做出了警惕和严禁富农分子混进党内、军内、地方政权内的决定。

南阳会议的召开，肯定闽西土地革命的宝贵经验，并进一步对其予以完善，形成了完整的党的土地政策。闽西的土地革命中分配土地的成功经验以及有关政策，成为全国各个苏区借鉴的样板，并为新中国成立之后全国实行土地改革提供了经验。因此，从一定意义上说，闽西是毛泽东思想中关于土地问题的重要发源地。

南阳之辉煌，盖源于此。

最后，还有一个土地权属的问题，也是闽西的重要贡献之一。

对此，闽西苏区在土地革命中的地权政策一开始就十分明确，那就是土地归农民所有。但后来的闽西中共"一大"及其相关的决议案中，没有很好地贯彻这一原则，而是执行了土地收归国有、归苏维埃的方针，农民只拿到"耕田证"而不是土地证。也就是说，农民对土地只有使用权而没有所有权，这在一定程度上影响了农民的积极性。此外，还有"禁止土地买卖、抵押、出租"的规定，造成分到土地但劳动力不足的老弱病残者，以及红军家属等，虽然分到了田，但无法耕种。面对这些现实问题，在南阳会议精神的指导下，闽西苏维埃政府及时予以解决，出台了《决定分田及租田新办法》，允许农民有条件地出租土地，并且以法律的形式重新确定土地的权属关系，由苏维埃政府发给"土地所有证"，让农民吃了定心丸。权属关系的确定，极大地激励了农民的劳动积极性，在发展苏区经济、全力支援红军中发挥了巨大作用。这种让群众对土地问题吃定心丸的政策，在今天仍然行之有效。

对于流氓问题，这次会议阐述流氓的社会地位和他们对于革命的态度，规定党对流氓的总策略：把流氓从统治阶级底下夺取过来，给以土地和工作，强迫其劳动，改变其社会条件，使之由流氓变成非流氓。并且指出，在特殊环境之下，可以临时利用他们，使之脱离统治阶级的地位，然后再对他们加以适当处置，或临时利用他们的力量去破坏统治阶级。但无论怎么样，政治上不能对流氓有丝毫让步。

值得特别注意的是，这次会议高度重视流氓的破坏性，尖锐地指出，红军队伍中的流氓成分，产生出许多错误的政治观念和组织观念，如流寇主义、单纯军事观点、逃跑主义、烧杀政策、肉刑政策、惩办制度、个人享乐主义、个人英雄主义、小团体主义、极端民主化等等。

对流氓的改造乃至斗争很有必要。这次会议特别提醒人们：发现流氓有反革命阴谋，或有反革命可能，或妨碍群众斗争，非除掉他们群众斗争就不能起来的时候，或流氓假借革命旗帜压迫群众，或坚决地反革命，帮助统治阶级和革命群众作对到底的时候，都必须毫不犹豫地消灭他们，不但消灭他们的首领，必要时还须消灭他们群众的一部以至全部。

在当时的严峻形势下，对待流氓必须采取坚决和果断的方针，不能让他们搅乱了根据地和红军的阵线。

毛泽东亲自主持的南阳会议的召开，使这个本是普普通通的闽西乡镇，进入辉煌的史册。

本固根深　红旗不倒

切莫小看土地分配问题的重要性和它产生的深远影响。

这是一个真实的故事：

南阳镇附近的南阳村罗屋自然村，也叫沙下坝。该村位于茫茫群山深处。一条清澈的山溪从村前流过。村前，有片小小的平原和沿山脊而上的梯田，闽西人称为坝子。开门山水秀，入屋稻菽香。而今，这里古老的农家老屋，几乎全部换成明丽的别墅了。

当年，土地革命的烈火熊熊燃烧的时候，同样进行土地改革，获得土地的客家儿女踊跃参加红军。新四军驰名的将领罗化成，就是从这里走出去的。他是南阳暴动的领导人，曾任红十二军第五纵队政委，新四军二支队的政治部主任，因长期艰苦的战斗生活，积劳成疾，1940 年在江苏溧阳因病去世。这个村庄中还有一位女红军，名叫丘秋子，红军长征后留在当地继续坚持斗争。她以当接生员为掩护，一直坚持到全国解放。习近平在福建当省长的时候，还去看望过这个革命的老奶奶。

她之所以能够在敌人的白色恐怖之下坚持下来，除了机智和群众掩护之外，还得益于当时土地革命时期，在没收地主土地的同时，实行了给出路的政策，按照有关规定，保留了他们的一部分土地。正因为如此，相对缓和了尖锐的阶级矛盾。在红军长征北上、根据地沦陷之后，这个村中的红白势力有个不成文的民间约定，那就是双方互不伤害。于是，丘奶奶得以在敌人的眼皮子底下，避开艰险，一次次地完成党交给的各项任务。

或许，这只是一个比较罕见的特例，但充分展现了土地革命中对地主给出路的政策的作用和影响。

土地问题是毛泽东领导的新民主主义革命中根本性的核心问题。土地是农民的立身、立命之根基，即使红军被迫长征，闽西革命根据地丧失殆尽，留下的红军组成游击队上山坚持斗争，敌人卷土重来，但令人惊叹的是，闽西土地革命中农民获得的土地，在绝大多数地方依然掌握在农民手里。

这是全国绝无仅有的奇迹。

是地主不想收回他们被没收的土地吗？当然不是。尤其是那些曾经逃跑到白区随国民党军队回来的地主，他们更是依靠国民党进行反攻倒算，妄想从农民手里夺回土地。国民党政府也颁布了《收复区土地处理条例》，规定原来已经没收分给农民的土地，"一律以发还原主、确定其所有权"。然而，现实并不像他们想象的那么容易。为了维护农民利益，保护土地革命的成果，在共产党的领导下，经过革命洗礼的闽西人民，开展了沉雄壮阔、跌宕起伏的"保田运动"。

地主不会自己去耕田，耕种者，是农民。秋收时节，地主就企图去收租，农民团结起来，采取多种形式进行抗租斗争，取得了胜利。其中有一个重要的原因：主力红军长征以后，留下在当地转入深山打游击的红军和地方武装，始终坚持灵活机动的游击战争，他们通过各种形式，支持领导农民开展革命活动。游击队到处张贴标语，警告收租地主，不得去向农民收租，对于那些拒不听从警告、有罪恶、民愤极大的反动派，坚决镇压，震慑了那些妄想夺回土地的地主。

土地革命依靠枪杆子，在白色恐怖的情况下，保护土地革命的成果，更离不开枪杆子。农民的抗租斗争，有了游击队的支持，大家更为坚定地在地方党的领导下，开展"保田运动"。

在秋收时节，游击队武装帮助农民抗租。只要发现地主向农民收租，在运粮回去的途中，游击队就组织力量进行半途袭击，帮助农民夺回租粮，并警告甚至严惩顽固的地主。因此，在闽西凡是有游击队出没的地方即游击区，地主是不敢去收租的，土地权表面上是属于地主的，实际依然掌握在农民手里，这是闽西地区被称为"红旗不倒"的最为重要的标志。

白砂的保田斗争是其中的典范。1935年1月，国民党军侵占白砂，重新扶植反动政权，任命区、乡、保、甲长等。地主豪绅以为时机已到，积极图谋夺回在土地革命时期被分掉的土地，成立所谓"复兴委员会"。为算清"业权"，强迫群众在田中插标，标明原业主姓名和现耕者姓名，重新登记土地。

"复兴委员会"规定，凡逃亡在外的地主、富农一人回家，则全家几口人都得分田，而参加红军、外出工作或外出谋生的群众，不得分田，对红军家属及贫雇农也是分给坏田、瘦田或边远田，并要追缴田租，逼还老债。剥削阶级的反攻倒算，逼得群众叫苦连天。

针对敌人这一主张，各级军政委员会急群众所急，纷纷采取措施，领导群众开展保田斗争。一方面，发动群众以业权搞不清为由，拖延土地登记时间；另一方面，对叫嚣最凶的地主刘敏钦实施捕杀，游击队派出一支武装暗中侦察，趁其到区公所开会之际，在路上设伏，予以捕杀。此后，白砂地主豪绅个个胆战心惊，收回土地的叫嚣大大收敛。

古蛟地区在傅柏翠支持下，也保留了苏维埃时期所分的田地。傅柏翠 1931 年被指控为"社会民主党"首领，遭到讨伐，被迫拥兵自卫。傅柏翠实行"耕者有其田"的主张，维持了苏维埃时期的对农民有利的制度，如分田、废除债务、婚姻自由等，并成立农民联合会的区、乡代表大会，以代替被取消的区、乡苏维埃代表大会，领导农民捍卫分田制度、抗捐抗税和反抗其他压迫势力。同时，傅柏翠主张"一切以农民利益为中心"，提出"土地、自由、和平"的口号。1932 年夏，国民党福建省政府委任傅柏翠为龙岩县长（未到职），伪省政府特许傅柏翠实行"耕者有其田"的主张，在家乡保持分田制度。

1933 年 11 月，"福建事变"后，国民党十九路军在闽西设立"善后委员会"，取消各县政府建制，傅柏翠被委任为委员之一。闽西善后委员会的政纲是实行"计口授田""取消债务"等改良措施。"福建事变"失败后，古蛟地区仍然大体保留了苏维埃时期的分田制度，并逐步予以完备，力求做到每户有田可种、有山可用，既采用了苏维埃时期土地革命的政策，以村为单位按人口平均分配；又吸收了十九路军"计口授田"的政策，形成了古蛟地区独有的土地政策，受到古蛟地区各界群众的欢迎。

新中国成立后，1951 年，上杭进行土地改革，认为"古蛟地区和白砂等在共产党的革命武装和当地农民共同奋斗及坚持斗争下保持了土地革命的果实"，"保留地区人口约占全县人口的百分之十七"。

应当钦佩毛泽东的锐利目光和真知灼见，中国 2000 多年的封建社会，实际上是农耕社会。封建土地所有制下，少数地主霸占了绝大部分的土地，而人口占绝大多数的农民却成为缺乏土地甚至没有寸土的赤贫者。毛泽东领导中国共产党精准地抓住土地问题，进行土地革命，把土地分给农民，其结果不仅是解放了农民，而且最大限度地动员了农民参加这场彻底摧毁旧制度、旧社会的伟大斗争。千千万万的农民跟着红军参加革命，而大量留在农村的农民，也成为紧紧跟着中国共产党走的觉悟起来的人民大众。从一定意义上看，中国革命的前途和命运，就建立在如何对待土地问题上，中国新民主主义革命的实质就是土地革命。

站在这个视角，人们更能够清晰认识到，闽西的中共党组织在不同时期正确对待土地问题上的坚定性和灵活性。

抗日战争时期，虽然实行国共合作共同抗日，但国共之间的矛盾，尤其是在土地问题上的根本分歧并没有解决。闽西的党组织领导农民和国民党谈判，开展有理、有利、有节的斗争，继续开展"保田运动"。尤其是 1938 年 3 月，闽西游击队组成新四军第二支队北上抗日，国民党中的顽固派以为时机已到，煽动地主、豪绅进行反攻倒算，伺机逼租夺田。在这种国共合作的特殊时代背景下，闽西的党组织并没有退让，而是领导农民和这些企图逼租夺田的地主、豪绅进行有理、有利、有节的斗争，不断地粉碎了他们的阴谋，取得胜利。

1939 年夏秋之间，闽西国民党当局中的顽固派，曾经策动龙岩的地主豪绅组织"业主团"和地主武装，企图在秋收时节强行向农民收租、夺回土地。中共闽西党组织得知情况，组织农民开展形式灵活多样的斗争，瓦解了"业主团"，粉碎了这股反动势力的阴谋。

1940 年夏秋前夕，龙岩国民党当局变换手法，借口支援抗战，向农民强征"军米"，强迫每保出卖米谷 3000 斤，而且价格压低三分之二左右，等于是变相收租甚至是公开抢粮了。中共闽西党组织及时揭穿了这一诡计，并发动农民进行坚决的抵制，终于获得成功。

接连地失败，国民党顽固派并没有死心，后来，他们又相继在龙岩的田尾村和后田村强行收租；在龙岩城郊的罗桥、大洋两个村庄强占土地。由于有闽西党组织的领导和农民的坚决抵制，这些行径同样以失败告终。

八年全面抗战，国民党顽固派一次次地策划和支持地主豪绅妄图收租和收回土地的活动，闽西广大地区的农民，在中共闽西党组织的领导下，采取各种斗争形式，取得了"保田运动"即保护土地革命成果的胜利。根据新中国土地改革之前的调查，闽西在龙岩、上杭、永定等县的 15 个区、83 个乡、14.6 万人口的地区，约有 20 万亩的土地始终保留在农民手里。这是土地革命的奇迹，也是闽西 20 年红旗不倒的重要标志。

在全国的各个苏区中，闽西的土地革命堪称是一面光辉的旗帜。之所以能够获得如此高的成就，有几个重要的原因：

首先，是毛泽东亲自主持、制定并在实践中不断完善的土地革命的路线、政策、方针的正确。回首这段历史，人们可以发现，在轰轰烈烈的土地革命尤其是在分配土地问题上，毛泽东及时地纠正了"左"的诸如"地主不分田，富农分坏田"的做法，而是采取"抽多补少，抽肥补瘦"的方法，最大限度地保护了农民的利益，借此发动了群众、动员了群众，又兼顾了农村各个阶层的利益，孤立了敌人，指引了土地革命的胜利。

其次，是邓子恢、张鼎丞等领导下闽西的地方党组织，从土地革命一开始，就坚决执行毛泽东制定的路线、方针、政策，并在实践中按照毛泽东的教导，坚持深入实际，调查研究，不断总结经验，大胆进行创新。闽西土地革命的胜利为全国各苏区提供了宝贵的经验，闽西党组织的坚强领导作用，不可低估。

最后，是农民群众的力量。土地革命的根本问题是农民问题，而动员农民最为切实并足以产生具有排山倒海般力量的，就是把土地分给农民的这一最为关键的决策。质朴、平凡的土地，可以演绎出翻天覆地的时代绝唱！深层次的原因，是它紧紧地和占人口最大多数穷苦大众的生存、利益、诉求等连在一起，解放农民，乃至解放全中国，最为重要的基础工程，就是实行土地改革。其结果，不仅摧毁了旧中国赖以生存的基础——封建土地所有制，更为重要的是动员了广大的农民群众参加改变中国命运的伟大斗争。

毛泽东在古田协成店中油灯下挥笔写下《星星之火，可以燎原》这一文的时候，中国，茫茫九州，尚处在国民党反动统治如夜幕浓重的子时，但他却在文末激情地勾画出辉煌的未来，他的底气最为主要的来源，就是看到农民当时所处的地位及其蕴含着的伟大力量。

人民至上。若论土地革命的主力军，农民至上！谁赢得农民，谁就赢得了中国！

第三章

是党指挥枪还是枪指挥党

枪杆子里面出政权。但枪杆子应当掌握在谁的手里,却是个非常现实而尖锐的问题。从三湾改编就初步建立起来的建军原则,却屡屡受到严峻的挑战,原因何在?

分歧和焦点

这是井冈山革命根据地初创时期的惊险故事:

毛泽东领导的秋收起义期间,起义部队的第一团从江西修水出发,于9月10日占领了平江县龙门厂,取得了秋收起义的第一场胜利。但是第一团出现了叛徒邱国轩,致使该团在攻打长寿街时腹背受敌,落败而归。此次失利不仅折损200多名将士,连第一团团长钟文璋也不知去向。

1927年9月29日,第一团跟随起义大部队一起撤至永新县。当天晚上,毛泽东力排众议,主持召开了"前敌委员会",对部队进行整编。随后率领部队进军井冈山,并于10月27日在井冈山上创建了中国共产党领导下的第一个农村革命根据地。此次部队改编,将起义部队的三个团合并改编成一个团,即工农革命军第一师第一团。团长就是陈皓,他成为井冈山上工农革命军的最高军事领导人。

为什么会选上他?

陈皓出生于1898年，湖南祁阳人。少年时期的他，也曾一心向往革命，并以优异的成绩考入黄埔军校，成为大名鼎鼎的"黄埔一期生"，是部队中军事素养最高的将领，故任命其为第一团的团长。

但是，陈皓担任"最高军事负责人"后，就变了。每日不思训练，只想着自己的奢靡享乐。毛泽东曾几次好心劝诫，但陈皓仍我行我素。由于当时井冈山革命根据地的条件艰苦，陈皓萌生了投敌叛变的想法，并于1927年冬，借口把一支部队拉走，企图投奔正驻守在湘南的国民党军阀方鼎英部。

该部队二营的党代表，悄悄向毛泽东报告陈皓率部叛变投敌的消息，时任"前敌委员会"书记的毛泽东大为震怒，亲自率军前往阻截，成功拦截住这支部队，并抓住了叛徒陈皓等人。次日，毛泽东主持召开了工农革命军大会，向革命军将士公布了陈皓等人叛变投敌的罪行，并下令将此次叛变头目陈皓当场处决，避免了革命事业的进一步损失。

坚持党指挥枪，在红四军正式成立之前，毛泽东就意识到这个问题的极高重要性，并在"三湾改编"中确立了"支部建在连上"的建军原则，把党支部建成战斗的堡垒，使之成为实行党指挥枪的重要保障之一。

党指挥枪，仅仅是组织上由党指挥军队吗？如果局限在这一范畴之内，不仅失之偏颇，而且有可能被那些暂时占据领导地位的党内的机会主义者所利用。

井冈山斗争初期的"八月失败"，就是一个十分惨痛的血的教训。

1928年6月30日，中共湖南省委特派员杜修经带着两封信来到井冈山，要求红四军立即向湘南发展。当时井冈山"前委"是受湖南省委直接领导的。毛泽东认为敌强我弱，出击时机不成熟，如此远离根据地出击，没有胜算，弄不好连家也回不了，因此，要求湖南省委重新讨论，慎重决定。但湖南省委拒不听从毛泽东的正确意见，以上级党组织的名义，强行命令朱德、陈毅带领红四军的主力28团、29

团下山，向湘南进发去攻打郴州等城市。

结果是损兵折将。大都由宜章农民组成的 29 团，因本土观念很重，对井冈山的艰苦生活早就心怀不满。如今好不容易离家近了，思乡情绪一下子爆发，全团绝大部分人竟然逃散了，这些逃散的人员大部分被国民党军队截杀身亡。只剩下副营长萧克带的一个连是完整的，加起来一共才 200 余人。

祸不单行。

28 团 2 营营长袁崇全乘机叛变投敌，拉走了 6 个连部队。幸好 6 连连长李见林、党代表赵尔陆和机枪连党代表何笃才立场坚定，悄悄带回了 4 个连部队。红四军参谋长兼 28 团团长王尔琢得知情况，急忙率 1 营去追袁崇全所带走的部队。快天亮时追上了，1 营营长是林彪，他迅速率军包围了叛军，王尔琢则边追边高喊："我是你们的团长，来接你们回去，过去的事既往不咎！"袁崇全从暗处冲出，连打数枪，王尔琢中弹身亡，袁崇全逃脱。

王尔琢是红四军中具有巨大影响力的战将，据老红军回忆，朱德抱着王尔琢长须飘飘的尸体泣不成声。毛泽东得知朱德、陈毅带的部队失利后，急忙率部队下山接应。而守山的 31 团遭到国民党军围攻，在朱云卿、何挺颖的指挥下，打了一个漂亮的黄洋界保卫战，击退了敌人。

红军主力远离根据地后，敌军乘机攻入，井冈山下的永新、莲花、宁冈先后被敌人占领，边界各县城及平原地区也沦入敌手。根据地内被杀之人、被焚之屋，不计其数，史称边界"八月失败"。

"八月失败"，红四军遭到重创。血的教训让毛泽东更加清晰地认识到，党指挥枪，不仅要使红军自觉服从党的领导和指挥，更为重要的是政治领导，尤其是思想领导。初创的红军所存在的形形色色的错误思想，造成的后果太严重甚至太可怕了，纠正乃至清除这些错误思想不可忽视。

然而，对这个问题，红四军内部的看法并不统一。尤其是朱德、陈毅率领南昌起义的部队上了井冈山，和毛泽东率领的秋收部队胜利会师，组成红四军之后，这个问题就逐渐显露出来了。

军队的任务是什么？当时的普遍认识，就是"打仗"两个字。毛泽东给红军制定的任务是三条：打仗消灭敌人、打土豪筹款、做群众工作。对于后者，尤其是做群众工作，红军内部的思想并不大一致。

这和红军当时的组成成分有密切关系。当时的红军，主要是由两大部分人组成，一是旧军人，二是农民。毛泽东带上山的秋收起义部队中农民比较多，朱德、陈毅带上山的南昌起义部队，骨干是北伐时期叶挺的独立团，旧军人比较多。这两部分人，虽然接受了共产党的领导，但思想深处，却没有经过系统的马克思主义思想教育。旧军人中的单纯军事思想乃至旧军阀的遗风、做派、观念严重存在。而农民中，狭隘的乡土观念、自由散漫的无组织观念等也严重存在，特别是在井冈山生活非常艰苦，每天的伙食费只有五分钱的情况下，政治思想上的信仰教育以及对种种非无产阶级思想的清除等，都成为摆在红军面前迫在眉睫的问题。

战事紧张。敌人不断对革命根据地进行"围剿"，红军在军事上的斗争自然成为首要任务。谁来指挥这支军队？鉴于当时的实际情况，毛泽东是红军"前委"的书记，朱德是军长。因此，井冈山斗争初期，军事指挥采取了"双首长"制，即由毛泽东、朱德轮流指挥。

史学界所指的"朱毛之争"就是从这个时候开始的，实际上朱德和毛泽东之间，并没有根本的利害冲突，两个人的关系也不错。朱德品德高尚，也并非为个人私利和毛泽东争夺军队领导权。朱德是主动放弃旧军阀中高官的优厚待遇，要求加入中国共产党的。第一次国内革命战争时期，他曾经向陈独秀申请入党，但被陈独秀拒绝，后来到德国寻找马克思主义，遇到周恩来，由周恩来介绍参加共产党。他在南昌起义中立下很大的功劳。在朱德的思想深处，他是坚定跟着共产党走的，但在党指挥枪的重大问题上，早期却和毛泽东有些不同的看法。

1929年6月，进入闽西的红四军在连城的新泉休整，再次爆发了关于党指挥枪问题的激烈争论，朱德在一封公开信中披露了自己的真实想法，他说道："党管理一切为最高原则，共产主义中实在找不出来"，"共产主义所提出的是无产阶级专政，共产党为他们的参谋部"，党应该"经过无产阶级组织的各种机关（苏维埃）起核心作用去管理一切。如果真要实行此口号（党管理一切），必然使党脱离群众，使党孤立"。并且认为毛泽东实行的是由上而下的家长制，而不是自下而上的民主制。他曾批评毛泽东："不是集权于前委，而是集权于前委书记。"

朱德是个厚道之人，他的思想在当时具有一定的代表性。他的组织观念很强，在他的心目中，当时的党中央以及湖南省委才代表共产党，而坚持正确路线，将马克思主义中国化的毛泽东只是个人而已。在毛泽东被人们普遍地真正认识之前，产生这种想法并不奇怪。从朱德的公开信中，人们也可以看到，机械地从共产主义学说中去寻找指导中国革命的现成结论，认为"共产主义中找不到"党指挥枪的原则，就不予接受，这种脱离中国实际的教条主义的思想倾向，几乎成为当时弥漫在党内的错误思潮，遗憾地囿于当时的时代背景和认识水平，人们并没有认识到其危害的严重性。

从历史的真相看，"朱毛之争"实际是思想认识之争，是信仰相同、目标一致、患难与共的一对老战友之间坦诚的争论，和那些企图夺取红军领导权、具有野心的人完全不同。如果要深究其中的原因，根本的是朱德和毛泽东的文化背景和渊源不一样。朱德毕业于云南讲武堂，接受的是旧式的军事教育，而且从旧军队走出来，后来虽然接受了马克思主义，参加了中国共产党，但从文化上看，旧军队的思想影响依然存在，并且在思维方式上不由自主地表现出来。毛泽东从年轻时代就接受了马克思主义，他的人生目标是为中国劳苦大众求解放。他的思维方式和思想特点是实事求是、一切从实际出发，并不盲目相信"本本"。他的文化观念，此时已经实现了从"走俄国人的道路"到走中国人自己道路的飞跃，而从实践中总结出来的党指挥枪的原则，就是其中重要的堪称经典的内容之一。

在实际生活乃至中国革命实践中，真理往往在少数人手里。

遗憾的是，当时真正认识和了解毛泽东的人并不多，包括他的老战友朱德。

毛泽东有个显著的特点，他一旦发现了真理，就紧紧地抓住不放，执着坚持，他不愧是红军的缔造者！建军伊始，他就公开提出主张，红军必须绝对在党的领导之下，执行党的路线、思想、纪律。毛泽东是个真正的伟大的实践家和理想主义者。他不是为了个人去争军权，而是要坚定不移地为党去争军权。为此，在当时人们还没有认识到毛泽东真正堪当中国共产党领袖的情况下，党内的各种势力，有混进党内的敌对分子，也有带着各种个人目的的投机分子，当然，更多的是一时对毛泽东不理解，尤其是对他将马克思主义中国化的认识不清的人们，他们的反对、责难、不满也就纷至沓来。于是，毛泽东成为在党指挥枪这一关键问题上的焦点。

争论、唇枪舌剑不可避免。

毛泽东独立寒秋，站在风口浪尖上，一身虎气，针锋相对，寸步不让。黄沙淘尽始见金。在古田会议上，红军才终于认识了他。

"前委"和"军委"之争

上杭白砂早康村，严氏宗祠。

这是座古老的建筑，始建于明万历四十六年即 1618 年，又名"东洋堂"。坐东朝西，背靠一片苍松翠竹，郁郁葱葱，此为风光秀丽的风水林。房前有池塘，种满了莲花。暗合传统风水学上的藏风止水之说。房屋平面呈长方形，建筑面积 390 平方米，土木结构，典型的客家明代宗祠建筑风格，整体的房屋和布局，酷似古田会议的会址廖氏宗祠。而今，门前的小广场上，有毛泽东的半身雕像，白色，还有萧克亲自题词的"早康会址"的石碑。据年长的本地人说，历史上这里因山上盛产"山枣"，而被称为"枣坑"。

1929年5月下旬，毛泽东、朱德、陈毅率领红四军第二次进入闽西，分别在永定的湖雷、上杭白砂、连城的新泉三个地方召开红四军前委扩大会，会上，发生了关于党指挥枪问题的激烈争论，其中火药味最浓乃至具有决定意义的是发生在上杭白砂早康村的早康会议。

首先发难的是刘安恭。

刘安恭可不是一般人物。他不仅经历非凡，而且是党中央直接派遣到红四军的特派员。当时还不到30岁，年轻气盛。四川人，是中共旅欧支部的早期党员。1924年回国后，曾协助朱德在四川军阀杨森部队做党的秘密工作，并在杨森准备杀害朱德的危急关头，救过朱德，可谓是朱德的救命恩人。1927年8月1日，参加过南昌起义，随后又奉党的安排，赴苏联学习军事，是苏联著名的伏龙芝军事学院的优秀生。1929年年初回国后，带着中央的"二月来信"来到红四军。

对这样一位身份重要的干部，红四军自然倍加重视，他5月中旬到达后随即被委以红四军政治部主任之职。5月23日红军首次攻占龙岩城后，前委又决定成立临时军委，以应工作开展任务繁重之急需。于是，由刘安恭担任临时军委书记兼政治部主任。像刘安恭这样的资格、学历、经历都过硬的人才，在当时红四军内十分难得。然而，他长期在国外，对红军发展的历史和现状缺乏了解，对于红四军的领导体制与战略战术却又不以为然，并奢望以苏联红军的模式来改造中国红军。他和那些喝了不少洋墨水回到中国的共产党人一样，自以为自己才是正宗的"布尔什维克"。

因此，他当上临时军委书记没几天，就对毛泽东从实际出发提出的一些正确主张进行任意指责。他不做调查研究，也不了解苏区情况和红军特点，而是照搬苏联红军的一些做法，推行首长负责制，削弱了军队中党的领导作用。毛泽东提议成立临时军委的初衷，是为了协助前委加强军队建设，而刘安恭上任后第一把火，却是指向前委，并肆意地直烧毛泽东。他主持的临时军委会议，竟然狂妄地做出决定：前委只讨论行动问题，不要管军队的其他事。这个决定首先违背组织原则，临时军委是下级机关，前委是上级机关，哪有下级机关来限制上级领导机关的道理。再从这个决定的实质看，如果前委只讨论作战行动方针，不能管其他，那前委就无法领导全面工作，这违背中央对前委工作职能的要求，等于取消前委。

对于刘安恭的这些出格的言行，思想敏锐的毛泽东立即发现了。刘安恭的真实目的，是企图与前委分权，削弱党甚至取消党对军队的绝对领导。此外，中央的这封"二月来信"，是根据共产国际书记布哈林的发言，对中国革命形势的好转做了悲观估计，提出朱、毛离开部队和队伍分散游击，以缩小打击目标的主张。这使原来提出"分兵"意见的同志感到符合中央精神。

应当指出，中央"二月来信"提出红四军分散游击的意见是错误的。随后的中央来信已承认这个错误，但当时持"分兵"意见的同志没有认识到这个错误。中央改正的意见几乎是在半年之后了，这使双方的争论持续了相当长时间。毛泽东对中央这封违背实际情况的"二月来信"表示了不同意见。没有料到，刘安恭利用传达中央"二月来信"之机，搬弄是非，散布领导人分两派：一个是以朱德为首的拥护中央派，一个是以毛泽东为首的反对中央派，在军中制造思想混乱。

情况已经发展到异常严重的地步。红四军到达永定时，1929 年 5 月 28 日，毛泽东在永定的湖雷河坑村的"居易楼"举行红四军前委扩大会，希望能够统一思想。

争论终于爆发了。

这次会议上，赞同毛泽东观点的林彪和刘安恭对阵。两人针锋相对，各不相让。

刘安恭要求正式成立军委，认为"既名四军，就要有军委"；批评前委"管得太多"，"权力太集中"，不但"包办了下级党部的工作"，还代替了"群众组织"；指责前委领导是"书记专政"，有"家长制"倾向。林彪等红军干部不同意对前委的批评，提出：现在红军只有 4000 多人，又在频繁作战、游击动荡之中，"军队指挥需要集中而敏捷"，由前委直接领导和指挥更有利于作战，不必设置重叠的机构。前委成员谭震林、蔡协民赞成林彪的意见，支持毛泽东的观点。也有一些军事干部支持刘安恭的意见。

军情急，湖雷会议无法解决问题。于是，红四军在第二次攻打龙岩取胜之后，又在上杭白砂的早康村继续开会。

双方都有了准备，因此，早康会议的争论达到了白热化程度。

这次会议上，刘安恭肆无忌惮，以"太上皇"般居高临下的姿态，对前委尤其是毛泽东进行公开挑战，他提出三个问题：第一，红四军前委会上经常有人实名反对所有人的观点，最终的决议也倾向于这个人的意见。第二，根据在苏联学的军事经验，军委管理军队，自三湾改编以来，党代表权力过大，前委包办了一切！刘安恭提出的第三点更有点离谱，他指出，军队就是军队，应该以行军打仗为主，而不应该承担群众工作，在农村搞根据地建设没有什么前途，山沟沟里也没有马列主义，应当按照苏联的模式，到大城市里搞革命。

刘安恭的这三点建议，十分迎合当时红四军的一些人的思想和情绪，红四军不少指战员并不愿意做艰苦的群众工作和建设巩固的革命根据地，而热衷于"走州过府""招兵买马"、过江湖好汉那样"大碗喝酒、大块吃肉"的奢靡日子。而党代表、士兵委员会的存在对战士的束缚太大，所以刘安恭的话一出，便引起一片喧哗。

面对如此严峻的局面，毛泽东从容不迫且毫不含糊，他公开了林彪在白砂早康会议前夕写给他的信，并提交了一份书面意见。毛泽东的书面意见列举了红四军党内存在的主要问题：一是前委、军委发生分权现象，前委不能放手工作，但又要担负领导责任，陷于不生不死状态。二是根本分歧在前委和军委。三是反对党管一切（认为党管得太多，权力太集中于前委），反对一切归支部（主张支部只是教育同志的机关），反对党员的个人自由也要受限制，要求党员有相当高程度的自由。这三个反对使组织原则发生动摇，是个人主义与无产阶级组织性纪律性斗争的根本问题。

刘安恭不服气，批评毛泽东的书面意见说：毛泽东总是强调党的绝对领导，按这条标准来评论朱、毛两人确实存在很大区别。朱德是拥护中央指示的，毛泽东总是自创原则，拒绝中央命令。这次拒绝共产国际和中央"二月指示"就是一个明证。他建议用完全的选举制度及党内负责同志轮流更换来解决纠纷。

毛泽东再次讲话，他对这场由刘安恭发难而引起的激烈争论的前因后果以及可能产生的影响，已经了然于心。他明白，事情已经发展到这种严峻的程度，绝不能退让。在原则问题上，毛泽东向来光明磊落，直抒胸臆。这场惊心动魄的"前委"和"军委"之争，绝不是简单的个人权力之争，而是直接牵涉到是否坚持党对军队的绝对领导的根本问题，此事直接关系到红四军的生死存亡和革命的前途。不向霸王让半分，是毛泽东在急流滚滚的局势面前的坚定不移的态度。

在全场众人的目光注视中，毛泽东严正声明：从机构设置看，军委不仅与前委重复，而且是同前委分权，动摇了党管理一切的最高原则。现在前委陷入了不生不死的状态，不好工作，提出辞职。

惊雷滚滚，一语千钧！

毛泽东被逼得要辞职了！此事如一记重锤，落在参加会议的代表们心里。作为红军的缔造者，作为带领红军指战员一路厮杀到此并在逆境中开辟新天地的领军人物，何以至此？

毛泽东的这个声明使全体与会者震撼不已，许多人对刘安恭的发言表示反对。会议最后对是否设置军委举手表决。与会41人，主张撤销临时军委、不再设正式军委的有36票，赞成设正式军委的只有5票。这样，撤销临时军委，刘安恭被免职，调任红四军第二纵队司令员；其军政治部主任职务也被免去，由陈毅担任。

白砂早康会议，以毛泽东为代表的坚持正确意见的人们取得了胜利。真理的阳光终于驱散乌云，照亮了辽阔的天空，刘安恭发起的挑战失败了。我们并非苛责刘安恭，他很不光彩的这一幕，是当时党内尤其是红四军内激烈思想斗争的一个缩影。他后来在跟随朱德去攻打梅州的战斗中牺牲，他在战场上的英勇表现，还不失为在敌人面前颇有血性的红军干部。新中国成立以后，经过组织认真调查，他被追认为革命烈士。

白砂早康会议，虽然解决了是否正式成立军委的组织上的问题，但思想上的分歧并没有解决，双方仍然各持己见。前委在毛泽东执意辞职的情况下，决定暂由陈毅代理前委书记。于是，在 6 月 10 日，红四军进驻新泉休整扩编，在新泉 7 天，连以上干部，特别是纵队干部，天天开会，继续就前述的分歧展开讨论。最后争论聚焦在"党应不应该管理一切""要不要一切归支部"，以及有无流寇主义和军阀残余等问题。毛泽东、朱德对下面提出的批评意见在会上都做了答辩。

在新泉期间，根据前委要求，毛泽东、朱德两人写出书面意见，陈述观点，供党内讨论。

在新泉，毛泽东给林彪写了一封信，就是党史上著名的《给林彪的信》。此信从红四军的历史和所处环境两方面，考察红四军党内存在的问题和争论的原因，列举了"个人领导与党的领导""军事观点与政治观点""流寇思想与反流寇思想""形式主义与需要主义""分权主义与集权"等 14 个问题，认为"个人领导与党的领导，这是红四军党的主要问题"。信中分析了红四军不能绝对地建立党的领导的三条原因：一是红四军的大部分人是从旧式军队脱胎出来的，带来了许多旧思想、旧习惯；二是这支部队是从失败的环境中拖出来集结的，原来党的组织很薄弱，便造成了个人庞大的领导权；三是一种不从实际需要出发的形式主义理论从远方到来，使其提出的一些站不住的理由振振有词。信中认为，"形式主义之来源是由于唯心主义，唯心主义之来源是由于游民、农民与小资产阶级成分中产生出来的个人主义"。该信逐一批驳了流寇思想、党内有家长制、党代替了群众组织等观点。

毛泽东的这封信的观点和内容，后来成为《古田会议决议案》（即《关于纠正党内的错误思想》）一文的基础。

前委公开发表这些信、文的初衷，是让广大党员干部参与讨论，结束纷争，为召开红四军第七次代表大会做好准备。但其结果事与愿违，反而使争论更加扩大化。毛泽东批评人甚多，有的批评也过头一些，因而对毛泽东的意见也多些。这三次会议助长了红四军的极端民主化、无政府主义和自由主义思想的泛滥。实践证明，党内的思想争论，如果缺乏科学的组织和正确的引导，缺乏可以作为灵魂的、得到人们公认的领军或领袖人物统领，所谓的自由争论，往往会陷入放任错误思想肆虐的自由化泥潭里，结果如马克思转述过一句出自德国诗人海涅的名言："播下的是龙种，收获的却是跳蚤。"

毛泽东落选了

龙岩，阅尽千年风雨，山水奇秀，系闽西的最大城市。

清澈的龙津河浩浩荡荡，绕城滚滚流去。夹岸山峦叠翠，绿树森森。城外雁石镇龙康村的龙崆洞，距市区 48 公里，形成于 3 亿年前的古生代，经海洋三次地壳运动和间歇演变而成。洞中石笋林立，千奇百怪，素有"洞中桂林""华东第一洞"的美誉。四周云海缥缈，是罕见的原野型溶洞山林风景区。而城内的"新罗第一泉"，正处闹市中心，一派浓荫如盖的树影之下，清冽的泉水池，有如山东名城济南的趵突泉，汩汩地不断冒出水泡，同样不愧是天下奇观。

龙岩老城的建筑，大都源于民国初期。两侧是骑楼，白墙、乌瓦，洋溢着浓郁的南国商业都市的风情。以黄河为源头的河洛文化和以汀江为标志的客家文化，在这里和谐地交融在一起，造就了这座重镇的独特异彩。

毛泽东亲自指挥的三打龙岩城取得辉煌的胜利，古城换新颜。

1929 年 6 月 22 日，红四军党的第七次代表大会在龙岩隆重召开，出席大会的有前委委员、大队以上的党代表、部分军事干部和士兵代表共 50 人。会议的地点，是在城内中山公园一侧的公民小学，就在红四军前委和毛泽东居住地的隔壁。当时，这所小学只有一幢二层的楼房，白墙、乌瓦，质朴无华。而今，这里是颇负盛名的龙岩一中所在地。公民小学的楼房已经被拆除，只留下原址一侧的几棵古榕树，遒劲、挺拔，绿盖如云，长须飘拂，依然默默守望住这片遗落了令人品味不尽的历史。

这次会议是在 6 月 8 日的白砂早康会议上提议召开的。白砂早康会议虽然通过表决，取消了军委，撤销了刘安恭军委书记的职务，但没有彻底解决红四军中存在的思想分歧。后来，在新泉休整时期，召开了新泉会议，不仅没有解决分歧，而且通过公开毛泽东、朱德、林彪等的信件，加剧了极端民主化、自由化思想的泛滥。根据毛泽东的主张，召开这次红四军党的第七次代表大会，本想进一步解决红四军内部的分歧，没有料到，不仅分歧没有解决，还出现了非常意外的情况。

毛泽东是对政治、思潮、思想感觉极为敏锐之人，自白砂早康会议之后，他的心情就不大好，面对红四军内部各种错误思想几乎泛滥成灾的局面，他令人意外地提出辞职，要求到苏联去学习。从当时的背景分析，应当是他内心情感和思绪的真实反映。当然，从熟读古书不乏韬略的毛泽东的角度来说，也很有可能是韬晦之计，以退为进。

因为毛泽东已经声言辞职（虽然没有得到中央的正式批准），这次会议由前委代理书记陈毅主持。会议居然不设主席台，提出"放开提意见"的极端民主化的错误口号，偏离了会议的正确方向。此外，红四军"七大"出现意外，当然和主持人陈毅有些关系。

陈毅出生于 1901 年 8 月 26 日，四川乐至复兴场张安井村人。少年时在成都读书，1919 年赴法国勤工俭学，开始接受马克思主义。1921 年 10 月因参加中国留学生的爱国运动被法方押解回国。1922 年加入中国社会主义青年团。1923 年春在重庆《新蜀报》任文艺副刊主笔，秋天到北京中法大学读书，加入中国共产党，在李大钊领导下，从事工人、学生运动。他性格开朗、诙谐、耿直，年轻时还爱好文学，会写小说，酷爱诗词，而且颇有造诣。

他参加共产党之后，全心全意投身革命。

1926年年初，他参加领导了"三一八"爱国运动，8月被派往四川万县，推动川军响应北伐，11月调往重庆，参与沪州、顺庆（今四川南充）起义的组织准备工作。1927年到武汉中央军事政治学校，任该校中共委员会书记。7月中旬，军校改编为张发奎掌握的第二方面军教导团，8月2日由武昌顺江东下，准备参加南昌起义，不料队伍至九江时，被张发奎缴械。陈毅布置应变工作后南下，在抚州赶上南昌起义部队，任七十三团的指导员。起义军在广东三河坝失败后，他与朱德等整顿余部，在江西、广东边界转战，保存了革命武装力量。

1928年1月，他参与领导湘南起义，成立工农革命军第一师，任师党代表。4月，与朱德率部到达井冈山地区，和毛泽东领导的秋收起义部队会师，先后任第十二师师长、红四军军委书记，参与创建和保卫井冈山革命根据地的斗争。

从他的经历来看，他开始是跟随朱德的。"八月失败"之后，才由衷地敬佩毛泽东的才华、魄力尤其是不凡的预见。因此，当毛泽东与朱德发生思想上的分歧的时候，他一不敢得罪毛泽东，二又倾向朱德。这种尴尬的处境，正是他不得不采取两不得罪的调和、折中的态度的主要原因。

在大会上，陈毅在讲完革命形势后，公开对朱德、毛泽东二人进行了批评，也毫不客气地把刘安恭臭批了一通。最后陈毅又对毛泽东、朱德二人说道："你们朱毛吵架，一个是晋国，一个是楚国，两个大国天天吵，我是小国，处在你们大国之间，我哪边都不好得罪。我就是怕红军分裂，所以，就请你们高抬贵手，尽快和解为上。"在场的人听后都情不自禁地笑了起来。

对此，对当时中国社会矛盾错综复杂的现实了解得非常透彻的毛泽东当然很恼火，甚至感到心痛。

他坐在那里不停地吸烟，一言不发。会上，陈毅的发言得到了红四军多数官兵的赞同。

从陈毅的话中，人们可以看到，陈毅对当时红四军党内严重的思想分歧，采取了和稀泥的折中主义态度。此次会议，由于采取了放开提意见的方式，人们对毛泽东提的意见较多，对朱德也有意见。于是，陈毅对毛泽东和朱德各打五十大板，给毛泽东严重警告处分，给朱德警告处分。

会后选举时，毛泽东、朱德二人都落选了，陈毅被选为前委书记。后来，据出席会议的罗荣桓、罗瑞卿、萧华、谭政等人回忆，投票选举时，毛泽东只以一票之差落选。

对陈毅的折中主义，囿于当时的时代背景，人们并没有深刻的认识。在两种思想一时无法调和的情况下，折中主义实际上削弱了正确一方。列宁曾尖锐地指出，折中主义回避具体的东西，它以模棱两可的面目出现，在理论上具有"毫无原则性"、用明显的诡辩阉割马克思主义的活生生的革命的灵魂等特征，因此，具有很大的欺骗性和危害性。因此，毛泽东对折中主义深恶痛绝。结果，红四军缺少了毛泽东这个灵魂人物，马上就打了败仗，朱德和陈毅不得不去请毛泽东回来，但颇有个性的毛泽东坚持不回来，他声称不打倒陈毅主义他决不会回来。

陈毅在红四军"七大"上搞折中主义，削弱了毛泽东思想，也在一定程度上损害了毛泽东的形象和威信，加上刘安恭等人的推波助澜，才导致毛泽东落选红四军的前委书记的意外结果。

当然，不能否定当时红四军参加"七大"代表对毛泽东的局限认识，任志刚先生著的《为什么是毛泽东》一书中，有一段非常精彩且独到的发现：

　　毛泽东心灵中最闪光的一面，不是他的性格，事实上如果不认同他是领袖，他的性格并不是叫许多人喜欢的，他最光辉的是他渴望胜利。你要是喜欢他，认可他为领袖，你就会发现他绝对是个天才人物，他几乎可以在任何方面表现出杰出的才能，但要是你不喜欢他，他的优势叫人绝对不愉快的，甚至是叫人难以忍受的。他的个性就像锋利的刀刃，只要你站在他的对面，你就会感到悚然与不安。

细细品味这段话，人们就可以感觉到，作为红军之父的毛泽东，为什么他亲自率领的红四军，有许多人在"七大"上没有投他的票了。

毛泽东在红四军"七大"上落选，这是党中央指定的前委书记被下级在选举中选下来了的唯一的一次，也是毛泽东一生革命生涯中唯一的一次被下级免职的个例！在这次大会上，原来毛泽东领导的秋收起义部队改编的红四军31团中，有大部分人没有支持毛泽东，这是令毛泽东最为伤心难过的事。大会最后批准了毛泽东离开红四军去休养的申请，并且指定他去闽西指导地方工作，兼治病休养，否决了毛泽东要求去苏联学习的意见。随后，毛泽东带领谭震林、蔡协民、江华、曾志等离开红四军，到上杭蛟洋指导闽西特委召开第一次党代会。

在毛泽东指点江山、驰骋天下的革命生涯中，这是一段十分无奈、失望甚至暗淡的日子。四五月间，他得了疟疾，民间叫作"打摆子"，"热时热得如蒸笼上坐，冷时冷得如冰凌上卧"。此病的特效药是西药奎宁，由于敌人的封锁，根据地没有，只能吃点草药，无法治愈，反复发作。疾病中的毛泽东，又逢"七大"上前委书记落选，雪上加霜，身心俱疲。不过，毕竟是久经风雨的毛泽东，到地方工作以后，他没有气馁，更没有倒下，他对时任闽西特委领导人的邓子恢说：闽西天地很大，可以大有作为。他终于静下心来，投入到闽西的地方工作之中。

"九月来信"

　　上杭古城，瓦子街。

　　这是客家的祖籍地，从这里出发前往广东乃至东南亚各地的客家人成千上万，他们都牢牢记住这个地方。以前因为这里周围有不少砖瓦窑，故叫"瓦子坪"。上杭的大批老屋以及后来繁华起来的商业街就在这里。街的四周还有不少宗祠。改革开放之后，上杭和全国各地一样，对老城进行大规模的拆迁改造，两侧的老屋包括宗祠等大部分被拆除，太忠庙的其他部分都已经拆了，只剩下主殿，当张牙舞爪的钩机，已经把铁嘴钢牙般的爪子升到高处，正准备落下时，突然有人大喊："停！立即停！"气喘吁吁跑来阻止的一位中年人，他是从著名的才溪乡走出来的文物保护的热心者王茂芳。紧急关头，他终于得到了拆迁指挥部和县领导的同意，使太忠庙的主殿幸运地被保存下来。

　　太忠庙，又称"大忠庙"（客家话中"大"和"太"谐音），是为祭祀唐朝开元年间进士张巡而建的。张巡（709—757）是安史之乱时期著名的英雄。张巡祖籍蒲州河东（今山西永济西），出生于邓州南阳（今属河南）。安史之乱时，张巡誓死守卫睢阳（今河南商丘睢阳区），屡次击败叛军，后终因寡不敌众，战死于睢阳。安史之乱后，唐肃宗下诏褒赠其为扬州大都督，诏封为邓国公。因他曾被诏封为御史中丞，故史称"张中丞"。后人为纪念张巡，在各地为他建立祠庙。崇敬英雄的客家人，也在这样的情况下，建造了这座中华民族的精神殿堂。

　　到过这里的人们，往往都没有注意到这座建筑的后墙一侧，还竖着一块石碑，上书：中国共产党红军第四军第八次代表大会旧址。

　　经过改造后的瓦子街已经完全换了模样。宽敞的大街，两侧全是现代楼房。浓绿的绿化树，如云如盖。大街正中，依次是广场、流芳牌坊、清代著名画家华嵒石雕像、《时雨记》碑、太忠庙主殿。左右则是迄今787年历史的文庙和丘逢甲师范传习所、紫阳书院、丁状元旧居等古建筑。集源远流长的传统文化与厚重的红色文化于一域，是瓦子街特别令人留恋的地方。

离开了毛泽东的红四军，失去了灵魂，接连打败仗。

1929年9月红四军的第八次党代会，前后进行了三天。会议吵吵闹闹不止，结果什么问题也没有解决，会议主持人朱德控制不了局面，出席会议的许多代表对军事指挥的失误公开表示不满。

会上，罗荣桓发言，要求请毛泽东回来领导红四军。红四军的秘书长张恨秋在会上发言，他以在苏区几个月的体验，说明毛泽东建军思想的正确性，指出了毛泽东离开红四军这段时间，指战员的思想混乱和军事决策的失当，使红四军面临着严重危机，解决红四军的领导权成了刻不容缓的大事。他还起草了一份"敦请书"，在大会上宣读，恳请毛泽东返回红四军领导岗位。

罗荣桓、张恨秋说服了大多数与会人员，前委也接受了多数人的意见，致信毛泽东，请他回到红四军。据萧克回忆："当时的士兵、干部都有这样的感觉，毛党代表在时，队伍多，工作好。想念毛泽东同志，希望他回到红四军，这是全军的普遍要求。"

厚道的朱德也联合郭化若等其他代表，诚恳地写信请毛泽东回来开会。毛泽东虽然离开了红四军，但他依然随时关注着这支他亲自缔造的红军队伍的命运，他为红四军当时所处的困境感到焦虑。因此，他还是让人用担架把抱病的自己抬到会场。然而，毛泽东赶到时，此次会议已经结束。人们见到一脸病容、消瘦憔悴的毛泽东，很是难过、忧虑和伤感。显然，其时红四军思想上的混乱，已经到了直接影响甚至决定这支部队生死存亡的危急时刻了！

陈毅没有参加红四军第八次代表大会。他应中央的要求，前往上海去汇报情况了。陈毅经过化装，打扮成商人模样，从厦门上船，几经周折，终于到达隐蔽在上海的党中央的所在地，住进英租界四马路新苏旅馆。

当时，中央由周恩来任常委兼军事部长，负责军事方面的工作。

此时的陈毅，虽然担任了红四军的前委书记，但根本压不住阵，肩负这一重任的他，对当时红四军离开毛泽东之后出现的思想上更为混乱的情况，束手无策。陈毅不愧是个襟怀坦荡之人，他在那非常时期折中主义的处理问题的方法，在那严峻的局势面前，显得是如此苍白无力。周恩来是了解他的，早在法国留学的时候，他们就相识相知了。他觉得，此君人不错，但并没有达到担负红四军前委书记这个重任的要求。因此，有个传闻，周恩来见到陈毅的时候，当头就问："你能行吗？回去后赶快把毛泽东同志请回来。"他太了解陈毅，也了解朱德，周恩来还是朱德的入党介绍人。此时的周恩来，和毛泽东虽然见过面，但还没有深交，但他从各方面得来的信息中，已经深深敬佩这位极具政治智慧和军事指挥才华的红军领军人物了。

红四军离不开毛泽东，必须把毛泽东请回来，依然请他当红四军的前委书记，指挥红军突破敌人的重重"围剿"。周恩来胸有成竹。

根据中央的要求，陈毅起草给中央的报告，写了《关于朱毛军的历史及状况的报告》等七个报告。陈毅对党是个忠诚之人，在这个关键时刻，他并没有因为担心丢掉"前委书记"这顶"乌纱帽"而说假话，更没有粉饰红四军当时处于困境的现实，而是真实地向中央汇报红四军和根据地的实际情况。毛泽东是个懂得情理之人，后来，他说"陈毅是个好同志"，的确是心里话。1972年1月6日，他得知陈毅去世，此时的毛泽东身体不大好，但他还是穿着睡袍参加陈毅的追悼会，感动了许多人。我们有理由相信，其中的原因应该就在这里。

周恩来是细心且顾全大局的党的领袖人物之一。其实，早在陈毅到达上海之前，8月中旬，毛泽东在红四军"七大"上落选的消息传到在上海的中央，周恩来就十分震惊。8月13日，他在政治局会上说：这是历史上很久以来意见不同的冲突，因他们工作很努力，故未大爆发。等陈毅来之后，再做答复。他还提议将强烈反对毛泽东的刘安恭调回中央，结果，刘安恭在不久后的作战中牺牲，此项建议没有实现。

8月29日，中央政治局听取了陈毅的详细汇报，决定由周恩来、李立三、陈毅组成委员会，起草一个决议，周恩来为召集人。周恩来经常到旅馆和陈毅长谈，一谈就是几个小时。他们在里间谈话，陈毅的哥哥在外间下棋掩护。周恩来多次嘱咐陈毅，一定要把毛泽东同志请回来。他强调要召开一次会议，统一思想，分清是非，巩固红四军的团结，维护朱、毛的领导。

在和陈毅的多次谈话中，他们不仅谈到许多具体问题，而更重要的是他们讨论了许多原则问题。经过讨论，他们对农村武装斗争有了进一步的认识。后来陈毅将这两个月的谈话称为"训练班"。根据周恩来的多次谈话，陈毅起草了中共中央给红军第四军前委的指示信。这就是"九月来信"。

"九月来信"明确支持毛泽东的观点，意在加强党对红军的领导。

值得人们回味的是，那封被毛泽东认为不大好的"二月来信"，是周恩来起草的。造成此信对形势悲观判断的失误的是共产国际，并不是周恩来。当听到陈毅的汇报之后，周恩来立即改变了态度。周恩来的确是个务实而睿智的领导人。

这封指示信的主要内容如下：

其一，在党的文件中，第一次将农村的红军提到一个很高的高度。指示信指出："先有农村红军，后有城市政权，这是中国革命的特征，这是中国经济基础的产物。如有人怀疑红军的存在，他就是不懂得中国革命的实际，就是一种取消观念。"显然，这是对中央根据共产国际和苏联经验提出的"城市中心"论的纠正。

其二，关于红军的根本任务，指示信规定："一、发动群众斗争，实行土地革命，建立苏维埃政权；二、实行游击战争，武装农民，并扩大本身组织；三、扩大游击区域及政治影响于全国。"

其三，针对红四军各党部关于分兵与集中的争论，信中指出："分兵与集中只是某一个时期中的工作方式的利便问题，绝不能把红四军分成几路各不相属的部队，这样就是分散而不是分兵，或者把红四军分小，化成无数的游击队而不相联属。两者皆是取消观念。"信中还批评急躁情绪，明确指出"预定一年内夺取江西全省政权的决定，也是错误的"。

这封信特别指出："党的一切权力集中于前委指导机关，这是正确的，绝不能动摇。不能机械地引用'家长制'这个名词来削弱指导机关的权力，来作极端民主化的掩护。"指示信提出"纠正一切不正确的倾向"，并具体提出不正确倾向的观念"取消观念、分家观念、离队观念与缩小团体倾向，极端民主化，红军脱离生产即不能存在等观念"都应当纠正。

指示信没有回避毛泽东和朱德之间的分歧，指出了"朱、毛两同志工作方法的错误：第一，两同志常采取对立的形式去相互争论；第二，两同志常离开政治立场互相怀疑猜测，这是最不好的现象。两同志的工作方法亦常常犯有主观的或不公开的毛病，望两同志及前委要注意纠正这些影响到工作上的严重错误"。然后，提出解决方案："前委应立即负责挽回上面的一些错误：第一，应该团结全体同志努力向敌人斗争，实现红军所负的任务；第二，前委要加强指导机关的威信，与一切非无产阶级意识作坚决的斗争；第三，前委应纠正朱、毛两同志的错误，要恢复朱、毛两同志在群众中的信仰；第四，朱、毛两同志仍留前委工作。经过前委会议，朱、毛两同志诚恳接受中央指示后，毛同志应仍为前委书记，并须使红军全体同志了解而接受。"

"九月来信"来得实在太及时了，它对恢复和确立毛泽东同志在红四军的领导地位，统一红四军前委领导和全军思想起了极为重要的作用，为后来胜利召开的古田会议做出了重大贡献。

阴霾终于完全散去

鹧鸪塘，一个洋溢着浓郁乡土气息的小村庄。

它位于上杭县官庄镇树人村的东部，此地四处稍高，中间低，夏天雨季会形成积水塘。据村中的老人讲述，以前，附近茂密山林里的鹧鸪，经常会飞到塘边喝水，鹧鸪啼鸣，声声如歌如语。久而久之，当地人称这个村子为"鹧鸪塘"。

绵长的汀江经过此地，水流变缓慢了，碧沉沉的江水绿如蓝，举目望去，颇有"江流天地外，山色有无中"的迷人韵致。绵延而去的江岸，长得最多的是古老的樟树。离鹧鸪镇不远的地方是官庄，附近有一片樟树林，聚集的数百年乃至上千年的老樟树，居然超过百棵之多，形成罕见的奇景，时有游客到此观赏。边上有一座规模不小的寺庙，叫"镇龙寺"，金色的围墙、橙色的琉璃瓦，古刹钟声里，时有身穿杏黄色服饰的老和尚出没，他们依稀脱离尘世，寂寞、宁静。如果不是一项特殊的历史事件，鹧鸪塘很可能被无情的岁月风雨消融在人们的记忆里。

1929 年 11 月 18 日，红四军前委在此开会。会址是一座宗祠。这村是杂居的民族乡。据查有关资料，福建省有 12 个少数民族乡镇，但其中的 99% 都是畲族。这里的宗祠，是畲族蓝姓的。白墙、乌瓦，石质的门楼，庄重而不失古朴。宗祠的后山是一片松树林，苍翠翁郁且气势不凡。在红四军的史册上，这是一次极不寻常的会议。会议内容，由代替毛泽东担任前委书记的陈毅第一次传达中央的"九月来信"和周恩来的口头指示。

1929 年 10 月，陈毅肩负党中央的重托从上海乘船至香港，22 日到达广东松源，遇见了正在出击东江的红四军部队。11 月 2 日，红四军撤离梅县至江西寻乌转至福建武平、上杭。11 月中旬，朱德军长率红四军抵达汀江上游的枢纽——上杭官庄，安全回到红色区域。于是，选择这个比较僻静且安全的地方召开会议。

这个会议实在是太及时、太重要了。

1929 年 10 月 19 日，朱德贸然带兵出击东江，惨败而归。他带去的红四军主力的一、二、三纵队共 6000 多人，损失 1000 多人，其中有 200 多人是从井冈山下来的红军骨干，刘安恭也战死沙场。极为惨痛的血的教训，也让他明白了，离开了毛泽东的红军，便失去了灵魂和方向，处处被动，如果继续下去，后果不堪设想。

鹭鸪塘会议上传达的中央"九月来信"和周恩来口头指示，最为重要的核心就是充分肯定毛泽东的思想、路线、方针、策略和不可磨灭的重大贡献，要旨是，立即把毛泽东请回来重新担任红四军前委书记。传达之后，会场上一片欢腾！那些曾经责难、非议、反对毛泽东的少数人，听到来自中央的声音，也默然无语了。据亲眼目睹鹭鸪塘会议后红军精神面貌的附近老人介绍，会议结束之后，参加会议的代表并没有立即散去，他们散坐在鹭鸪塘后面的山坡上，个个喜笑颜开！还有动人的歌声传来，他们虽然听不懂红军唱的是什么歌，但从传来的歌声中感觉红军将士们是喜悦而歌！

时令正是深秋，山上的枫树红了，红得耀眼、辉煌。

毛泽东解放了！红四军也解放了！

毛泽东没有参加这次会议。此时，他在哪里？苏家坡！

他离开红四军四个多月，当然时时牵挂着他亲自缔造的这支队伍。应当感谢邓子恢、张鼎丞等闽西特委的领导和闽西老百姓的关心、帮助，邓子恢特地派交通员冒着生命危险，到上海买到西药奎宁，终于治好了折磨毛泽东很久的疟疾。身体逐渐康复的毛泽东，不久就得知中央"九月来信"和周恩来口头指示的内容，他终于可以精神抖擞地重回红四军的领导岗位了。

陈毅深知毛泽东的脾气。在这场激烈的争论中，毛泽东胜出，因此如何告诉毛泽东这个喜讯，陈毅还是非常认真的。

陈毅亲自赶到苏家坡，陪同他去的还有当时福建省委联络员谢景德。在毛泽东居住的苏家坡"槐树堂"一侧，陈毅见到毛泽东，他站着，低着头，惶惶不安，说道："我是特地来负荆请罪的。"此时，毛泽东虽然还没有看到中央"九月来信"的原件，但已经知道这个他等待太久的好消息了。

后人用一组"蒙太奇"的形式，重现这段非常富有情趣和戏剧色彩的情景：

1929 年 9 月下旬的一天，毛泽东刚刚给当地的孩子们上完课，还未回去。陈毅来到了这个课堂，却看见毛泽东正坐在一块木头上，抄着手，一副爱搭不理的样子。

陈毅说道："润之兄，你总不能在这里当一辈子教书匠吧？"

毛泽东头也不抬，看也不看，赌气地说道："这有什么不好，我本来就是一个教书匠嘛。"

贺子珍劝道："你看看你，怎么跟个孩子似的，赌什么气啊。"

陈毅摘下帽子，说道："'七大'没开好，是我的错。如果要检讨的话，这个检讨由我来做。"

毛泽东冷冷地说道："你爱做不做，与我何干？"

陈毅道："润之兄，你还非得让我三顾茅庐不成？"

毛泽东还是没有看陈毅，顺手拿起桌上的一个本子，一边看，一边对贺子珍说："天、地、人，这个'人'字写得不太好啊？"

贺子珍说道："润之，陈主任都认错了，中央也来信了，你还想怎么样？"

毛泽东看了看贺子珍，没有回答，也没作声，继续看着学生的作业本。

陈毅挠了挠头，说道："玉阶兄也真的希望你能回去，他给你写了封道歉信，我给你带来了。"

毛泽东把本子撂到桌子上，又抄起了手，毫不客气地说道："我和玉阶兄的事呢，就用不着别人掺和了。"

陈毅气得起身就走，走到门口，又心有不甘。他回过头来，煞有介事地说道：

"毛泽东同志！你还是党员吧，你还是红四军中的一员吧。现在我以前委书记的名义命令你，马上跟我回去！"

毛泽东也恼了，生气地说道："不打倒陈毅主义，我绝不回去！"

陈毅愣了片刻，继而说道："陈毅主义应该打倒，我和你一起打倒；但是陈毅同志，你绝不能打倒！"

毛泽东盯着陈毅，慢慢站了起来，问道："为什么不能打倒啊？"

陈毅一本正经地说道："你把陈毅同志打倒了，他还怎么继续跟你拿着枪杆子干革命？"

看着陈毅那认真的样子，毛泽东忍不住嘿嘿一笑。

身后的贺子珍也站了起来，捶了一下毛泽东的后背。毛泽东和贺子珍四目相对，忽地大笑起来。

陈毅也被他们俩逗乐了。

毛泽东突然一变脸，收起笑容，故作严肃地说道："出来容易，回去可就难喽。让我回去，也可以，不过得约法三章，写在纸上。"

陈毅松了口气，说道："没问题，润之。只要你肯回去，别说是三章了，就是一百章，我也同意。我现在就去拿纸和笔。"

很快，陈毅拿来纸笔。毛泽东认认真真在上面写了几个字，然后，交给了他。

陈毅拿着本子，贺子珍也凑过来看，只见上面写了八个大字："相见恨晚，相慰平生"。

贺子珍埋怨他俩道："你们俩呀，好得穿一条裤子都嫌肥，还吵来吵去的！"

陈毅呵呵一笑，解释道："有时候，牙齿和舌头还打架呢。"接着，陈毅带着毛泽东等人，又回到了红四军。

当时，毛泽东把陈毅那种经常劝架的行为，说成是调和、敷衍、模棱两可的陈毅主义，还说陈毅是"八面美人"。说实话，这有点冤枉陈毅了。陈毅对毛泽东的这种指责，经常是一笑了之。这恰恰显示了陈毅作为一个共产党领导人的胸襟和气度。后来，毛泽东也说："现在看来呀，没有陈毅你这个八面美人，不但队伍会乱了营，我和玉阶兄啊，也不会走到今天。你这个陈毅同志啊，看来也蛮有点政治智慧的。"

诚然，在毛泽东和朱德开始磨合的初期，陈毅绝对是一个优质的黏合剂。他牢牢地把毛泽东和朱德粘在了一起，从此，朱、毛再也没有分开过。

毛泽东深知，陈毅这次到中央汇报，说了实话，陈毅不愧是个光明磊落之人。因此，面对中央的来信，他原来对陈毅的一股怨气也消了。看到陈毅诚恳的样子，他说道："你陈毅言重了。龙岩'七大'的事，有那封'二月来信'，刘安恭一心想执掌四军军委，下面又吵嚷不休，你陈毅的折中主义，也是那种情势下的必然产物。"

陈毅连忙带着歉意说道："我佩服你的原则性，陈毅的折中主义该打倒。老毛，这次立三当面表态，接受前委意见，收回'二月来信'。"说完，恭敬地拿出中央的"九月来信"交给毛泽东阅看，并详细地介绍了和周恩来谈话的情况。

毛泽东看完了"九月来信"，一切释然。

毛泽东站起来，对陈毅说道："中央指示很明确，原则问题都说了。这也说明你陈毅汇报情况符合实际。"他赞扬陈毅，"君子之风坦荡荡"。

陈毅这时候才放心地笑了。这是毛泽东对他最贴切的评价。陈毅的确是个共产党领导层中胸怀坦荡的真君子。

陈毅问道："老毛，那你同意回四军了！"

毛泽东大手一挥，斩钉截铁地回答："回！"

看到这个场景，站在一旁的贺子珍满眼是泪。这个巾帼女子同样心肠软，这几个月来，毛泽东所受的委屈和磨难，她最清楚也体味最深了！

当晚，贺子珍炒了几个永新小菜，特别有毛泽东嗜好的红辣椒，请陈毅、邓子恢一起吃了晚餐，算是给毛泽东饯行。第二天，毛泽东带着即将生产的贺子珍到了蛟洋，把贺子珍交给傅柏翠帮忙照顾。毛泽东和这位"傅先生"交谊很深，非常信任他。傅柏翠拉出一匹马要送给毛泽东，毛泽东没有接受，只是向傅柏翠要了几本书，连同行李，放到谢景德的马背上。两个人心情舒畅，一路交谈。在警卫的护送下，于 11 月 26 日傍晚，到达汀州。朱德带兵驻守在这里。

在红四军的司令部门口，朱德站在门口迎接毛泽东。两位老战友见面了！

"老毛！"

"老朱！"

两人同时疾步向前，紧紧拥抱。这是继井冈山握手后更为热烈的拥抱。

朱德深情地说道："中央来信了，你是对的，以前的意见我收回。"毛泽东的眼睛湿润了。

从此，朱德、毛泽东紧紧团结在一起。朱德对毛泽东这样评价："我们这一代人，就是以毛主席为代表，我个人没有什么贡献，就是跟着毛主席走。"

毛泽东对朱德的评价是："意志坚如铁，气度大如天。"

从此，以毛泽东、朱德为代表的党的第一代核心层领导的团结，就在闽西形成了。

11 月 28 日夜晚，毛泽东挥毫给中央写信，报告红四军贯彻"九月来信"和他重回红四军前委书记岗位的情况。此信中，毛泽东满怀信心地向中央报告：尽管，由刘和鼎、金汉鼎、张贞带领的国民党军队正组织对苏区的"会剿"，但闽西已经有 80 万赤色群众足以掩护红军，形势并不严重。四军党内的团结，在中央的正确领导之下，完全不成问题。

阴霾终于完全散去。闽西大地，群山叠翠，阳光明丽，秋色无限。

1929 年 12 月 3 日，红四军军容整齐，浩浩荡荡地移师连城新泉。根据毛泽东的部署，在这里首次开展红军的"新泉整训"，毛泽东亲自开展调查后，在"望云草室"起草军事整训的文件，即古田会议的文件，为贯彻中央"九月来信"精神，为廓清各种芜杂观点、统一思想认识的古田会议做准备。

新泉整训，是第一次进行人民军队正规化建设的起点。从此，红四军新的一页翻开了。

第四章

堪称神来之笔的军事思想的萌芽与实践

　　毛泽东驰骋疆场、统率全军，他一生却只在大柏地战斗中拿过枪上阵作战，他运筹帷幄决战千里之用兵如神，举世无双。他那堪称神来之笔的军事思想的萌芽与实践，太值得人们研究和探讨了。

小池布局

　　龙岩，小池。

　　这是隶属龙岩新罗区的乡间古镇，自明代开埠以来，已有数百年。小镇的形状独具风情；北宽南窄，很像一个葫芦，正好从延延绵绵的梅花山的山脉中，经古田赖坊采眉岭，经凉亭、吉当山古寺到达秀东乡，再经"将军庙"背后的"狗牯岭"到小池。当年的红军在"狗牯岭"打了一场阻击战，这也是古田会议后的第一次小胜仗。在秀东村有一座古老传统别墅"仰高楼"，当地人称"花楼"，共125间。当年红军第一次在这里由军地双方共同举办红军学校，也是红四军首次挂牌使用"红军学校"。

　　小池的地势由西北向东南倾斜。宽敞的小池溪，碧澄如玉，夹岸水柳、樟树、榕树相间，从镇前缓缓流过，由上而下，经隔口流往龙津河，流向漳州的龙江，因此，坊间有"水破葫芦"之说。最热闹的是圩场，当年每逢圩日，来自龙岩西南片的，更多的是来自四面八方的客家人，他们纷纷拥到这里赶圩，熙熙攘攘，小池就成为一个经济相对繁华、乡情味浓郁的乡间大市场了。

如今，古朴的街市早已改变了模样。街道两侧，现代楼房鳞次栉比，有座老屋却凸显出特色，这就是驰名的赞生店。青砖、乌瓦，三拱形门楼的设计，只有矮矮的两层，上面插着苏区时期标有五星和犁耙的红旗，门口有横幅的标语，上书：红四军三打龙岩城纪念馆。

一页辉煌的历史悄然存在于此。

赞生店原是本地一家很有名气的大商家，主人姓张。此房20世纪70年代前就没有了。这座房子是后来在改造乡村时仿造的。其实，赞生店的原址不在这里，在离这里有一箭之遥的国家电网办公楼所在地，建筑虽然漂亮多了，但如果不是研究这段历史的专家，是没有人去那里寻觅这段史迹的。

设在赞生店的纪念馆，规模尽管不大，但却真实记载了毛泽东、朱德、陈毅率领红四军三打龙岩城的经过。该馆的结束语写得特别恰当，也体现了很高的水平，对红四军三打龙岩城做出了科学而准确的评价。现录如下：

> 三打龙岩城的胜利是毛泽东军事思想的伟大胜利。
>
> 三打龙岩城的胜利是毛泽东关于"工农武装割据"和"争取江西，同时兼及闽西、浙西"战略方针的伟大胜利。
>
> 三打龙岩城的伟大胜利，震动了闽西大地，完全打开了闽西局面，奠定了创建闽西及中央革命根据地坚实基础。
>
> 三打龙岩城的伟大胜利，是毛泽东军事思想的萌芽，与后来的二战遵义、四渡赤水有着异曲同工之妙，已编入《中国军事百科全书》的战斗条目，在中国人民解放军战史上写下了光辉的一页。
>
> 一代伟人毛泽东在龙岩的光辉足迹，记载了中国共产党人创建伟业的峥嵘岁月，这不仅是龙岩人民的荣耀和骄傲，

更是留给龙岩人民取之不尽用之不竭的宝贵精神财富。

佩服这位没有署名的作者，这个结束语把红四军三打龙岩城的作用、意义及其重大影响写透了，字字落地铿然有声。

三打龙岩城创造了怎样的战史奇迹？

它是在特殊时代的背景下，毛泽东及时而果断抓住战机的范例。

1929 年 5 月间，蒋桂战争已经结束，蒋介石取胜。原来在赣南被蒋介石抽去参战的国民党军队已经回到赣南驻防，而给当时在那里的红四军增加了军事压力。而此时，原来驻守在闽西的地方军阀陈国辉主力，却因粤桂战争的爆发，奉命和驻守在漳州的国民党新编第一师张贞一起到广东参战，龙岩兵力十分空虚。当时任中共闽西特委书记的邓子恢，及时把这一重要情报报告给在瑞金的毛泽东，并向毛泽东建议，红四军可利用这一机会，第二次入闽，借此开辟闽西的土地革命更为壮阔的局面。

毛泽东得知这一情况，很是高兴，他立即召开红四军前委会议。会议决定，重回闽西。

1929 年 5 月 19 日，毛泽东、朱德率红四军从瑞金县武阳越过武夷山，再次入闽。当晚，毛泽东在长汀县濯田的"槐盛店"写了两封信，派前委委员宋裕和先行出发送信。一封送中共闽西特委书记邓子恢，告知红四军正向闽西纵深区域进发，特委须做好策应准备，并告邓子恢于 22 日赶到上杭蛟洋，商讨击退尾追入闽的赣军李文彬部之计。另一封送闽西地方武装负责人曾省吾等，要他们在 5 月 21 日到连城庙前，商量行动计划。

邓子恢在接到毛泽东的来信之后，立刻在上杭召集特委召开紧急会议，会议决定，立即在永定、龙岩、上杭三县发动群众，举行暴动，策应红军的行动。

毛泽东和朱德率领红军在群众的支持下，横渡洪水滔滔的汀江，沿山中古道跋山涉水，直插闽西腹地，紧急行军 200 多里，一路走且一路注视着敌情的变化，并指示闽西的同志积极配合红四军的行动。

5月22日，红四军到达距古田不远的苎园村的游鱼坝，和由罗瑞卿、曾省吾带领的闽西地方红军会合，休息半天，傍晚就到了位于龙岩附近的小池。对于这次长途奔袭龙岩，红四军高度保密，部队在附近休息待命，四周严密封锁消息。毛泽东、朱德住在赞生店。当天夜晚，就在赞生店的二楼召开军事会议，研究具体作战方案。

这是一个有着50多平方米的大厅。木板墙上，还挂着一幅标有敌我军事动向的作战地图。参加这次会议的，除了红四军连以上的干部，中共闽西特委专门派出时任中共龙岩县委书记郭滴人和小池区委的负责人陈茂宗为代表参加会议。由郭滴人负责介绍龙岩城的自然、地理和敌我情况。郭滴人告诉大家，此时的龙岩城几乎是一座空城，城内只有陈国辉福建防军第二混成旅的旅部以及特务连、机枪连防守，总兵力才500人左右，陈国辉的主力正在广东的大埔和广西军阀作战。

真是个天赐良机哟！毛泽东当即决定："明日攻打龙岩！"并和朱德等进一步研究龙岩的地形、敌人的兵力部署以及具体的指挥等问题。

5月23日凌晨，毛泽东、朱德还在距赞生店仅几百米的龙池书院前的草坪上召开战前动员大会。龙池书院旁就有一个大自然留下的"留阳洞"，红军战士就在洞中休息。

小池仿佛和毛泽东有缘，红四军第三次攻打龙岩时，毛泽东也住在赞生店，时间是1929年6月18日。

毛泽东指挥红四军三打龙岩，指挥艺术已经十分娴熟自如。原本一介书生的他，自从1927年秋"霹雳一声暴动"，领导秋收起义，到三打龙岩城，只有短短的两年时间，他的军事思想是怎么形成的？

毛泽东并非天生会打仗，秋收起义的时候，当时湖南省委的部署，是各路起义军会师长沙。1927年9月11日，毛泽东奉命率领起义部队先后攻占过醴陵、浏阳县城和浏阳的白沙、东门市等地，都先后受挫。血的教训提醒了务实而善于思考的毛泽东：攻打中心城市的道路，在敌强我弱、革命处于低潮的情况下走不通。他当机立断，命令部队在浏阳文家市集中，在那里召开前委会。在会上，毛泽东力排众议、统一思想，主张放弃攻打长沙的计划，沿着罗霄山脉南移，寻找立足点，到敌人力量相对比较薄弱的农村坚持斗争。毛泽东的英明决策被大多数人接受了。他挽救了这支极为宝贵的武装力量。几经曲折，毛泽东最后带上井冈山的部队已经不到千人了。

上了井冈山的毛泽东，有一次向始终在井冈山活动的王佐、袁文才请教如何打仗，他们告诉毛泽东，他们从当年占据井冈山的朱聋子那里学会了一个诀窍："不要会打仗，只要学会转圈子就可以了。"

什么叫作"转圈子"？实际上就是一个"走"字。面对强敌，不和敌人硬碰硬，而是利用熟悉井冈山地理的优势，和敌人绕圈子，牵着敌人走，寻到有利时机，狠狠地"咬"敌人一口。绿林出身的王佐、袁文才的战法对毛泽东深有启发。具有特别感悟能力的毛泽东，后来总结出来的游击战十六字诀"敌进我退，敌驻我扰，敌疲我打，敌退我追"更胜一筹。

随着革命根据地的不断扩大，红军队伍也不断地壮大，和敌人作战的形式也相应发生变化。1929 年 1 月 4 日，毛泽东、朱德、陈毅率领红四军下山，相继在赣南、闽西边界开辟新的根据地，开始了由游击战转为游击战和运动战相结合的形式，其中扭转被动局面的会昌城外的大柏地一战，毛泽东采取的办法，便是诱敌深入，即利用有利的地形，集中优势兵力，痛击来犯之敌，最后取得振奋人心的胜利。善于汲取血的教训，更长于总结经验，从战争中学习战争，不断提升指挥战争的艺术，是毛泽东一个显著的特点。

此外，毛泽东和那些经过正规军事训练的军人有一个显著不同的特点，他不是局限于单纯军事的范畴之内，而是站在当时社会处于激烈而尖锐的矛盾冲突之中大变局的视角来看待战争，他是个鸟瞰全局的战略家。在井冈山时期，鉴于帝国主义在中国因为利益而冲突不会停息的特殊社会情态，提出"工农武装割据"的理论，并敏锐地发现了占中国人口绝大多数的农民，通过土地革命觉醒之后，将成为红军的主要来源。正是因为如此，毛泽东在战略上具有强烈的自信，他采用的战略战术也就与众不同，而且显现出具有出人意料的神来之笔的况味。

毛泽东的战术是以消灭敌人的有生力量为主，而不计较一城一地的得失，他后来在《中国革命战争的战略问题》一文中做了精辟概述，共产党领导的人民军队包括红军，即使是具有正规色彩的运动战，"在某种意义上，是提高了的游击战"。三打龙岩城的一仗，就是如此。

在每一场战役乃至战斗的指挥上，毛泽东高度重视对敌情的深入调查，真正做到如古代兵法所说的"知己知彼，百战不殆"。在第一次攻打龙岩城的战斗中，毛泽东虽然听说龙岩城内空虚，敌人兵力很少，但他并不轻敌，而是精心策划战斗中的每一个环节和细节，终于获得胜利。

毛泽东在初见王稼祥的时候，曾经把自己的经验写成一副对联，内容是："敌进我退，敌驻我扰，敌疲我打，敌退我追，游击战里操胜算；大步进退，诱敌深入，集中兵力，各个击破，运动战中歼敌人"。他把这副对联送给王稼祥，王稼祥十分佩服，逐渐理解了毛泽东，转为支持毛泽东。这副对联是毛泽东亲自总结的军事思想的结晶。

用毛泽东的这副对联，来解读三打龙岩城之战，就洞若观火，一目了然了。

经典战例：三打龙岩城

毛泽东突然出现在龙岩中学的校园里。

这是邓子恢的母校，而今颇有名气的龙岩第一中学。

1929 年 5 月 23 日中午，该校校园中突然铃声大作，这是紧急集合的钟声，学生们连忙跑到有雨遮的操场上。只见一位身穿灰布军装的高高瘦瘦的中年人走了进来，他没有戴帽子，漆黑的头发，稍长，儒雅俊逸。在场的青年教师魏觉民惊讶地喊："他是红军首领！"全场立即骚动起来。

他是谁？毛泽东打了一个手势，带着浓重的湖南口音说道："在下毛泽东，我来跟诸君见面，谈谈全国的形势和红军的任务好吗？"他的话音一落，人们顿时欢腾起来。

掌声如雷！

龙岩是中共地下党十分活跃的地方，进步学生运动不断，从不同渠道来的信息中，不少师生早就听说过毛泽东这个大名，他们并没有料想到，传说中的毛泽东，今日果真站在他们面前。此时的毛泽东，正是中年，一米八三的个子，身板挺直，一身灰布军装，一对红领章，更映衬出英姿勃勃的风采。他的身旁有个年纪十四五岁的小战士，个子不高，一脸稚气未脱，甚是机灵、可爱。

曾经当过教师的毛泽东，侃侃而谈，从容、风趣，精辟地分析了当时的国内外形势，阐明了中国共产党和红军的政治主张，号召革命青年担负起解放全国劳苦大众的重任，积极参加革命，跟着共产党走，不负韶华，做一个有担当的革命青年。

毛泽东深入浅出的演讲，一次次地激起师生们的掌声。国民党多年来污蔑共产党是青面獠牙的"赤匪"，在现实面前，被彻底粉碎了！讲着讲着，具有诗人气质的毛泽东提高了音调，激动地说道：

"真正的匪徒不是别人，正是那一伙鱼肉百姓、催租逼债的国民党反动派和封建地主阶级。"

大战期间，毛泽东作为红四军的前委书记，军务繁忙，为什么会有如此的雅兴，亲自到中学去发表长篇演说呢？一是因为责任，他要让这些风华正茂的青年学生，真正了解中国共产党和红军。二是红四军一打龙岩取得的胜利，让他感到特别高兴。

红四军首次攻打龙岩城，是一次几乎没有什么悬念、干脆利落的歼灭战。

5月23日凌晨，红四军的一、三纵队直奔敌人的前哨阵地龙门圩，此地离龙岩城有七八里，驻扎着敌人一个补充营，愚蠢的敌人毫无准备，当红军犹如天降、冲进敌人营房的时候，不少敌人还在梦中。敌营长彭棠惊慌失措，连汽车也来不及上，就带着喽啰们往龙岩西门逃去。第二纵队在地方游击队的引导下，离开小池后，经京园、山塘、铜钵，悄悄直插龙岩北山，占领全城的各个制高点。

龙门小胜之后，尾追敌人的红军直扑龙岩西门并立即展开猛攻，另一部红军则对南门进行攻击，很快就突进城内。两路军合围，势不可当。守城的敌军特务连连长李忠，仓促组织兵力企图抵抗，但面对兵力占绝对优势、潮水一般涌来的红军，已经慌不择路了。此时，龙岩的东门已经被红军火力封锁，李忠所带的残部只好从东门以南长达200余米的独木桥抱头鼠窜，结果不少人掉到河里淹死了。短短的几个小时，三路红军聚歼敌人之后胜利会师，龙岩城第一次获得解放。

这次战斗中，陈国辉部第一营、补充营、特务连、机枪连被完全缴械，红军活捉敌营长1人、连排长9人、士兵324人，缴枪500余支并缴获了各种物资。

大获全胜，首战告捷。

令人们包括红四军指战员疑惑不解的是，当天下午4时，红军就全部撤出龙岩城。

毛泽东有何锦囊妙计？

撤出龙岩城的红四军开往坎市，并顺势打下了永定县城，成立闽西第二个苏维埃政权——永定革命委员会，张鼎丞出任主席。红四军的到来，一打龙岩城取得胜利，轰动了闽西，更是激励闽西农民在党的领导下，龙岩十八乡纷纷举行暴动，建立革命武装，消灭反动势力，闽西的土地革命又一次出现了如火如荼的喜人局面。

逃跑的敌人看到红军主动撤出，5月25日，彭棠、李忠收罗残兵300多人，战战兢兢地摸回龙岩城内。得到敌人重回龙岩城的消息，龙岩县委根据毛泽东的部署，立即组织农民武装进行袭扰，各路农军有3000多人，他们把龙岩城团团围住，水泄不通，而且用土炮轮番轰击，搅得敌人坐立不安，惶惶不可终日。

为了引诱陈国辉的主力尽早回到龙岩。红四军前委决定：派出红四军的第三纵队从坎市出发再打龙岩；军部和第二纵队进驻龙门，第一纵队留在永定继续发动群众，开展土地革命。

6月3日，第二次攻打龙岩城的战斗揭开帷幕。

红四军第三纵队在司令员伍中豪、党代表蔡协民、政治部主任罗荣桓的率领下，会合罗瑞卿等领导的地方红军武装红59团以及龙岩地方游击队，经过永定的文溪、孔夫乡和龙岩的白土，直奔龙岩。

战斗是在天还没有大亮的拂晓开始的，正好浓雾弥漫，只见无数佩戴着红袖章的农民武装，抬着数十门土炮，大多拿着大刀、长矛、土铳，也有红军拨发给他们的机枪、步枪等武器，首先打头阵。呐喊声如雷贯耳，大炮轰鸣，枪声密集，大队红军接踵而至，密集的炮火覆盖敌人阵地，而预先占领龙岩城制高点的红军，也向敌人攻击。敌军营长彭棠上次逃跑了，这一次故技重演，他连招呼都不打，瞒着李忠，丢下机枪连、特务连，带了一连兵，从东门逃出，按照上次的逃跑路线，撒腿逃到龙岩洞去了。时近中午，激昂的冲锋号响起，红军开始总攻。冲过西桥，攻破西门，龙岩城内的敌人溃不成军，无法招架，仓皇逃到漳平去。

第二次攻打龙岩，取得胜利。这次战斗，锻炼了农民武装，意在引诱陈国辉的主力。和上一次战斗一样，攻下龙岩城之后，红军又随即主动撤出龙岩以及永定县城，向西以及西北方向转移，佯装准备退往江西，实际是集中到连城的新泉休整，养精蓄锐，等待战机。

一切全在毛泽东的意料之中。

陈国辉的老巢龙岩连续两次被红四军端了，这个土匪出身的地方军阀终于坐不住了。他一面向南京的蒋介石告急，一面草草退出广东的战争，急匆匆地率领所属的部队回到龙岩。

陈国辉何人？南安县溪头镇人，清光绪二十四年（1898）生，为闽南著匪，后被收编，任国民革命军新编第一独立团团长。民国十六年（1927）秋奉"反共、防共"指令，率部进驻龙岩。当然，龙岩民众称他"匪头"。

6月17日，在新泉的毛泽东、朱德接到中共闽西特委的报告，得知陈国辉的主力已经回到龙岩城的消息。等待的战机出现了，毛泽东立即下达向龙岩进军的命令。红四军隐蔽急速前行，6月18日下午，红四军全军就到达龙岩的小池，依然在赞生店召开军事会议。对红四军的这次行动，陈国辉毫无觉察。

战斗是在6月19日拂晓时分开始的。这是一场早就精密布置好的攻坚战。红四军的第一纵队和地方游击队在龙岩附近西山、下洋之间的新官岭集结；军部、第二纵队沿龙门大路飞速抵达龙岩西门；农民暴动队、红59团逼进城西，配合红军佯攻西门；第三纵队已经绕到东门外，预先埋伏在东宫山一带，准备截断敌人退路，而另一部红军迅速翻过连绵山岭，在"渊龙当顶"的山上，居高临下，建立阵地。

毫无准备的陈国辉，万万没有想到，他和他率领的部队已经成为红军和地方游击队的瓮中之鳖。

据参加此次战斗的老同志回忆：上午8点半，一声令下，战斗打响。第三次攻打龙岩城，有四面八方拥来的各地农民武装，其中还有不少英姿飒爽的女赤卫队员。新中国成立后毛泽东亲自接见的老赤卫队员张龙地，就是其中一位。攻城的总人数将近上万人。气势如雷霆四起、排山倒海。红四军第三纵队在伍中豪的指挥下，向虎岭山上的最高亭守敌发起攻击；萧克支队以及配属的龙岩赤卫队一举歼灭莲花山守敌；毛泽东、朱德下令第二纵队加强攻势，毕占云率领的支队首先突入西门，直捣县政府和陈国辉的指挥部。全城展开激烈的巷战。

陈国辉被蜂拥而来的红军和农民武装打蒙了，知道大势已去，连忙带着乱成一锅粥的溃兵从东门逃跑，结果，被早就埋伏在那里的红军迎头痛击。在冲锋号声里，红军个个如猛虎下山，陈国辉带着几个亲兵，从水门涉水渡过龙津河，只身落荒而逃。

三打龙岩取得辉煌战果：全歼陈国辉旅 2000 多人，缴获枪支 900 多、迫击炮 4 门、机枪 10 挺。曾经盘踞在龙岩、漳平一带的"匪头"陈国辉势力全军覆没，从此一蹶不振。

三打龙岩城，充分体现了毛泽东"不计较一城一地的得失，而是着重消灭敌人有生力量"的军事思想。此战的胜利，激发了陈毅的诗兴，他写了一首诗《反攻下汀州龙岩》：

> 闽赣路千里，
> 春花笑吐红。
> 铁军真是铁，
> 一鼓下汀龙。

这算是对毛泽东指挥的这三次战斗直抒胸臆的诗意的总结吧！

开山之作：漳州大捷

漳州，城西，芝山南麓，原浔源中学的校园内，有座红楼，二层、明丽、雅致；靠山，独享天地之宁静。四周林木郁郁苍苍，犹如浓得化不开的云彩，别有一番诗情画意。此楼原是校长楼，历经百年，风韵不减，而今，依然默默地守望在那里。

毛泽东曾经在这里住了一个多月。

漳州，位于福建东南部，东临厦门，南与广东交界，东与台湾隔海相望，是中国的"田园都市"。这里是著名的"鱼米花果之乡"，是福建最大的平原，素有"海滨邹鲁"的美誉。漳州是历史文化名城，是闽南文化的发祥地之一，早在 1 万年前就有先民在这里繁衍生息。这里是闽南重镇，距离厦门很近，华侨多，商业发达。当年，国民党军阀张贞，拥有一个师以上的兵力，驻守在这里。

毛泽东率领红军东路军东征漳州，是红军主力远离根据地主动出击、奇兵制胜的一次重要军事行动，也是他率领红军攻打有重兵把守城市的开山之作。

那是 1932 年 3 月，彭德怀率领的红五军团，久攻赣州不克，接受了毛泽东的建议，主动撤兵。毛泽东亲自指挥的中央苏区第一、二、三次反"围剿"取得震撼全国的重大胜利。第四次反"围剿"还没有开始。其时的临时党中央，受命共产国际，误判形势，继续执行"一省或数省首先胜利""饮马长江，会师武汉"的错误决定，命令红军沿赣江北上，"赤化"沿岸，夺取南昌、九江等大城市。毛泽东坚决反对这种"左"倾路线，认为红军应以主力向赣东北、浙西、闽北、苏南等地区发展，因为那里群众基础好，敌人力量薄弱更易于取胜。当这个意见被否定后，他又提出经闽西向闽南进攻，直取龙岩、漳州的方案。这个方案得到了朱德、林彪、聂荣臻和大多数红军领导同志的赞同，并得到了周恩来的支持。3 月 18 日，由一、五军团组成的中路军改为东路军，向龙岩进发。彭德怀则率西路军，朝湘赣边一带发展。

4 月 14 日，毛泽东亲自指挥红十五军和红四军打下了龙岩，歼敌49 师 145 旅的主力 291 团和一个独立团。

龙岩是闽西进漳州的大门。龙岩攻下之后，一、五军团会合，兵分两部：一军团部率十三军驻守龙岩，监视大埔方向的广东敌军，并与布防的红十二军一起，保障从苏区到漳州前线的后勤补给线。红三军由军长徐彦刚率领，与一军团一起参加进攻作战。红军队伍，如滚滚铁流，从龙岩、适中、和溪、水潮等地直指漳州。

毛泽东与部队一起行军。他头戴遮凉的盔帽，骑着一匹马，瘦削的脸上露着微笑，不时地下马与战士们共同步行。当时，中央曾先后撤销过一方面军和一军团的建制，毛泽东的总政委和总书记职务实际上也撤销了。在恢复一军团建制时，改由林彪任军团长、聂荣臻任政委。但是毛泽东的威望，依然在红军指战员心中具有相当深刻的影响。这次他以中华苏维埃共和国临时中央政府主席和中革委委员的身份，亲率大军东征，使广大指战员更增强了必胜的信心。

长期以来，毛泽东主要在农村活动。在农村建立根据地，以农村包围城市，最后夺取城市，是他坚定不移的战略构想。当时的临时中央，醉心于"城市中心论"不放。对此，毛泽东心里很清楚，虽然全国已经建立起多个革命根据地，红军的总人数也达到近 10 万人，但面对拥有数百万军队和全国资源的国民党政权，集中力量攻打城市的时机并没有到来。

毛泽东之所以决定这次东征漳州，一是漳州距离闽西很近，而闽西的广袤农村，已经成为稳固的革命根据地，群众基础好。漳州附近地区本来也属于闽西苏区，后来虽然被国民党军队占领，但群众对共产党和红军皆有一定的了解。二是他反对临时中央提出红军进攻南昌、北上九江的主张，提出红军南下龙岩、漳州的计划，得到了周恩来的支持和红军诸位将领的同意。三是他认真研究了漳州的敌情，从敌我力量的对比来看，东路军也占有优势，如果不出意外，完全有能力在攻打漳州战役时取胜。四是漳州历史上就属相对比较富庶之地。五是与闽西接壤的漳州乡村，都属客家地区，民间的生活习俗和文化传统，与赣南和闽西地相近，这里还是侨乡。

因此，人们发现，毛泽东并非一味地反对攻打城市。城市是政治、经济、文化的中心，也是人口最为集中的地方。从军事的角度看，更是敌人防守最为严密、兵力最多之地，打下一座城市，政治影响大，缴获更是多多，极为有利于改善红军的装备，提高红军的战斗力，胸怀全局的毛泽东怎么会看不到攻打城市的好处呢？问题是囿于当时的实际情况，在敌强我弱的情况下，攻打城市的条件并不成熟。强行去攻打敌人力量远远超过红军实力的城市，不仅无法取胜，而且会遭到严重的损失。在这方面，红军吃过的亏实在是太多了。

毛泽东高度重视此战。

4月16日，当部队到达漳州西北20多公里的马山时，毛泽东亲自组织红军指挥员到前沿去侦察地形，确定了进攻部署。据侦察，敌49师在龙岩失守后，漳州守敌惊恐万状。红军的驻地龙山不少老乡反映，被一军团击溃的敌145旅旅长杨逢年，败退后曾妄图以龙山坪为阵地进行抵抗，后得知红军一、五军团会合，攻势凌厉，遂全部向漳州附近的天宝山收缩。龙山的地主也供称，杨逢年对他们哀叹说："躲躲吧，顶是顶不住了。"

天宝山位于漳州西北20公里处，地形险要，易守难攻。这里盛产香蕉，享誉市场的"天宝蕉"就出自此地。这座大山东临九龙江的北溪，西接永丰溪（东溪）和西溪，重峦叠嶂，绵亘数十里，恰似一座硕大无比的石屏风，遮蔽着漳州。天宝山有敌49师经营多年的防卫阵地，遍置钢筋水泥永备工事，加上榕子岭、峰苍岭、十二岭等制高点，对敌军防守十分有利。

军阀张贞本人毕业于保定军校炮科，他亲临天宝镇茶铺炮兵阵地坐镇指挥。再加上该师全副日式装备，三八式步枪、轻重机枪、木柄手榴弹，士兵配有钢盔、雨衣、胶鞋，在当时能有这样的装备的，可谓屈指可数。但敌人军心不稳，驻守龙岩城的杨逢年败逃，把失败情绪传染到了天宝山防线。红军的一次火力侦察，就使敌军全线"炸窝"，大战未始，有的军官竟换便衣准备逃跑，士兵更是惊慌失措、毫无斗志。

4月17日，红军进入天宝山下的南坪展开地域建立阵地，毛泽东带领总部人员到这里指挥。18日，大雨，一片水雾蒙蒙，视线不好。毛泽东决定，推迟一天发动进攻。

这个推迟，后来被老百姓蒙上一层传奇色彩。他们说：红军有神人指点。在张贞49岁的时候，4月19日打49师，占领漳州49天，焉有不胜之理？合该张贞气数已尽！

19 日，雨停。天拂晓，天宝山总攻开始。红军先头部队向峰苍岭揳入，取得支撑点，全线展开、扩大战果，一举突破了敌人经营多年的天宝山防线。在红军如狂飙突起的强大攻势下，敌人完全失去招架之力，失去建制的溃兵乱跑乱钻。只要红军大喊一声"不许动"，就有成片的敌人举手投降。进攻进展得太快，红军的收容队根本无法保障。由于缴得的武器太多，以致无法背得动。于是，红军就将枪栓卸下，交给俘虏一根空枪，再喊一声"跟我走"，他们便紧紧地跟在后边。每个战士后边都跟了一大群俘虏，那场景甚为壮观。

红十五军在左权军长指挥下，突破了敌榕子岭防线，攻占了南靖县城。接着，红三、四、十五军会攻天宝山南麓的天宝镇。在红军四面包围、猛烈进攻下，敌人乱作一团。红军只用了几十分钟，就攻下天宝镇，全歼守敌。红军留下红十五军驻守南靖和天宝镇，红三军和红四军马不停蹄，乘胜向漳州进击。

在毛泽东等红军将领的指挥下，红军采取分进合击的战术：红四军在西边，沿九龙江向南，经茶铺直迫漳州西门；红三军在东边，经石亭直奔漳州北门。两路大军，就像两支利箭，直射敌人心脏。

漳州虽是闽南重镇，但是没有城墙，背靠九龙江，前面是一片平地，无险可守，加上敌军主力已垮，要想靠几支直属队抵抗红军铁流，无异于螳臂当车。被红军打得胆战心惊的张贞，看到大势已去，乱了方寸，仓皇南逃到闽粤边界的诏安去了。

20 日早晨，漳州完全被红军占领。

漳州战役，歼灭了国民党第 49 师大部，俘获副旅长以下 1600 多人，缴获各类枪支 2000 多支、各种炮 6 门、飞机 2 架，筹款百万银元，还缴获了电信器材一部和一座设备完全的小型兵工厂，扩红千人以上。

最令红军指战员感兴趣的还是缴获了两架飞机。关于这两架飞机的故事，太精彩了：

当时攻打机场的时候，时任红 11 师 33 团政委的刘忠，眼看着敌人的飞机就要起飞了，急忙命人架起小炮，想要把飞机给炸了。正当刘忠下令"预备"的时候，一声"等等"把他叫停了。刘忠扭头一看，原来是师政委刘亚楼来了。他问道："刘政委，什么意思？"

刘亚楼蹲下身来，气喘吁吁地说道："不要开炮！"

刘忠问道："为什么？"

刘亚楼："你个愣头青，军团长不是下命令了吗，不要毁坏飞机和飞行员，毛主席还等着坐飞机呢！"

刘忠一听，才想起作战之前的命令。他就赶紧让人把小炮给撤了下去，命令机枪手上阵，阻止飞机升空。当时的飞机起飞得比较慢，机枪打在机轮上，飞机就跑不动了，当然也就起飞不了了。就这样，红军缴获了两架飞机。

毛泽东得知缴获飞机后，也很想一睹飞机的风采，就在打下漳州城的第三天，在林彪、聂荣臻等人的陪同下，来到了漳州城外的这个简易机场。

毛泽东在众人的陪同下，绕着飞机，看看这，摸摸那，别提多高兴了。他乐呵呵地说道："好家伙！这么大个家伙，能飞上天吗？"

刘亚楼说道："主席啊，要不是我来得早，飞机呀，早就被刘忠他们打坏了！"

刘忠赶紧给毛泽东敬了个礼，不好意思地笑了笑。

刘亚楼高兴地说道："主席啊，你看这两架飞机啊，都还能用，飞行员呢，也抓住了。"

毛泽东很高兴，走到刘亚楼的面前，拍了拍他的肩膀，说道："亚楼啊，干得好啊！我们红军哪，终于有了自己的飞机。将来啊，我们还会组建自己的空军。你来当空军司令，好不好？"刘亚楼嘿嘿一笑，立正敬礼，说道："是！"

被毛泽东说中了，17年后中华人民共和国成立，刘亚楼果然当上了中国人民解放军空军司令。

21日，在东路军总部驻地——芝山南麓的红楼，举行了各军的师以上干部会议，决定了第二次行动计划。第二天，毛泽东又在连以上干部会议上，做了《目前形势及第二次行动》的报告，东路军投入扩大影响的工作。红三军进驻漳浦。红九师进驻旧镇、盘陀、霞美、东山岛等地。主要任务是组织群众打土豪、分土地、废除苛捐杂税和高利贷，将地主劣绅的浮财分给群众和补充红军的供应。在红军的影响下，这些地方建立了工会、农会，城市和农村的青年纷纷要求参加红军，红军将一部分人吸收入伍，一部分组成赤卫队保卫苏区。

红军是第一次进侨乡。刚开始在工作中，有的同志划不清界限，把一般的华侨、侨眷误认为都是土豪劣绅。

这是一个真实的故事：

当时，杨成武担任红11师32团政委。红军打下漳州城后，毛泽东部署今后的工作任务，要筹足百万以上的经费，准备消灭进入福建的敌人。如何筹款呢？主要就是发动群众，打土豪，斗地主，没收他们从百姓身上榨取的不义之财。杨成武带领32团迅速深入下去，他们发现这里有很多身穿西装，头戴礼帽，手拿拐杖，脚穿皮鞋的人。杨成武等人误把他们也当成了土豪，其实他们都是华侨以及侨眷，杨成武一下子抓了300多个这样的人，要他们交出浮财，如果不交，就不放人。

消息一出，沸沸扬扬，满城风雨，以至于很多人都把礼帽、西装、皮鞋和拐杖给扔掉了。

毛泽东很快知道了这件事，他马上喊停，立即在漳州召开团以上政委会议，杨成武接到通知后，赶紧放下手头的工作，往指挥部赶。等他赶到时，其他很多政委因为路途遥远，都还没有赶到。

毛主席首先同杨成武谈话。他问道："成武啊，听说你们抓了不少资本家？"杨成武如实回答说："是的，总共抓了300多人。"毛主席没有生气，而是耐心地问道："他们的具体情况你了解吗？"

杨成武还是实话实说："他们的闽南话，听不太懂。"毛泽东又问："那你看他们的态度如何呢？"杨成武回答说："他们大部分都不太老实，态度不好，不愿意交浮财。"

毛泽东最后问道："那你们抓人的标准是什么呢？是不是就是'戴礼帽、戴眼镜、拿手杖、着西装、穿皮鞋'的，也不管不问，一概都抓起来？"

杨成武回答说："没错，我们抓的全是这些人，还有办作坊、住洋楼的。"

这时，毛主席才有点生气了，语气也变得严厉了，说道："你这个团政委，既不懂这里的本地话，又不去深入搞调查研究，不问青红皂白，机械地执行上级的命令，盲目抓人，这可是违反了党的政策了，你们抓错了很多人啦！"

听毛泽东这么说，杨成武顿时脸红了，感觉火辣辣的，像一个犯了错误的小学生一样。毛泽东继续说道："我告诉你一句话，你要记一辈子：没有调查研究，没有发言权。"

杨成武马上掏出随身携带的小本子和笔，认真地记下了这句话。后来，这句话成为千千万万共产党员的信条，成为放之四海而皆准的真理。

当年的红军战士，因为不了解城市和民情风俗闹出的类似的事情，屡有发生。

进入漳州之后，毛泽覃和几个干部在街上行走，看到几个战士在烧东西。上去一看，发现被烧的竟然是美钞，当即制止了战士焚烧，命令全部上缴到东路军总部。

据参加此战的耿飚回忆，初到漳州时，有些民风民俗也不懂，为此还闹了个大笑话：

这一天，26团王团长约他去洗澡。当地有好几个温泉，比上澡堂还舒服。他觉得连续行军作战，确实该打扫一下卫生了，就欣然同往。谁知他们找到一处温泉，刚刚下去，从附近村子里嘻嘻哈哈走来一群妇女，看样子她们也是来洗澡的。他们不知所措，便在水里扑腾拍水，大声喊叫，示意有男人在此。但那些妇女并不在意，来到水边，脱了衣服就下水。可把耿飚和王团长吓坏了，慌忙上了岸，抱起衣服就跑，十分狼狈。

后来杨成武告诉他们，这一带的民风比较开放，不像内地农村妇女羞于在男子面前洗澡。知道了这个风俗后，耿飚他们便告诉战士，不要随便出去洗澡。

类似的笑话还不少：

毛泽东当时的警卫员叫吴吉清，只有十六七岁，没有见过自来水、电灯，刚到红楼时，一屁股坐到沙发上，吓了一大跳，以为是敌人装了什么机关，居然会弹跳起来，吓得站起来就跑。听毛泽东给他解释，才明白其中原因。20 世纪 70 年代，他任江西省军区司令员，写过一本书《在毛主席身边的日子》，记叙了第一次进漳州城的不少趣事。

根据这些情况，毛泽东立即和东路军的诸位领导一起，制定了《保护中小工商业者政策》等城市政策，并对红军指战员进行认真的教育，获得了开明士绅及商界人士的好评，他们交口称赞红军是文明之师，捐粮捐款，赠送食盐、药品、布匹等军需物资。

毛泽东曾在他居住的红楼召开了红三军、红四军和东路军总部连以上干部大会，会上他说："有人说我们红军只会关上门打狗，怀疑我们在白区能不能打仗，可是你们看，我们在白区不是打得蛮好嘛！"

红军将士在漳州石码还照了一次相，几千红军官兵挤在一张底片上，根本无法分辨面目。这张照片被当作珍贵文物保存了下来。

红军在漳州驻扎了 49 天，完成了预定任务，6 月 8 日，大部分红军开始有计划地撤离，回师中央苏区。经过扩红，红军在那里留下一个红三团，建立了新的革命根据地。

这次开山之战，缴获极为丰富，仅是缴获的金子、银元，就在长汀开了一个"金山、银山"的展览会，而红军所缴获的急需的武器弹药之多，更是令人赞叹不已。

如何攻打并管理城市？毛泽东指挥的漳州战役，的确是个不乏经典的开山之作。

三打龙岩和攻打漳州战后的胜利，为人民军队后来在解放战争中夺取城市，取得全国胜利，积累了宝贵的经验。

出神入化的"走"字

这是违背毛泽东战略战术思想的一场硬碰硬的惨烈攻坚战。

1932年2月13日开始，彭德怀指挥红三军团攻打赣州。打了33天，数次集中兵力拼死攻城，未果。赣州系千里赣江第一城，三面环水，城墙高且坚固，敌人构筑了完整的防御工事，易守难攻，素有"铁赣州"之称。尽管红军进行坑道作业，把炸药装进棺材里，通过坑道运送到城墙下进行爆破，炸塌了一截城墙，英勇的红军已经登上城楼，但最终无法突破敌人疯狂的交叉火力网，不得不退了回来。红军付出了伤亡3000多人的惨重代价，牺牲了2位师长和8位团级干部，依然无法攻克这座城市。

面对据险固守的敌人和已经从四面蜂拥而来的国民党军队，当时主管军事的周恩来不得不去请教毛泽东。

毛泽东没有任何犹豫，说道："三十六计，走为上计。走！"也就是立即撤退的意思。

性格倔强的彭德怀，打红了眼，面对残酷的现实，也不得不撤出战斗。

此战是党的六届四中全会后，王明"左"倾教条主义者在中央取得统治地位，强令红军进攻城市的产物。战前，从上海到了瑞金的周恩来，曾在1932年1月上旬主持召开苏区中央局会议，对攻赣问题进行讨论。会上，毛泽东再次力陈不能攻打赣州的理由，认为要打也只能是围城打援，以消灭敌人有生力量为主要目的。会上，迫于临时中央的压力，最后还是做出了攻打赣州的决定。

事实又一次证明，离开了毛泽东的军事路线，红军就要打败仗。

赣州战役恰好和稍后毛泽东主张与指挥的漳州战役形成强烈的对比。

当年，在国民党军事实力占有绝对优势的情况下，毛泽东指挥的红军，主要采取游击战和带有游击色彩的运动战，毛泽东的战略、战术中，始终洋溢着一个堪称出神入化的"走"字。

1929 年 1 月 4 日，毛泽东率领红军的主力下山，千里行军，一路突破敌人的围追堵截，那是具有战略色彩的"走"，用坊间通俗的话"树挪死、人挪活"来论，毛泽东这一"走"，的确走对了。虽然一路饱尝艰辛，多次遇险，还差一点被突然袭击的敌人包了"饺子"，但总算走过来了。毛泽东的"走"，不是消极的，而是积极地去开辟新天地、新世界。毛泽东和朱德率领红四军刚下井冈山时，被敌人追着跑，一时局势被动至极。但是，毛泽东胸怀韬略，率领红四军从被动的局面走出，大踏步进入主动进攻的战略，这就是毛泽东计高一筹的地方。

走到会昌城外的大柏地，发现该地地形险要，不走了！毛泽东把求战情绪高昂的红军，也可以说是雪耻之师，部署在敌人必经的山坳两侧，隐蔽起来，一路趾高气扬的敌人，没有想到毛泽东会布好一个口袋在等待着埋葬他们。此战红军居高临下，打得痛快淋漓、气势如虹，连从来不摸枪的毛泽东也激愤地端起枪，和警卫排一起冲向敌人。大柏地一仗，打出了红军的威风。紧接着的长汀长岭寨的一仗，更是成为红军实现战略大转折的起点，成为建立闽西革命根据地的奠基礼！

毛泽东的"走"，在军事上，首先是具有战略性的，它是在全盘布局上的精心谋划，是根据形势主要是敌情变化的睿智选择。走出井冈山，开辟出更多的"井冈山"。值得特别注意的是，毛泽东在"走"的过程中，高度重视擦肩而过、稍纵即逝的战机，这需要敏锐的发现能力和果断决策的水平。红军队伍一度极端民主化泛滥，认为官兵平等，一切都要发扬民主，经过大家讨论才能做决策，显然是极端错误的，打仗能够这样做吗？且不说战争中牵涉到军队生死存亡的机密问题，就战机的选择上也不允许。军队需要高度集中，集权于领军的主帅，古代军事家所云的"一将无能，累死三军"，就是凝聚了不知多少将士的鲜血所得出的结论。

其时，"三打龙岩"是非常典型的成功战例，其中最具魅力乃至神奇的也是"走"字。龙岩是闽西重镇，花了如此之大的力气，终于打下来了。敌人已经被歼灭，全城市民一片欢腾迎接红军进城，毛泽东一声令下，打赢之后，当日撤退。当时，不少红军指战员都不理解，刚刚获得解放的老百姓也如堕五里雾中。前两次打龙岩皆是如此。到第三次打下龙岩，将陈国辉的2000多人全部消灭干净，人们才理解，这是毛泽东引诱陈国辉、最后消灭该军的英明决策。其道理是，在敌强我弱的大背景下，红军的作战不以一城一地的得失，而以消灭敌人的有生力量为主。毛泽东在"三打龙岩"一战中依据的就是这样的战略主张，而采取的办法就是诱敌深入，说得文雅一点，就是请君入瓮，妙哉！

"走"的学问大矣、深矣！

毛泽东的军事思想中，诱敌深入堪称是置敌于死亡陷阱中的狠招。毛泽东在后来指挥反击国民党军阀组织的第一、二、三次"围剿"中用得炉火纯青，屡屡取得大胜。诱敌深入，关键是一个"诱"字，也就是制造许多假象，欲取之先予之，先给敌人一点甜头尝尝，就像钓鱼一样，需要下点鱼饵。敌人当然也并非个个都是蠢猪，也会有聪明之人。因此，双方是智慧的较量和比试。毛泽东棋高一着的地方，是把敌人的心理、实力乃至地方指挥者的性格摸透了。

原来驻守龙岩的陈国辉是个土匪出身的军阀，没有什么文墨和谋略，习惯于欺负老百姓，真正打起仗来，根本不是红军的对手。在毛泽东的眼中，此人是个外强中干的软柿子，只要"引蛇出洞"，就可以掐死它。因此，"三打龙岩"，在某种意义上看，也有诱敌深入的意味，把远在广东参加军阀混战的陈国辉引回他的老巢龙岩，以迅雷不及掩耳之势，发起攻势，打他个措手不及。这就是战争的艺术。前面两次打龙岩胜利之后的"走"，是为了第三次打龙岩的"回"，两

"走"一"回"，珠联璧合，终成经典。

毛泽东多次说过，军民乃胜利之本。请注意"军"字后面的那个"民"字，毛泽东的军事思想，不仅考量红军部队，而且总是把千千万万的老百姓即人民群众放在重要的位置。在实际的指挥作战中，毛泽东有两个忌讳：一是不打硬碰硬且没有把握的消耗战，如攻打赣州等；二是不打远距离尤其是脱离根据地的攻坚战。令人感到惊奇和不解的是，毛泽东为什么会率领红军东路军去打漳州呢？

从实际的战况来看，毛泽东这次率领红军攻打漳州，是场远距离的奔袭战。红军从江西瑞金出发走到闽南的海边了，这一"走"，就是遥遥近千里。虽然不是千里走单骑，却有兵家为之禁忌的孤军深入之嫌。但毛泽东率领红军走的路线，大多是根据地，即使是漳州，曾经也属于闽西苏区的一部分，群众基础好。沿途红军的后勤保障和驻地的警戒，都得到群众以及地方武装的帮助和支持。可以说是一路行军一路歌。此战的长途跋涉，翻山越岭地"走"，都犹如鱼儿在大海中遨游。征途上稍大一点的战斗是再打龙岩，几万红军压过去，且有群众和地方武装的参与，又是老战场，地形熟悉，轻轻松松就把龙岩守军收拾得一干二净，而且打出了红军威风，直接动摇了漳州守敌的军心。

古人云：兵者，诡道也。水无常势，用兵更是如此。

长途奔赴漳州作战，毛泽东此次率领东路军的"走"，走出了毛泽东原来的作战思维模式，他并非机械地反对攻打城市，也并非教条式一味反对远离根据地的长途奔袭，而是根据实际情况制定战略战术，用我们今天的时尚的语言来说，就是与时俱进。一个普普通通的"走"字，尽显毛泽东用兵的变幻无穷已经达到出神入化的境界。

当然，毛泽东用兵更为精彩的是他指挥的打破国民党军队的一、二、三次"围剿"。敌人猖狂地进攻中央苏区，从调兵10万，增加到20万，以至30万，但都连续被毛泽东亲自指挥的红军打败了。毛泽东的军事思想在这三次反"围剿"的大规模激战中，展现出来的运筹帷幄、决战千里的异彩，是如此惊艳史册、彪炳千秋！

横扫千军如卷席

这是毛泽东在取得第一次反"围剿"胜利之后，通过填写的一首《渔家傲·反第一次大"围剿"》以表达获胜后的豪迈情怀：

> 万木霜天红烂漫，天兵怒气冲霄汉，雾满龙冈千嶂暗，
> 齐声唤，前头捉了张辉瓒，
> 二十万军重入赣，风烟滚滚来天半。唤起工农千百万，
> 同心干，不周山下红旗乱。

细细品味，毛泽东在取得胜利之后的无比喜悦之情溢于言表。词的上半阕意象鲜活，战场之景，栩栩跃然于读者面前，而且有声有色；下半阕是表示对反第二次大"围剿"具有必胜的信念。

事实证实毛泽东并非说大话，由他亲自指挥的三次反"围剿"，皆如摧枯拉朽。当时，毛泽东麾下只有3万多红军，却先后把蒋介石的10万、20万、30万的军队打得落花流水、一败涂地。

诀窍在哪里？战无不胜的毛泽东的军事思想也。

蒋介石当然不是脓包，毛泽东也曾评论过他是标准的军人，他曾留学日本，专攻军事，用今天的话来说，学历不低，后来当过黄埔军校校长、北伐军总司令，也着实打过不少仗。但遇到教书先生出身的毛泽东，居然一次次地败下阵来，最后被毛泽东赶到台湾孤岛上，死在那里。

如果从双方的实力论，蒋介石占有绝对的优势。看来，决定战争胜负的，实力当然很重要，但关键的是正义在哪一方、总指挥的战略思想和战术孰高孰低。早在周朝，先贤就这样论断："一时强弱在于力，千古胜负在于理。"这里古人所说的理，包括真理、思想等内容。剖析毛泽东和蒋介石对阵的这三次大战，很有意思。

蒋介石开始并没有把毛泽东放在眼里，而是关注那些手握兵权并

占据大块地盘的军阀，所以才有连续不断的军阀混战，后来才发现，毛泽东率领的红军才是他真正的掘墓人。于是，在 1930 年秋，蒋、冯、阎中原大战结束之后，10 月，他立即调集 10 万大军，由江西省主席兼第九路军总指挥鲁涤平为总司令，穷凶极恶地向毛泽东率领的中央革命根据地扑来。

来犯之敌仗着人多势众、武器精良，采取齐头推进、分进合击的战术，但他们进入根据地，却不知道红军在哪里，成为瞎子和聋子，几万红军好像从人间蒸发了一样。毛泽东胸有成竹，他素来主张以消灭敌人的有生力量为目标，并且根据"伤其十指，不如断其一指"的战术理念，开始准备打敌人中的谭道源带领的一个师，谭胆子小，行动很是谨慎，而张辉瓒却是趾高气扬、嚣张至极，进入根据地后，烧杀抢掠，无恶不作，一头闯进毛泽东早就为他布好的口袋中。

此战中，毛泽东采取的就是他最为得心应手的诱敌深入战术。毛泽东的军事思想中有条重要的经验，两军对垒中，掌握主动是关键一环，于是，战争的时间、地点，部署皆由我方决定，牵着敌人的鼻子打主动战，是毛泽东最为厉害的狠招之一。

张辉瓒率领的国民党的王牌师 18 师，终于被一路袭扰、一路牵引这头"野牛"的红军以及地方武装引进毛泽东早就布好的口袋了。此地是江西东固附近的龙冈。12 月 30 日凌晨 5 时，红军开始总攻时，正好有雾，突然遭到痛击的国民党军队，顿时陷入灭顶之灾。

据参战的老同志回忆，有一个这样的细节：几天筹划战事，毛泽东有点累了，战斗打响，枪炮声震天动地，他从容地告诉警卫人员，枪炮声未息，不要叫他，让他休息一会儿。胜券早就稳操他的手上了。这一仗全歼张辉瓒率领的第 18 师 9000 多人，缴获步枪 5000 余支、迫击炮十几门、机关枪 30 多挺，以及其他大量军用物资。而且活捉了师长张辉瓒。战后，当地军民 3000 多人，在小布召开祝捷大会。张辉瓒血债累累，被愤怒的红军斩首。

红军乘胜反击，连战皆捷，第一次反"围剿"胜利结束。

蒋介石不甘心失败，第一次"围剿"结束不久，蒋介石又任命何应钦为司令，率领20万军队对革命根据地进行第二次"围剿"。鉴于上次国民党军队长驱直入战术的失败，何应钦采取"稳扎稳打，步步为营"的方针，毛泽东率领的红一方面军则依然采取"诱敌深入"的方针。红军以少数兵力监视北面之敌，主力于1931年3月下旬由永丰、乐安、宜黄、南丰南部地区，向南移至广昌、宁都、石城地区，进行反"围剿"准备。4月1日，敌军分数路开始进攻，至4月23日先后进至江背洞、龙冈、富田等一带。红军指挥机关决定集中优势兵力，先打较弱的敌人王金钰部。

这一回，王金钰可没有像张辉瓒那样容易上钩。3万多红军在山沟整整隐蔽了25天之久。红军的作战方式与上一次的口袋阵略有区别的是，红军用穿插的方式抄了敌人的后路。总攻开始，敌人毫无准备，一片混乱。王金钰的一个师大部被歼灭，师长也成了红军的俘虏，但他伪装成一般俘虏被放走了。接着是追击，红军又歼灭了仓皇逃跑的一个旅。

首战告捷之后，毛泽东、朱德指挥红军扩大战果，半个月之中，横扫700里，接连打了5个胜仗，给了蒋介石一个狠狠的教训。

第二次反"围剿"取得重大胜利之后，毛泽东诗兴大发，兴奋地填写了一首词《渔家傲·反第二次大"围剿"》：

> 白云山头云欲立，白云山下呼声急，枯木朽株齐努力。
> 枪林逼，飞将军自重霄入。
> 七百里驱十五日，赣水苍茫闽山碧，横扫千军如卷席。
> 有人泣，为营步步嗟何及！

毛泽东挥笔写下的这首词，极其生动地反映了运用诱敌深入的战略方针、以少胜多的政治军事思想，热情展现第二次反"围剿"的战役将近结束时取得白云山战役胜利之后的满腔豪情。

有人泣，当然是被毛泽东打得头破血流的蒋介石！

恼羞成怒的蒋介石是不见棺材不落泪的大军阀。他不相信也不理解毛泽东何以有如此之大的本事，于是，第二次"围剿"结束不久，他亲自挂帅，纠集30万兵马，和毛泽东对阵。他采取的战术是指挥重兵由北往南猛进，妄图一举消灭红军，然后再直插广东，收拾在广东成立反蒋的"国民政府"的汪精卫。

毛泽东没有料到蒋介石会来得这么快。当时，红军正分散各地发动群众，建立地方政权。毛泽东一声令下，3万多红军匆匆集中起来，准备退到根据地的腹地，避开蒋介石军队的锋芒，然后，集中红军的兵力，寻找机会打敌人的虚弱之处。

蒋介石气势如虹，急于寻找红军的主力决战。但蒋军到了根据地，一次次扑空，不知道红军主力在哪里。他同样遭遇到原来进犯根据地的国民党将领的厄运，在红色苏区，他们是瞎子、聋子，两眼一抹黑。蒋介石毕竟有点打仗的经验，他采取南北合围的战术，造成十面埋伏的态势，准备包红军的"饺子"。因为他带来的军队实在是太多了。

毛泽东的处境的确有点危险。三面临敌，一面是波涛滚滚的赣江。机敏的毛泽东发现，在敌人还没有完全合围之时，中间有一段20公里的空隙可以跳出敌人的包围圈。于是，为了造成蒋介石的错觉，他指挥少数红军伪装成红军主力，向赣江方向佯动，主力却乘着黑夜，翻山越岭向东跳出了敌人苦心编织的包围圈。

绕到蒋介石背后的毛泽东，从容地集中兵力，狠狠地向蒋介石背上插上两刀，毛泽东连胜两仗。蒋军急急地扑过来，企图包围红军主力。这一回，毛泽东率领红军主力从只有10公里的窄缝中机智地穿越出去，再次跑出了敌人的包围圈。蒋介石军队再次扑空。被红军牵着鼻子跑的蒋军，精疲力竭，非战斗减员高达三分之一。也就是说，蒋介石带来的30万大军已经有10万被红军拖得失去战斗力，而隐蔽在根据地有群众保护的红军却以逸待劳，休整半个月了。

毛泽东等待的战机终于出现了。此时，反蒋的两广联军乘机大举北进，进入湖南境内，蒋介石后院起火，红军大反击的时机到了。善于用兵的毛泽东在这场大反击中，和蒋介石打了六次仗，一仗打平，五仗取胜。蒋介石亲自指挥的第三次"围剿"以惨败结束。

30万军队和3万对阵，军力是十比一。事实证明，蒋介石根本不是毛泽东的对手。三次反"围剿"，毛泽东完胜，蒋介石成为毛泽东的手下败将！

《孙子兵法》云："任势者，其战人也，如转木石。木石之性，安则静，危则动，方则止，圆则行。故善战人之势，如转圆石于千仞之山者，势也。"用现代的语言翻译，就是说，善于指挥战争的将帅，是善于利用态势的人，他们指挥军队作战，就像转动木头、石头一样。木头、石头的特性是：放在安稳平坦的地势上就静止不动，放在险峻陡峭的斜坡上就会滚动；方形容易静止，圆形容易滚动。因此，善于指挥作战的人所造成的态势，就像将圆石从万丈高山滚下来那样，能无坚不摧。这就是所谓的"势"。毛泽东就是善于用"势"、造"势"的杰出军事家。他不仅熟读《孙子兵法》，具有深厚的理论积淀，而且善于从战争中学习战争，因势利导，以独特的思维方式，高屋建瓴，谋划战事，洋溢着异彩纷呈的神思妙想，毛泽东制定的战略、战术以及他指挥红军取得的出奇制胜的战例，不愧是中外军事史上的奇葩。

至此，毛泽东的军事思想已经形成完整的体系，这就是：在敌强我弱的情况之下，战略目标不是去计较一城一地的得失，而是以消灭敌人的有生力量为主；游击战、带游击色彩的运动战，是战争的主要形式；"诱敌深入"，集中优势兵力，避强击弱，各个歼灭敌人，伤其十指，不如断其一指，慎重初战，抓住战机，出其不意发动攻击，速战速决，不打消耗战，是红军的战术原则；紧紧地依靠群众，武装群众，实行人民战争是不可缺少的战胜敌人的法宝。

很遗憾，毛泽东在实践中形成的军事思想和他制定的战略战术，已经得到实战的验证，不愧是红军战胜敌人壮大自己的思想武器，却被始终坚持"左"倾机会主义的占据中央领导地位的人们视为"狭隘经验论"，从而无端剥夺毛泽东的军权，造成了第五次反"围剿"的失败，红军被迫长征。在中国共产党和工农红军面临绝境的紧急关头，还是毛泽东挽救了红军，挽救了中国共产党。

幸运的是，时代终于选择了毛泽东。

毛泽东带领的井冈山革命根据地走出来的红军队伍中，涌现 58 位开国将帅，其中：5 位元帅，3 位大将，15 位上将，21 位中将，14 位少将；他们绝大多数人都在闽西战斗过。闽西不愧是毛泽东军事思想的发源地。

这位红军即人民军队的伟大缔造者，更为令人钦佩的是创立了中外军事史上堪称是绝唱的军事思想，不仅为政治建军提供了坚实的保障，而且也成为政治建军的重要内容。因为，红军的作战，不是单纯的军事行动，而是执行共产党神圣使命的政治行动。

对毛泽东军事思想的来源尤其是他变幻莫测令敌人为之胆寒的指挥艺术，众说纷纭，有人认为，毛泽东是按照《孙子兵法》打仗的，也有人认为毛泽东熟读《三国演义》和《水浒传》，是按照这两部小说的战法打仗的。这些说法虽然并不准确，带有臆想的性质，但却牵涉到一个重要的方面，也就是毛泽东独特思维方式的形成，和中国深厚的传统文化有着密切的关系。他通晓中国哲学中的儒、释、道等内容，毛泽东对中国传统文化的深厚修养，在当时的一代共产党人中，无疑是站在时代的最前列。在这一基础上，他把马克思主义和中国实际相结合，实行马克思主义中国化。

因此，毛泽东创立独具一格的军事思想，既有中国传统文化的元素，又是紧密联系实际，善于总结经验，从战争中学习战争的结果。毛泽东是个鸟瞰全局的政治家、出类拔萃的思想家、剔骨入微的哲学家，还是个悟性极高的军事家。如果从文化的视角来看待毛泽东的军事思想，人们可以发现，深深植根于他率领红军进行作战的实践，并集中外文化之大成的毛泽东，创建的实质是独树一帜的军事文化，毛泽东的文化品格、境界以及由此而形成的思维方式，无人能及，完全超出其主要对手蒋介石。

战争，军事实力的对比，当然是不可小看的重要条件，但对于指挥员，文化上的较量，却直接影响甚至决定指挥的战略战术。从一定意义上来说，战争的胜利，实际是文化的胜利。

剑走偏锋出奇招，是毛泽东独特的思维模式，也是他创建的军事思想之所以神秘莫测的地方。

透过枪林弹雨、烽火硝烟，毛泽东指挥的红军战争中有哪些特点呢？

一是有根据地和群众的支持。在战争中，红军人数虽然远远不如敌军，但有根据地广大人民群众的支持。敌人气势汹汹地进入根据地，可谓是两眼一抹黑，毛泽东不仅完全摸清了敌军的底细，而且早就布好了口袋，等待敌人钻进来，主动权完全在红军一方。

二是智慧。从文化积淀上分析，蒋介石包括他的部下诸位将领，完全无法和毛泽东比肩。从战争的过程来看，他们对毛泽东精心筹划的战术，不仅一无所知，而且屡屡中计。战争的实践告诉人们，决定战争胜负的不是貌似强大的军队，而是指挥将领的正确的战略战术。

三是决战地点、时机的选择。毛泽东总是选择最有利于红军的方面：在战略上，毛泽东确定的是"运筹帷幄、以少胜多、以弱胜强"的原则；在战术上，他精心策划，不是以力取胜，而是以智取胜。充分利用对方致命的弱点，睿智地发挥自己的长处，集中优势兵力歼灭敌人，"伤其十指，不如断其一指"。

战争不仅是军事实力的较量，更为重要的是文化的较量。从文化的深层次上深入地透视毛泽东军事思想，更容易体味出其中的神妙和分量。

有一个近似魔咒的现象：并没有进过正规军事院校修炼的毛泽东，指挥起打仗来，是如此得心应手，如鱼得水。人们常说，兵无常势。无论是游击战、运动战、阵地战，毛泽东都了然于心。手握重兵的蒋介石，一次次地被毛泽东指挥的红军打得落花流水。令跟随毛泽东的红军将领们都感到无比惊讶的是，跟着毛泽东，往往就打胜仗，而一离开了毛泽东，同样是这支队伍，就打败仗。原因在哪里？

战争的胜负，不仅是军事实力的对比，更为重要的是军事思想的对比以及在军事思想指导下战略战术的比试。在这方面，毛泽东独领风骚。需要特别指出的是，毛泽东的军事思想不仅仅是他个人的创造，而是他对红军历次作战经验的科学总结。因此，毛泽东军事思想是集体的创造和财富。

第五章

思想建党的伟大实践

一个政党的灵魂是什么？正确的思想。

正确的思想是旗帜，是方向，是战无不胜的力量。中国共产党的指导思想不是抽象的、教条的马克思主义，而是以实事求是为精髓的马克思主义中国化，毛泽东思想的伟力就在于此。

关键在于建党

闽西，上杭，旧县，新坊村。

这里是著名女红军邓六金的老家，曾是红军的驻地之一。四周是梅花山脉延绵，高耸云天的"崖下山"矗立其中。在当地人的心目中，崖下山是一座艰险陡峭的大山，从古代就流传下来的说法是："崖下山、崖下山，十个汉子九落难。抬头望一眼崖下山，脚步未迈就腿软、脚断、魂魄散。"

群峰林立，如座座丰碑，默默地诉说着从这片红土地上走出的英雄儿女和他们为中华人民共和国的缔造创造的丰功伟绩。一条清凌凌的溪水，从山涧奔涌而出。在村前绕了个弯，恰是多情的依恋，流水变缓了，低吟浅唱，耐人寻味。溪畔，有个小河滩，沙细、石小，更增添了山村宁静的氛围。一座以红色为主调的八角亭，亭前竖着一块石碑，上书：鑫鑫公园。蕴含着乡亲们对邓六金这位女红军的绵绵的思念和敬意。

村庄中有座老屋，泥墙、乌瓦，两层，为村设的革命纪念馆。值得人们特别注意的是，楼上一间屋子的墙壁上，居然还挂着一道当年共产党人入党时的誓词，是用炭笔写的，笔法虽有点嫩，但却是工工整整，上书：牺牲个人，努力革命，阶级斗争，服从组织，严守秘密，永不叛党。

这是红军时代中国共产党的入党誓词。数十年过去，烟雨无痕，回望那似乎并没有远去的火红年代，这道誓词，就像掷地有声的呼唤，回荡在浩渺的时空里。

什么才是共产党人？在 20 世纪五六十年代，曾经有句铿然有声的话：共产党人是用特殊材料制成的人。这里所说的"特殊材料"实际就是指共产主义的信仰。说得通俗一点，共产党人就是具有坚定的献身于共产主义事业的信仰的一群用特殊材料锻造成的人。正如在庆祝中国共产党成立 100 周年大会上，习近平总书记所言："心中有信仰，脚下有力量。"

怎样在红军中建立一支具有共产主义信仰和精神的党的队伍？

秋收起义失败之后，毛泽东率领队伍进军井冈山，路经江西永新县的三湾时，进行了著名的三湾改编。这次改编，一是在部队中建立共产党的组织，实行"支部建在连上"，形成营、团有党委，连以上设党代表。在军队中建立党指挥枪的全新机制，这是最为重要的内容。二是资遣一部分不愿留队的人员，部队缩编为一个团，称工农革命军第一军第一师第一团，部队人数虽然减少了，但留下的人员皆是愿意跟着毛泽东继续前进的坚定革命者。三是制定与旧军队完全不同的规定，那就是官长不打士兵，官兵待遇平等，建立士兵委员会，参加部队的管理，协助进行政治工作和群众工作。士兵委员会由全体士兵民主选举产生，在党支部指导下进行宣传、组织群众的工作，组织领导士兵的文化娱乐生活，监督部队的经济开支和伙食管理。

这三条具有特殊意义的决定，是毛泽东力图把起义部队建成共产党领导之下的新型人民军队的初步尝试，洋溢着强烈的自主创新精神。毛泽东不愧是个具有远大目标和理想的战略家，是人民军队的缔造者。回首这段历史，人们可以发现，毛泽东的建党思想，首先是和建军紧紧联系在一起的，后来，建立了革命根据地，又和地方党组织的建设密切相连。

三湾改编是在行军途中进行的，囿于敌情、环境等原因，基本是属于组织上采取的重大措施，首先解决党在军队建立绝对领导地位的关键问题。如果就思想而言，实行官兵平等的民主思想，也是十分值得重视的改编内容。

从三湾到瑞金，再到长汀、连城的新泉，毛泽东带领红四军一路走来，一路沉思：经过三湾改编之后的部队，的确面貌一新。全军上下，精神面貌发生了深刻的变化。脍炙人口的《朱德的扁担》的故事，记载了朱德军长亲自和红军普通战士一样，下山挑粮，就是真实的动人故事。井冈山山间一条落满沧桑的古老驿道旁，有棵百年枫树，遒劲、古朴，树干呈紫铜色，绿叶如盖，便是朱德和红军挑粮时歇脚的地方，见证着不凋的红色岁月。

有一首歌谣《毛委员和我们在一起》，唱红了一个时代：

> 红米饭，南瓜汤，
> 秋茄子，味好香，
> 餐餐吃得精打光。
>
> 干稻草，软又黄，
> 金丝被子盖身上，
> 不怕北风和大雪，
> 暖暖和和入梦乡。

敌军围困，红军生活极为艰苦，每人每天只有五分钱的菜金。毛泽东高度重视对红军的思想教育，亲自给部队上课，对部队进行革命思想教育。他的目标是要把红军打造成在共产党领导之下，具有坚强领导核心，纪律严明，而且具有远大理想、坚定信念，洋溢着浓郁革命精神的部队。

井冈山上的红军之风，实际就是毛泽东树立的党风生动、形象的体现。

上井冈山之后，红军获得一个极为难得的喘息时机。身居茅坪八角楼的毛泽东，在一盏煤油灯下，静静地思考井冈山的命运和中国革命的道路与前途。他写了两篇重要文章：《中国的红色政权为什么能够存在？》《井冈山的斗争》。身居茅屋，心忧天下。毛泽东充分施展他的理论联系实际的政治品格，科学地运用马克思主义的基本原理，紧密结合中国的国情，阐述了中国革命的道路为什么不同于西欧和俄国，不能首先去夺取中心城市，而应当首先在农村建立革命根据地，即进行武装割据、建立红色政权的根本原因。

毛泽东关于首先在农村建立红色政权的理论，无疑是一个伟大的发明和创造，是井冈山革命斗争经验的光辉结晶。在"八七会议"之后，全国各地的共产党人，遵照共产国际和中央指示，照搬俄国革命的经验，相继举行城市暴动，遭到惨痛的失败。在这一危急关头，毛泽东又一次站在时代前列，展现了一个领袖人物的非凡才华，科学地回答了中国革命往何处去的重大问题。毛泽东首先在农村建立红色政权的理论，为以后他提出的农村包围城市的战略思想确立了根本的前提。那些死抱教条主义的"左"倾机会主义者，曾经不止一次地嘲笑毛泽东："山沟里出不了马列主义。"岂不知真正的中国化马克思主义就是从山沟里走出来的。

毛泽东的这两篇文章，《中国的红色政权为什么能够存在？》偏重于从理论上分析共产党人首先可以在农村建立革命根据地、实行武装割据的根据和可能；此文是毛泽东为湘赣边区党的第二次代表大会写的决议的一部分。《井冈山的斗争》则从实践上总结建立革命根据地的经验，并以鲜明的问题意识，提出相应的解决办法。此文是毛泽东写给当时隐藏在上海中共中央的报告，最早是由地下交通员，一位湖南水口山的工人，把文章小心翼翼地卷成烟卷一般，藏在伞把里，辗转送到目的地。

在井冈山斗争时期，除了粉碎敌人一次次对井冈山的"围剿"以外，毛泽东有两大具有战略性的决策和实践：一是利用湘、赣两省军阀混战的大好时机，积极发展、开创了以宁冈为中心的"工农武装割据"的局面，先后建立了宁冈、永新、茶陵、遂川四个县委和酃县特别区委，在极其困难的环境里，建立了第一个农村革命根据地。二是积极地进行党的建设，大力在红军和农村中发展党员，健全党的组织，增强党的战斗力。

新中国成立以后成为元帅的罗荣桓，当时任红军特务连的党代表，领着八位新党员进行了入党宣誓仪式，毛泽东亲自参加了这次活动并且在会议上为新党员致辞。

《井冈山的斗争》一文中，有专门关于《党的组织问题》一节。毛泽东并不避讳当时井冈山时期党的组织中存在的几个严峻问题：

首先是与机会主义斗争的问题。毛泽东这里所说的机会主义和人们所理解的"左"、右倾机会主义路线的概念有所不同，主要是指党内的机会主义现象，包括那些缺乏革命理想和坚定意志的投机分子和动摇分子的表现等。毛泽东尖锐地指出，马日事变（1927 年 5 月反动军官许克祥在湖南长沙发动的反革命政变）前后，边界各县的党，可以说是被机会主义操纵，当反革命到来时，很少有坚决斗争的，党组织处于松散毫无战斗力的状态。1927 年 11 月到 1928 年 4 月，由于毛泽东率领的工农革命军的到来，才重新建立共产党的组织。一年多来，机会主义现象依然到处存在，具体表现是，在敌人扑来的时候，一部分党员缺乏斗争意志，以"打埋伏"为名躲进深山之中。而在红军中，一部分党员的小资产阶级思想严重，敌人来了，要么是主张拼一下，要么是主张逃跑。这种思想上的混乱，往往是在讨论作战的时候，由一个人先说出来，得到其他人的附和，在遭受到失败的教训之后，才逐渐有所改善。

其次是地方主义。毛泽东认为，边界的经济是农业经济，社会的组织是普遍以一姓为单位的家族组织。党在村落中的组织，因为居住的关系，许多是一姓的党员为一个支部。在这种旧式的宗族关系下，毛泽东感慨"斗争的布尔什维克党"的建设，真是难得很。怎么办呢？毛泽东开出的"处方"，一是教育，二是在和白色势力斗争时，让人们感受到有共同的利害关系，吸取教训之后，打破他们的地方主义。

再次是正确处理边界各县一件特别的事，那就是土客籍之间的界限和矛盾。除了做好群众工作，采取正确的政策，破除敌人的挑拨离间，在党内，要加紧教育，务使两部分的党员团结一致。

最后，是混进党内的投机分子的反水，也就是在敌人到来或白色恐怖严重的时候，投机分子叛变投敌。毛泽东尖锐地指出，边界各县许多投机分子乘公开征收党员的机会混进党内，党员数量曾经激增到 1 万多人，但因为缺乏党内很好的教育和严格的组织管理，白色恐怖一来，出现了不少投机分子反水即叛变，带领反动派捉拿同志的严重情况。于是，从 1928 年 9 月之后，厉行洗党。原党组织全部解散，重新登记，对党员成分加以严格的限制，并将原来全部公开的党组织改为秘密组织。

三湾改编之后的井冈山斗争时期，毛泽东在军队和根据地建设的过程中，高度重视党的建设，尤其是在组织建设的基础上的思想建设。虽然时间很短，毛泽东在井冈山前后不到两年时间，但已经奠定了一定的基础。相对而言，井冈山时期，红军的队伍相对比较稳定，自从 1929 年 1 月 4 日，毛泽东、朱德、陈毅率领红四军主力下山，一路上遇到敌人的围追堵截，沿途都是敌占区，没有党的组织，群众也不了解红军，这是红四军极为艰难而且处境相当危险的时期，队伍中的各种非无产阶级思想也不断暴露出来，严重地干扰和影响了红军执行和完成神圣的使命。特别是 1929 年 2 月 4 日从江西罗福嶂到武平高书，首次踏上闽西这块土地后，更是如此。

毛泽东曾经想通过会议解决这个难题，于是，爆发了三次激烈的争论。这三次争论，实际上是思想交锋，囿于种种原因，问题不仅没有解决，而且越来越严重，直至坚持正确意见的毛泽东在闽西龙岩召开的红四军"七大"会议上意外落选前委书记，被迫离开了红军到地方工作。

严峻的事实，给处于无奈地位的毛泽东极大的震撼，使他更为深刻地认识到纠正党内错误思想的重要性。而红军的广大指战员，包括朱德、陈毅等红军领导，也从实践中认识到，红军离不开毛泽东。于是，在党中央在南阳传达的"九月来信"之后，毛泽东终于回到红军，重登红军前委书记的领导岗位。

不破不立，有破才有立，只有严肃认真地纠正形形色色的党内错误思想，紧密联系实际的共产主义的思想、信念、精神才能成为共产党人的灵魂。

因此，毛泽东真正完善并完成比较系统的建党思想，是和朱德、陈毅一起率领红四军主力下山，进入闽西，在短短的不到一年时间，在经历了党内激烈的思想斗争并通过闽西这片红土地如火如荼的革命实践之后实现的。

人们才终于认识了毛泽东。于是，毛泽东亲自主持并胜利召开了古田会议，做出了决议案即《关于纠正党内的错误思想》。在中华人民共和国成立后《毛泽东选集》正式出版时，在这篇文章的注释中有一段往往不被人们注意到的文字：

> 这个决议使红军完全建立在马克思主义基础上，将一切旧式军队的思想都肃清了。这个决议不但在红军第四军实行了，后来各部分红军都先后不等地照此做了，这样使整个中国红军完全成为真正的人民军队。二十几年来，中国人民军队中党的工作和政治工作有广大的发展和创造，现在的面貌

和过去大不相同了，但基本的路线还是这个决议的路线。

怎么样建军？关键在于建党，党是军队的灵魂；而建党的根本，则是严格按照毛泽东始终坚持马克思主义中国化的道路，即实事求是的思想路线，不断纠正党内的错误思想，才能端正航向，从胜利走向胜利。

毛泽东率领红军从三湾到井冈山再到古田的道路，是中国共产党领导的人民军队成长、壮大、腾飞之路，更是毛泽东建党思想完善、丰富、创新之路。

心结在哪里

这是十分值得注意的几个细节：

1929 年 7 月，中共中央得知红四军内部的激烈争论和毛泽东在红四军"七大"落选的消息后，曾经要求红四军派一名得力的干部，前去上海参加中央政治局召开的军事会议并汇报红四军的情况。7 月 29 日，前委全体成员在蛟洋召开紧急会议，提议由毛泽东和陈毅一起去上海向中央汇报红四军的情况，毛泽东不愿意去。最后决定由陈毅一个人去。陈毅出发之前，曾经专程到蛟洋去找毛泽东，请他回前委主持工作，而当时毛泽东也确实正患严重的疟疾，说身体不好，不能回去。这样一来，便出现了陈毅去上海后由朱德主持前委工作的情况。

朱德既要指挥作战，又要管政治工作，一个人独撑全局，的确如红四军当时给中共中央的报告中所言，"因此应付不开"。在如此的情况下，朱德不仅亲自写信给毛泽东，请他回来主持前委工作，而且，还在主持召开红四军的第八次代表大会上，做出了请毛泽东回来的决议。毛泽东对朱德的回信说："我不能随便回来。"后来，毛泽东虽然被用担架抬进了会议现场，但"八大"已经结束了。

毛泽东所说的"随便"二字，细细揣摩，是颇有深意和分量的，当然不仅仅是因为在几次争论中遭到的批评乃至无端的攻击以及意外落选引起的个人意气，还有更为深层次的原因。

毛泽东的心结在哪里？

认真读一读毛泽东于1929年6月14日写就的《给林彪的信》就很清楚了。

在这封洋洋逾万言的信中，毛泽东一吐压抑在心中的思绪和不快，把他真实的感觉、发现、思考、忧虑尽情地倾吐出来。此信的开篇，毛泽东就开门见山地指出："因为现在争论的问题，不是个人和一时的问题，是整个四军党和一年来长期斗争的问题。不过从前因为种种原因把它隐蔽了，到近日才暴露出来。"

什么问题如此重要？毛泽东扳着指头，举出14个类别：

（一）个人领导与党的领导；（二）军事观点与政治观点；（三）小团体主义与反小团体主义；（四）流寇思想与反流寇思想；（五）罗霄山脉中段的政权问题；（六）地方武装问题；（七）城市政策与红军军纪问题；（八）对时局的估量；（九）湘南之失败；（十）科学化、规律化问题；（十一）四军军事技术问题；（十二）形式主义与需要主义；（十三）分权主义与集权；（十四）其他腐败思想。

这14个问题属于什么性质呢？毛泽东明确地指出：这是两个思想系统的斗争。事情终于水落石出：红四军存在的这些问题，并非个人意气，实际上是正确思想和错误思想的斗争。后来古田会议的决议案即关于纠正党内的错误思想就是从这些问题中引申和阐发出来的。

对于红四军党内的错误思想，毛泽东可谓感同身受。从井冈山下山以后的三次会议（即湖雷会议、白砂早康会议、新泉会议），毛泽东本想通过召开会议进行认真的讨论，解决这些阻挡红四军继续前进的思想障碍，但他没有料到，已经泛滥开来的极端民主化的错误思潮，以"放开来提意见"发扬民主为名，行自由化之实，特别是比较集中的"前委"和"军委"之争，已经在是否坚持党对红军的绝对领导地位这一最为关键的问题上，出现了严重的分歧。这些问题如果继续蔓延下去，将直接影响甚至决定红四军的前进方向乃至前途命运。

两个思想系统之争，是道路、方向之争。思想是灵魂，灵魂出了问题，后果很是严重，一个人如此，一支军队一个政党同样如此。思想敏锐的毛泽东，已经看到这些问题的严重性和危害性。

这种情况是怎么形成的？毛泽东在这封信中，详细地分析了其中的原因。他采用的是马克思主义的锐利武器即阶级分析法。早在 1926 年 3 月即第一次革命战争时期，毛泽东就写过一篇重要文章《中国社会各阶级的分析》，这篇文章有一个重要的观点：各阶级的经济地位直接影响并决定他们对革命的态度。稍有一点哲学常识的人们都知道这样一个普通道理：存在决定意识，物质决定精神。毛泽东从阶级分析的视角，通过对中国社会各阶级的分析，正确地阐明了"谁是我们的敌人？谁是我们的朋友？"这一革命的根本问题。对当时党内错误思想的产生，毛泽东同样采用的是阶级分析法，对当时出现的红四军党内的主要问题，如个人领导和党的领导问题，毛泽东有一段精辟的分析：

讨论这个问题，我们首先要记得的就是四军的大部分是从旧式军队脱胎出来的，而且是从失败环境中拖出来的。我们记起了这两点，就可以知道一切思想、习惯、制度何以这样的难改，而党的领导与个人的领导何以总是抗分，长在一种状况之中。红军既是从旧式军队变来的，便带来了一切旧思想、旧习惯、旧制度的拥护者和一些反对这种思想、习惯、制度的人作斗争，这是党的领导权在四军里至今还不能绝对建立起来的第一个原因。不但如此，四军的大部分是从失败环境之下拖出来的（这是一九二七年），结集又是失败之前的党的组织，既是非常薄弱，在失败中就是完全失去了领导。那时候的得救，可以说十分原因中有九分是靠了个人的领导才得救的，因此造成了个人庞大的领导权。这是党的领导权在四军里不能绝对建立起来的第二个原因。

在关于个人和党的领导关系问题上出现的思想分歧，毛泽东的这个分析极为深刻朴素，通俗，令人信服，他追本溯源，通过回顾历史的发展进程，运用阶级分析的理论武器，紧密联系实际，使之如解剖刀一样，层层剥开表象，揭示事物的本质，充分展现了马克思主义中国化思想的伟力。在这封信中，毛泽东把当时党内存在的 14 个问题以及从这些问题中所表现出来的错误思想，来龙去脉，分析得清清楚楚。然而，最为严重的问题是，毛泽东指出的这些错误思想，不仅普遍地客观存在，而且不被多数人认识，在一些场合中，甚至呈现出泛滥成灾、正不压邪的情况，怎能不让毛泽东为之焦虑呢？

如何看待当时争论最为激烈的"前委"和"军委"之争，如果就事论事，往往很难说清楚，毛泽东短短的几句话就把此事说透了，他说道："这是少数同志们历来错误路线的结穴，两个指导路线的最后斗争，我们只要查明了四军的历史，就容易明白这回争论的实际意义了。"站在思想路线斗争的高度上的毛泽东，在这个直接牵涉到是否坚持党对红军绝对领导的根本问题上，始终不做任何退让，不能"随便"，也没有调和折中的余地，就是因为他看到在这场争论中的分歧，不是个人之争，不是一般的权力之争，而是关系到红军方向、道路、前途、命运的严肃的两种思想路线之争。

问题的症结就在这里。

当时，有人攻击毛泽东坚持党对红军的绝对领导，是搞家长制，毛泽东对这个问题的回答是：这是一种形式主义的观察。对此，毛泽东毫不客气地反问，什么是家长制？红四军内是否有家长制？家长制的定义是：只有个人命令，没有集体的讨论，只有上级委派，没有群众选举。接着，毛泽东就采取摆事实、讲道理的办法，严正指出，红四军的集体讨论，从支部到前委历来是如此，尤其是前委、纵委两级会议，不论是常委会、全体会，应到委员之外，差不多每次都有非委员的负责同志参加。说到这里，毛泽东几乎是愤慨地说，说这种话的人，是患了善忘症，不信，完全可以去查每次会议的有关记录。白纸黑字，谁也无法否认。

毛泽东尖锐地指出，那些攻击红四军有家长制的人，根本的原因不仅是不顾铁的事实，而其目的是企图实行分权主义，他们代表的是游民、农民、小资产阶级的一种思想，而与无产阶级的斗争组织、与作为先锋队的共产党是不相容的，其性质是："这是历史上错误的思想路线上的最后挣扎。"

问题是如此严峻，但多数人却缺乏应有的认识，包括红四军的领导同志在内，因此，毛泽东毅然采取辞职即辞去前委书记离开前委的办法。说实话，这是被逼出来的，对此，毛泽东用四个理由进行解释："一是对于与党内错误思想奋斗，两年以来已经尽竭吾力了，现在我又把问题的内容提出以后，使多数同志们作不断的奋斗才能得到最后的胜利。二是我在四军的日子久了，一种历史的地位发生出来的影响是很不好的，这是我要指出的中心理由。三是我个人身体太弱，智识太贫，所以我希望通过中央送到莫斯科去留学兼休息一个时期。在没有得到中央的允许之前，由前委派我到地方做些事，使我能因该环境得到相当的进步。四是四军的党已经有了比较坚固的基础了，我去之后，决然没有不好的影响。党的思想上的分化和斗争既已经起来了，决不因我去而不达到胜利的目的。"

细细品味毛泽东解释他之所以请求辞去前委书记的理由，人们可以清晰地感受到虽然身处逆境，但毛泽东仍保持着革命终将取得胜利的坚定信心。伟人就是伟人，他的信念坚不可摧，他的思维方式，向来如站在高山之巅，颇有"一览众山小"的胸襟和气魄。

纵览历史，真理往往在少数人手里，毛泽东当时的情况就是如此。"风物长宜放眼量"是毛泽东在解放后写给柳亚子先生一首诗中的一句。回首这段历史，令人感慨不尽之余，今天的我们，不得不佩服毛泽东的睿智和远见。

毛泽东的心结可以释怀吗？当然可以。毛泽东也不一定预料到的是，只有短短的几个月时间，局势就大变。乌云散去，阳光明媚的万里晴空，是如此辽阔、壮美！

换个视角读一封信

夕阳。白塔。

红漆剥落的木骑楼。穿着对襟布衫的老表。规模不大的县城，犹如经历了太多风霜的老人。

这是瑞金。位于湘、粤、赣边界的一座千年古城。唐天祐元年（904），自象湖镇淘金场设立瑞金监开始，此地就叫瑞金。距离闽西长汀只有40多公里。

瑞金还有吉祥的意思。

城郊有个叶坪村，沉淀了太多的历史沧桑。其中有片樟树林，近百棵数百年乃至上千年的古樟树，郁郁葱葱，形成一片气势恢宏的独特风景，这里是中央苏区的心脏。后来成立的中华苏维埃政府虽然在距离此地不远的沙洲坝，但不少重要机关都设在这片古老的樟树林中。

毛泽东率领红四军下井冈山，建立了赣南、闽西根据地。他把红军的总部设立在瑞金。他的故居在叶坪的樟树林中。那是一座红泥小屋，至今还在。一侧，有棵千年老樟树。反"围剿"战争时期，敌机曾经前来轰炸，一颗炸弹就落在这棵老樟树的枝杈之间，高挂在上面，没有爆炸。毛泽东又一次躲过大劫。

吉祥的瑞金也钟情毛泽东。

瑞金和长汀是近邻，有古驿道可以直达。毛泽东是1929年4月1

日从长汀去闽西的。3 月 14 日，红四军取得长岭寨大捷之后，进入长汀，毛泽东在长汀整整住了 17 天。因为获悉赣南的敌人准备北调参加蒋桂战争，将造成赣南空虚，连忙离开长汀到瑞金商量对策。

1929 年 4 月 5 日，毛泽东在瑞金主持召开了红四军前委会，研究中央的"二月来信"，并在这里起草了一封给中央的信，即《红军第四军前委给中央的信》。此时，正是春深似海的季节。这天正是老百姓颇为看重的祭拜祖先的清明节，此时，瑞金四周的山上，漫山的杜鹃花开得如火如荼，烂漫至极，但毛泽东的心境并不轻松。

毛泽东任红四军前委书记的时候，曾经三次给中央写过信。其中，这是一封最为重要的信。因为，这是为了回答中央的"二月来信"而写的。

在中国共产党的历史上，这是一个特殊的历史时期。

1928 年 6 月 18 日至 7 月 11 日，中国共产党第六次全国代表大会在莫斯科近郊兹维尼果罗德镇"银色别墅"秘密召开。出席大会的代表共 142 人，其中有表决权的正式代表为 84 人。

党的六大是在特定历史时期和历史条件下召开的具有重大历史意义的会议。六大认真地总结了大革命失败以来的经验教训，对有关中国革命的一系列存在严重争论的根本问题，做出了基本正确的回答。它集中解决了当时困扰党的两大问题：一是在中国社会性质和革命性质问题上，指出现阶段的中国仍是半殖民地半封建社会，引起中国革命的基本矛盾一个也没有解决，现阶段的中国革命依然是资产阶级性质的民主主义革命。二是在革命形势和党的任务问题上，明确了革命处于低潮，党的总路线是争取群众，党的中心工作不是千方百计地组织暴动，而是做艰苦的群众工作，积蓄力量。这两个重要问题的解决，基本上统一了全党思想，对克服党内存在的"左"倾情绪、实现工作的转变，起了积极的作用。

1929 年 2 月 7 日，中央根据共产国际书记布哈林的意见，写了一封指示信，由于敌人重重封锁，此信到当年的 4 月 3 日才由福建省委转到时任红四军前委书记毛泽东的手中。这封信对当时的客观形势以及红军的力量估量都十分悲观。要求毛泽东、朱德离开红军到中央工作，以隐匿大的目标；将红军队伍分得很小，撒向农村中，目的是保持红军和发动群众。面对着这封显然带有取消主义倾向的中央来信，怎么办？

如果机械地按照组织原则，当然是执行，因为是来自中央的指示，哪有不执行之理？于是，在传达这封指示信的时候，红四军中有一些人为之叫好。他们过苦日子有点过怕了，按照此信去做至少可以轻松一点。朱、毛离开队伍，红军分散活动，颇为符合他们的心态。

毛泽东却不这样看，他不仅没有同意中央这封信对局势的悲观估计和决定，而是认真向中央反映真实的情况，并提出开辟新局面的新思路、新主张。

党的领导是什么？一是组织领导，个人服从组织，少数服从多数，地方服从中央；二是思想领导、路线领导，其时，红四军处于战争环境之中，还有战略、战术的领导等。后者往往被人们尤其是教条主义者有意或无意地予以忽视。

毛泽东在建党思想上，最为核心的内容，是用正确的思想、路线、方针、政策，在红军中，则是根据实事求是的原则，制定正确的战略、战术，战胜强大的敌人，使党在实践中不断走向成熟和壮大，从而完成其神圣的使命。

从建党思想的视角解读毛泽东起草的这封信，犹如打开一扇窗户，可以看到更多的灿烂风景。

在当时党和红军相对弱小的情况下，怎么看待共产党？

毛泽东的回答是，党的战斗力组织力虽然弱到如中央所言，但在反革命潮流也在低落的形势之下，党组织的恢复一定很快，党内干部分子的消极态度也会迅速地消灭，最为重要的原因，是群众一定是倾向共产党的。毛泽东用自信的口吻这样宣称："在将来形势之下，什么党都不能和共产党争取群众的。"

在如此的形势下，共产党应当怎么办呢？毛泽东认为："在大混乱的现局之下，只有积极口号积极精神才能领导群众，党的战斗力的恢复也一定要在这种积极精神之下才有可能恢复。"毛泽东一贯反对盲动主义和命令主义的恶劣倾向，同样也反对取消主义和不动主义的倾向。中央的"二月来信"就是后者的反映。

以积极的口号积极精神领导群众、争取群众，也以积极的口号积极精神建设共产党，这是毛泽东建党思想的重要内容。

在当时敌人处心积虑妄图消灭红军的严峻环境里，党的生存和命运是和红军紧紧连在一起的，可谓患难相依、生死与共，因此，毛泽东对"二月来信"中提出的要红军分散的问题，进行了令人信服的科学分析。

毛泽东坦诚地告诉中央，红四军从去年冬天开始，几次分兵都是失败的。原因在哪里？毛泽东阐述了四条理由。并且指出，越是环境恶劣，越是不能分兵，部队越需集中，领导者越需和部队一起坚强奋斗，方能战胜敌人。

敌强我弱的局势面前，在毛泽东的指挥下，共产党领导的红军创造了让敌人无奈我何的战术，这就是："分兵以发动群众，集中以应付敌人。""敌进我退，敌驻我扰，敌疲我打，敌退我追。""固定区域的割据，用波浪式的推进政策。""强敌跟追，用盘旋式的打圈子政策。""很短的时间，很好的方法，发动群众。"毛泽东形象地比喻，这种战术，正如打网，要随时打开，又要随时收拢，打开以争取群众，收拢以应付敌人。三年来，红军就是以这样独创的战术，一次次地击溃了敌人、壮大了自己。

红军的胜利，是共产党领导的胜利。血与火的战斗，检验了共产党、锻炼了共产党，也进一步强化和建设了共产党。

在毛泽东的极力主张下，红军已经不是一个单纯打仗的军队，其主要的作用是发动群众，打仗只是一种手段。打仗的时间和做群众工作的时间乃是一比十。红军的行动程序是，每到一地，首先是宣传，向群众宣传红军的性质、使命，让老百姓懂得红军是为他们谋利益、谋解放的队伍，继之是散发财物，把缴获的反动分子的谷子、衣服、器具发给贫苦农民，然后就是建立党的组织，包括秘密工会、秘密农会。把共产党的组织建立到觉悟起来的农民或工人之中，犹如播下革命的火种，为今后的星火燎原奠定坚实的基础。这是毛泽东建党思想的重要内容，也是红军力量不断走向壮大的必由之路。深深扎根在群众中的共产党和红军，之所以有力量的源泉，就是因为有了群众。

这封给中央的回信，毛泽东以大量的篇幅介绍红四军发展的历史以及建立闽赣边区根据地的情况，并且着重汇报了红四军的前委机关组织的构成。值得特别注意的是，毛泽东指出，红军党的指导机关是中央任命的前委。以前，前委在江西时，受江西省委指导，在湖南受湖南省委指导，结果，多次失败于地方主义的指挥之下，井冈山的"八月失败"是最为典型的例子。为了避免重蹈覆辙，毛泽东站在鸟瞰全局的高度，严肃地指出：超地方性质的红军，不但不宜受县委与特委的指挥，并不宜限定受某一省委指挥，而必须在中央的直接指挥之下，才能适合革命环境的需要，而不受地方主义的累害。

毛泽东这个建议，非常及时和必要。它使红军摆脱了狭隘地方主义的束缚和由此产生的累害，具有相对独立自主的指挥权，无论是在建军或建党方面都获得了主动。这是组织上的重要保障，更是汲取了以前教训的重要决定。

毛泽东的这封信，洋溢着必胜的激情，一扫"二月来信"的悲观论调，显然是受到长汀长岭寨大捷进入长汀取得胜利的鼓舞。中央接到毛泽东的这封回信以后，经过郑重的研究，收回了"二月来信"所表达的意见，改为同意毛泽东的主张。

又到新泉

饶仁凤，一个普通的农家妇女，新泉镇官庄村的苏维埃政府主席。她是幸运的，曾经参加了毛泽东主持的调查会。

1976 年 11 月 7 日，有关部门专访她，请她介绍毛泽东当年到新泉召开调查会的具体情况。

这是毛泽东第三次到新泉，时间是 1929 年 12 月初。饶仁凤清晰地记得，那是一个傍晚，太阳还没有下山，毛泽东等六个人到了她家所在地官庄村。调查会在该村的报一公祠进行。参加座谈会的有杨雄勋、杨泉满、杨雄发、杨仁先、杨成牯头、杨梅先和她七个人。会场情况是：杨仁先、杨陈保负责守门，杨福禄做记录。会场在公祠的大厅，正中摆放着一张前面有桌帷的红漆大四方桌，是乡村祭祖时放三牲用的。桌子上放有锡茶壶、两个高陂碗，还有一碟橘饼，是饶仁凤专门从家里拿来的。有意思的是，杨成牯头，已经没有人知晓他的大名了，人们只在口口相传中得知，他姓杨，人们称他成牯头。

参加调查会的人们亲切地称毛泽东为毛委员。毛泽东召开这次调查会的目的，是倾听群众对红四军的意见。他问到会的代表："你们对红军有什么反映，红军有什么不好的地方，欢迎你们提出来。"代表们详细地介绍了红军到来之后，农村发生的翻天覆地的变化，感谢红军给贫苦的百姓带来的好日子。

毛泽东听了很高兴，说道："红军好固然是好，是应该这样做的，不过也有不够之处，你们也要提出来嘛，我们红军才好改。"

看到参加会议的这些农民有点拘束，不大敢提意见，毛泽东又启发说："红军也还有缺点，还有不够的地方，比方说，有的军官就有打骂士兵的行为，你们说这样的军阀作风不废除行不行啊？"大家说："是应该废除呀！"

毛泽东接过大家的话说道："对嘛，不废除肉刑制度，官兵就不能团结一致，军民也就不能团结一致，老百姓把自己的子弟送到红军就放不下心，对吗？"正是在毛泽东这样谆谆地启发下，这些"作田佬"才打开话匣子，大家争着把看到和听到的有关红军的缺点错误指出来，同时还大胆地提出一些改进的意见。毛泽东面带笑容，认真听取大家的发言，并亲自做了笔记。最后，毛泽东赞扬说："这就对了嘛，一家人就要说一家话。"调查会结束后，毛泽东连夜赶回五里开外的新泉镇。饶仁凤当时没有读过书，不识字，临走时，毛泽东叫身边的一位红军送了一本《红军识字课本》给饶仁凤，这位朴实的农家妇女激动得眼睛都湿润了，一股幸福的暖流在心中流淌。

新中国成立以后，饶仁凤先后把四个儿子送进人民解放军的队伍，老大还参加了抗美援朝。有关部门采访她时，她 66 岁。

毛泽东这次到新泉，依然住在新泉镇的"望云草室"，老屋依旧，但毛泽东的心境却是和 6 月 14 日给林彪写信的时候大不一样了。

促使这一重大转折出现的契机是中央的"九月来信"。此信由陈毅从上海带回，在上杭官庄"鹪鸪塘"蓝氏宗祠传达。

这封信充分肯定了毛泽东，也肯定了毛泽东自创立红军以来的思想、路线和制定的战略战术，以及红四军内部三次爆发的激烈争论，均由中央一锤定音。这不仅是始终坚持真理的毛泽东个人的胜利，更重要的是毛泽东思想的伟大胜利。"九月来信"犹如一声春雷响彻大地，洋溢着强烈时代嬗变的红军建设尤其是党的建设的时机到来了。

其实，在中央的"九月来信"之前，有一封"八月指示信"，是当时中央收到陈毅写的关于红四军党内争论和红四军七大会议的有关情况报告以及"七大"《决议案》后，中央政治局开会专门讨论后写的，认为红四军的"七大"《决议案》，有些正确，有些不正确，并于 8 月 21 日由周恩来起草了《中共中央给红四军前委的指示信》。这封信充分肯定了红四军的发展，赞扬朱、毛红军对于全国的很大政治影响，肯定了毛泽东主持的前委工作和"七大"的那些正确的结论，同时对红四军"七大"的缺点提出了严肃的批评。明确指出：红四军的"七大"在敌人"会剿"的严重形势下，没有"着重于与敌人的艰苦奋斗"，"决议案无一语引导全体同志向着敌人斗争"，而将主要精神"解决党内纠纷"是不好的，应当立即纠正这种倾向。

"八月指示信"的意见与毛泽东的许多主张是一致的，当然也纠正了毛泽东一些带情绪性的不大准确的说法，有些观点说得更明确、更周全了。遗憾的是，这封重要的信，没有在红四军的"八大"召开之前收到，造成了红四军历史上的一段曲折。"九月来信"则更为明确地批评红四军的"七大"，缺乏政治眼光，没有从政治上指出正确路线，得出一个政治标准来判断谁是谁非；"七大"之前的前委扩大会议和"七大"的开法，削弱了前委的权力，客观上助长了极端民主化的发展；对朱、毛的缺点，没有顾及他们在政治上责任的重要性，公开摆到群众中进行没有指导的任意批评，而许多批评又是主观的推测，这只会使纠纷加重。最为重要的决定是，应当立即请毛泽东回来担任红四军的前委书记，并且完全肯定了毛泽东的一系列主张。

这段毛泽东被迫离开红四军的时间里，红四军多次在战斗中遭受失败、挫折，而且缺乏了主心骨，在极端民主化思潮泛滥的情况下，政治、思想上的混乱几乎达到失控的程度。朱德、陈毅等红四军的领导和广大指战员，从切身的经历中，更加深深地感受到，红军离不开毛泽东，共产党更离不开毛泽东！

实践又一次证明：毛泽东和他的马克思主义中国化的思想，的确是红军的灵魂、共产党的灵魂，毛泽东无愧是把握航向的英明舵手。

众望所归，"九月来信"之后，红四军出现了一片令人无比振奋的景象：

毛泽东、朱德、陈毅握手言和，三双大手紧紧地握在一起。

全军精神抖擞，在敌军又一次气势汹汹企图将红军彻底"剿灭"的情况下，毛泽东重登前委书记的指挥位置，从容不迫地进入各项条件都比较好的新泉进行整训，准备迎接更大的战斗和胜利。

在离开红四军的这段日子里，毛泽东一边养病，也一边思考红四军的诸多问题和解决的办法。戎马倥偬，他的一颗心始终牵挂着他亲手创建的红军，牵挂着曾经和他朝夕相处并肩战斗的战友，从前线传来的每一个失利的消息，都让他为之忧虑、焦急。他喜欢看各种报纸，因为不仅可以从中感受时局的风云变幻，而且可以从另一个侧面，即从蛛丝马迹中透视敌我双方的变化。

在毛泽东的心目中，他最为担心的不是敌人的强大，而是红军中，尤其是党内各种非无产阶级思想的存在、泛滥以及造成的严重影响。红军已经不是南昌起义时的叶、贺部队，这支部队认为军队就是打仗；红军也不是秋收起义时的农军，这些在小农经济的文化氛围中生长的农民，往往满足于个人安逸、小康生活而缺乏长远的目光；红军更不是队伍中的游民所期待的走郡串府可以大碗喝酒、大碗吃肉的流寇。红军是一支在共产党的绝对领导之下用无产阶级思想武装起来的人民军队，当前承担着打仗、筹款、做群众工作三大任务，并肩负着彻底消灭国民党反动派、帝国主义在中国的势力，最后解放全中国，建立新中国政权的神圣使命。

从政治、军事两大目标进行整训，全面提高红四军的政治思想觉悟和军事素养的时机成熟了，这是这次新泉整训和六月份的新泉休整迥然不同的地方。运筹帷幄的毛泽东提出，政治整训由他和陈毅负责，军事整训由朱德负责。

政治整训既是重点也是难点，是纠正红四军中的错误思想即形形色色的非无产阶级思想，这是毛泽东从井冈山时期就开始思考的重要课题。由于敌人的军事"围剿"从未停止过，直接关系红军生死存亡且过分频繁的军事斗争，掩盖了这一方面。从是否坚持党对红军的绝对领导地位的三次大争论中，毛泽东更是深切地感受到解决这一根本问题的重要性和迫切性。思想是灵魂，思想不统一，行动就不一致，完成红军的政治任务和使命便无从谈起。善于抓住牛鼻子的毛泽东，在新泉整训的政治整训中，最为关键的中心环节，就是纠正党内的错误思想，把红军真正建成由无产阶级思想武装起来的新型人民军队。

不是无的放矢，而是紧紧地抓住问题所在。红军及党内必须纠正的错误思想的实际情况到底有哪些？毛泽东采用他最为擅长的开调查会的方法。在新泉整训期间，毛泽东做了大量的调查研究，一是地方干部群众参加的调查会，前文所写的到官庄村找饶仁凤等农民调查仅是其中之一。二是深入连队的士兵调查会，了解战士们的思想生活状况、官兵关系和对领导的意见与要求。三是召开连长以上的军队干部联席会议，鼓励大家谈出存在的问题和解决的方法及建议。通过这一系列拉网式的调查会，把近两年来红军的思想情况，尤其是错误思想的情况、来龙去脉了解得一清二楚，从而可以对症下药，提出解决的办法，并准备在召开中共红四军的第九次代表大会时予以解决。

新泉的确是个好地方哟！

该镇位于连城的南端，有三条溪、河从这里流过，然后汇入汀江。镇中老樟树、老榕树多，绿荫如云。街市古朴，物产丰富，最为迷人的是遍地都是温泉。据专家介绍，这里的温泉是从中细粒黑云母花岗岩与凝灰质砾岩接触带的构造破碎带中涌出来的。从新泉大溪、小溪至笏山旁，均有泉脉相通。泉源丰富，溢出量大，分布面积广。水温 47℃～66℃，流量 20 升/秒。水质属重碳酸钠型，氟含量 6 毫克/升。泉眼附近有泉华。旧志名胜卷中这样记载："如清济贯浊河，伏而复现，奇矣！"王玺则以诗描述新泉的温泉："温云生怪石，暖气溢平沙。捣练宵涵月，烹丹晓映霞。最怜堪涤垢，新德藉光华。"

温泉最适合洗澡、泡澡。在氤氲的热气和淡淡的硫黄香味中洗个澡或泡个澡，洗去污秽，是人生难得的享受。或许是巧合吧，新泉整训很像是思想上的一种洗澡或泡澡，洗尽各种错误思想，还一个干干净净犹如净化了的思想境界，这支队伍就像凤凰涅槃，真正变了！

水到渠成

一个颇有情趣的现象：

古田会议的决议案即毛泽东的《关于纠正党内的错误思想》一文，新泉的人们认为，此文是在新泉写的，理由颇为充分：如果将此文和 1929 年 6 月 14 日毛泽东写的《给林彪的信》进行对比，就可以发现，两篇文章的观点和内容不少是相同的，前者更为完善和精练。

因此，新泉的人们骄傲地说，古田会议的决议是在新泉"十月怀胎"，上杭古田"一朝分娩"。此话相当有道理，并得到有关部门和专家的首肯。即将重建的新泉革命纪念馆，已经被列入古田会议纪念馆群址的一个重要组成部分。

然而，永定的同志则认为，毛泽东的这篇雄文，同样和永定有关。毛泽东当年避难在永定湖雷的牛牯扑饶丰书房的山寮中，负责为他警卫的赤卫队员和红军战士，经常看到毛泽东点着一盏煤油灯，在写作或修改文章。从时间上推算，毛泽东很可能也是在斟酌此文。

上杭的人们呢？他们也不甘示弱。毛泽东在红四军的"七大"落选、永定脱险之后，又转移到上杭的临江楼居住。在汀江之畔的临江楼里，毛泽东不仅填写了《采桑子·重阳》一词，而且也写了文章。之后，又转移到蛟洋的苏家坡圳背岩（即"主席洞"）住过很长一段时间。因此，上杭和毛泽东所起草的古田会议决议案同样有缘。

毛泽东在闽西六年，走遍了闽西的山山水水。毛泽东《关于纠正党内的错误思想》，集毛泽东开创农村革命根据地时期建党思想之大成，是毛泽东在闽西的革命实践结出的丰硕成果。可以毫不夸张地说，闽西的每一片土地，都留下了毛泽东的足迹，都是催生并滋养毛泽东思想包括建党思想的沃土。

毛泽东能开创建党思想，首先在于他有坚实的马克思主义的理论基础和理想信念。

毛泽东是中国共产党的缔造者，不仅是因为他在湖南最早建立了共产主义小组，提出了建立中国共产党的主张，参加了党的"一大"，在建党过程中发挥了重大作用，更为重要的是，在早期的中国共产党人中，他的思想是最清醒的。他对马克思主义的学习、认识以及掌握的程度，达到了那个时代最高的水平。

马克思主义诞生于世界资本主义发展到帝国主义的时代，是全世界无产阶级和劳动人民翻身求解放的理论指南，而不是机械的僵死的教条和可以现成照搬的简单结论。由于各国的具体情况不同，它要求各国的共产党领导人，必须根据马克思主义的立场、观点、方法，紧密联系本国的实际，确定战略，制定策略、方针、政策。实事求是、理论联系实际是马克思主义活的灵魂。尚处于理论准备不足阶段的幼稚的中国共产党，恰恰是在这一最关键的问题上，存在着重大的缺陷。

早期的中国共产党人大多数是知识分子，他们继承了中国仁人志士崇高的爱国热情和忠贞不贰的高尚气节，为了正义的事业，义无反顾，勇于献身，在五四运动中赢得了人们的崇敬和赞叹。然而，他们长期生活在书斋之中，脱离最广大的工农群众，对中国的社会实际缺乏深刻的了解。马克思主义如何与中国实际相结合，"走俄国人的道路"，中国应当怎么走，这些直接关系到中国革命发展方向和前途的重大问题，都没有得到很好的及时的解决。

毛泽东的大胆探索和光辉实践，拨开了迷雾，为中国共产党的发展和壮大，开拓了广阔的道路，指引了明确的方向，展示了一个领袖人物的动人风采。毛泽东的建党思想是建立在坚实的理论基础上的。

这是一个真实的故事：

早在 1920 年 11 月，毛泽东就全面接受了马克思主义，成为坚定的共产主义者。对他思想影响最深的是马克思主义的经典文献《共产党宣言》。毛泽东对《共产党宣言》情有独钟，这几乎贯穿了他的一生。当时，他还是一个教书先生，不仅精心研读此书，而且把其中精彩的部分印成活页文选，发给学生，并亲自逐字逐句讲解。马克思关于无产阶级革命和无产阶级专政的学说，尤其是通过暴力革命即武装斗争夺取政权的思想，以阶级斗争的手段改造社会的思想，以及无产阶级应当解放全人类的宽广胸怀，铸就了这个伟人的世界观。

如何建党？毛泽东的脑海中有一个根本问题十分明确，就是要用马克思主义理论和共产主义学说作为共产党的指导思想。因此，红军初创，他就特别注意对这支军队的思想教育，尤其是对马克思主义理论的普及教育，让他们认识到红军和旧军队的本质区别，懂得为什么打仗，为谁打仗，对红军中的党组织建设更是如此。

这是刊登在 1929 年 6 月 29 日中央《红旗》第 27 期上的《一个红军寄回来的信》，今天的我们，重读这封信，很受教益。在这封信中，这位红军真实地讲述了红军为什么能够战胜敌人，他认为有两个条件：

> 一、我们的红军是共产党的军队，由群众中产生出来的，坚决地根据共产党的政纲而奋斗，实行土地革命，彻头彻尾地为民众的利益而奋斗。因此，我们的军队所至，都得到成千上万群众的拥护，我们的力量，已与群众打成一片了。
>
> 二、我们的红军是有主义的军队、有政治训练的军队，我们不仅懂得怎样打仗，特别要懂得为什么打仗。我们红军里面，无论是长官，还是士兵，个个都是出于志愿地前来投效。我们的什么已经贡献于革命了，我们的一点汗、一滴血，都是为着工农而流，所以我们能够一致地勇敢地与敌人做殊死战。

这位红军战士思想觉悟和境界令人敬佩。从他的信中，人们可以清晰地感受到，红军的思想教育是成功的，红军中的建党思想已经普及到普通战士的心里了。

用马克思主义即共产主义的学说武装全党，建立具有高度政治觉悟、能够发挥先锋作用的党的队伍，是毛泽东建党思想的灵魂。思想建党是毛泽东建党的核心。正因为如此，毛泽东对红军中形形色色的非无产阶级思想，必须通过教育进行清理，以保证党的纯洁性、先进性、战斗性。

其次，是红军进入闽西之后的几次激烈的争论，各种思想、思潮的碰撞，不仅让红四军干部对正确的思想有了比较清醒的认识，也丰富了毛泽东建党思想的内容。曾经参与其中的萧克这样描述:"这次党内争论的性质,不仅是朱毛闹意见,不仅是组织原则的解释不同,实由于过去党内斗争历史上各种不同的主张,各种不同的方式相互僵持着,历久不得解决,加上组织上有缺陷,及党内批评精神缺乏,造成了这次争论的总爆发,但这并不是简单的两种路线的斗争结果。"萧克的见解是很中肯的,因为争论的双方,就绝大多数来说,不是为了个人私利,也不是为了个人向党的领导争权夺利,而是为了更好地建设红军。

对此,毛泽东也认为:"党内有争论问题的发生是党的进步,不是退步,只有赶快调和敷衍了事,抹去了两方的界限,以归到庸俗的所谓大事化小小事化了才是退步。"通过争论,人们"一定能选择并拥护一种利于党的团结和革命前进的意见。四军的改造工作由此可以完成,四军的党由此可以得到极大的进步,这是绝对无疑的"。朱德也赞同毛泽东的意见。通过争论,弄清思想,端正思想方法,克服错误倾向,达成广泛的共识,最后,真正加强了团结,提升了党的凝聚力和战斗力,这是毛泽东建党思想的重要内容。流水不腐,户枢不蠹,是也。

最后,对于党内的各种非无产阶级思想即错误思想,毛泽东采取零容忍的态度。其中的原因是什么呢?

毛泽东在 1929 年 6 月 14 日写就的《给林彪的信》中有一段分量很重的话:"四军党内显然有一种建立于农民、游民、小资产阶级之上的不正确思想,这种思想是不利于党的团结和革命的前途的,是有离开无产阶级革命立场的危险。"必须"克服这种思想,以求红军彻底改造"。对非无产阶级思想即错误思想,中央的"九月来信"中,说得也非常清楚,指出:"红军中的右倾思想如取消观念、分家观念、离队观念与缩小团体倾向、极端民主化、红军脱离生产即不能存在等观念,都非常错误,必须纠正。""产生这些错误观念的根源是理论水平低和缺乏党的教育。"还特别强调:"这些观念不肃清,于红军前途有极大危险，前委应坚决以斗争的态度肃清之。"

非无产阶级思想即错误思想是腐蚀剂，它的最明显的危害是腐蚀人的灵魂，轻者搅乱是非、黑白，重者则令人迷失方向乃至落入歧途。对一个党更是如此。现在有一句很时髦的网络语言：屁股决定脑袋。人们还因此指明《红楼梦》中的一段颇为有趣的出处：贾雨村断案时想，原来当官没有别的诀窍，无非是脑袋指挥屁股，或是屁股决定脑袋。如此权衡一番得失，贾雨村的屁股就移位了，脑袋全听了屁股的指挥，结果便是"徇情枉法，胡乱判断了此案"。这里的屁股是指立场，脑袋是指思想。

站在什么立场上看问题，往往就会有什么样的判断。共产党人当然不能与贾雨村这个贪官污吏同日而语。必须时刻保持清醒的头脑，不断清除非无产阶级思想即错误思想，才能保持共产党人的本色。通过正确的争论，既不是"左"得出奇的"残酷斗争，无情打击"，也不是右的和稀泥，有意或无意模糊思想上的是非，搞折中主义。用正确的方式和途径解决党内的思想分歧，以保证党的正确方向和鲜活的生命力，成为毛泽东建党思想中具有战略性的内容。

古田会议的召开，犹如水到渠成。其最重要的成果，就是毛泽东的建党思想、建军思想终于赢得了红四军内全党、全军的一致公认；而毛泽东也得到红四军全党、全军的完全信任，毛泽东在红四军党内、军内的领军乃至领袖地位，终于形成了。

这是历史的必然选择。

第六章

政治建军的不懈探索

政治建军的核心是保证党对军队的绝对领导，并坚持在思想引领和制度保障这两个重要支撑点上不断进行完善和创新，以建立一支全心全意为人民谋利益的新型人民军队。

铸造军魂

毛泽东在古田会议召开前，住在连城的"望云草室"。这一天，到红四军召开士兵座谈会，调查党内各种非无产阶级思想的具体表现时，战士们告诉他，时任红四军第九支队25大队大队长郭天民，作战勇猛，但脾气暴躁、爱打人，一天不打人手就发痒，不少战士挨过他的打，背地里，人们叫他"铁匠"。有的士兵因为经受不了打骂，开小差逃跑回家了。得知情况，毛泽东找郭天民谈话，严肃指出，打骂士兵是旧军队的陋习，是战士们深恶痛绝的肉刑之一，必须予以废止，并引导他要用爱护和启发教育的方法来带兵，身体力行。后来，郭天民经过认真反思，下定决心改掉了打骂士兵的习惯，成为爱兵模范和我军高级将领。

回首1929年红四军从井冈山进军闽西征程中，党内爆发的三次激烈争论和多次党代会，争论最激烈、最核心的问题就是建设一支什么样的军队、怎样建设军队，尤其是关于党指挥枪的问题。对此，毛泽东心中显然有条铁律：那就是始终坚持党指挥红军不动摇。在争论中，无论受到多少责难、压力，乃至作为红四军最高领导前委书记的他，不得不提出辞职，最后甚至在红四军"七大"上落选，离开他亲手创建的红军，也没有改变这一初心。

他心里明白，以共产主义信仰为宗旨的共产党人，是红军中的最优秀分子，自从举起右手进行入党宣誓以后，就把自己的一生完全献给伟大的共产主义事业，由他们组成的队伍，是红军中坚不可摧的战斗堡垒，在红军中建党并确立党指挥枪是政治建军的灵魂。

铸造军魂，是毛泽东坚定不移的理念和主张。

他是从自己的亲身经历中，深深感受到这个问题的极端重要性和迫切性的。

在第一次大革命中，毛泽东是著名的"农民运动领袖"，重读他那篇如长江奔腾的《湖南农民运动考察报告》，人们就可深切感受这位伟人博大的胸襟和犀利的目光。他作为一个知识分子，第一次带兵却是秋收起义。

一切都是新的，在敌军重重的围追堵截中，敌强我弱，带兵作战，一切都需要在实践中进行艰苦探索。

1927年9月，秋收起义受挫后，毛泽东在文家市举行前委会议，果断地决定，改变湖南省委要起义军进攻长沙的冒险计划，率领工农革命军沿湘赣边界向罗霄山脉中段挺进，1927年10月12日来到水口镇。这时，部队又连续发生了两起严重的逃跑事件：被派到宁冈方向放哨的一个排，在排长的带领下，全部携枪逃走；师长余洒度和三团团长苏先俊擅自出走，一时不知去向。面对如此的局面，毛泽东感到，要带好这支部队，必须要有坚强核心即党组织，"三湾改编"中的"支部建在连上"的决策，就是在这种紧急历史关头做出的。

没有坚强的共产党，军队就没有魂魄，也就没有真正的革命军队。毛泽东从带兵开始，就迈开政治建军的坚定步履。

1927年10月15日上午，毛泽东在其驻地本地人称"水口"桥头的江家，召开了各连党代表会议，会议在各代表提名的基础上，讨论通过了六名新党员。他们是陈士榘、欧阳健、李恒、赖毅、鄢辉、刘炎。会后，党代表秘密通知新党员晚上在叶家祠开会。

据亲历者回忆，当晚，叶家祠小阁楼里，靠北墙边放着一张四方桌，桌上放着一盏小马灯，灯下压着两张下垂的红纸，一张写着"C.C.P"三个英文字母（Chinese Communist Party 的缩写），另一张写着入党誓词。开会的人员陆续到齐，毛委员走到方桌前庄严地宣布：今晚的会议是举行新党员宣誓仪式。

会议开始，各连党代表分别介绍新党员的简历，当宛希先等党代表每介绍完一个新党员的情况，阁楼里便响起一阵热烈的掌声。接着，毛委员走到新党员面前，依次逐个进行询问，然后，他指着红纸上"C.C.P"解释说：它念"西西皮"，代表中国共产党，并指着一张纸上的入党誓词做了详细解释。

宣誓开始了，全场庄严、肃穆，毛委员领着赖毅、鄢辉等六名新党员，举起握着拳头的右手宣读誓词："牺牲个人，努力革命，阶级斗争，服从组织，严守秘密，永不叛党。"洪亮整齐的声音，在简陋的小阁楼里回荡。

宣誓结束后，全场又活跃起来了，新老党员互相道贺，互相勉励。毛委员亲切地对新党员说："从现在起你们就是光荣的中国共产党党员了，是我们革命军队的骨干，今后要团结同志，多做群众工作，也要严格组织生活，严守党的秘密。"

水口建党，是毛泽东"支部建在连上"的原则付诸实践的一项创举，此后成为人民军队政治建军的重要制度，一直延续到今天。军队有了党的领导核心和基层党组织，面貌发生了深刻的变化。1928 年11 月，毛泽东在《井冈山的斗争》一文中指出："红军所以艰难奋战而不溃散，支部建在连上是一个重要原因。"

毛泽东亲自主持入党的六位党员中，陈士榘为开国上将，赖毅为开国中将，欧阳健在战斗中壮烈牺牲。他们履行了入党誓言，没有辜负毛泽东的厚望，成为红军中的佼佼者。

在红军中各级建立共产党的组织，并确立党指挥枪的原则，是毛泽东铸造军魂的重要创造和创新。

政治建军，除了在制度上坚定不移地实施党指挥枪的原则以外，还有一个重要方面，那就是思想。思想决定行动。红军初创时期，各种思想混杂，对当时的情况，贺龙说了一句实话："那时候的部队，就像抓在手里的一把豆子，手一松就会散掉。"如何让这些来自不同阶级、不同层次、不同经历的"豆子"紧紧地团结在一起，成为一支具有自觉的共产主义觉悟和精神的队伍，是个大难题，更是一个全新的课题。于是，一系列进行思想引领的措施陆续出台。

首先，在军队中实行民主制度，官兵一律平等，不准打骂士兵，建立士兵委员会，保障士兵的民主权利。这种做法，在井冈山红军初创时期就实行了，这是新型军队的重要标志之一，得到广大士兵的热烈拥护。

其次，是进行共产主义思想的宣传、普及和教育。当时的红军中，不少人是文盲，毛泽东在红军中进行了最早的学习认字即扫盲。这种方法，后来从军队延及农村，例如，在连城新泉开办农民夜校、工人夜校、妇女夜校等等。红军在这方面做得有声有色。如今到闽西，人们在许多地方还可以发现当年红军留下的红色标语。

闽西客家人自中原南迁后，就有唱山歌的习惯。红军充分利用了这一形式。这种通俗易懂、深入人心的宣传工作，甚至做到白军身上。这是在闽西民间广泛流传的一首瓦解敌军的山歌：

> 团丁本是工农们，
> 苦食苦穿家里贫；
> 土豪劣绅来骗你，
> 打生打死保别人；
> 你也穷来我也穷，

穷人痛苦一般同；

团丁想要除痛苦，

快快起来助工农！

切莫小看红军的宣传教育工作的意义和作用，它用最朴素的语言、人们所喜闻乐见的方式，宣传红军的宗旨，宣传共产主义精神。如春风化雨，润物无声，成为改造和推翻旧世界、建立新世界的思想力量。在这方面，毛泽东率先垂范，在闽西留下了不少佳话。

闽西的乡村中，数百年乃至上千年的老樟树、老榕树随处可见。这里是连城县新泉乡北村，村前有棵老榕树，已经 1000 多年了，而今依然郁郁葱葱，浓荫匝地，平时，总是有不少乡亲聚集在这棵老树下，谈天说地，充满浓郁的乡情韵味。

人们不会忘记，1929 年 5 月，毛泽东率领红军路过这里，就在这棵老榕树下给群众发表演说，当地的青年农民张南生，听了毛泽东的演讲，当天就和几个进步青年组织起农民协会和自卫队。6 月，张南生被推举为乡苏维埃政府委员。后来，被红十二军的邓子恢看中，参加了红军。历经多次战斗，成为红军著名的将领。在长征中，他带领的红 37 团成为红军的钢铁后卫，深得毛泽东的信任。

新中国成立之初，张南生已经是中国人民解放军 20 兵团的政治委员兼政治部主任，兵团司令为闽西籍的杨成武。随后，他又奉命率领部队参加抗美援朝。入朝之前，毛泽东在中南海接见杨成武和张南生，并连举三杯酒为他们壮行，安排三项任务，叮嘱他们入朝之后应注意的事项。1955 年，张南生被授予中将军衔，成为我军中深谙政治建军之要旨的栋梁之材。

中国共产党领导的土地革命，本身就是一场推翻社会旧制度建立社会新制度的政治大变革，必然要对旧思想、旧秩序进行彻底清除、荡涤，以建立新思想、新秩序。存在决定意识，物质决定精神，用一句通俗的老话来说，必将引起人们灵魂深处的大革命。铸造军魂，思想的更新甚至重新锻造就很自然了。

这是 1929 年 11 月 28 日毛泽东在汀州写给中央的报告，此信是在传达和贯彻中央"九月来信"之后写的，只有 200 多字。毛泽东在汇报了当时的局势和红军的情况之后，有这样一段特别耐人寻味的话：

> 四军党内的团结，在中央正确指导之下，完全不成问题。陈毅同志已到，中央的意思已完全达到。惟党员理论常识太低，须赶急进行教育。除请中央将党内出版物（布报、《红旗》、《列宁主义概论》、《俄国革命运动史》等，我们一点都未得到）寄来外，另请购书一批（价约百元，书名另寄来），请垫付。

信的最后，毛泽东担心忙碌的中央对此事或许不会重视，还特别叮嘱：

> 我们望得书报如饥似渴，务请勿以事小弃置。

毛泽东重登红四军前委书记的舵手位置，有太多的事情等待着他去处理。他给中央的这封短信中，却把对党员的理论水平的提高放在重要的议程上，恳请中央急送理论方面的杂志和书籍，足见毛泽东对用马克思主义理论武装红军包括苏区老百姓的重视了。

最后，纠正各种错误思想。这是铸造军魂的重要方面，毛泽东对此竭尽全力并做了大量的工作。美国学者罗斯·特里尔在《毛泽东传》中写道："毛的真正创造性在于他把三样东西结合在一起：枪、农民武装和马克思主义。"而在实践中，马克思主义不是自然产生的，也不是仅仅通过正面教育就可以顺利灌输进去的，而是在纠正错误思想的过程中，才能真正树立起来的。关于这方面的内容，将在古田会议的章节中另行论述。

政治建军，关键是思想引领。

什么是政治？这是个复杂问题。毛泽东在一次和胡耀邦的谈话中也说到了。胡耀邦讲了一套大道理，毛泽东听了不大满意，幽默地说道："政治就是把拥护我们的人搞得多多的，把反对我们的人搞得少少的。"按照毛泽东对政治的朴素解释来理解政治建军中的核心铸造军魂，犹如打开一扇窗户，风光无限，蕴意无穷。

大池首创红军学校

龙岩，大池镇，秀东村。距古田 20 华里，距龙岩 40 华里。

村庄不大，靠近田野之处，却有座规模宏大、装饰精美的土楼大宅，人们称之为仰高楼，民间又称"花楼"，系吴姓民居。此楼始建于清乾隆三年（1738），历经 20 年的修建，于乾隆二十三年（1758）才竣工。土楼坐东南朝西北，占地总面积达 2730 平方米。平面为方形，三进庭院式、二层半土木结构围合院式布局。距今已经有 260 多年历史了。

古人诗云"不膺王爵孟家封，跋涉云山几万重。来向江南为始祖，后人千载仰高风"盛赞此楼。风云际会，有太多厚重的历史遗落在这里了。

闽西土楼多，系客家传统建筑的瑰宝，但因为种种原因，大多已经破旧不堪乃至崩塌了。此楼依然保存完好。举目望去，中轴线从北向南延伸而去，依次为前坪、围墙、外坪、台阶、大门、前廊、天井、中大门、天井、中厅、天井、祖堂、后沟、后垄。以中厅为中心，分割成六个小庭院，中厅面阔四间，进深长达 7.2 米，中设古香古色的屏风，制作精美，描有金色"灵芝""兰花""宝瓶"等边饰。抬头望去，斗拱还雕刻有彩画等等。其用心之精细、讲究，令人叹为观止。

整座楼有 125 个房间、9 个厅、10 部楼梯，还有 1 眼井，井圈用花岗岩凿成，青灰色，石质细腻圆润。这里地势虽然比较高，但源自山泉的井水，仍然十分充沛，水质好，清冽甘甜，可供上百人饮用。和闽西的不少土楼建筑一样，楼墙坚固而雅观，墙体底层是用大石做墙脚，再垒砌 1.2 米高的大块青砖，三合土打筑的地板；二层以上则用黏质的黄土夯筑而成，墙厚达 0.6 米。不得不佩服当年吴姓祖宗的气派，整个建筑风格模仿气势恢宏的皇家宫殿，主楼为大檐式，两侧伸出的部分呈尾翼形，上有瑞兽等装饰，古朴、典雅。各个建筑部分有楼桥环围直通。横梁柱木都是合抱的古木，笔直挺立。徜徉楼中，处处雕梁画栋，洋溢着龙凤呈祥的富贵韵味。门楣、窗户以及屏风上栩栩如生的雕刻和彩绘，皆是难得的工艺珍品。

今天，不少人仍称这里为"双东乡"。让人意想不到的是，当年的红军在这里举办了红军第一次由军地双方共同举办的"红军学校"，也是红四军历史上首次使用"红军学校"的名称。

当年聚族而居的吴姓住户不知何处去，在这样的地方办红军学校，的确是个很好的选择。

毛泽东向来高度重视红军干部的培养，在井冈山时期，主要是采用随军创办军官教导队的形式，即选拔优秀的基层干部和红军战士进教导队培养。红四军攻占长汀之后，红军进行了整编，以军官教导队为基础组建了红四军随营学校。这种"随营"培养的方式，好处是不离开原来所在的连队，不足之处是因为受执行各种任务等因素的影响，无法专心致志进行培训。专门设立学校，进行专业化的集中培训，红四军是从大池红军学校开始的。

此举的契机是 1929 年 7 月召开的中共闽西"一大"，在毛泽东的指导下，会议决定："建立和扩大闽西红军，开办红军学校训练干部人才。"并充分利用红四军所拥有的军事教学资源，开始创办红军学校。

军队建设，干部太重要了。红军更是如此。当时参加红军的绝大多数是农民，要将他们培育成合格的优秀红军战士和干部，十分需要进行比较系统的政治思想教育和军事素质培训，而当时的政治建军中，最为缺乏的就是干部。因此，红四军和闽西特委都非常重视创办红军学校这件大事。

1929年12月初，红四军从东江返回闽西后，将随营学校取消，改为"红军学校"，校址就设在仰高楼，校长朱德，政治委员毛泽东，规格很高。因军务繁忙，朱德、毛泽东无法直接到校处理具体事务。于是，由石迟丰任总队长，邓子恢任政治委员。这是红四军第一次与闽西地方共同举办培养军事政治人才的学校，也是中央苏区的首创之举。

当时，正是古田会议召开前夕，该校的创建，是毛泽东"思想建党，政治建军"精神的具体体现，同样是中央苏区举办红军学校的开创性的实践探索。虽然这所红军学校在仰高楼办学的时间只有短短的两个多月，但却是我军军校教育的重要发源地之一。1930年1月底，红军学校迁往龙岩城，改为"闽西红军学校"。

这所红军学校改变了旧式军校只注重军事训练的传统，把政治教育摆在重要的位置，学校实行严格的"三操两讲一点名"的教学模式。"三操"是早晨、上午、下午室外操练，"两讲"是上午、下午讲课，"一点名"是每晚点名讲评。这种教学模式，是毛泽东在井冈山时期办红军教导队创造的。当时，教导队以军事教育为主，兼学政治、文化。军事方面有队列、单兵刺杀、地形地貌、军事指挥等练习内容；政治方面有阶级斗争、土地革命、政权建设等内容；文化方面则以解释"打倒帝国主义""推翻封建统治""实行土地革命""扩大人民武装""建立红色政权"等政治口号，开展识字活动。不同的是，大池红军学校将政治质量以及政治教育放在首要位置。

切莫小看这所学校，我军的刘亚楼、刘忠等一批开国将军就是从这里走出来的。而且，当年在中央苏区红军学校学习过的闽西籍开国将军竟有陈仁麒、王平水、王胜、卢仁灿等20位之多。

当时的大池红军学校的真实情况如何？刘忠将军在他的长篇回忆录《从闽西到京西》一书中，有一节《红四军学校》，专门介绍他亲历的情况，不仅很生动翔实，而且有重要的史料价值。

刘忠是上杭才溪乡刘屋角村人，原名刘永灿，小名叫太平，是穷家的独生子。家境贫寒，深受地主恶霸的压榨和欺负，勉强读过三年私塾，12岁就不得不外出当学徒，受尽工头的打骂和剥削。1927年8月，朱德、贺龙率领南昌起义的部队南下经过上杭，他回到家乡参加才溪农民起义，参加了农民协会，改名刘忠。1929年6月23日，红军第四军一纵队开到才溪，在共产党的领导下，才溪爆发了第三次暴动并取得胜利。

1929年8月上旬，积极参加革命的刘忠被调任上杭赤卫军第13大队的军需官。在才溪，他第一次见到毛泽东，此时，人们称毛泽东为"毛委员"。为了保证安全，毛泽东的身份没有公开，也没有在群众大会上讲话，而是化名"老王"住在下才溪塘子角王田春的家里。是领导者张赤男同志悄悄告诉他说"他就是毛泽东"，并嘱咐他要保守秘密。

刘忠被挑选去参加大池红军学校学习，是以上杭赤卫军第13大队代表的名义去的，名单由中共区委研究决定，一共是17人，由刘忠带队。当时的13大队成分复杂，有借暴动混进革命队伍来的流氓地痞、投机分子、反革命分子等。刘忠当时还是13大队的党支部委员、红军学校的党委成员。大革命高潮到来，往往鱼龙混杂。据刘忠回忆，当时的13大队混进了三个土匪头子，表现很坏，需要进行分别处理。乘此去红军学校受训的机会，他特地动员特务中队队长王允强报名参加学习。到学校不久，上杭县委致函红军学校，由刘忠汇报王允强的反革命罪行，经过核实，报闽西特委批准，逮捕、处决，清除了混进革命队伍的一个毒瘤。

这期来自红军和地方赤卫队等参加受训的学员有140多人，设了三个区队，一区队长王崇礼，二区队长叶灿，三区队长谭希林。1930

年2月，校址移到龙岩城，闽西特委查出石迟丰居然勾结国民党，是个现行反革命分子，按其罪行执行了枪决。提谭希林接任石迟丰的职位，从红四军中调来曹福海任第三区队长。

任教的教官中，不少都是加入红军的国民党军队的旧军官，这些人的军阀主义残余十分严重，经常用各种形式打骂学员。刘忠回忆起这段日子，依然愤慨不已。他举例道：如在操场上喊立正口令，教官突然跑到你的面前猛地打你一拳，看你倒不倒；喊正步走一直向前让学员往池塘里跳；若犯了校规就拿大竹板打学员的屁股、手掌；吃饭规定五分钟吃完，然后排队；每天晚点名，即使下大雨，值星官也要讲上20分钟的话，等等。他们用各种手法整学员，完全是国民党军阀部队的一套恶劣作风。好在这是共产党领导下的红军学校，有士兵委员会的组织，在大会上，对这些教官提出了强烈的批评。通过严厉的批评后，教育方法得到改进。

对这段经历，刘忠这样评述：

> 我经过这样的严格锻炼，打下好的基础，从一个普通的老百姓变成军人。开始时一没有军事常识，二不会讲普通话。经过三个月的训练，政治水平有了提高，学到了些军事常识，普通话也会讲一点了。在毕业时各项考试成绩均良好，特别是实弹射击，全校学生中我是第一名。校领导鉴定我可任排长职务。这时闽西的地方武装大大发展起来了，成立了中国工农红军第十二军。我被派到红军第十二军一〇三团工作。

刘忠在红军第12军103团一连二排任排长，开始他传奇的军事生涯。

新中国成立后任首任空军司令的刘亚楼也是从大池红军学校走出来的。刘亚楼是武平县湘店乡大洋泉村人。1929年加入中国共产党，同年参加中国工农红军。其时他也在红军学校受训，在大池红军学校惹起了一场风波。

事情是这样的：

当时，有位名叫陈志刚的同学，是红四军途经江西时入伍的苦大仇深的农民青年，为人憨厚，作战勇敢，是部队的一名班长。但他文化基础低，上课会打"呼噜"。

入校后，一天，这位陈志刚同学在听军事课时竟呼呼入睡，而且鼾声一声高过一声。在场的学员们笑了，讲课的教员十分生气，气冲冲走到他跟前，举起右手，一巴掌就要打下去，这掌在空中被一只有力的手接住了。接住教员这只手的，便是刘亚楼。这使得教员怒不可遏。他瞪着双眼，问刘亚楼："你想干什么？"

刘亚楼脾气急躁，也未示弱，反问："你想干什么？"教员气愤至极，指着刘亚楼："你敢这样！"

刘亚楼据理力争："上课睡觉是不对。可陈志刚昨夜一夜未睡，早上跟大家一起出操，早饭后又来听课，我觉得他不该挨打，要打就打我吧！"

"你们要准备接受处理！"教员说完，气冲冲地走了。

讲授军事课的教员是本区队的副区队长。这位副区队长原是国民党北伐军的一位排长，因为不满蒋介石的屠杀政策，脱下国民党的军装悄悄返回了赣南老家。

红四军首次入闽时，他报名参加了红军。他枪法准，又有一套带兵的经验，被推荐到红校当了一名副区队长兼任军事教员。

接下来，大家就这教官打人的事七嘴八舌，议论不一。有的说教员不对，有的说陈志刚不好，当天上午的课没法再进行下去。

回到住处，刘亚楼觉得该跟陈志刚谈谈。他把陈志刚拉到身边，说："以后上课，千万不能再睡觉了。我在地方上学时，老师讲过古人的'悬梁刺股'故事，是说他们克服困难，想办法学习的事。"

"我也找把锥子，瞌睡来了，刺一下。"陈志刚仿佛受到了启发。

"找什么锥子，瞌睡来了在大腿上拧一把，不就醒了。"

"我试试！"陈志刚很高兴。

"可是，别忘了找教员做检讨呀！"

不知什么时候，副区队长叶灿已经坐在他们身边，叶副区队长说："教员打学员的事我们已经对教员提出了批评，这叫军阀残余作风。但各有各的账，上课睡觉不对。刘亚楼打抱不平，似乎很豪爽义气，但对教员不够尊重，你们刚才讲到悬梁刺股，古人的学习精神固然可以学习，但是必须认识到我们是革命战士，革命战士抱负远大、前途远大，我们没有克服不了的困难。"接着，叶副区队长又讲述了列宁勤奋读书、毛泽东勤奋学习的故事，不仅使陈志刚茅塞顿开，而且也让刘亚楼耳目一新。

这天晚上，刘亚楼召开学员小组会，先是做了自我批评，继而研究了互帮互学，不使一个同志在学习上掉队的措施。第二天又找教员做了检讨。一场风波就这样平息了。

首创的大池红军学校，在大池的时间虽然短，但首开红军办学的先河。后来，校址迁往龙岩，改名为"闽西红军学校"，校长为谭希林，政委为邓子恢。1930年年初，闽西红军学校改为"福建红军学校"，招收学员达800多人。

1930年7月，福建红军学校由中央军委直接管理，改名为"中国工农红军军官学校第一分校"，又称"中国工农红军中央军事政治学校第一分校""彭杨军事学校第三分校"（为纪念彭湃、杨殷两烈士而命名，地址在大池）。1931年春，军校随闽西苏维埃政府迁往永定虎岗，改名为"闽粤赣边区红军学校"，校长萧劲光，政委张鼎丞。8月，根据中央军委指示和苏维埃中革军委决定，军校又与红一方面军教导总队、红三军团随营学校合并成立"中国工农红军中央军事政治学校"，校址在瑞金城东的谢氏祠堂。萧劲光、刘伯承、叶剑英、何长工等先后担任过校长。红军学校办了五期，仅一到四期，就为红军部队输送了6200多名排以上的军政干部。

1933年10月，中革军委决定，将中央军事政治学校扩编成立五所军校。即红军大学，校长为何长工；中国工农红军第一步兵学校，又称彭杨步兵学校，校长为陈赓，政委黄火星；中国工农红军第二步兵学校，又称公略学校，校长林野；红军特科学校，校长先是胡国杰，后为孙发力；地方游击队干部学校。数万经过红军学校培养的军政干部在红军中发挥了重大的骨干作用。

在中央苏区红军学校学习过的闽西籍将军有陈仁麒、王平水、王胜、卢仁灿等20位。

静静的仰高楼，犹如一颗种子，播撒在红色的大地上，萌芽、生长、开花、结果。诞生于此的大池红军学校的首创之功，令人为之瞩目、崇敬。

"三大纪律八项注意"

这是又一个真实的故事：

1929年12月，红四军到连城新泉整训。毛泽东依然住在他曾经住过的老地方——望云草室。警卫员小杨随部队一路行军，到驻地后又忙着清理内务，全身是汗。这时，一位战士告诉他："新泉河边有口温泉，赶快去洗澡，很舒服的。"小杨连忙向毛泽东请假，毛泽东微笑着批准了。

小杨兴奋地来到温泉边上，一看现场，立即愣住了：只见离河岸不远的那两口温泉池内，30多个红军战士正赤身裸体地泡在温泉里，而隔了二三十步远的泉眼处，却有不少妇女在挑水、洗衣服，来来往往。年轻的小杨从来没有见过这样的场面，他想："男性这样没遮没拦地在女性眼皮下洗澡，怎么可以呢？"他拔腿就跑回到望云草室。

毛泽东正忙于起草文件，看到小杨没有换衣服就匆匆跑回来，连忙关切地问："没有找到温泉吗？"

小杨连忙把看到的情况向毛泽东汇报，腼腆地说道："我还是自己烧点水擦擦身吧！"

毛泽东听了，想起上次到新泉的时候，就有红军战士反映过这个问题，但因为时间紧，来不及解决。这种不文明的现象看来要抓紧解决了。红军中不仅男同志要洗澡，女同志也要洗澡啊！他笑着告诉小杨：

"澡不能不洗，但这里温泉没有遮拦的情况，的确不雅。看来，我们红军应当增加一条纪律——洗澡避女人。我们红军是文明之师，不光要打仗，还要改变这种不良习俗。"毛泽东说完，立即把这意见告诉陈毅，陈毅同意。鉴于群众一时无力修建温泉浴室的实际情况，决定派红军战士修个简陋的屏障，分别建个男浴池和女浴池。

毛泽东的这个建议，很快就进入实施。红军战士还有一些当地干部、群众，扛来了木棍、毛竹、蔗叶等，军民齐动手，很快就将男、女浴池建好了。从此，大家都可以安心地痛痛快快地洗温泉澡了。

红军想得很周到，特地在通往温泉浴池的小路一侧立了个木杆，顶上有个小遮雨篷，挂了一盏能够防风的小马灯，让人们在夜晚也可以看清通往浴池的路。从此，当地的妇女和女红军也敢到温泉池里痛痛快快地泡个澡了。

此举得到当地群众的热情赞许，人们纷纷赞叹红军纪律严明，并处处为老百姓着想。"洗澡避女人"因此被列入红军注意事项，并作为纪律严格执行。

"三大纪律八项注意"的提出和形成，并最后成为唱响新世界的军歌，是在实践中不断完善和成熟的。回望它的历史，令人不仅可以深切感受红军纪律的严肃、严明，而且感到它和红军建军政治的目标即建立一支完全为人民谋利益、谋解放的人民军队紧紧相连。

纪律是军队的生命。如何带兵？早在两千多年前，《孙子兵法》云："智不可乱，信不可欺，仁不可暴，勇不可惧，严不可犯。"其中的"严不可犯"讲的就是纪律。令行禁止、集万人如一人等都是讲对纪律的要求。军队的纪律，森严如铁，不可动摇。历史上的诸葛亮挥泪斩马谡、曹操割须代首等，都是人们耳熟能详的佳话。和历代军队的纪律不同的地方是，红军的纪律是从维护人民群众的利益出发的。

红军加强纪律是为了什么？归根结底是为了人民、造福人民。"民心是最大的政治。"怎样争取民心？从我们党和军队的历史来看，很重要的一条就是靠严明纪律，模范执行"三大纪律八项注意"是政治建军不可缺少的重要内容。

毛泽东是"三大纪律八项注意"的创造者。1927 年，毛泽东领导湘赣边界秋收起义时，就要求部队官兵对待人民群众说话和气，买卖公平，不拉夫，不打人，不骂人。

《井冈山革命根据地和中央苏区大事纪实》中有一段这样的记载：

> 1927 年 10 月 23 日，工农革命军在毛泽东的率领下抵达荆竹山，王佐派侦探队长朱持柳前往迎接。由于战士们长途跋涉，饥饿难忍，刨了老百姓的红薯吃，违反了群众纪律。毛泽东得知情况后，于次日在荆竹山雷打石上召开大会。要求部队官兵严格遵守群众纪律，和山上的王佐部队搞好关系，做好群众工作，同时提出了人民军队最早的三项纪律。

毛泽东发现这种情况之后，当即给部队规定："不准拿老百姓的一个红薯。"部队占了茶陵县城以后，有的军官把打土豪得到的银元和黄金首饰占为己有，毛泽东知道了，又给部队规定了一条纪律："打土豪要归公。"

1928 年 4 月，朱毛红军会师黔西，毛泽东在桂东的沙田，他又规定了一条纪律："一切行动听指挥。"于是，"一切行动听指挥，不拿群众一个红薯，打土豪要归公"三大纪律奠定了中国工农红军统一纪律的基础。

当年，部队到达桂东县沙田镇后，毛泽东又根据实际情况，严肃地向部队提出了六个要注意的问题：一、上门板；二、捆铺草；三、说话要和气；四、买卖要公平；五、借东西要还；六、损坏东西要赔。这就是最初的"六项注意"。"三大纪律六项注意"，是当时红军纪律的真实写照。对此，中国国家博物馆党史专家常瑞卿曾经感慨地说道："规定得这样详细，有人说有必要吗？有那么严重吗？其实不然。正是我们制定了这些严格的纪律，才建立了广泛的群众基础，红军在后来的时候才逐一能够打胜仗。"为了增强战斗力，提高纪律性，毛泽东要求部队把"三大纪律六项注意"写在墙上、包袱布上，无论走到哪里，都作为检查行动的标准，认真执行。由于严格执行，红军建立起同当地民众的密切关系，取得了民众的信任和支持。

井冈山时期，流行着这样一首歌谣：

> 红军纪律真严明，行动听命令；
> 爱护老百姓，到处受欢迎；
> 遇事问群众，买卖讲公平；
> 群众的利益，不损半毫分。

1929 年，朱、毛红军进驻闽西后，根据形势的发展和部队的实践经验，毛泽东又将"三大纪律"改为"一切行动听指挥""不拿群众一针一线""一切缴获要归公"。"六项注意"也逐步修改补充为"八项注意"。其时，"六项注意"，分别是：一、上门板；二、捆铺草；三、说话和气；四、买卖公平；五、借东西要还；六、损坏东西要赔。后来又增加了"洗澡避女人"和"不搜俘虏腰包"两项内容。于是，新泉整训使红军将"三大纪律六项注意"，发展完善为"三大纪律八项注意"，并写进了 9 月 25 日红一方面军颁布的《红军士兵会章程》。

红军的纪律规定得如此具体、详细，充分展现了毛泽东率领的红军的独特风采，赢得了群众的高度信任和大力支持。在敌强我弱的严酷环境中，和强大而残酷的敌人作战，千千万万的群众是什么？是山，是海，是最为可靠而牢不可破的铜墙铁壁！正是因为有如此严格的铁的纪律，群众认识了红军，相信了红军，理解和崇敬这支人民军队，源源不断地把优秀子弟送进红军队伍，在战斗中，红军迅速成长为一支强大的人民军队。军民同心，且血肉相依，其形成的力量，足以排山倒海，战胜一切敌人。从这个视角看，"三大纪律八项注意"无疑是红军的伟力之源。

1931 年，中共中央代表欧阳钦在向党中央报告中央苏区情况时，具体报告了红一方面军的"三大纪律八项注意"，使这些纪律逐渐成为全军和地方武装共同执行的纪律。

亲历其中的红军老战士张星点老人感慨地说道："'三大纪律八项注意'就是红军的一部'宪法'。铁的纪律就是管你的行动，管每一个官兵的行动，每一个官兵都不敢违反这个纪律。不管走到哪里，老百姓的反映都这样说，这个军队和国民党完全不一样，这个军队是一个文明的军队，是一个纪律严明的军队。"

红军在新泉"三大纪律八项注意"的发展完善，提高了军队素质，密切了军民关系。朱德总司令曾经回忆说："在井冈山的时候，被敌人一直追了一两千里路，敌人一个也未消灭我们，反被我们消灭了许多，原因就是纪律好。过年时老百姓都跑了，部队几天没吃饭，吃了老百姓的东西，第二次回来，都算了账、还了钱。老百姓说：'这个队伍真了不得！'红军的招牌一下就响了。"

今天的"三大纪律八项注意"，在战火硝烟中不断锤炼，最后成为中华人民共和国钢铁长城最具代表性的军歌，响亮地唱响世界，并演变成为人民的一句名言。自诞生演变并确定以来，不仅人民军队的官兵"个个要牢记"，就连普通老百姓都知道，这是毛泽东为共产党领导的人民军队制定的铁的纪律的准则，更是在闽西大地上孕育出来的毛泽东思想的重要成果。

1947 年 10 月 10 日，中国人民解放军总部发布关于重新颁布"三大纪律八项注意"的训令。这份新修订颁布的"三大纪律八项注意"条文内容为：

> 三大纪律：（一）一切行动听指挥；（二）不拿群众一针一线；（三）一切缴获要归公。
> 八项注意：（一）说话和气；（二）买卖公平；（三）借东西要还；（四）损坏东西要赔；（五）不打人骂人；（六）不损坏庄稼；（七）不调戏妇女；（八）不虐待俘虏。

在坚定不移地执行"三大纪律八项注意"的征程中，红军和以后的八路军、新四军乃至中国人民解放军，有太多故事、佳话、传奇留在中国共产党领导的人民军队的皇皇史册上。人们不会忘记这样一个感人肺腑的故事：

1956 年 11 月，毛泽东在中共八届二中全会上深情地回忆说："艰苦奋斗是我们的政治本色。锦州那个地方出苹果，辽西战役的时候，正是秋天，老百姓家里很多苹果，我们战士一个都不去拿。我看了那个消息很感动。在这个问题上，战士们自觉地认为：不吃是很高尚的，而吃了是很卑鄙的，因为这是人民的苹果。我们的纪律就建筑在这个自觉性上边。这是我们党的领导和教育的结果。人是要有一点精神的，无产阶级的革命精神就是由这里头出来的。"

毛泽东并没有远去。他老人家亲自制定的"三大纪律八项注意"依然闪烁着不凋的异彩，它将革命军人如何对待人民群众，用最具体、最简要的语言和最壮美的旋律固定下来并弘扬开去，依然是新时期政治建军不可动摇的基石。

新泉整训：人民军队正规化建设的起点

请听老红军刘忠将军讲述令人感到颇为意外的故事：

1930 年年初，刚从红军学校毕业不久的刘忠入伍并任红十二军 103 团 1 连 2 排排长。这是一支由地方武装升级为红军的新部队。他是新任的军官，又是新战士，心里战战兢兢，生怕当不好。这个连队武器装备很差，没有机枪，连步枪也很少，老套筒就是最好的枪了，大多数战士居然只能扛着梭镖。最让他担心的还是战士们的思想。刘忠将军讲述了他的亲历：

> 福建部队的家乡观念那时很严重，离家乡到江西好像去了外国。我十九大队在长汀编队时，全大队 160 多人，从长汀出发到江西兴国，就逃跑了 60 多人，剩下不到 100 人了。

还没有打仗，就跑掉这么多人，是什么原因造成的？刘忠将军讲了四个原因，今天听起来，还有点天方夜谭的味道。

一是家乡观念。土地革命后，家里分了田有饭吃了，有的结了婚舍不得爱人，有的生了孩子了，还有老父母无人照料，老想家庭问题。

二是不会讲普通话。部队指战员开始全是福建人，在福建活动时全是讲福建话，一到江西，招了一批江西兵，互相讲话听不懂，福建兵和江西兵常闹不团结。

福建战士讥笑江西战士是"江西蛤蟆"，江西战士则回敬福建战士是"福建土狗"。来自福建的干部以前队前讲话都讲福建话，现在要改说普通话，也不习惯。

三是生活习惯搞不到一起。福建战士不吃辣椒，菜里放了点辣椒就不吃；江西战士没有辣椒就吃不下饭，菜里必须放辣椒。为此，他们经常为这样的小事吵嘴，有时还打了起来。刘忠当时还是党代表，要做政治思想工作，号召福建战士学吃辣椒，教育江西战士少吃辣椒。刘忠原来是不吃辣椒的，不得不带头吃辣椒。

四是怕打大仗，怕攻县城。刘忠特地讲述了一次打吉水城的经历：上级命令是一、二纵队打主攻，刘忠所在的纵队是第二梯队。夜间接敌时，随主攻部队后面跟进。没有想到，在前进中，前面的部队向刘忠所在的纵队突然打了个电筒发光，就把全纵队打散了，直到天亮才把部队收拢。萧克司令气得大发脾气，愤慨地说道："这个队伍怎么能打仗呢？非整顿不可！"

当然，刘忠将军说的是新组建的红军部队，属于某种特殊的个例，但却真实地反映了当时红军部队值得高度注意的实际问题。从1929年12月上旬下旬开始的新泉整训，就是在这种背景下开始的。它是人民军队正规化建设的起点。

新泉整训主要有两个方面的内容：一是政治整训，由毛泽东、陈毅负责；二是军事整训，由朱德负责。这次整训是在红四军贯彻中央"九月来信"的精神，毛泽东重新回到红四军担任前委书记之后；最值得注意的是，因为有了中央的"九月来信"，毛泽东、朱德、陈毅各自做了自我批评，三人前嫌如烟散尽，红四军上层领导空前团结。因此，时令虽是严冬，全军上下却是一片准备喜迎烂漫春光的勃勃态势。

重新出山的毛泽东，恢复了健康，意气风发，他对这次整训的思路、思想、布局，不仅非常值得品味、研究，而且留下了堪称永恒的极为宝贵的精神财富。

在这次整训中，毛泽东整整花了近两个星期的时间，召开各种形式、层次的座谈会、调查会，主要有三种类型：

一是召集支队长、支队政委以上干部和个别士兵的调查会。曾担任会议记录的老同志吴梅林，当时是红四军政治部的宣传干事，他于1969年9月7日这样回忆：

> 1929年11月初，毛泽东率领红军从长汀出发，到连城的新泉驻了十多天。在新泉期间，毛泽东亲自召开调查会。

开会地点距离政治部不远，靠近温泉的一位群众家的厅子里。会议开始，毛泽东亲自发问，亲自记录，并同到会人员开展讨论，调查会的目的主要是了解四军官兵思想，行动情况，由到会者反映平日所见所闻的种种事实。《关于纠正党内的错误思想》一文所列举的种种现象就是当时会上反映的。记得当时，在会上发言最多的是个子矮矮胖胖的支队政委（可能就是第一支队政委赖传珠），这次调查会开了两三天。

二是召开士兵座谈会。据当事者回忆，为了了解情况，毛泽东冒着严寒，深入到红军的各个连队的战士之中召开座谈会，大家无拘无束，畅所欲言。在新泉东南村的一间小屋里，毛泽东问战士们："肉刑好不好？"大家齐声回答："不好！"毛泽东说道："不好，就要废止肉刑，消除官兵隔阂。你们只要自觉接受管理和遵守纪律，官兵团结一致，我们就能无往而不胜。"有的战士提出长官骑马、战士走路不合理，毛泽东针对这种绝对平均主义的错误倾向，做了耐心的说服教育。为了使了解的情况更为准确、全面，解决问题的措施更为有力，毛泽东还多次邀请红军指战员到他居住的"望云草室"，真诚地征求他们的意见，请他们反映问题。

三是深入到驻地周围的农村进行社会调查。毛泽东曾经步行到新泉邻近的官庄愧山公祠（又称"报一公祠"）召开农民座谈会，主动征求贫苦农民对红军的意见和要求，并不断鼓励农民对革命一定要有信心，红军为劳苦大众打仗，又有严格纪律，一定会彻底打倒反动派取得最后胜利的。而今，这座公祠还在，据当年参加座谈会的农民回忆，毛泽东进门时，对祠堂大门石门楼上的横批"愧山公祠"四个大字以及两侧的对联"入门思雪立遥追南剑绍前徽，过庙景风清远溯东京光先业"注视了良久。

官庄靠近汀江，这里有个热闹的商贸码头。座谈会开得很成功，毛泽东兴致很高，在农民的引领下，还攀登到位于官庄村西南的"白仙岩"观赏全村风景。此岩犹如一只蹲于山巅的雄狮，风景很好。

毛泽东如此进行大规模的深入调查，不仅是为了彻底摸清红四军的情况，更为重要的是要弄清楚红四军存在的种种错误思想、思潮的根源。自红四军下井冈山之后曾爆发的三次越来越激烈的争论，让毛泽东深切地感受到，严重脱离实际、生搬硬套马列主义的"本本"和俄国经验的教条主义，是党内、军内"左"、右倾错误路线的根源。实行马克思主义的中国化，走实事求是的思想路线，红军才能真正统一思想，走上正确的道路。

新泉整训中的政治整训，是最为核心的思想整训。只有彻底清除这种种的错误思想，在思想路线上分清是非，才能明辨方向，走上军队正规化建设的大道。

对比"三湾改编"，人们更能够清晰地看到新泉整训的独特意义。

"三湾改编"重在改编部队的建制和制度，重在组织结构上的一个"编"字。它有三个方面的内容：一是整编部队，把原来工农革命军的第一军第一师缩编为一个团；二是党支部建在连上，设立党代表制，确立"党指挥枪"的原则；三是连队建立士兵委员会，实行官兵平等、经济公开的民主制度，并初步酝酿出"三大纪律六项注意"。而新泉整训，顾名思义，包括整顿和训练，重在思想领域中的"训"字。

人的行动是靠头脑指挥的，思想是人的灵魂，思想掌控行动，甚至掌控人生。用今天时髦的网络语言来说，是脑袋决定屁股即思想决定立场、站位。新泉整训的时候，红四军的成员大多数是农民、小资产阶级以及被俘虏过来的改编的旧军队士兵，中下级军官甚至高级军官也大多来自旧军队。部队结构复杂，人员成分不一，为各种非无产阶级思想的滋生提供了土壤。思想不一致，政治上、行动上就无法统一。对这些形形色色非无产阶级思想的存在，毛泽东严肃指出："对于执行党的正确路线，妨碍极大。若不彻底纠正，则中国伟大革命斗争给予红四军的任务，是必然担负不起来的。"

正因为如此，新泉整训的主要目的，是纠正红四军党内的各种错误思想。为了达到这个目的，务实的毛泽东在新泉进行多层次的大规模的社会调查，把红四军中种种错误思想的具体表现，摸得一清二楚，并且运用他所擅长的阶级分析法，把这些错误思想的阶级根源、本质、危害进行透彻的剖析，用一句文学语言来描述：就是把它们暴露在灿烂阳光底下，使之无处藏身。最后达到彻底清除的目的。

新泉整训之所以在我军的发展史上具有不可忽视的里程碑的意义，是因为它为古田会议的召开铺平了道路，它是古田会议之前毛泽东对红四军中存在的非无产阶级思想进行初步整顿的思想政治运动，正如不少专家所言，新泉整训是古田会议的预备会。

政治建军，关键是思想建军。人们往往注意到组织、制度的作用，这是无可非议的，这些同样是政治建军不可缺少的部分。但组织、制度是需要人去执行的，思想统一了，才能更好地发挥组织、制度的作用。如果从文化的视角去进行深入的解释，人们还可以发现：文化是根，文化是心，而思想则是一定文化的核心。思想包括世界观、价值观、信仰等精神领域的内容，它们铸就人的思维方式，尤其是铸就人的人格。新泉整训，就是铸就红军的"集体人格"。通过整训，清除各种错误思想，将全军思想统一到中国共产党领导之下的为共产主义事业而奋斗的大道上来。

大道之行，始于足下。中国共产党领导的人民军队的正规化，首先就是思想要统一到无产阶级思想、路线的轨道上来。因此，新泉整训就是人民军队走向正规化建设的起点。

古田会议铸丰碑

已经不止一次拜谒闽西上杭县的古田会址了。准确地说，那是古田镇溪背村的廖氏宗祠。我们每一次到这里，总是有深深浅浅的感动或领悟浮上心头。

光耀史册的古田宣言——《中国共产党红军第四军第九次代表大会决议案》，即《古田会议决议》，就诞生在这里。从 1929 年 12 月 28 日召开的古田会议到今天，近百年过去，恰似大潮退尽。拭目这片圣地，青山苍翠，田野如织，近处的彩眉岭，远处的梅花山，都在静静地守望着。守望天光云影，守望日月星辰，也守望生于斯长于斯的客家儿女。尤其是古田会议会址，廖氏宗祠后面的那片郁郁葱葱的风水林，该是守望千年了吧。一脚踏进密林，雄奇沉郁之气，扑面而来。"此中有真意，欲辨已忘言。"那种飘然入境、物我神游的境界，实在是极为难得的灵魂升华和净化。浓荫如泼，铁杉、香樟、古松、苦槠、栗树，还有已经被列入国宝级保护的红豆杉，依稀都在翘首期待，是期待从这里走出的伟人们谈笑凯歌还吗？

他们都走远了！

站在这里，斯人已去，浮想联翩！有幸参加古田会议的 120 多位代表都不再回来了，连同被他们带走的几万优秀的客家儿女，闽西多少父老乡亲望尽了秋水，望白了头发，望穿了双眼，灯油熬尽了啊！他们走进了彪炳千秋的共和国史册，走进了神州亿万老百姓崇敬的目光里。他们化为了巍巍长城不屈的脊梁，化为了长江、黄河气冲牛斗的绝唱！严峻而多情的历史，只留下了古田，留下了遗落了他们的脚印、故事、传奇乃至深情呼吸的地方，让后人慢慢地回忆、揣摩、品味。

古田会议是不朽的雕塑，永远耸立在浩渺的历史长河中；古田会议遗址，又让人伸手可触、可感，点点滴滴，分分寸寸，尽入胸襟。

古田会议是壮阔的史诗，回荡在祖国 1045 万平方公里的大地上，又让人深感可亲、可敬！细细回望，这里的一草一木、一颦一笑，皆留下历史的印记。

古田会议的决议是中国共产党人的铁券丹书，字字句句，光照千秋！

当年，因为军情紧迫，古田会议只开了短短的两天时间——1929年12月28日、29日，但是，在中国共产党的党史、军史上，却是耸立云天的丰碑。它的意义，正如在古田会议会址上的那幅大标语：古田会议永放光芒。

古田会议的重大成就，就是真正确立了毛泽东和毛泽东思想在红四军党内、军内的领导地位。这是曾经被不少研究古田会议的专家、学者忽视了的命题。

古田的老一辈人中，不少亲眼见过毛泽东的人都说：毛泽东当时很瘦，留着一头长发，气色不大好，脸上的病容还没有完全消除。只有那双深邃的眼睛，很是精神。

1929年的古田会议期间，天气很冷、很冷，那一年的雪下得真大哟！连梅花山上的麂子也跑到附近农家的草寮里避寒。农民主动给开会的代表们送取暖的木炭，因此，萧克将军多年后曾亲自现场辨认：那间开会的"教室"即上厅，而会址正中大厅天井边左侧的通道，至今依然可以清晰地看到当年人们烤火时留下的黑色的炭迹。

岁月无言，却珍藏着无数的故事和传奇。

毛泽东怎能不瘦呢？在古田会议召开之前的半年多时间里，他不但得了疟疾，而且被迫离开了红军。身处逆境的他，心力交瘁，多次生命垂危。是闽西人民救了他。是当年同样物质极度贫困的上杭人民，在名医的指点下，精心熬制"毛公汤"，使在死神边缘的毛泽东经过调养，终于逐渐地恢复了健康。难怪国民党报纸讹传毛泽东已经"死亡"，共产国际也误以为毛泽东真的患肺结核在前线去世了，还特地郑重其事地在1930年3月20日出版的《国际新闻通讯》第14期上误发了1000多字的讣告，闹出了一则流传千古的国际笑话。

现在，很多人已经无法理解，作为"红军之父"的毛泽东，是怎样从秋收起义举起义旗，率领部队开始，经三湾改编，到井冈山建立根据地，然后率兵下山，挺进闽西、赣南，打出了一片大好的河山！

"天下谁人不识君"，红军中的上上下下，谁不知道毛委员的深谋远虑，在中国的历史上，又谁人不敬重毛委员！

然而，事情就是那么蹊跷。1929 年 6 月 22 日，红四军前委利用三克龙岩城之后相对比较安定的环境，召开了红四军第七次党的代表大会，选举党的前委书记。在这次"七大"的会议上，毛泽东却落选了，由代理前委书记的陈毅正式出任前委书记。"七大"的决议案中，还有一条让今天的许多人为之惊讶的内容：给毛泽东以严重警告处分。

毛泽东多次受到极不公正的待遇，但那是由当时党内中央或地方的极"左"思想所为。而这一次，是在他自己亲手创建的红军部队，由他的下级以"发扬民主"的形式，"造反"而成。

毛泽东也是人。他也有七情六欲，也同样会失望、沮丧、愤怒。"七大"之后，极有个性的他，怎能容忍这样的现实，他用一句很有性格的语言表示："卷定包袱，买定草鞋——决心出走。"他不仅要离开红军，还要离开中国。一气之下，他向中央提出申请，要到莫斯科去留学。

事情似乎到了不可收拾的地步。

如今，天高云淡，暖风轻拂。到古田来拜谒的人们，只见这里风光如画，重现当年情景的毛泽东在古田会议上演讲的巨幅油画，庄严肃穆，细致传神，让人肃然起敬。一切仿佛都是那么平静，那么顺理成章。或许，已经很少有人知道或者关注发生在古田会议胜利召开背后的惊涛骇浪了。

木秀于林，风必摧之。公开的敌人是不可怕的，可怕的是中国共产党内部出现根本的意见分歧、对立甚至分裂，尤其是错误思想泛滥成灾，并以很能迷惑人的形式出现，便会让许多人迷失方向。

当一种错误的思潮滚滚涌来的时候，连有"红军之父"之称的毛泽东也被冷酷地淘汰出局。回味这段历史，在触目惊心之余，更多的是引发人们沉甸甸的思考和联想。

中国共产党的历史经验证明：成功的关键是党，而核心又是领袖。党的领导是通过领袖团结最高层次的领导班子，以政治决策和思想武装而实现的。其中，党的灵魂是政治思想。严肃的历史允许一个党在具体工作上有某些失误，可以"摸着石头过河"，但如果发生指导全党的政治思想的失误，悲剧和后果就不堪设想。

此时的毛泽东可不是晚年深居简出的毛泽东，他正处于睿智而政治思想十分成熟的壮年。从全局看，他洞察中国社会的实质，真正开创了一条把马克思主义和中国的实际相结合即马克思主义中国化的道路：进行工农武装割据，在农村建立革命根据地，以农村包围城市，最后夺取城市的总体战略思想已经初步形成。在治党治军方面，更是得心应手，韬略在胸，并在红军和根据地的人民群众中具有崇高的威望。透过古田会议决议的文字，我们可以看到这样一个基本的事实：红军离不开毛泽东，毛泽东也离不开红军。

统帅和军队，领袖和人民，鱼水相依，生死与共，谁也离不开谁。

毛泽东是被请回来的。最后拍板的是主持中央工作的周恩来。他以中央"九月来信"的形式为这场影响红军的争论做了一个公正的结论：毛泽东是对的，应该恢复他的红四军前委书记的职务，让他重掌红军的帅印。

经过近半年的颠沛流离的生活，毛泽东也一定想起了许多许多。如实地说，他也深受错误思想泛滥之害，毛泽东从自己的经历中，更是深切地感悟到纠正党内错误思想的迫切性，并以此为切入点，经过认真的大规模调查研究，总结出严重危害党和红军的八种错误思想，即"关于单纯军事观点""关于极端民主化""关于非组织观点""关于绝对平均主义""关于主观主义""关于个人主义""关于流寇思想""关于盲动主义残余"。他深刻指出这些错误思想的来源、泛滥的原因，并提出切实的纠正办法。因此，思想建党是古田会议的核心。

在这一基础上，毛泽东再次确定了以党指挥枪这一不可动摇的基本原则为标志的政治建军的纲领。曾任中共龙岩市委党史和地方志研究室副主任的吴升辉同志这样总结古田会议的精神："思想建党、永葆先进的开拓精神，政治强军、听党指挥的铸魂精神，民主团结，敢于斗争的奋斗精神，一切为民、求实创新的奉献精神。"此系颇有见地之言。

用《中国共产党红军第四军第九次代表大会决议案》（即《古田会议决议》）这一纲领性的文件，铸造党魂、军魂，是古田会议之所以彪炳千秋的根本所在。

古田会议中，有两个人物特别值得一提：

一是朱德，红军中德高望重的传奇式的军事领导人。他的忠厚、朴实、持重，他那农民式的长者风度，曾经使几乎跑遍了世界的美国记者斯诺，也为之折腰、倾倒。他用一句幽默的语言称呼他：他很像是慈祥的外祖父。

古田会议期间的朱德，已经 43 岁了。他长毛泽东 7 岁。朱德虽然到德国留过学，是个出过洋的留学生，但气质上始终像个标准的农民。

有一个细节：朱德喜欢挽起裤脚，像随时准备下田干活的样子。年轻时就喜欢上纲上线的林彪，居然在红四军的"七大"上攻击他是"流氓习气"，轻易不动怒的朱德，大发脾气，几乎是对着林彪吼叫："红军是劳动人民的军队，我挽着裤脚像劳动人民，怎么是流氓习气呢？"

而从小也在农村长大的毛泽东，却养成了很浓的书卷气。他爱读古书，爱看报纸，且写得一手风流倜傥的好诗词，具有典型的诗人气质。朱、毛两人，毛泽东任党代表，朱德任军长，一文一武，天生一对绝配，他们共同创建了中国工农红军。朱德很喜欢把这句话挂在嘴上："朱毛朱毛，朱离不开毛，毛也离不开朱。"幽默的毛泽东也不止一次地说道："朱之不存，毛将焉附？"

按常理，朱德和毛泽东是十分要好的一对老搭档，俩人是天衣无缝浑然一体。但正因为太熟悉、太了解了，因此当产生意见分歧的时候，谁也不相让。被一些人炒得有点神秘的"朱毛之争"，是古田宣言背后很有人情味的一场精彩的戏剧。

人，总是会有矛盾的。唇齿相依，有时不小心，牙齿也会咬破嘴唇。红军中极端民主化的错误思潮泛滥，一切经过民主，提倡由下而上的民主制，小至分几杆枪，大到制订作战方案，都要经过由下而上无休止的争论。没有集中指导的民主就成了危害极大的自由化思潮，它差一点断送了尚处于幼稚阶段的红军。

任红军前委书记的毛泽东，早在红四军的"七大"之前，就敏锐地发现这股错误思潮的严重性和危害性，多次公开进行过严肃的批评。但没有什么成效，反而被人们认为是实行"家长制"，是压制民主。朱德是很厚道的人，他的特长是具体的军事指挥，对政治思想深处的事情，他不如毛泽东看得深、看得远、看得透彻。因此，他一时不理解毛泽东心急如焚的真正原因，只是在表面上看到毛泽东经常板着面孔训人。于是，他多次在党的会议上，直率批评过毛泽东"没有做好表率""权力过大""实行家长制""不认真执行中央和省委的决议"等等。

如果是其他人的话，毛泽东或许不会如此在意，朱老总的话可就不一样了。正因为面对这样难堪、尴尬的局面，毛泽东这个前委书记处于一种十分无奈的局面。用他的话来说，是担负着不生不死的责任。在原则问题上，毛泽东是绝不会退让的，即使是面对朱德这样的老战友，也是如此。

书生意气，挥斥方遒。一身正气的毛泽东，忍无可忍，曾经提出一个让红四军中的许多人大惊失色的要求：辞职。他同样被激怒了，不是对朱德一个人，而是对党内错误思想的斗争，已经竭尽全力，但却无法力挽狂澜，且一时又无法被多数的同志理解。毛泽东只好选择了一条十分无奈却又一石激起千层浪的决心：一走了之。

伟人毛泽东是用这种带有某种极端色彩的行动，表明自己的心迹；

还是借个人愤而辞职拂袖而去的无奈举动，警醒头脑发热的人们？

此事有赖于党史学家做专门的研究。从一定意义上看，被史家炒作的"朱毛之争"，同样是催生古田会议的一个深层次的重要原因。

共产党人的胸怀是宽广的。朱德和毛泽东虽有意见分歧，但并不影响他们的生死之交的深厚情谊。毛泽东离开红军的日子，朱德始终挂念着他，并多次真诚地请毛泽东回到红军的领导位置。

上杭县城南门古城墙边临江路 52 号有座临江楼，那曾是毛泽东住过的地方。楼外的汀江之畔，有一棵大榕树，华盖如云，清凉如许，树下有一石桌石凳，那便是朱德和毛泽东一边下棋、一边谈心的地方。

如今，两位伟人都已驾鹤西去，江风如泣如诉，向世世代代的人们诉说着那不凋的佳话。

第二个人就是陈毅了。

古田会议是离不开陈毅的。原来，他在红四军中的地位仅次于毛泽东、朱德，本是第三把手。毛泽东愤而辞职，他接任了代理前委书记的职位。后来，在红四军的"七大"上，毛泽东以一票之差落选了，陈毅正式当选为前委书记，戏剧性地成了第一把手。

陈毅也是诗人，性格豁达、开朗。"文革"时期，关于他的"民间传说"很多，他有很重要的一条弥天"罪状"：历史上曾经反对过毛主席。就是指的这件事。毛泽东当然了解他，称"陈毅是个好同志"。陈毅去世，病重中的毛泽东，穿着睡袍匆匆赶去参加陈毅的追悼会，为老战友送上最后一程，让多少人潸然泪下。

对"朱毛之争"，陈毅采取敷衍调和的态度，也就是"和稀泥"，各打五十大板，对毛泽东打得稍重一些。红四军的"七大决议案"，陈毅当众宣布：毛泽东党内严重警告处分，朱德警告处分。毛泽东当时对陈毅十分恼火，多次声言：要打倒"陈毅主义"。

拭去扑朔迷离的历史风云，我们再重新审视陈毅，就可以发现，在当时的历史条件和具体的环境下，他实在是太聪明了。可以说是聪明绝顶，聪明得如此可爱，聪明得恰到好处。

陈毅的确是可敬可爱的中国共产党老一辈的无产阶级革命家。

他当上前委书记，怎能控制得了局面呢？当时红四军中的思想混乱，岂是靠一顶乌纱帽就可以解决的！

毛泽东把担子一撂，拍了一下屁股，走了。他这一走，留下一个闹哄哄的乱摊子，陈毅无法收拾。一时间，红四军党内思想混乱，必定步调不统一，大敌当前，实在是太危险了。怎么办？毛泽东正在气头上，身体也不好，就是用八抬大轿也抬不回来了，只好去向党中央求教、求救。十字路口，该向何方？请示中央，由中央裁决，倒是一个好主张。

中央在上海，从闽西出发，关山万里，要经过好几道敌人的封锁线，陈毅没有动摇，化装成富商，绕道香港，亲自前往上海。他知道，中央的指示，无疑是关系并决定红军前途的生死攸关的大事。

终于见到主持中央日常工作的周恩来了。陈毅没有送假材料，更没有乘机打小报告，对毛泽东落井下石，而是如实地把红军的实情和困境以及他的想法告诉周恩来。精明的周恩来一听，心里就明白了，非常明确地告诉他：毛泽东的工作方法和工作作风虽有不当之处，但主流完全是对的，你们错了。应当立即诚心诚意地把毛泽东请回来，让毛泽东当前委书记，重掌红军帅印。你们要当面向毛泽东道歉，承认错误。并正式写成中央文件，即著名的"九月来信"。

中国有句古话：千军易得，一将难求。何况是红军的统帅呢？周恩来是很细心的人，对陈毅说，如果你觉得此后在闽西不大好工作了，可由中央出面，派你到广西等其他地方去。

好一个爽直痛快的陈毅，要他交出已经到手的前委书记这个红军中最大的"乌纱帽"，他没有讲任何价钱，更没有向周恩来讨什么特殊待遇。立党为公，光明磊落，陈毅是一个光辉的榜样。

中央的"九月来信"，是由陈毅冒着生命危险带回闽西的。毛泽东看了，大声叫好，便问道："谁写的？如此精彩、漂亮！"老成持重的朱德笑着回答："远在天边，近在眼前。"毛泽东才知道是陈毅的杰作。代中央行书，以中央的口吻严厉批评、否定自己，充分肯定毛泽东，只有像陈毅这样毫无私心、丹心可昭日月的真正共产党人，才能写出惊天地、泣鬼神的诗篇。

历史见证：陈毅为古田会议的召开立下了奇功。

真想听一听唱红了整整一个时代的客家山歌。带着中原大地苍茫寥廓的雄风，带着闽西山水的妩媚和柔情，唱落了西斜的夕阳，唱亮了天上多少星星。

飘飞的旋律可以作证：时代选择了古田，古田影响甚至在某种意义上改变了一个时代的走向和命运。这便是古田会议永恒的幸运和骄傲！

或许，这只是无数擦肩而过的历史机遇中的一次偶然。偶然是世界上最伟大的小说家，正是闽西这片红土地天人合一无以取代的偶然，才造就了中国共产党的无比辉煌，造就了伟大的毛泽东思想！

真理是永恒的，而诞生真理的地方，便自然成了人们心中不凋的圣地！

第七章

要枪杆子，也要钱袋子

真理是朴素的。有句老话："兵马未动，粮草先行。"打仗需要枪杆子，人们往往忽视了，同样需要钱袋子。枪杆子、钱袋子，这是中国革命的胜利必不可少的两个台柱子。始终高度重视枪杆子、钱袋子，这正是务实的毛泽东的高明之处。

毛泽东的合作经济思想

这是一个令人感动的故事：

位于龙岩市新罗区北环西路的闽西革命烈士陵园，庄严、肃穆。1992年，这里新安放着湖北籍的开国中将韩伟的骨灰。当时，按有关规定和惯例，他的骨灰可以安放在北京八宝山革命公墓，也可叶落归根，安放在他的老家湖北。但是，他在1986年就特别嘱咐家人：逝世后，要把自己的骨灰送到闽西去，要和闽西无数为革命牺牲的战友们永远在一起。

他对闽西怎么有这么深的感情呢？

原来，他是红四军井冈山时期的老战士，后随红四军主力转战闽西、赣南，曾经任过毛泽东的警卫排长。

红军长征途中，1934年11月发生的湘江战役最为惨烈，红一方面军损失过半。而当时的韩伟担任第100团团长，在湘江战役打响前，韩伟率领该团担任正面阻击作战任务，掩护红一方面军主力撤退。由于敌人从四面八方像潮水一般涌来，并且还动用了飞机，因此，这场阻击战韩伟 100 团打得十分艰苦。红 100 团基本都是闽西子弟，在惨烈的湘江战役中，激战几昼夜，在完成掩护任务之后，他奉命带领 300 多名红军战士突围。后来，弹尽援绝，敌人包围上来，他毅然率先跳下悬崖，幸运地挂在半山的树上，被一个当地的采药郎中救了下来。

绝命后卫师包括师长陈树湘在内的绝大多数指战员壮烈牺牲，他是唯一活下来的指挥员。

这场战役之后，韩伟几经曲折，终于回到部队，1938 年到达延安。毛主席得知韩伟回到延安的消息，非常高兴，他一直在等韩伟来见自己。

可是韩伟始终不敢去见毛泽东，他认为自己在湘江战役打了败仗，对不起毛泽东的栽培，内心非常愧疚。直到 1938 年 5 月，毛泽东在抗大讲完课后，找到了教育长刘亚楼，询问："韩伟同志在抗大学习吗？"

"是的，主席。"刘亚楼回答。

"你通知他一下，让他到我这里来一趟。"毛泽东说。

次日，韩伟战战兢兢地来到了毛泽东的住处。毛泽东看到韩伟，故作庄严，绕着韩伟走了几个圈，忽然开口笑道："我的警卫排长，还是当年的样子嘛。"

韩伟的精神一直高度紧张，听到毛主席这么说，才一下子松弛下来。

接着，毛泽东亲切地说道："韩伟同志，你的情况我知道，表现得很好嘛。"

韩伟的泪水落了下来。

毛泽东叹了一口气："你到延安了，为什么不来看我？"

韩伟心中的苦楚像是被人戳中一样，他只好违心地说："怕主席太忙，打扰了主席。"

毛泽东当然理解了他，感慨地说道："11年前，秋收起义，大家一起上井冈山。三湾改编时，我们有700多人，现在剩下的不多了，今天能来的连我一共才29个！"

从此，他又跟着毛泽东南征北战，立下不少战功。新中国成立后，被授中将军衔，他是红34师6000多人中唯一存活下来的将军。

1992年韩伟临终时，对儿子韩京京动情地说道："湘江战役，我带出的闽西弟子都牺牲了，我对不起他们和他们的亲人，要是带着他们过了湘江，征战到全国解放，说不定全国的'将军县'还会出现在闽西，出在永定、龙岩……我活着没和他们在一起，死了也要和他们在一起。"

革命的胜利，是靠像韩伟这样的成千上万忠诚的指战员拿着枪杆子打出来的。

人们往往忽视了，战争是需要强有力的后勤支撑的。闽西不仅是红军的故乡和毛泽东军事思想的重要萌发地和实践地，而且是共和国红色金融即毛泽东合作经济思想之源。

早在1919年7月，正是五四运动处于高潮时期，青年毛泽东曾经在长沙办过一份影响很大的刊物——《湘江评论》，其中他写的《民众大联合》，连载于二、三、四号。

在此文中，毛泽东激情洋溢地说道："国家坏到了极处，人类苦到了极处，社会黑暗到了极处。"因此，采取补救的方法，诸如教育、兴业等，固然是不错，但很难从根本上解决问题。为此，毛泽东提出一个当时他所能想到的根本方法，就是民众的大联合。他豪迈地宣称："天下者，我们的天下！国家者，我们的国家！社会者，我们的社会！我们不说，谁说？我们不干，谁干？刻不容缓的民众大联合，我们应该积极进行。"

民众大联合的思想，是毛泽东早期探索的重要组成部分，也是他后来合作经济思想之发轫。

合作经济实际就是民众联合经济，它的组织形式是合作社。毛泽东最早提出建立合作社思想是在 1926 年 5 月。其时，他在广州主持农民运动讲习所，就聘请专业人员讲授"农村合作"课程。第一次大革命时期，湖南的农民运动风起云涌，成为全国农民运动的典范，但遭到国民党右派的恶毒毁谤，共产党内也有不少人对农民运动产生怀疑，引起了农民运动是"好得很"还是"糟得很"之争。毛泽东深入农村调查，1927 年 3 月，他在《湖南农民运动考察报告》一文中，严肃回答了党内外对农民运动的责难，激情洋溢地赞颂农民运动好得很！在讲述农民在农民协会领导下所做的十四件大事中，其中的第十三件明确讲述了合作社运动。这篇堪称经典的文章中有这样一段文字：

> 合作社，特别是消费、贩卖、信用三种合作社，确是农民所需要的。他们买进货物要受商人的剥削，卖出农产要受商人的勒抑，钱米借贷要受重利盘剥者的剥削，他们很迫切地要解决这三个问题。去冬长江打仗，商旅路断，湖南盐贵，农民为盐的需要组织合作社的很多。地主"卡借"，农民因借钱而企图组织"借贷所"的，亦所在多有。大问题，就是详细的正规的组织法没有。各地农民自动组织的，往往不合合作社的原则，因此做农民工作的同志，总是殷勤地问"章程"。假如有适当的指导，合作社运动可以随农会的发展而发展到各地。

这是毛泽东最早的农村合作社思想的萌芽。

1929 年春，毛泽东和朱德、陈毅带领红四军下山开辟新的根据地，自 2 月 4 日首次入闽后，在闽西地方革命武装的紧密配合下，消灭了国民党地方军阀，建立了以龙岩、永定、上杭、长汀为中心的闽西红色区域，在局势相对稳定之后，毛泽东的合作经济思想终于有了进行实践的舞台。

1929 年 6 月，红四军第七次代表大会在龙岩召开，由于对毛泽东的建军思想和党对军队的绝对领导等根本问题上，红四军内部存在严重分歧，毛泽东离开了红四军的领导岗位，转到地方工作，便对苏区农村信用合作社和生产合作社有了较为成熟的思考。他到了上杭的蛟洋，指导、帮助召开中共闽西第一次代表大会。此会在 1929 年 7 月 20 日开幕，毛泽东到会做了重要报告。就当时面临的闽西苏维埃政权巩固和发展以及农村经济的根本问题，提出了六项决策性的指示，为红色区域指明了方向。

1929 年 8 月以后，毛泽东身体欠佳，曾经在永定大山深处岐岭青山下的牛牯扑养病。此地，就在离邓子恢的家乡永定湖雷不远的地方。毛泽东因患恶性疟疾在牛牯扑养病期间，多次和前来看望的邓子恢、张鼎丞、阮山等闽西党和政府的负责同志深谈。

当时，闽西苏区已经出现了"剪刀差"的严峻问题。毛泽东也曾多次到农村进行调查研究，发现了这一问题的严重性。因此，在毛泽东的指导下，闽西特委在 1929 年 9 月到 11 月间，多次发表有针对性的通告。其中《关于剪刀差问题的第七号通告》，十分明确地指示各县区苏维埃政府的经济委员会，应当立即帮助群众"创造合作社，如生产合作社、消费合作社、信用合作社"，使农民免遭商人的剥削，并借此调剂农村经济的发展。

在养病期间，毛泽东还曾经住在上杭的苏家坡圳背岩的一个山洞里休养了较长的时间。这时，毛泽东借此机会到上杭农村进行社会调查。

当年闽西苏区的红色金融，永定系重要的发源地之一。该地的合作社不仅办得早，而且发展迅速、成效显著。他们最早发行纸币、股票，成为闽西苏区红色金融，也是中国共产党领导下红色金融的典范之地，这和毛泽东的直接指导和领导是分不开的，也是毛泽东经济思想在闽西大地催生并形成的成果。而上杭，也同样得益于毛泽东的指导。通过调查研究，他盛赞"合作社好"。因此，闽西是毛泽东农村合作经济思想发展成熟之地。

1932 年 9 月，根据当时苏区各地正纷纷兴办合作社的实际，苏维埃政府郑重地颁布了《合作社工作纲要》。1933 年 6 月，中央国民经济人民委员会发布了《发展合作社大纲》，1933 年 9 月 1 日，颁布了《信用合作社标准章程》。这一系列在毛泽东亲自主持临时中央政府时出台的文件，对合作社性质、任务、职责、制度，乃至工作方法都做了明确的规定，比较完整地体现了毛泽东合作经济思想。

1933 年 11 月，身处逆境中的毛泽东第三次到上杭才溪乡调查，在老百姓家住了十多天，回来后，写了著名的《乡苏工作的模范——才溪乡》（即《才溪乡调查》）一文，毛泽东曾经热情地介绍了才溪乡通过发展经济做好群众工作的经验，使该乡 88% 以上的青壮年都踊跃参加红军。正因如此，中华人民共和国成立后，才溪乡才有了誉满天下的"九军十八师"的佳话。）在此文中，毛泽东热情地赞扬："合作社第一好！"

1934 年 1 月，第二次全国苏维埃代表大会在瑞金召开。毛泽东在会上做重要报告，他特别指出："注意信用合作社的发展，使在打倒高利贷资本之后能够成为它的替代物。"可见他对信用合作社的高度重视。

实践证明，在革命战争年代，前者既能够充分调动群众的积极性，使他们能够得到"分红"，又能够发挥联合起来的力量，克服种种困难，而且还便于加强党和苏维埃政府与群众的血肉联系。因此，大规模合作化不仅成为发展、繁荣苏区的重要环节，而且成为党与群众——绝大多数是农民——命运与共、心灵相通的纽带。

毛泽东的农村合作经济思想的伟大作用，就在于此。

毛泽东为什么如此器重赖祖烈

永定，湖雷镇，石城坑。

四面群山耸立。一条清凌凌的山溪潺潺流过。方圆不足 0.5 平方公里的地方，却有跻宁第、福春楼、善则居、司马第、朝阳楼、绳祖楼、福崇楼、日升楼、八角楼等十余座存世几百年的土楼。其中有半数不仅占地面积大，而且建筑结构各具特色，装饰考究，根据本地的地形布局错落有致。这些土楼是湖洋寨赖姓三代（即第六世贻远、七世玉玕和八世祚养祖孙三代人）所建，历经清雍正、乾隆、嘉庆三个时期。如今，虽然饱经风雨，不少已经是满目疮痍，但依然飘溢着浓郁的客家古寨风情。

赖祖烈就是从这个村庄走出的。中华人民共和国成立后，他历任中央办公厅特别会计室主任、政务院参事、中南海管理局局长、中央警卫局局长等重要职务。通俗地说，他是毛泽东乃至中南海的大管家。

当年的闽西，据不完整的统计，有十几万人参加红军。有的一家兄弟几个，全都参加红军并血洒战场。因此，从这大山里走出将军并不稀罕。但是，走出了一个毛泽东的大管家，却堪称是一个传奇佳话。

毛泽东怎么会如此器重赖祖烈呢？

这是和毛泽东的农村合作经济思想紧紧相连的。早在井冈山时期，毛泽东就深感经济问题的重要性，组织带领红军与反动势力打仗，红军队伍要吃饭、生存、打仗和发展，没有粮食没有钱是不行的。因此，他亲自规定红军的三大任务，其中重要的一条就是筹款，也就是抓好"钱袋子"，即我们今天所说的"红色金融"。

毛泽东器重赖祖烈，当然还有特殊的原因。

赖祖烈是闽西苏区金融的主要创建者之一。他的经历很不寻常。

1907 年，他出生在永定区湖雷镇石城坑一个贫苦农民家庭。因家境贫寒，为了生计，13 岁就背井离乡，先后去上海、扬州等地族亲开的条丝烟店当徒工、店员。在扬州期间，为了寻求革命真理，他与同乡好友赖仁斋在收入微薄的情况下，省吃俭用，合作订阅《新青年》

等进步刊物。他一边阅读，一边把重要的内容抄在小本子上，还经常与赖仁斋一起互相探讨自己的理解和看法。因此，进步思想渐渐地在他脑子里产生了深刻的影响。

1926 年 5 月，共产党员阮山、林心尧、熊一鸥和石城坑的赖秋实、赖玉珊（都是赖祖烈的叔父）在万源楼开会，成立了中共的基层支部——永定支部，这是永定也是福建的第一个农村党支部。接着，组织和领导了湖雷和整个永定县的农民革命运动。1927 年"四一二"事变后，阮山来到江苏扬州，对赖祖烈进行马克思主义的教育并引领他走上了革命道路。同年 10 月，赖祖烈和赖仁斋从扬州回到石城坑，经阮山介绍，1928 年，他们加入了中国共产党。不久，石城坑第一个党支部成立。

1928 年 6 月 29 日，阮山领导湖雷的农民赤卫队发动了著名的"湖雷暴动"，一举成功，打响了闽西农民暴动的第一枪。

永定暴动成功之后，1929 年 5 月底，毛泽东、朱德、陈毅率领红四军解放了永定。赖祖烈担任中共石城坑党支部书记兼赤卫队连指导员。永定县革命委员会和永定县苏维埃成立以后，他被推选为财政委员等职务。他第一次见到毛泽东是在红四军第二次入闽的时候。

让毛泽东特别欣赏的，是赖祖烈率先践行了毛泽东的合作经济思想。

1929 年 10 月，他根据闽西特委的《第七号通告》，率先筹建太平、湖雷等区的信用合作社和永定县农民银行，并担任了永定丰田区首任的信用合作社主任。1930 年 3 月 25 日，闽西第一次工农兵代表大会通过《取缔纸币条例》规定，指出："信用合作社要有五千元以上的现金，请得闽西政府批准者，才准发行纸币，但不得超过现金之半数。"

1932 年 4 月，中华苏维埃国家银行在江西瑞金成立，赖祖烈被调去筹建中华苏维埃国家银行并在汀州设立福建省分行，担任分行行长兼福建金库主任，还兼中华同业总公司经理，积极发展苏区经济，统一货币，统一财政，扶持生产，筹集军饷等。1933年，他受中央指派组织工作团并任团长，随军到各地筹款和收集物资，支援中央苏区反"围剿"斗争，成绩显著，受到中央财政部的表彰。赖祖烈为开创中央苏区的财政金融事业，发展中央苏区的经济做出了重要贡献。

1934年10月，赖祖烈随中央主力红军长征的第四天，因突发恶性疟疾，不能行走，不得不留在赣南苏区坚持斗争。因为他经济上的突出才华，他先后任赣南财经委员会副主任、赣南军区供给部部长，在陈毅领导下坚持艰苦卓绝的游击战争。

1937年7月全面抗日战争爆发后，赖祖烈奉命冒着生命危险，一路风餐露宿，饱尝艰辛，经长途跋涉，从家乡永定县秘密来到八路军南京办事处，找到了叶剑英、李克农、钱之光等人，被分配在新华日报社筹备处担任会计，并参与《新华日报》的创刊筹备工作。

他到达南京的两个月后，上海被日军占领，时局紧张，南京岌岌可危，报纸已无法出版了。赖祖烈奉命以押车副官的身份，将大批物资包括人民团体慰问八路军的物资和印刷《新华日报》的纸张等从南京安全转移，护送到八路军西安办事处。

八路军武汉办事处西迁陪都重庆，时间紧迫、任务繁重。当时交通不便，虽然国共建立了统一战线，但国民党顽固派依然沿途设明卡暗哨，监视八路军办事处的行动，并多次借故进行骚扰和破坏。在如此危急的情况下，办事处的许多重要文件和物资必须迅速、安全地运抵重庆。不乏机智灵活的赖祖烈，连忙做通了国民党中央银行一位要员的工作，借到一批国民党中央银行专用的、无特殊允许任何人都不能查问的转运箱，用来装办事处的文件、物资。赖祖烈亲自护运这批非常重要的"箱子"，经过几十天的艰难历程，终于安全抵达重庆，圆满完成了任务。到重庆后，赖祖烈担任八路军重庆办事处经理科科长。

八路军重庆办事处要管的事情很多，除了正常的军政事务外，还要管理云南、贵州、西康、湖南、湖北、广东、广西等省的我方机构及新华日报社等单位，这些机构的经费支出情况，都由赖祖烈一人管理。向国民党军需署领取八路军的军饷，更是赖祖烈经常性的工作。

1941年年初，国民党反动派冒天下之大不韪，悍然发动皖南事变，重庆形势也日趋紧张，八路军办事处的四周，到处是国民党军警、宪兵、特务。赖祖烈已经成了国民党特务监视的重点目标。为防不测，周恩来让他以叶剑英的秘书的身份随同叶剑英从重庆飞回延安。赖祖烈抵达延安后，1941年9月，毛主席在主持的一次中央书记处会议上决定设立中央书记处特别会计科。

根据毛泽东的指示，中共中央秘书长李富春在延安杨家岭召见他，向他宣布组织决定：根据需要，中央决定成立中共中央特别会计科，负责管理中共中央的特别经费，协调使用全国各地方党组织的经费，并负责筹措中共"七大"所需物资等准备工作，由他担任科长，直接受中共中央政治局常委领导。其时，赖祖烈还兼任陕甘宁边区政府贸易局副局长。

赖祖烈又重新回到自己所熟悉的金融老本行。从此，赖祖烈在这个岗位上一干就是25年，直到国家实行"离休"政策。赖祖烈堪称从战火中锻炼出来的我党红色金融奇才。

1949年1月，北平和平解放，他随李克农进城接收北平，并为中共中央机关进驻北平做好各项准备工作。

赖祖烈从家乡湖雷一路走来的业绩，得到毛泽东的高度赞许和充分信任。毛泽东领导下的人民军队，战将如云，而像赖祖烈这样的红色金融奇才却不多。

赖祖烈对党忠诚老实，有坚定的共产主义信念，对毛主席有深厚的感情。

这是一个真实感人的小故事：

他知道毛泽东有个特殊的习惯，要吃活鱼不吃死鱼。1947年2月，军调处执行部的中共代表要撤回延安，赖祖烈临上飞机时请北京饭店餐厅用木箱、稻草把一条很大的活鱼装上飞机运回延安。下飞机后，赖祖烈亲自把鱼送到毛主席处,毛主席看了很高兴,并说在这样紧急的情况下,还给我带一条活鱼,真难为你了。

当毛泽东的大管家,掌管的经费项目之多、数额之大、内容之机密,更是一般人无法想象的。他经手过国家的黄金、美钞、银元、珠宝和数以亿万计的巨额人民币,包括毛泽东的稿费。尤其是他担任中南海管理局局长后,集财、权于一身,只要他写张条子,就可以从银行支取成千上万的巨额资金;只要他打个电话,就可以从国内任何地方调来所需要的物资。

但是,他凭着对党对人民无限的忠诚和对共产主义事业的执着追求,一生不为诱惑所动,25年始终恪尽职守,一丝不苟,他过手的每一笔钱财都有完备的记载,分毫不差,管理得井井有条。而他和家人却两袖清风、一尘不染!

赖祖烈不愧是一个高尚的人,纯粹的人,完全脱离了低级趣味的人。他的高尚品质和出色工作,得到历届中央领导尤其是毛泽东的信赖和好评,他被誉为中共中央的"红管家""好管家"。

在毛泽东经济思想孕育下走向红色金融家之路的赖祖烈,同样是闽西的自豪和骄傲!

毛泽东与邓子恢

毛泽东和邓子恢,堪称"患难之交"。

1929年6月的红四军"七大"之后,毛泽东不再担任红四军主要领导职务,而是被安排到闽西地方工作。其时,他患恶性疟疾,时好时坏,一边工作、一边养病,前后五个多月,这是毛泽东一生中最为艰难的日子。时任闽西党特委书记的邓子恢,非常关心毛泽东。他们交往甚密,朝夕相处,经常在一起探讨马列主义理论和根据地的建设等问题。邓子恢被毛泽东杰出的军事才能和独到的见解所深深折服,视毛泽东为师长和益友,毛泽东也非常看重邓子恢。

那段时间里，毛泽东不但处境不顺，而且身体十分虚弱。邓子恢为使身处逆境中的毛泽东早日恢复健康，托人买来牛奶、白糖，经常炖牛肉汤、炖老母鸡为毛泽东补充营养，并通过永定地下党领导人阮山找来他的亲戚、当地最好的名医吴修山给毛泽东医治。危难之中显真情，这样结下的战斗情谊是最深厚也是最牢固的。由于邓子恢无微不至的关心和照顾，毛泽东渐渐恢复了健康。中央"九月来信"之后，痊愈的毛泽东精神抖擞地重新走上了红四军领导岗位。

1934 年，毛泽东随中央红军主力开始长征，邓子恢留在了南方坚持斗争，两人不得不拱手告别。这一别就是 12 年，直到 1946 年两人才在延安重逢，毛泽东高兴地送给老朋友一张照片和一条毛毯。

和毛泽东的这段极为难得的交往中，邓子恢不仅亲身感受到毛泽东领袖的不凡人格、精神、胸襟，而且深谙毛泽东思想的深邃、丰富、博大以及产生的强大力量。

中华苏维埃共和国的红色金融家，首推毛泽民。而闽西苏区的红色金融家，则首推邓子恢。邓子恢不愧是毛泽东亲自引领和教诲下涌现的一手抓枪杆子、一手抓钱袋子的出色领导人。

邓子恢是龙岩东肖邓厝村人。他曾留学日本，1921 年春回国后任龙岩白土桐冈小学教员。当年，他曾上书陈独秀，希望在龙岩成立共产主义小组。他组织了奇山书社，并办了宣传革命和马克思主义学说的刊物《岩声》月刊。邓子恢 1926 年参加中国共产党，是闽西苏区的红色金融坚定的领航者和核心人物。

1927 年冬，邓子恢任中共龙岩县委宣传部长。1928 年 3 月 4 日，根据党的"八七会议"精神和福建临时省委决议，参与领导龙岩后田暴动，建立了闽西第一支农民游击队，从此开始了创建闽西苏区的斗争。

1928 年 4 月，任中共上杭县委宣传部长，负责该县北四区蛟洋农民运动。接着，他深入蛟洋一带，协助当地领导人发动蛟洋农民暴动。6 月底永定暴动后，建议暴动队伍撤离县城，到农村开展土地革命。

邓子恢与张鼎丞一起，领导闽西人民开展打土豪分田地的斗争，创造了闽南"抽多补少、抽肥补瘦"的分田经验。

1928年7月，在永定溪南正式成立了中共闽西特委，邓子恢任特委宣传部长，并任闽西暴动委员会副总指挥兼任红七军第57团党代表。闽西特委同时还成立了闽西暴动委员会，邓子恢任副总指挥。

1929年3月，邓子恢任中共闽西特委书记，领导地方武装，配合毛泽东、朱德率领的红四军入闽作战。之后，朱毛红军又折回江西赣南。

邓子恢闻听朱毛红军已挥戈西进去了赣南，便及时将闽西地区敌情变化情况写成书面报告，派人星夜送到红四军前委毛泽东、朱德处，请求红四军再次入闽。

毛泽东、朱德收到邓子恢的信后，根据当时的敌情，决定红军入闽开辟苏区。

5至6月，邓子恢组织工农暴动，配合朱毛红军进驻闽西，并歼灭国民革命军福建省防军第一混成旅陈国辉部2000余人。

5月23日傍晚，邓子恢在龙岩同毛泽东、朱德、陈毅首次见面。

同年6月，红四军攻打龙岩城后，邓子恢任龙岩县革命委员会主席。不到两个月时间，龙岩、永定、上杭三县轰轰烈烈地开展土地革命。

7月，在毛泽东指导下，邓子恢主持召开中共闽西第一次代表大会，确定了闽西土地革命和工农武装割据的总路线，并当选为中共闽西特委书记。

邓子恢不仅是闽西苏区的创始人之一，而且是闽西苏区的红色金融坚定的领航者和核心人物。

闽西的苏区金融，是从组织互助合作运动开始的。

邓子恢的思想源于何处？除了他自身的马克思主义知识和修养之外，邓子恢有幸接受了毛泽东直接对他的耳提面命和刻骨铭心的深刻影响。

　　毛泽东与邓子恢的相处相知，是奇缘，更是特殊时代造就的传奇。

　　今天，人们重新认真研究邓子恢在领导闽西苏区和后来领导中央苏区的经济工作的辉煌历程，他的思想和实践，处处都能让人们强烈地感受到毛泽东经济思想的异彩。

　　20 世纪 30 年代前后，邓子恢任闽西特委书记，是闽西苏区的第一把手。他是一个务实的人，从小生活在农村，对农民有着深刻的理解和深厚的感情。当时，农民暴动终于取得胜利，但由于国民党对苏区实行军事"围剿"和经济封锁，苏区经济形势迅速恶化，出现了非常严重的"剪刀差"现象，严重影响甚至威胁着人民群众的生活和苏区的生存。

　　如何解决这个难题？邓子恢忠实地按照毛泽东的教诲，积极倡导和组织互助合作运动，使苏区的生产方式发生重大变化，从而促进了苏区经济的迅速发展，邓子恢也因此成为践行毛泽东农村合作经济思想、推行苏区互助合作运动的先驱。

　　革命家管经济，运用毛泽东的思想创办红色金融，闽西苏区，自邓子恢开始。

　　1929 年 9 月 3 日，邓子恢签发了《中共闽西特委通告（第七号）——关于剪刀差问题》，分析了闽西"剪刀差"的产生原因及其危害之后，提出解决"剪刀差"问题，最重要的一条措施是："由县区政府经济委员会有计划地向群众宣传，并帮助奖励群众创造合作社，如生产合作社、消费合作社、信用合作社等，使农民卖米买货不为商人所剥削，而农村储藏资本得以收集，使金融流通。"

　　1929 年 11 月，邓子恢主持召开中共闽西特委第一次扩大会议，再次强调创办合作社的问题，指出"解决赤色区域中剪刀差现象的特殊经济问题，成为目前闽西党当务之急"，"各级政府工作，应针对群众要求，为群众解决痛苦，在目前应努力帮助建立合作社之组织"。

　　1930 年 3 月，出任闽西苏维埃政府首任主席的邓子恢，更加大力推动互助合作运动。在闽西第一次工农兵代表大会上，邓子恢主持通过了《经济政策决议案》，其中专门将"发展合作社组织"作为一项重大政策，规定："一、规定合作社条例予以保护。二、各处合作社要纠正过去照股分红之错误，要照社员付与合作社之利益比例分红。三、各地尽量宣传合作社作用，普遍发展各种合作社的组织。四、有乡合作社地方，要进一步组织区或县合作社。五、政府经常召集合作社办事人开会，讨论合作社进行方法。"

1930年5月，闽西苏维埃政府主席兼经济委员会主任邓子恢签署发布了《闽西苏维埃政府布告（第十一号）——合作社条例》，要求："各级政府及全体群众一概知悉，并切实进行为要。"

高度重视社会调查，从群众中汲取智慧，实行从群众中来到群众中去的思想方法，是毛泽东很喜欢运用的方法，也是闽西这片红色的沃土孕育的毛泽东思想的重要内容。

可喜的是，毛泽东和朱德率领工农红军从井冈山下来进驻闽西后，毛泽东的农村合作经济思想刚刚萌芽，就被邓子恢理解并用之于实践，并取得十分显著的成效。

当时的闽西苏区，因为"剪刀差"问题没有解决，出现"谷贱伤农"的严重情况，损害了农民的利益。邓子恢通过开调查会，找到了一个平抑粮价有效的办法——创办粮食调剂局。

1930年6月14日，邓子恢签署发布的《闽西苏维埃政府布告（第十五号）——关于组织粮食调剂局问题》规定："决定调剂米价办法，组织粮食调剂局，以救济贫农。"要求各级苏维埃政府"坚决地为工人贫农阶级谋利益"，"大力筹集资金，使各乡农民得到普遍的救济"。同时还严格规定，粮食调剂局筹得的款项"无论何人不准移作别用，如有侵吞此款十元以上者，即行枪决以儆效尤"。

对此，邓子恢回忆："这种政策当时甚受农民欢迎，粮价也从此稳定下来。这种政策同时也推广到闽西各县。"

如何组织劳动合作社以解决劳动力不足的问题？邓子恢也是在和

农民一起研究之后找到了具体办法。邓子恢回忆："我们与农民研究了这种情况，提议组织劳动合作社（实际是劳动互助性质），社员与社员之间互相换工，社与社之间则集体换工，双方登记出工数，收割后结算，多出工之社由对方补付工资，这样对农业生产有利，双方又可以避免支付工资的困难，也可以避免因支付工资而竞售粮食，致造成粮价跌落的现象。"

互相换工，从个人延伸到集体，这种行之有效的办法，解决了大问题。

苏区初创时期，财政出现了不少混乱和不规范的地方。当时，各县各地财政自收自支，曾出现各自为政，没有钱了，甚至搞强行摊派的现象。

革命不能做无米之炊。如何筹集经费？筹集上来的经费应当如何使用？富有经济头脑的邓子恢，在闽西苏区初创的时期，就开始着手统一财政工作，使闽西苏区成为中国共产党领导下统一财政的先行区。

为此，邓子恢于 1929 年 11 月主持制定《关于苏维埃工作问题的决议》，指出："各级政府财政多数无预算不统一，而且过滥开支，财政困竭了无办法，更有些派起捐来，这虽然是仅有现象，但长久下去，财政无办法时客观上会走到抽捐的路上去。"强调"政府财政要有预算，量入为出，建立财政独立基础"。

1930 年，邓子恢主持召开闽西第一次工农兵代表大会，再次提出确立预决算制度，这样就促进了统一财政预决算制度的形成。

邓子恢还积极推动统一财政税收制度，1929 年 11 月，中共闽西特委对土地税、山林税等做了统一规定。

1930 年 3 月，闽西第一次工农兵代表大会规定：一切税收由县政府统一征收。

闽西苏区的统一财政工作洋溢着强烈的首创性色彩，为后来中央苏区的财政统一工作积累了非常宝贵的经验。

为了稳定金融市场和改善人民生活，1929 年 9 月 3 日，邓子恢签署发布中共闽西特委《第七号通告》，要求："由县政府设法开办农民银行，区政府设立借贷所，办理低利借贷，借予贫困农民，使农民不至于告贷无门而贱卖粮食。其银行、借贷所基金，则由打土豪拨出一部分，并招集私人股金或向私人告贷，集资而成。"

在这一基础上，邓子恢还进一步提出成立闽西工农银行，发行统一纸币，统一金融市场。

1930 年 11 月 7 日，闽西工农银行正式在龙岩成立，这是红色金融事业的一大创举。闽西工农银行成立后，开展了一系列的金融活动，为发展闽西苏区生产、活跃苏区经济、沟通"赤白区域"的贸易和打破国民党的经济封锁，发挥了积极作用。

闽西苏区的红色金融，之所以能够在当时的全国苏区中脱颖而出，不仅成为各苏区借鉴的典范，而且为中华苏维埃共和国银行的诞生提供了丰富的经验、模式以及人才并奠定了坚实的基础，也成为中华人民共和国金融的源头，邓子恢在闽西苏区的一系列行之有效并发挥了重大作用的实践功不可没，追本溯源，这些都是在毛泽东合作经济思想的指导下完成的。

中华苏维埃共和国临时政府成立以后，邓子恢肩负财政部长兼土地部长、国民经济部长等重任。苏区的财政收支在不断实践、不断规范中逐渐走向成熟。当然，个别区域也曾出现局部的混乱，不但出现自收自支、随意列支，有的收入与经费开支也没有分开等不规范的事例，甚至出现与私人移借混在一起等情况。

邓子恢果断地把统一财政的经验运用到实践之中。他亲自主持制定一系列的规章制度来统一财政收支。

1932 年 8 月 16 日，邓子恢签发《中华苏维埃共和国财政人民委员部训令（财字第 15 号）——关于统一税收的训令》，决定："从八月份起，凡土地税，商业税，山林税以及店租、房租、矿产租金等各项租税收入，各级财政部门都应另立账簿，如公债款一样，分别收入，按月解缴上级，汇送中央或中央所指令之用途，并须按月将收入情形详细报告，以便审查。各级财政部门对于上述各项税款，以后不得擅自动用，并不得将所收款项列入日常收入，以混乱会计系统。其上半年及七月份所收税款则须分别统计填写表格，报告本部，以便审查。兹发下各种表册，各级财政部收到后，须照此表式印好使用，以资统一，切切勿误。"同时，中央财政人民委员部专门设计工业、商业、店房出租等财税收入登记表册，印发到各级财政部定期填报。

此外，中央财政部还制定《矿产开采权出租办法》《店房没收和租借条例》《关于商业税与店租之征收事宜》等规章条令。通过这些规章条令，把各种税收纳入国家财政收入的渠道。按照财政人民委员部颁布的训令，中央苏区各级税务机关，对土地税、商业税、山林税等各项税收收入分别记账，按月解缴上报，汇送中央财政人民委员部。

1932年9月，财政人民委员部发布财字第六号训令，将统一财政收支作为目前各级财政部的中心工作之一。

1932年11月，邓子恢签署发布《财政人民委员部一年来工作报告》，再次强调"统一财政，建立财政系统。要实现政府供给红军战费的任务，统一财政开支，是当头的重要工作，只有把一切财政开支统一起来，肃清过去贪污浪费的现象，由中央作有计划的支配，才能把不必要的用款通通节省下来，拿去供给红军"。

统一会计制度，也是邓子恢践行毛泽东合作经济思想的重要贡献之一。

健全的会计制度，是统一财政的基础。当时，在中央苏区金融创办之初，会计制度很不健全，几乎所有单位的收钱、管钱、用钱都混在一起。收的什么钱、用的什么钱也不分科目。

邓子恢经过认真的思考，着手建立统一的会计制度。他强调："要统一财政，预防财政舞弊是很难的。要彻底统一财政，要防止财政上一些舞弊行为，非有健全的科学的会计制度不行。"并制定统一会计制度的六项规定：第一，收钱、管钱、领代、用钱要分开；第二，各级收支情况，应按系统分别登记上报；第三，确定会计科目，按统一的名称与范围记账；第四，确定预决算规则，实行预决算制度；第五，统一簿记、单据格式，按规定要求记账；第六，实行财政交接制度，交卸者应提出清单报告，接管者要凭单清点核收。

这在红色金融的创办史上，都是极有针对性的有力措施。

根据这六条规定，邓子恢还同财政人民委员部、国家银行工作人员一道认真研究制定会计规则、预决算规则、会计科目表，并设计各种簿记账册，发到各省、县苏维埃政府和红军部队使用。

同时，按照中央财政人民委员部《统一会计制度》的第 12 号训令和《会计规则》，从 1933 年 1 月 1 日起，各级税务机关，统一会计制度和账簿格式、采用新式簿记、确定会计科目、健全账目凭证、整理旧账、核对收入，清理移借之款、规范税款报解程序及期限，明确规定凡区税收委员会距离分支库所在地 20 里以内者，满 200 元缴库一次，距离 20 里以外者，每满 500 元缴库一次。区税务机关每满 400 元缴库一次，省、县税务机关每日缴库一次。每逢月底，各税务机关收入款之余存数，无论多少必须全部缴库。

在艰苦的革命战争年代，这些规定和制度环环相扣，可谓是滴水不漏，为共和国的金融传承奠定了坚实的基础。它来自实践探索，更是来自对党、对革命高度负责的精神。

中华苏维埃政府的国库制度，也是邓子恢亲自主持建立起来的。

建立中华苏维埃政府的国库制度，是统一财政的重要一环。当时，中央苏区有的区域因各种原因，钱款分散存放在各个地方或部门，甚至分散装在个人腰包里的现象也曾出现过，甚至曾出现过中华苏维埃政府不知道有多少钱的情况。

如何把中华苏维埃政府的钱管起来并管好？邓子恢受中华苏维埃政府的关税四联单的启发，认真进行了中华苏维埃政府的国库制度的探索和设计。

经过一段时间的摸索，邓子恢同中华苏维埃政府的国家银行行长毛泽民和曹菊如一起，起草中华苏维埃政府的《国库暂行条例》。

1933 年 1 月 1 日，中国革命财政史上开创性的工作条例《中华苏维埃共和国国库暂行条例》正式颁布实施。条例规定中央建立总国库，省、县建立分、支库，一切收入必须缴进国库，一切支出均凭财政部签发的支付命令，任何人不得擅自动用国库的钱。上下级国库之间采取多联单形式作为通知和记账凭证。县支库的收款单为五联单，省分库为四联单，中央总国库为三联单。中央财政部签发支付命令和下级国库向上级国库的解款书，也以不同的联数报知有关国库。

这样，通过不断的实践、总结和规范，中华苏维埃政府的国库的每一笔收支，都能从有关的国库直至财政部同时记账，上级财政部门对下级部门，中央财政部对整个中央苏区各级财政部门的收支和库存金额，都一目了然。

为了让大家按章办事，邓子恢还积极做宣传发动工作，甚至提到要从反对分散主义的高度，努力践行中华苏维埃政府的金融管理，同时在实践中认真开展思想斗争。

中华苏维埃政府由革命家管经济，革命家管金融，最大的优势是不仅可以充分发挥党赋予的权力的作用，而且可以充分运用制度这个"笼子"，把权力置于制度的严格管辖之中。

因此，从闽西苏区走出的邓子恢，不仅是闽西苏区经济以及金融的领航人，而且为中央苏区的金融系统的完善和科学建设做出了不可磨灭的杰出贡献。

邓子恢无愧是践行毛泽东思想的好学生、亲密战友。

借 5000 大洋去打大仗

这是个耐人回味的历史：

1932 年 4 月，毛泽东率领红军东路军攻打漳州。当时，红四军的经费已经非常困难，军中没有什么钱了。因为在此之前，彭德怀率领上万红军攻打赣州，整整打了两个多月，赣州城没有打下，红军损失严重，把中华苏维埃国家银行首创时筹集的 20 万大洋也消耗殆尽。中央主持军事工作的周恩来，紧急征求毛泽东的意见。

毛泽东提出：立即从赣州城下撤兵。

周恩来采纳了毛泽东的建议。不久，毛泽东率领一、五军团组成的东路军攻打漳州，军中已经没有钱了，由时任中华苏维埃国家银行的行长毛泽民出面，向龙岩商会借了 5000 大洋去打大仗。

漳州地处九龙江下游平原，物华天宝之地，系闽南重镇，和厦门隔海相望。这是一场大仗，也是一场干脆利落的歼灭战。当时，驻守漳州的是有"闽南王"之称的国民党陆军第 49 师的师长张贞。他是个道地的军阀，有陆军，还有六架飞机。但是，被红军打得落花流水，大量金银财宝也尽入红军囊中。

漳州战役获得大胜，缴获无数战利品，还筹到 100 多万大洋。红军用扁担和箩筐，把这批大洋和各种战利品，一担担地挑回了苏区。

漳州战役胜利以后，毛泽东严守信用，特别嘱咐把 5000 大洋还给龙岩商会。

打仗是需要钱的，用今天的现代军事语言来形容，打仗就是拼后勤。没有强有力的后勤支撑，很难取胜。双方军事上的战场拼杀，从表面上看，是双方军事实力的较量，而背后却是后勤支撑的比拼。

正因为如此，毛泽东初创红军，就把筹款放在红军三大任务之列。当时，老百姓受尽剥削、压迫，普遍很穷，红军筹款主要依靠打土豪和战场缴获，但远远不能满足战事的需要。

毛泽东率领红军进入闽西之后，邓子恢等闽西苏区的领导人，根据毛泽东的合作经济思想，首先在苏区中建立起合作社、信用社组织，并且创办了闽西工农银行。于是，漳州战役大获全胜后毛泽东率领的红军回师闽西的时候，出现了这样一件轰动苏区的盛事：

或许，这是苏区最豪华、最为奢侈的展览会。

1932年5月，位于长汀县城新丰街155号的中华苏维埃国家银行福建省分行，和闽西工农银行一起举行一场展览会，展出的展品居然是货真价实的金子和银子，人们称之为"金山、银山"。展厅里，是一座由金灿灿的金砖、金条、金锭叠加起来的金山，还有一座是由白花花的银元堆砌起来的银山。两座山的规模都不小，人们走到其面前，宛如走进神话传说中的遍地是金银财宝的神奇宝库。这些金银财宝，就是毛泽东亲自率领由红一军团、红五军团组成的红军东路军，在漳州战役中取得的重大战果之一。

苏区银行举行创意非凡的展览，主要目的除了让人们分享红军取得辉煌胜利的喜悦之外，还有展现银行的经济实力、号召人们踊跃购买红色股票的意思。

显然，这是对苏区人民群众最好、最形象、最有说服力的广告。参观展览会的群众非常多，人人参观后无不感到惊讶、震撼，平时向来节俭的苏维埃政府和红军，居然有如此雄厚的财力。

人们常说，眼见为实，此后，红色银行的信誉度、美誉度不胫而走，前来购买苏区共产党的金融部门发行的股票的人们越来越多。

通过发行股票进行筹款，是闽西苏区在创建红色金融方面的创新和创造，也是践行毛泽东合作经济思想的创新之举。

或许是受宣传包括影视作品的影响，在人们的感觉中，红军是很穷的，经常吃不饱、穿不暖，甚至每天的伙食费只有五分钱等。其实，并非完全如此。在苏区相对稳定、形势较好的时候，由于红军的领导重视金融的保障，就物质条件来说，基本能保证。

1928年7月3日，刘伯承在《军事问题的补充报告》里说，广东国民党的二等兵月饷只有10.5毫洋，而且经常被扣发或者被长官贪污了。而红军官兵虽然不一定每月都有发饷，但大家一律平等，根据当时苏区的规定，红军同样可以分到土地，如果没有劳动力耕种，地方政府实行请人帮忙代耕的优抚政策。因此，当红军不仅光荣，在物质利益上同样能得到一定的优惠。这样一来，苏区青壮年纷纷主动要求当红军，红军的队伍就是在这样的情况下，不断发展壮大起来的。

苏区的股票，之所以能够顺利发行并得到人民群众的广泛支持，最为重要的原因就是取信于民。办"金山、银山"展览，是一种形式，让老百姓看到红色银行的实力，而更多的是在平时的实践中，给苏区尤其是人民群众带来看得见、摸得着的切实利益和好处，是最契合人民群众关切的另一种形式。用今天的语言来形容，银行必须具有公信力。

合作社和闽西工农银行发行股票，同样具有难以比拟的公信力。用今天的观点来看，其最大的特点：股票不是用来炒的，而是和他们的生活乃至生存密切相关，并且直接给股民带来利益和好处的。

现代有个时髦的名词"炒股"，是现代市民助推企业融资、促进企业发展的一种手段。股票已经进入证券市场，股民买股票是一种具有强烈风险性的金融投资，其目的主要是盈利赚钱。然而，股市往往掌握在某些"大操盘手"的手里，一般的小股民，说句众人皆知的实话，就是"股票大咖脚下的垫脚石"。换句话说，绝大多数的"散户股民"并非股票市场上炒股的获益者，他们无法也根本不可能主宰股票市场跌宕起伏的命运，甚至有可能在如今瞬息万变、带着几分诡异的现代股市中，沦为不幸的受害者。

当年苏区政府发行的红色股票，无论是合作社还是银行发行的，所有的股民都是真正的主人。红色股票出现的起因和基础不是金融市场，而是当时党领导下建立起来的股份制经济模式。这种经济模式，成为动员和组织群众恢复和发展苏区经济的桥梁和动力。苏区政府实行的股份制经济，使原来的个体劳苦大众，在共产党领导下凝聚成一股劲，组成团结一致共渡难关战胜敌人的群体。而红色股票不仅是属于物质的金钱，更为重要的是融合共产党人和人民群众的信念、思想、追求和奋斗等精神元素而喷发出伟大的力量。

当年苏维埃政府发行的红色股票，和今天在市场经济大潮下发行的股票，有着本质的区别。

当时成千上万的劳苦大众，都先后加入不同类型的合作社，人民群众基本都是股民。合作社的业务虽然是独立的，但都在共产党和苏维埃政府的领导或管理之下，苏区没有金融投机商，合作社和苏区的银行使命是忠实为苏区群众服务的，更不是金融投机的机构。

因此，认真审视当时由闽西特委和苏维埃政府发表的一系列关于合作社、银行的文件，其中有一个今天的我们都感到很有说服力的问题：红利。也就是社员入股之后的分红，这是一个非常敏感的问题。

1930 年 9 月，闽西第二次工农兵代表大会决议中有一章：修正合作社条例。对合作社所得的红利有一个规定：30% 作为公积金不分；30% 照股金分红；30% 照社员付与合作社之利益分红；10% 作为办事人"花红"（工资）。

可见，当年苏区政府发行的股票的红利分配，绝大部分归于合作社社员包括投资的股民。

1930 年 9 月，闽西苏维埃政府发行第七号布告，向社会公开发布关于设立闽西工农银行的文件，其中关于红利之分配，更是大力度地向股东倾斜。明确规定：以 20% 做公积金，20% 奖励工作人员，60% 归股东分红。当年的股东除了少数的商人，绝大多数都是热爱共产党、热爱红军，也把闽西工农银行当作自己事业的劳苦人民大众。

我们查阅当时的资料，从来没有见到有人因为买了合作社或闽西工农银行、苏维埃国家银行福建分行的股票而蚀本的，更没有人因为买股票而倾家荡产甚至出现各种不良行为的情况。

共产党人的最高宗旨是为人民服务。这是共产党领导下，苏区政府的红色金融包括股票，最令人骄傲也是至今依然得到专家学者们称赞乃至膜拜的地方。

靠着红四军漳州战役的大获全胜和苏区百姓的全力支持，闽西工农银行不仅有了雄厚的实力，而且有了可以谱写红色金融大力支持红军的大手笔：

1932 年 4 月，红军东路军攻打漳州时，由闽西工农银行借款筹集，通过粮食调剂局购入军粮 30 万斤稻谷，为 2 万余名红军官兵出征做好后勤准备，有力地支持了革命战争。

实践证明，红军的后勤之所以得到坚强的保障，不仅是红军本身将筹款作为重要的任务，而且有共产党领导的红色金融事业和闽西这片红土地上的广大人民群众的大力支持。

一张张小小的股票，发挥了神奇的作用：它把无数的群众和苏区紧紧地联系在一起，同命运、共忧患；它把各类合作社和闽西工农银行紧紧地联系在一起，闽西工农银行把 50% 以上的资金用于支持各类合作社的成立和发展。他们知道，水涨船高，小河有水大河满，只要遍布闽西苏区的各类合作社发展起来了，按照规定，合作社就可以拿出 10% 的资本购买闽西工农银行的股票，用今天的语言来说，就可以建立良性的循环机制；它把闽西苏区和当时的中华苏维埃共和国紧紧地联系在一起。正因为有了闽西工农银行率先实践的经验，随中华苏维埃共和国临时中央政府成立的中华苏维埃国家银行，就如水到渠成，有了借鉴的成功模式，并在十分关键的人才问题上，有了最为优秀的堪称是红色银行家的坚实基础。

闽西苏区股票的真正意义和价值，就在这里。

第一个看中并从革命战争全局高度重视闽西苏区红色金融经验的，是伟人毛泽东！

毛泽东熟悉闽西、了解闽西，而且十分热爱这片红色土地。

1930 年 2 月，毛泽东亲自主持在江西吉安陂头召开的红四军前委、赣西特委、红五军、红六军军委联席会议时，热情地介绍了闽西创办合作社的经验。此后，赣西南开始学习闽西经验，相继建立起合作社，采用闽西苏区行之有效的实行股份制的办法，搞得红红火火。

同年 10 月，江西苏维埃政府在吉安成立，在其重要的文件《宣布本府成立及纲领》中明确指出："政府帮助贫苦农民，组织生产合作社、贩卖合作社、借贷合作社。"后两者实际上就是闽西苏区的消费合作社、信用合作社。闽西苏区的经验，之后在赣西南的沃土上生根、开花、结果。

1931 年 11 月，中华苏维埃政府第一次全国代表大会在瑞金召开，中华苏维埃共和国临时中央政府成立，毛泽东当选主席。他谙熟并充分了解闽西苏区首创的信用合作社经验的价值，特别强调发挥信用合作社在调剂和搞活农村金融中的枢纽作用，指示苏维埃政府必须竭尽全力帮助合作社的组织和发展。因此，根据毛泽东的意见，在《中华苏维埃共和国关于经济政策的决定》中规定："对于合作社，必须给予财政的帮助和税的豁免。"并为其提供场所，连具体的细节都详细地考虑到了。

随着形势的发展，中央对于从闽西发轫的组织合作社的经验更是予以高度重视。1932 年 4 月 12 日，中华苏维埃临时中央政府特地发了《关于合作社暂行组织条例的决议》。在这一重要文件中，把合作社提高到促进苏维埃经济政策的高度进行肯定，并在《合作社暂行条例》的第一条中，开门见山地指出："根据苏维埃的经济政策，正式宣布合作社组织为发展苏维埃经济的一个主要方式，是抵制资本家的剥削和怠工，保障工人劳动群众利益的有力武器，苏维埃政府并在各方面（如免税运输、经济房屋等等帮助）来帮助合作社之发展。"

从此，毛泽东在闽西孕育成熟的苏区合作社经济思想和经验，从闽西走向全国各地的红色苏区，催发和推动了以合作社为依托的苏区经济建设，尤其是通过建立股份制，解决当时困扰人们的金融问题，成为活跃全国苏区经济建设的重要环节。

银行问题，是中华苏维埃共和国临时中央政府尤为注意的问题。

同年 4 月，在中央执行委员会批准于长汀召开的福建省第一次工农兵苏维埃大会的决议中，指出银行须由国家设立，建立全国统一金融的同时，特别提到闽西工农银行，原文是这样表述的："况闽西工农银行，其股本多系工农群众入股的，将来国家银行在闽西成立分行时，闽西银行应归并于分行，其群众股金，或退还，或鼓励群众自办信用社。"

后来苏维埃国家银行正式成立以后，中华苏维埃国家银行福建省分行在长汀成立。根据实际情况，闽西工农银行还继续存在，履行自己的使命，但从临时中央的这个决议中，可看到中华苏维埃临时政府对闽西红色金融的特别重视。

从此，毛泽东合作社的思想，在闽西实践形成并逐步走向成熟的红色金融的经验，走出闽西，走向全国红色苏区。之后，在革命的实践中，又不断完善和成熟，并且发挥了更为重大的作用。

之后，中央苏区遭受由蒋介石亲自组织和指挥的一次比一次更为残酷的反革命"围剿"，使得红军与国民党较量的仗越打越大。

打仗是要有经济实力的。共产党发出号召，鼓励全苏区的民众购买建设公债支援前线，并决定从 300 万的建设公债中拿出 100 万巨款用于帮助合作社的发展，并特别从中拿出 20 万用于苏区创办信用合作社，这是很值得今天的我们进行认真思考的重要举措。

信用合作社被称为"农民银行"，它实际是农民自己集股创建的基层金融机构。

1934 年 1 月，中华苏维埃第二次全国代表大会之后，中央苏区的合作化运动进入鼎盛时期，在这次会议关于苏区经济建设的决议中再次强调："在群众中发展信用合作社，是解决群众缺乏资本的主要方法，而且也是同城乡高利贷作斗争的有力武器。"

共产党人在经济条件甚为困难的战争年代，尽可能地保证对合作社进行支持的力度，实际上是毛泽东合作经济思想在闽西大地上践行的结果，也是毛泽东思想带领广大劳苦民众、依靠劳苦民众凝聚力量的最重要的经验的大力传承和弘扬。

当时为了支持红军的反"围剿"战争，中央苏区特地发行革命战争公债，初定目标是 800 万。为了动员和鼓励群众积极参加合作社，特地做了一条特殊的规定："第二期革命战争公债票本息可以作为群众入社的股金。"并号召各信用合作社和苏维埃国家银行建立密切的关系，以充实工农商业的资本。这一举措不仅利于个人借贷，而且利于促进苏区经济的发展。

有了闽西苏区的实践经验，当时中央苏维埃共和国临时中央政府的领导更加明确了，抓住合作社的发展，就抓住了苏区经济建设的牛鼻子。在其推动下，闽西苏区的经验不仅走到江西，而且传播到湘鄂西、川陕等苏区。

毛泽东亲自播下的闽西红色金融的思想，成为全国苏区的典范。它是火种，点燃照亮新世界熊熊燃烧的燎原之火。

闽西工农银行的重大贡献

凡是熟悉闽西苏区的人们，油然从心灵深处敬佩勤劳、朴实，对党和红军无比忠诚的客家女子。

这是一首可以和《十送红军》媲美的流传于苏区的红色山歌：《韭菜开花》(又叫《剪掉髻子当红军》)。歌词是：

韭菜开花一管子心，
剪掉髻子当红军；
保护红军万万岁，
剪掉髻子也甘心。

韭菜开花一管子心，
剪掉髻子当红军；
红军保护老百姓，
苏区人民皆欢心。

这首山歌用闽西的民歌调唱起来，很感人，堪称经典之作。闽西苏区的客家妇女，如韭菜花，清纯且不乏凛然风骨。她们忠诚于革命，热爱红军的赤诚之心、之情，不知感动和动员了多少革命群众。

1930 年 11 月 7 日，闽西工农银行正式成立。

共产党人办银行，在中国还是开天辟地第一回。一切都是新的，一切都需要重新学习。它的最大优势是劳苦大众自己的银行，深得劳苦大众的全力支持。

苏区召开的群众大会上，经常出现这样的感人场景：

许多青年妇女，自动拿下她身上戴的银饰，变价来买工农银行的股票。她们爱美。须知，这些银饰，是她们当姑娘出嫁时，娘家特地赠送给她们的珍贵纪念。或许，是她们经过艰辛的劳作，用辛勤的汗水换来的，凝聚着她们追求美好生活的情感和向往。如今，响应党的号召，她们将其主动解下来了，用来表示她们对工农银行的一片赤诚之心。龙岩、湖雷等地有实力的大商家，得知消息，也热烈地掏钱向银行入股。众人拾柴火焰高，银行迅速发展和壮大起来了。

闽西工农银行，是在毛泽东合作经济思想引领下、由中国共产党领导的全国革命根据地中成立最早、制度最完善、覆盖区域最广、开办时间最长的红色银行。它是以闽西苏维埃政府为主导，由广大工农大众参与的第一个股份制银行，所制定的闽西工农银行章程，成为中国共产党主导的红色金融史上首部"银行法"，开创了中国革命金融法制的新篇章。

成立的地点在闽西最大的千年古邑龙岩。

城内，下井巷，昔日南门头，老城繁华之地。不见耸立的南门，却有一排骑楼式的民国建筑，100 多年过去，虽然不乏沧桑之感，但依然洋溢着浓郁的南国商业街风情。据老市民介绍，这里曾经是龙岩市区风景很美而且是风水很好的地方。侧目一看，一片摇曳的树荫下，果然有一块斑驳陆离的石碑，暗紫色，上书：新罗第一泉。碑旁，真的有个清凌凌的泉水池，有点像天下闻名的山东济南城里的趵突泉，汩汩地不断冒着水泡。只不过它比趵突泉小多了。

值得人们特别注意的是，此景点的一旁，一幢砖木结构的别墅式建筑，占地面积 132 平方米，青灰色，层层皆是半圆拱式的门楼，中西合璧，静静地矗立着。中间，悬挂着一块暗紫色的横匾，上书：共和国金融摇篮。行草，大气而庄重。此楼建于 1927 年。

这就是土地革命时期中国共产党创办的闽西工农银行最早的旧址。它像神情凝重的哲人，深情地守望着那远去的历史。

闽西工农银行做了些什么呢？踏着这些可敬的创业者的坚实脚印，穿越苍茫的时空，人们可以看到一个全新的天地。

银行只是赚钱的吗？当然，作为金融支柱的银行，并非慈善机构，当然要把积累资金、强化实力作为重要的基础性工作，不赚钱当然是不行的，但银行最为重要的职责和使命却是"服务"二字。

打破敌人的重重封锁和不断的"围剿"，争取筹集更多的资金，发展苏区的经济，增强苏区的实力，经过大家的共同努力，短短的时间内，银行的资金有了巨量的增长，各方面的工作也进入正常有序的阶段。虽然只有十多个工作人员，但银行身后是闽西各级苏维埃政权和广大的群众。

因此，闽西工农银行在集中全力进行募股的同时，把关注的目光凝聚到广袤的农村，在实行低利借贷的政策中，突出以农业贷款为主，有力地支持了农业生产。

闽西苏维埃政府明确规定：生产合作社有向银行借款的优先权，而只收低利（短期每月不超过一分二厘，周年不超过一分）。这种低利借款的原则，既支持了群众生产的发展，又有效地打破了高利贷剥削。在繁忙的工作中，银行工作人员坚持下到农村基层，尤其是春耕大忙时节，他们经常亲自把贷款送到苏区的生产合作社和需要资金支持的农民手中，受到群众的热烈欢迎。

大办合作社是当时苏区冲破敌人封锁、发展经济的重要手段，因此，闽西工农银行将信用合作社作为优先贷款的对象，给予利率优惠，提供"同业资金"，指导他们做好低息借贷，并且支持工商业发展，在全苏区实行统一货币、统一金融、统一财政。

粮食问题是当时面临的严重问题。收获时节，苏区农民手中的粮食往往卖不出去。于是，各地相继成立了粮食合作社，和苏维埃政府的粮食调剂局一起，调剂粮食。配合这项重要的工作，闽西工农银行曾以大批资金帮助各区合作社的发展，特别注意帮助粮食合作社调剂粮食，发挥调剂金融、发展经济的作用。

货币问题是金融流通中十分重要的关节点。闽西工农银行成立后，采取了多种方式与旧币进行斗争，如使用经济手段替换旧币，有计划地运用于出口，去白区买得苏区急需物资，并通过政府行政调控的手段，逐渐使新币代替旧币的功能。

当时，民间通用的是大洋，即坊间所说的"光洋"。为了掌控金融流通权，1931年1月5日，闽西工农银行决定自行发行纸币，一元纸币相当于一块大洋，并以《闽西苏维埃政府布告（第十三号）》的形式告知闽西苏区。

1931年4月30日，《闽西苏维埃政府布告（第十五号）》指出，闽西苏维埃政府为便利金融流通，再次颁布了统一金融问题的布告，并做出了对旧纸币采取限制使用的方法以及照常流通的规定。在这一布告中，为了防止商人操纵，特地对银价进行了规范。对原来由中国银行、中南银行发行的纸币，根据实际情况，没有完全废除，而是由闽西工农银行规定价格。

这是闽西苏维埃政府的有力举措，既稳定了金融市场，也利于群众对白区的贸易活动。

然而，战事不断，闽西工农银行不断搬迁。1931年8月，红军再度解放了长汀。

1931年11月，随着中共闽西特委、闽西苏维埃政府迁到长汀的涂坊，闽西工农银行也进驻长汀。

搬迁到长汀的闽西工农银行，位于汀州镇兆征路158号。这是林姓私宅，坐南朝北，由大门、大厅、房间、二层楼房组成。砖木结构，面积150平方米。离此地不远就是原来汀州府古老的府试院，红墙、黛瓦，里面古木参天，有朱子祠等古建筑，这里曾经是福建省苏维埃政府所在地，福建省第二届工农兵代表大会也曾经在这里召开。如今，会场还在。

闽西工农银行迁到汀州后，业务范围扩大，开始办理进出口贸易。对经营苏区急需的进口的布、棉、盐、煤油，出口粮食、土特产品的公营或私营商店给予优先贷款，并由闽西工农银行营业部承办。

银行大力支持企业，为发展和繁荣经济服务，这在今天已经不足为奇，在当时可是新鲜事。

金融的作用，用"命脉"这个沉甸甸的词来表述最恰当。闽西工农银行不仅行使银行的职责，而且是苏维埃政府的金库。

1931年11月6日，曾任闽西工农银行营业部主任的曹菊如在《列宁青年》第五期上发表一篇激情洋溢的文章《闽西工农银行一周年》。在此文中，他总结了闽西工农银行所完成的任务：

> 它提出了大批资金借给合作社，帮助其营业发展，以减少资本主义的剥削。
>
> 它在粮食缺乏的时候，以巨额资金帮助各县建立粮食合作社，使苏区的粮食得以调剂。
>
> 它以低利借资金给农民，直接帮助了苏区生产增加，尤其是本年造纸业的生产，得到银行很大的帮助。
>
> 它向汀连南阳铸铁合作社投过巨额资金，现正积极地帮助该合作社本身组织的健全和扩大。
>
> 它以大批资金收买首饰银器，使群众久搁无用的银器，能够变换活的现金使用。
>
> 它为了调剂金融而发行兑换钞票，同时，保存现金取得了很好的成绩，准备金充足，所以工农银行的纸票比苏区内流通的任何货币的信用都更好。

短短的一年时间，闽西工农银行取得了辉煌的成就。闽西工农银行为之后成立的中华苏维埃国家银行提供了丰富的经验，并提供了人才、资金等多方面的支撑。此外，闽西工农银行还有着其显著的特点：

依靠农民、团结农民。全心全意地为农民谋利益，对农民扶贫解困，帮助其渡过难关，扶持农民发展生产，从农民延及农村、农业，即今天的"三农"，勤勤恳恳地为他们服务，是闽西苏区金融值得特别珍惜、也是值得今天现代金融业予以高度重视并应当继承弘扬的光荣传统。

银行是聚财的地方。钞票、银元、金子等汇聚于此地。闽西苏区银行同样如此。然而，这些金钱用于何处？从银行的日常运行记录上可以看出，其最终的目的是"服务"两字。服务至上是其深得人心和备受赞许之处。苏区各地的信用社，老百姓称之为"农民银行"，性质也是如此。闽西工农银行成立时向社会宣示的四大任务和目标，灿烂地围绕着一个大写的"公"字。为老百姓、为社会经济发展、为苏维埃政权、为前方和敌人拼死厮杀的红军，是他们日常的工作目的和宗旨。

值得赞叹的还有一个这样的细节：

1934年10月，红军主力撤离中央苏区，历经十多年的白色恐怖，这批纸币大部分由群众自行销毁或储存。

值得一提的是，新中国成立以后发行新币，仍然规定可以按照一比一的比价收回"苏币"。当然，如果现在谁手里还有当年苏维埃国家银行发行的"苏币"，那就是珍贵且价值非同一般的革命文物了。

第八章

没有调查，没有发言权

善于进行调查研究，不仅仅是工作方法，更为重要的是经过深厚哲学思想修炼和实践之后形成的思维方式，它是毛泽东之所以能够透过纷繁复杂现象，睿智地捕捉事物本质从而做出正确决策的原因。

"丢失的孩子回来了"

1961 年 1 月，北京，中南海，菊香书屋。

时令正是严冬。万木萧疏，只有不惧风雪严寒的苍松翠柏，依然郁郁葱葱。全国正处于三年困难时期。

这一天，日理万机的毛泽东，忽然看到秘书田家英送来的一份材料，打开一看，是一份打印稿，他细看，竟喜出望外。原来，这是他在 1930 年写的一篇文章《调查工作》。后来，他对这篇失而复得的文章专门做了批语。

1961 年 3 月，中央召开广州会议，毛泽东在两次讲话中都谈到它，并动情地说道："前几年到处找这篇文章，找不到，今年 1 月找出来了。""我对自己的文章有些也并不喜欢，这篇是我喜欢的。"并为《调查工作》写了批语，做了少量的文字修改后，印发给参加广州会议的与会人员。

此文后来经过毛泽东的亲自审订，并在排印清样上最后确定写作时间为 1930 年 5 月，改名为《反对本本主义》。在 1964 年出版的《毛泽东著作选读》（甲种本）中首次公开发表。

原名《调查工作》的这篇文章，是毛泽东在土地革命战争时期为反对当时党内和红军中的教条主义思想而写的。1930 年 5 月，毛泽东率领红四军到达江西寻乌县城，在这里进行了为期 20 多天的社会调查，除写下 8 万多字的《寻乌调查》外，还写下了 3000 余字的《调查工作》。文中，毛泽东对调查研究的重要性、目的和方法等，做了既生动具体又有高度思想性的系统阐述。1930 年 8 月 21 日，中共闽西特委把这篇文章翻印成小册子，发给有关部门和党员学习。

一贯注重调查研究的毛泽东，十分珍视自己的这些调查研究成果。尽管当时国民党反动派向中央苏区连续发动了几次大规模"围剿"，在资料难以保存的情况下，他仍然坚持把《寻乌调查》《调查工作》等材料捆好，带在身边。

遗憾的是，《调查工作》在转战中不幸遗失。为此，毛泽东非常惋惜，多次与人谈起它，说想念这篇文章就像想念自己丢失的孩子一样。因为，当时党内包括红军内部，教条主义盛行，那些盲目照搬苏联经验和马克思主义教条而脱离中国实际的人们，对实事求是、坚持马克思主义中国化的毛泽东以及跟随他的战友，动辄就以"拿本本来"的话语进行指责。因此，毛泽东写的《调查工作》一文就是对这种论调乃至思潮的有力回答。

重温旧事，烽烟滚滚的历史依稀就在眼前，如今，"丢失的孩子回来了"，毛泽东怎么能不为之高兴和激动呢！

改革开放之后，中央在《关于建国以来党的若干历史问题的决议》中，曾经明确地指出，毛泽东思想的活的灵魂有三个基本方面，即实事求是、群众路线、独立自主，而这三个方面的基本内容，最早正是从这篇文章中体现出来的。

如此重若千钧之作，是怎样被发现并终于送到毛泽东手里的？其跌宕起伏的曲折过程，堪称是一段动人的传奇佳话。

故事最早发生在闽西上杭县茶地镇的官山村。

20 世纪 30 年代前后，这里是苏区的一个部分。

这是一个位于梅花山脉深处的偏僻山村。四周全是连绵起伏的群山，村落不大，村前有田野，多数是梯田。据介绍，"官山"是地名，以前在几公里之外更为偏僻的山旮旯里，那里有老官山、新官山、赖官山之别。后来政府实施"造福工程"，将村子搬迁到镇政府所在地，将"三个官山"合并起来，但村名还叫"官山"。

昔日，老官山的村中，有个农民叫赖茂基，1929 年参加中国共产党，曾经担任过乡苏维埃代表和主席，1932 年曾任代英县（即现在的上杭县）苏维埃粮食部长和县执行委员会委员等职务。1934 年 4 月，国民党军队攻占了代英县，县苏维埃转入地下活动，赖茂基在山上住了两个月，后回家耕田。他有点文化，头脑也比较机智、灵活，多年来是党的地下秘密交通员，他以做"牛纲"生意——贩卖耕牛——作为掩护，从事党的地下秘密工作。

1930 年，上级党组织的一位领导，把一包重要的材料交给他，郑重地嘱咐：一定要妥善保存，不能有任何闪失。

他接过党组织沉甸甸的嘱托，决心用生命保护它。

平时，他送情报或文件，往往把一根竹竿的竹节打通，把情报或文件装在打通的竹节里，再用这根竹子作为拐杖。而对这份上级一再叮嘱要重点保护的材料，他不敢有任何的懈怠。在这白色恐怖时期，他觉得带在路上不方便，也不安全，就想了个办法：

当时，闽西苏区地下党在官山村附近的山上开了个兵工厂，可以修理步枪、制造手榴弹等武器。赖茂基就悄悄地用油纸把这份材料细心包起来，用木盒子装着，趁人们不注意时，在兵工厂偏僻处厚厚的泥墙上挖了一个如木盒子大小的洞，密封好。

一次，国民党来扫荡，一把火烧了兵工厂。

待敌人撤离后，他连忙去找，发现盒子完好无损，赶忙又藏到另外一个地方。但他又不放心，这是党的郑重嘱托啊！

后来，他干脆把它转移收藏在自家住的二楼"子棚"（即阁楼）的墙上，挖出一个与木盒子一样大的洞，小心翼翼地将木盒子藏进去，再封起来，一直藏到新中国的诞生，他也不敢有任何懈怠。但是，他不知道该怎么去联系当时嘱托他收藏的上级党组织领导。

赖茂基有四个儿子，赖新振、赖新元、赖新庚、赖新坤，老大赖新振参加革命壮烈牺牲。

中华人民共和国成立后的 1957 年 2 月，有关部门收集革命文物。赖茂基觉得这是以前上级党组织交给他保存的东西，理所当然要捐给国家。他就把这份冒着生命危险保护下来的"小册子"捐给了政府。

当时，赖茂基主动捐出的他冒着生命危险保存下来的革命文物，一共有四件：一、1930 年闽西特委翻印的毛泽东著作《调查工作》（拓印本，上有"毛泽东"的署名）；二、第二次执委会主任联席会议决议案；三、互济会决算表；四、纪念广州公社拥苏运动宣传提纲。

这些珍贵的革命文物，都是赖茂基保存在那个木盒子里的。

1961 年 1 月 14 日，赖茂基因病去世，享年 71 岁。

1973 年 6 月 28 日，赖茂基的第三个儿子赖新庚，把他父亲藏革命文物的木盒子也一并捐给了上杭县革命历史博物馆。

我们在官山村采访了赖建军，他今年 57 岁，是赖新庚的儿子、赖茂基的孙子。原来是个农民，1987 年 12 月，政府特地安排他进龙岩钢铁厂当工人，他踏实肯干，很能吃苦。他的工作岗位比较特殊，负责处理矿石，劳动强度大，且有粉尘，但他毫无怨言，担任班长和值班长多年，被龙钢有限责任公司综治办评为"先进积极分子"。2003 年，龙钢改制，他下岗了，根据当时的规定，"买断"工龄，回到家乡。后来在明珠城市广场找到一个做保安的工作，兢兢业业，尤其是在 2020 年度抗击"新冠肺炎"期间，表现突出，被业主委员会评为"优秀员工"。他热情地为我们提供了赖茂基的有关材料。

从 1957 年赖茂基主动捐出毛泽东的《调查工作》等极其珍贵的

革命文物，到 1961 年它们才转到毛泽东手上，前后整整花了近五年的时间，其间又经过了哪些值得回味的过程呢？

中华人民共和国成立后，国家高度重视有关党史资料和革命文物。1951 年 7 月，中共中央发出了《中央有关党史资料的通知》，并在中宣部下设立党史资料室，由该室编印内刊《党史资料》，由毛泽东的秘书田家英任资料室第一副主任。此外，还在北京故宫武英殿，设立中央革命博物馆筹备处，由该处搜集自鸦片战争以来，主要是五四运动以后的革命文物。负责人是王冶秋。

闽西是革命老区，当得到中央的通知之后，民众主动捐献革命文物的热情十分高。据老同志回忆，当时，不少地方捐献的革命文物是用箩筐整担挑去的。当年，不少革命文物征集后堆放在福建龙岩地委党史办的库房里。

1958 年 8 月，中央政治局北戴河会议决定，为庆祝中华人民共和国成立十周年，在北京新建八个博物馆和展览馆，中国革命博物馆是其中之一。为了迎接新馆的建成，筹办好将要进行的展览，1958 年 10 月下旬，在革命博物馆陈列部工作的倪毓英、杨莜凤等三位同志前往赣南、闽西等革命老区搜集革命文物。他们于 11 月来到龙岩，在龙岩地委党史办的库房中，挑选了数十种革命文物加以登录，其中登录的 28 种文件类的文物中，就有毛泽东著的《调查工作》。

据倪毓英回忆：《调查工作》拓印本原件有五件。她当时没有将文物随身带走，只带回所需要的文物目录。毛泽东的《调查工作》原件，是在第二年（即 1959 年）8 月由福建龙岩专署文教局寄到北京的。

终于进入中央革命博物馆文物库的《调查工作》拓印本原件，于 1960 年年初才被辗转送到展厅陈列。在这之前，毛泽东在土地革命期间的调查报告只有《长冈乡调查》《才溪乡调查》两种。

布展将要结束时，周恩来总理一行前来审查博物馆的展览，提议内容要进一步充实，毛泽东在土地革命时期关于调查研究的著述增加到六篇，这篇《调查工作》一文才位列其中。

在此之前，关于毛泽东《调查工作》一文，中央政治研究室以及毛泽东的秘书田家英，都不知道这篇文章已经找到了的事。

值得注意的是，尽管毛泽东的《调查工作》一文已经摆放到展厅，并与少数观众见面，但由于不了解《毛泽东选集》编辑的情况和这篇文章的写作背景，其时，毛泽东的这篇名著并没有引起人们的太多注意和重视。

遗珠之憾的情况往往就是这样发生的。

在中央政策研究室工作的刘立凯，因为一直在中央革命博物馆帮助工作，他首先发现了毛泽东《调查工作》一文不同凡响的厚重。1960年年底，他从博物馆借走了此文的原件，带回了中央政策研究室。据中央团校党史教研室任思和同志回忆：他当时借调到中央政策研究室工作，1960年12月的一天，他因事到刘立凯的办公室，刘立即拿出《调查工作》的拓印本给任思和看，并简介了此文的来历。两人一致认为，这是一份很重要的文件。当即由任思和交给在研究室历史组担任学术秘书的缪楚黄。

缪楚黄从1950年以后一直从事《毛泽东选集》的注释工作，他熟悉毛泽东的文章，细读之后，认为无论是思想内容还是文笔，都是毛泽东著述中难得的精品之作，连忙找人抄写后送打印室打印了几份。打印件出来以后，他又和在研究室工作的冯蕙一起对照原稿进行认真的核对，并在打印件的末尾注了四项说明：

一　原件上的错字和漏掉的标点符号，均未加以改正或添补，以保持原件的本来面目。

二　翻印时打字上的错误（包括打错或漏掉的字和标点符号），都按原件用钢笔字改正或添上。

三　因原件不清晰，现用红笔在文中空白处填上的字，是根据原件上模糊字迹和前后文的意思填上的，仅供阅读时参考。

四　文件末页上印"特委 1930、8、21 日印"字样。

政研室历史组

1960 年 12 月

这些同志对毛泽东这篇著述高度负责和一丝不苟的精神，令人感动。

有关《调查工作》的第一份打印件，经过核对并附上述的说明后，很快送交给毛泽东的秘书田家英。当时，田家英任中央政策研究室的副主任。

毛泽东在 1961 年 1 月中旬见到失而复得的《调查工作》。3 月，毛泽东在广州主持召开中央工作会议。在该会议的两次谈话中毛泽东都提到此文，并且提出大兴调查研究之风，使 1961 年成为实事求是年。

《调查工作》这篇雄文失而复得，恰逢其时。

毛泽东亲自主持的这次广州会议是一次非常重要的会议。

会议于 1961 年 3 月 15 日至 23 日在广州召开，出席会议的有各省、市、自治区党委的负责人。毛泽东主持了会议。会议讨论通过了《农村人民公社工作条例（草案）》（简称《农业 60 条》）。《农业 60 条》第一次总结了人民公社三年来的经验，对纠正社队规模偏大、公社对下级管得太死、民主制度和经营管理制度不健全等方面的问题，做了比较系统的规定。会议认为 1958 年以来工作中的教训，是放松了调查研究工作，通过了中央《关于认真进行调查工作问题给中央局，各省、市、区党委的一封信》，高度评价了毛泽东《调查工作》一文的重大理论意义和实践意义，要求县以上党委的领导人员，首先是第一书记，要认真学习毛泽东同志的思想方法和工作方法，深入基层，亲身进行有系统的典型调查，并且定出制度，造成风气，成为全党干部的思想和行动的首要准则。

会后，中央和各地的主要领导同志都到基层蹲点和调查。在全党调查研究的基础上，中央陆续制定了《工业 70 条》《高教 60 条》《商业 40 条》等一系列的条例、规定，对于纠正"左"的错误以及清除造成严重危害的浮夸风、"一平二调"的共产风、瞎指挥等起了十分重要的作用。

我们在采访中还了解到，当年的永定苏维埃主席谢宪球也得到一本 1930 年 8 月 21 日中共闽西特委翻印的《调查工作》。1929 年毛泽东由闽西特委安排化名"杨先生"在永定养病时，曾在谢宪球的家里住过，他住过的房子至今仍在向人们诉说着中国共产党的历史故事。在 1931 年极左的"肃反"运动中，谢宪球被错杀，中华人民共和国成立后，他被追认为革命烈士。谢宪球牺牲后，他的妻子卢三妹坚持参与中共闽西特委在金峰大山里开展的革命活动，也一直保留着她丈夫留给家里的这本"信物"。新中国成立后，谢宪球的后人将这本被岁月的风霜翻破的读本，捐给上杭古田会议纪念馆，并展出至今，卢三妹也被政府认定为"五老人员（老接头户）"。

在闽西这片红土地上孕育出来的毛泽东思想，是跨越时空的真理。他自己或许也没有想到，30 多年过去乃至到今天，《调查工作》（即《反对本本主义》）一文，依然是指导全党、全军、全国人民思想及行动的光辉文献。

汀州之缘

这是一件颇有情趣的轶事：

1962 年 1 月 11 日至 2 月 7 日，中共中央在北京召开扩大的中央工作会议，毛泽东亲自主持。参加会议的有中央各部门、各中央局、各省市自治区党委以及地委、县委、重要工矿企业和部队的负责干部，共 7000 多人，称"七千人大会"。

这次大会的主要目的，是总结经验，统一认识，加强党内的民主集中制，以便进一步纠正"大跃进"以来工作中的错误，切实贯彻调整国民经济的方针。

会议期间，毛泽东突然问时任的福建省委书记叶飞：汀州老古井现在还有没有水？

在革命战争年代，叶飞的战斗生活不在闽西，故对汀州古城的老古井的情况不太了解，一时回答不上来，赶紧打电话询问了长汀县当地的领导后，告诉毛主席："老古井不但有水，而且周围的老百姓至今还在使用这口水井。"

毛主席听后，欣慰地笑了。

毛主席之所以对这口老古井念念不忘，正是因为中央苏区时期，他与这口井和井边的汀州百姓结下了深厚的情缘。

1932 年 10 月，因受"左"倾错误领导的打击，被撤销红一方面军总政治委员职务的毛泽东来到了汀州，一直住到 1933 年 2 月。这是毛泽东在 12 次来到汀州住的时间最长的一次。

这口老古井是毛泽东和汀州特殊缘分的见证。

毛泽东当时就住在这口古井附近的山坡上的一幢有围墙的黄色小楼里。有一天，毛泽东发现这口老古井的井水浑浊不堪，便询问乡亲们什么原因。乡亲们告诉他："井和人一样，也要经常洗澡啊。"

于是，毛泽东就领着警卫班的战士，从当地老百姓家里借来锄头、铁锹和水桶，带头卷起衣袖和裤管。他们跳下井里淘污泥、除青苔，把井清洗得干干净净，连同周边的杂草也割掉了，令老古井焕然一新。古井便水清井净，来这里打水和洗衣的群众越来越多。

毛泽东喜欢和群众在一起，他常常利用在老古井边和群众在一起的机会，与群众聊聊天，拉拉家常，听听他们对苏维埃政府的意见。

这口挖凿于清代的老古井，被称为"毛主席最牵挂的井"，至今仍是当地群众生活用水的水源。

长汀的长岭寨一战，是红四军从井冈山下山以后从被动转为主动的重大转折点。

毛泽东第一次乘胜进入长汀的时候，就被这座经济繁荣的古城深深吸引着。当时，红四军缴获的大批古今书籍，引起了嗜书如命的毛泽东的浓厚兴趣，他查阅了《汀州府志》和《长汀县志》等，了解汀州的历史，而且，别出心裁地请来了钱粮师爷、老衙役、老裁缝、教书先生、佃农、游民六种人来开座谈会，摸清了长汀的政治经济状况和风俗民情。

正是因为经过如此认真的调查研究，毛泽东亲自起草了《告商人及知识分子书》，明确指出："共产党对城市政策是取消苛捐杂税，保护商人贸易。"

这年的 7 月，中共闽西"一大"通过的《政治决议案》规定："对大小商店应采取一般的保护政策（即不没收）。"

1930 年 3 月，闽西第一次工农兵代表大会通过的《商人条例》也明确规定："商人遵照政府决议案及一切法令，照章纳缴所得税，政府予以保护，不准任何人侵害。"允许"商人自由贸易"。正是有了正确的政策，闽西苏区的私营工商业不仅得到很好的保护，而且获得迅速的发展。

保护私营工商业，发展城市经济，是一项极为重要的政策，并取得了显著的效果。当时，汀州全城有 367 家私营商家，构成了此地的繁华。而转移到这里的闽西工农银行，始终坚持党的正确政策，保护、团结私营工商业主，取得了显著的成效。在当时的特殊政治和时代背景下，这是很不容易的事情。汀州因此被誉为"红色小上海"。

调查研究，了解真实的社会情况，是制定正确政策的前提和依据；也是毛泽东之所以能够在各种复杂乃至危急的情况下，做出英明决策的过人之处。

宁都会议之后，被"左"倾机会主义者无理剥夺红军指挥权的毛泽东患了病，他到汀州一边养病，一边进行社会调查。

毛泽东高度重视汀州。在汀州期间，除了开各种类型的调查会之外，还多次专程召开苏维埃的干部会议，他特别提到商人问题，语重心长地嘱咐人们，要懂得经济建设的重要性，加强对个体商人的管理，发给商人护照，允许私商合法贸易。特别交代，对商人的货物不检查，不课税，给商人兑换现金的方便，更不能把白区商人偷运物资进入苏区卖作为探子抓了。抓上一次两次，他们就再也不敢来红区做生意了。要使个体商人有方便可取，有实惠可图。他热情地希望苏区干部学会做生意，做好经济工作。

毛泽东的这些讲话，给汀州的干部很大的启示和鼓舞。而作为苏区金融中心的闽西工农银行的人们，也按照毛泽东讲话的精神，和不少私营工商业主交朋友。据赖祖烈回忆，闽西工农银行的人们特别注意和商人搞好关系，给他们合理的利润，有时还给他们送点礼，通过他们为苏区购买一些急需的物资，并利用商人社会联系广泛，甚至和国民党、地方军阀、民团都有联系可以自由进入敌占区的特点，为打破敌人对苏区的封锁，还做对外贸易等工作，解决了当时苏区因国民党封锁带来的不少难题。

目光敏锐思想深邃的毛泽东通过社会调查，还发现了汀州的苏维埃政府存在的一个倾向性的问题，他在《关心群众生活，注意工作方法》一文里（这篇文章是毛泽东1932年冬拟的初稿，1934年1月22日至2月1日在江西瑞金召开的第二次全国工农兵代表大会上所做的结论的一部分），有一段十分中肯地批评汀州苏维埃政府的话：

> 比如以前有个时期，汀州市政府只管扩大红军和动员运输队，对于群众生活问题一点不理。汀州市群众的问题是没有柴烧，资本家把盐藏起来没有盐卖，有些群众没有房子住，那里缺米，米价又贵。这些是汀州人民群众的实际问题。十分盼望我们帮助他们去解决。但是汀州市政府一点也不讨论，所以，那时，汀州市工农兵代表大会改选以后，一百多个代表，因为几次会都只讨论扩大红军和动员运输队，完全不理群众生活，后来就不高兴到会了，会议也召集不成了。扩大红军、动员运输队也就极少成绩。

调查研究的目的是摸清情况，不仅达到"知己知彼"，更为重要的是要发现问题，解决问题。发现，需要目光、责任感、担当感，还需要思想、胸怀、境界。

毛泽东与众不同的地方，就是牢牢把关心人民群众的衣食住行、冷暖记在心里，并为人民群众谋利益、谋幸福。毛泽东的这段话，就是他发现汀州苏维埃政府存在的问题而提出的。为此，毛泽东还专门给汀州苏维埃政府写过一封信。

在毛泽东的严肃批评、耐心教育和热情帮助下，汀州苏维埃政府终于改变了作风，切实做好群众工作。他们在闽西工农银行的全力支持下，加强了粮食调剂局的工作，开设了汀州市红色米市场，保护商人贸易，促进金融流通，组织手工业合作社、消费合作社，组织砍柴队上山砍柴，发动群众熬制硝盐并办起了硝盐厂，从老百姓的衣食住行、柴米油盐到妇女扫盲、小孩读书等问题相继都得到解决。得到人民群众的赞许、支持和拥护。

联系当时特殊的时代背景，人们还可以看到，毛泽东能够做到这一切，并非容易的事情。

因为，进入中央苏区并掌控了党中央领导权的"左"倾机会主义者，不仅在军事上执行冒险主义的所谓"进攻战略"，而且在经济建设上也推行一系列的极左政策，严重影响苏区的经济建设。其中主要的表现是极力推行"左"倾劳动经济政策。他们脱离中国的实际，打着维护工人阶级利益的幌子，规定不少过左的劳动法令，提出过高的劳动条件和工资待遇。例如要求在一切企业中实行八小时或六小时工作制，强迫私营企业者接纳失业工人，甚至在年关到处组织有害苏区经济流通的总同盟罢工，对苏区城市中的商店、作坊提出过高的经济要求，以致企业不堪负担而被迫倒闭。这些过左的劳动法令，脱离群众、脱离实际，是由上而下强制执行的，并非工人真正的要求，结果是伤害了私营工商业，也伤害了工人的实际利益，对苏区经济的发展和繁荣更是造成严重的恶果。

为了解决这个问题，1933 年 3 月至 7 月间，担任中华苏维埃共和国总工会副委员长的陈云亲自到汀州进行调查，通过召开有工会领导、工人代表、资方老板参加的多种形式的座谈会，详细了解真实的情况，先后在《斗争》杂志上发表了《关于苏区工人的经济斗争》《怎样订立劳动合同》等文章，严厉批判了"左"倾机会主义者所推行的过左的劳动法令，保护了私营商业在苏区的发展。

1933 年年初，刘少奇从上海来到中央苏区，担任中华苏维埃全国总工会委员长，他也曾经多次到商业繁华的汀州，指导汀州的工会工作。他工作扎实，深入到闽西工农银行直接投资建设的红军兵工厂和红军被服厂，发现了由于实行过左的劳动法令，管理出现大漏洞，在苏区中央局机关报《斗争》第 51 期上发表《论国家工厂的管理》文章，尖锐地指出："在国家工厂中我们还没有建立真正的工厂制度，没有科学地组织生产、计划生产。""没有设立检验生产产品的机关（有工人代表参加），来负责检验每日的生产产品。"以致造成了"兵工厂做的子弹，有三万发是打不响的，枪修好了许多拿到前方不能打"。"被服厂做好的军衣不合尺寸，不好穿，扣子一穿就掉。"

"左"倾劳动政策在国营工厂特别是军事工厂造成的恶果，情况如此严重，那些口头上唱着高调维护工人阶级利益的"左"倾机会主义者，貌似十分革命，实际却是严重损害国家利益最后也害了工人的毒虫。

国营企业尚且如此，那些私营企业造成的问题就更为严重了。在陈云、刘少奇先后到汀州进行社会调查并采取进一步措施之后，"左"倾机会主义造成的流毒终于肃清。汀州呈现出更为繁荣的景象。

因此，毛泽东在当时发表的一系列关于经济建设的文章，以及在汀州养病期间所做的社会调查并提出的决策，就是对当时"左"倾经济政策的有力纠正。

三进才溪

才溪，是个美丽的地方。如今，已经成为全国著名的 4A 级红色景区了。

四周有山，群山包围之中，有一片相对平坦的坝子。上才溪、下才溪等村落，就散落在那里。

如今的才溪，传统的民房老屋已经鲜见，走进村庄，一片片明丽的别墅群，洋溢着现代才溪的亮丽色彩。村前，有片宽阔的莲田，正是盛夏，荷叶亭亭，荷花盛开，让人不由得想起李白诗云："碧荷生幽泉，朝日艳且鲜。"莲荷的清奇脱俗，出淤泥而不染之风骨，历来为人们所称颂。莲田上面，是一幅每个字都有一人多高的大标语，红色，红得耀眼，上书：没有调查，没有发言权。

这是毛泽东的语录，也是才溪最具魅力和号召力的宣言。

出才溪村大道一侧，有片规模不小的风水林，松树、枫树、苦槠树、樟树等，一棵棵摩天而立，就像从千年风雨中走来的哲者，虽然年事已高，却依然是满头青丝，精神矍铄。一条鲜灵灵的河流——汀江河从长汀经连城流向这里再向南流去，清澈、明净，从风水林前流过。寂然无声，伫立水边，细细品去，孔老夫子"逝者如斯夫"的咏唱，悠然在心中回荡不息。

粉红色的光荣亭，静静地矗立在进才溪的路旁。

"光荣亭"三个字，是毛泽东亲自题写的，浪漫、隽秀、笔力雄劲、酣畅，令人心动！毛泽东一生只给两座亭子题过词，一个是他读书时就钟爱的长沙岳麓山的"爱晚亭"，还有一个便是上杭才溪的"光荣亭"了。

这是才溪人的殊荣。它铭记着毛泽东对才溪人民的脉脉深情。

这座"光荣亭"是重建的。

1933 年，福建省苏维埃政府为了表彰才溪人民的巨大贡献和光荣业绩，在才溪老圩坪上建造了光荣亭，并把刻有"我们是第一模范区"这块匾奖给才溪人民，用石碑竖立在亭的中间。红军长征后，国民党反动派勾结地方恶霸进行反攻倒算，疯狂复辟，苏区人民惨遭迫害与摧残，才溪"光荣亭"也被敌人毁坏了。但当地群众冒着生命危险，把省苏维埃奖给他们的那块光荣的石碑藏匿保存下来了。

1956年春，毛泽东到广州视察，当时中共中央办公厅机要局局长李质忠同志随同前往。

毛泽东知道李质忠是才溪人，当视察将要结束时，便问他要不要回才溪老家看看，李质忠把打算回老家看看的想法报告了毛泽东。毛泽东听了非常高兴地说："你回去告诉才溪区委的同志，来信收到了。你代我向才溪人民问好。才溪人民确实光荣啊！一个区百分之八十的青壮年男子上了前线，上千人为革命流血牺牲。光荣亭一定要重建好，'光荣亭'三个字我一定题。"

毛泽东说完后，便在工作人员备好的宣纸上挥笔写了"光荣亭"三个熠熠闪光的大字，并叮嘱李质忠同志带回给才溪老区人民。

在大革命时期，毛泽东曾经三次到才溪。他写的《才溪乡调查》一文，成为指导中国共产党领导革命人民取得胜利的光辉文献。

今天，我们循着毛泽东的足迹走进才溪，处处都可以感受到这段辉煌历史如大海波涛般激起的深沉回响。

毛泽东第一次进才溪是1930年6月。当时，毛泽东从赣南返回闽西，途经才溪到南阳主持召开红四军前委和闽西特委的联席会议（即著名的"南阳会议"）的时候，在才溪进行了一个星期的社会调查并指导才溪苏区的工作。

毛泽东此行的目的十分明确，就是探索如何建设巩固的具有先进性的革命根据地，然后通过总结才溪的典型经验，引导全党把工作的重心从城市转移到农村，开辟中国革命的新道路。

1929年12月的古田会议，解决了思想建党、政治建军的根本问题。此时的毛泽东，更加深刻地认识到建立巩固的农村革命根据地的重要性。

调查研究应有明确的目的性，这是毛泽东一贯的作风。毛泽东三下才溪进行全面的社会调查，目的是解决在当时的环境下，要不要建立农村革命根据地、能不能建立农村革命根据地、怎样建立农村革命根据地这一系列的重大问题。它是继《星星之火，可以燎原》一文之后，践行在农村建立根据地，以农村包围城市，最后夺取城市，实行全国胜利伟大战略的具体化。于是，毛泽东第一次进才溪时，出现了这样动人的场景：

在毛泽东进才溪之前，才溪苏区各方面工作都做得很出色。但对不少牵涉到思想、理论的大问题、大事情，才溪人还是不大清楚，对有些甚至是属于常识性的问题也还不太明白。

据才溪的革命老人回忆，毛泽东进才溪的第三天，在一次有区苏维埃代表、乡苏维埃干部、贫农雇农代表参加的座谈会上，一位朴实的乡苏维埃代表问毛泽东："听说你在昨天的调查会上说了根据地、革命道路的事，大家不懂其中的意思，敢问什么样的地才是根据地、怎么样的路才是革命道路？"

毛泽东听到后，笑了，和颜悦色地回答："这两个问题问得好，很重要！"

接着，毛泽东解释说："党领导穷人扎根闹革命的地方，工农大众支持红军打仗的后方基地，就叫革命根据地。"说完，又进一步启发大家："党要在农村建立许多许多的根据地，这些革命根据地连接起来，不就成了农村包围城市、武装夺取政权的革命道路了吗？"

经毛泽东这么一解释，在座的苏维埃代表明白了。

毛泽东总是用老百姓听得懂的通俗语言，讲述革命道理。他还说："像我们这次我和红军来到这里，你们敲锣打鼓欢迎我们，还送大米、猪肉、青菜慰问我们，我们可以住下来，可以开会，可以工作，就是因为才溪是党的根据地嘛！"

毛泽东的话说到才溪人的心里了，他的话音一落，大家立即热烈鼓掌！

在调查会上，毛泽东还围绕如何贯彻落实"组织革命战争，改善群众生活，是党的两大任务"，如何创造"第一等工作"等问题进行了深入浅出的阐述，谆谆教导才溪的广大干部，要"真心实意地为群众谋利益"。还引导人们："你光是拥护红军家属还不够，还要团结起来，在苏维埃政府的领导下组织起来，每个乡都有一个油盐、布匹、土特产收购合作社，对群众就方便，可以节省很多劳动力。这个合作社可以由群众自愿入股，一季度或半年民主结账一次，赚了钱，大家分红。"毛泽东联系实际的提议，得到才溪人民的热烈响应。

一边调查研究，一边根据实际情况，引导才溪的干部、群众明确革命道理，坚持走革命道路。毛泽东的第一次才溪之行，给才溪人民留下了深刻的印象，并极大地鼓舞并引导才溪人民去创造"第一等的工作"。

毛泽东这次到才溪，还深入不少老百姓家里了解真实的情况，听取他们的意见和建议。

一天，他到红军家属孔菊姑家访问，一进门，就亲切地问道："老人家，家里有多少人，日子过得好吗？"

孔菊姑回答："儿子当红军去了，媳妇在家，日子过得很好。"

陪同的乡干部告诉毛泽东："她的独生儿子孔宪章领头参加红军，而且还动员了30多名青壮年一起参加红军。"

毛泽东听了很高兴，连声地称赞："好！好！红军家属很光荣。"接着，毛泽东又问："苏维埃干部有没有到你们家帮助解决困难问题？"

孔菊姑回答说："有。区、乡干部经常来我家，问寒问暖，他们想问题想得很细，连柴米油盐、疾病都想到了，我连水都少挑，平常的生产，区、乡干部都会组织人照顾，帮助犁田、耙田、莳田，我们的干部确实很好。"

毛泽东听了，兴奋地说："好！这样就好。"

毛泽东到才溪进行的调查研究，不仅仅局限在人们一般所认为的了解情况的范畴内，而是伟大的革命实践。他的才溪之行，为将才溪建成巩固的先进革命根据地奠定了坚实的政治思想基础。他在调查研究过程中，精辟地阐述建立革命根据地的目标、任务，指明了前进的方向，而且点燃了才溪人民建设模范革命根据地的激情。正是因为有毛泽东的亲自指导，才溪苏区的政权建设、经济建设、扩大红军、教育文化等各个方面都走在全国苏区的前头，并成为建设革命根据地的典范！

毛泽东第二次到才溪是在 1932 年 6 月。

当时，他和朱德率领红军东路军攻打漳州取得大胜之后，在凯旋的途中特地到了才溪。当时的才溪，各个方面都取得显著的成绩，毛泽东听取了汇报之后，很是振奋。他就如何把经济建设推向高潮，为支援红军和改善群众生活做出更大贡献等问题发表了重要讲话。在区、乡干部会议上，特别指出，要大力发展合作社事业，真心实意为群众谋利益。此时的才溪，大批青壮年参加红军去了，生产的担子落在广大的妇女身上，毛泽东尤其关心她们，特别强调广大妇女要组织起来学文化，要学会干各种农活，学会当家管家。这次时间虽短，但毛泽东的教导和鼓舞，对才溪各方面的工作同样发挥了重大的推动作用。

毛泽东第三次到才溪，是在 1933 年 11 月。

当时，出任中华苏维埃共和国临时中央政府主席的毛泽东，正为全国第二次苏维埃代表大会的召开做筹备工作，他是为了总结才溪的成功建设革命根据地的丰富而宝贵的经验，而专程到才溪的。因此，毛泽东这次到才溪进行调查研究，不但对才溪苏区的建设进行了一系列的指导，而且在掌握大量材料的基础上，用马克思主义的立场、观点、方法进行科学的分析和总结。毛泽东这次到才溪进行调查研究，采取分类别进行的专题方式，集中对才溪在三个方面所取得的具有典范意义的突出成绩进行深入的调研。

首先，是政权建设。在《才溪乡调查》一文中，有一段这样的话：

村的代表主任制度及代表与居民发生固定关系的办法，是苏维埃组织与领导方面的一大进步。才溪乡，是同长冈、石水等乡一样，收得很大效果的。乡的中心在村，故村的组织与领导成为极应注意的问题。将乡的全境划分为若干村，依靠民众自己的乡苏代表及村的委员会与民众团体在村中的坚强领导，使全村民众像网一样组织于苏维埃之下，去执行苏维埃的一切工作任务，这是苏维埃制度优胜于历史上一切政治制度最明显的一个地方。长冈、才溪、石水等乡的办法，应该推行到全苏区去。

毛泽东这里所说的是才溪政权建设中组织建设、制度建设方面的创新。此外，还有不少独特的创造。才溪是传统的著名建筑之乡，有大批的建筑工人，如何发挥工人的作用、妇女的作用，如何优待红军家属等，并把这些工作和政权建设连在一起，也是创造的主要内容。

创新，是毛泽东在《才溪乡调查》的一大亮点。

其次，是扩大红军。毛泽东通过详细的调查，在《才溪乡调查》中列举了准确的数据："上才溪全部青壮年男子（十六岁至五十五岁）五百五十四人，出外当红军、做工作的四百八十五人，占百分之八十八。下才溪全部青壮年七百六十五人，出外当红军、做工作的五百三十三人，也占百分之七十。这样大数量地扩大红军，如果不从经济上、生产上去彻底解决问题，是决然办不到的。"

取得如此之大的扩大红军的惊人成绩，原因何在？毛泽东一语中的："只有拿经济上的动员配合着政治上的动员，才能造成扩大红军的热潮，达到如像长冈乡、才溪乡一样的成绩。"

最后，就是经济建设了。用今天的话来说，就是如何转变经济发展方式，在大批青壮年参加红军的情况下，依然能够保持经济的发展，奥秘在哪里？毛泽东在文章中科学地回答了这个问题。

毛泽东三下才溪，写出了《才溪乡调查》，他在 1934 年 1 月召开的"二苏大"会上，将《乡苏工作的模范（二）——才溪乡》（即《才溪乡调查》）作为大会文件发给到会的代表学习，号召全国苏区的几千个乡向才溪学习。这是才溪，也是闽西和福建的光荣和骄傲。

"没有调查，没有发言权。"毛泽东实事求是思想路线的经典之言，不仅是毛泽东思想的重要内容，也成为指导全党脚踏实地、不断前进的指路明灯。

"十月怀胎"和"一朝分娩"

这是毛泽东在才溪留下的一段佳话：

才溪有个溪西村。毛泽东在该村进行调查时，村里的陈美兰大妈对毛泽东说，她家在暴动胜利以后分到了三间平房，不幸被火烧掉了两间，全家五口，她和老伴体弱多病，守寡的儿媳带着两个儿子，家中劳力少，生活本来就困难，现在又遇到火灾，不知如何是好。

毛泽东听了，安慰大妈说："天无绝人之路，我找乡政府帮助你解决困难。"

当夜，毛泽东就召集才溪区委、区苏和乡干部开会。提出帮助解决陈大妈因为遭受火灾遇到的生活难题。但到会的干部都面露难色，认为乡苏无力解决。

毛泽东语重心长地对干部们说："组织革命战争，改善群众生活，是党的两大任务，大家要努力完成好。"接着，毛泽东耐心地启发大家："在碰到困难的时候，干部要找群众商量，人多智慧广，团结有力量，能不能开展一个村帮村、邻帮邻，一村帮一户、百人帮一人的互助活动呢？"大家听后，茅塞顿开，你一言、我一语，就把办法想出来了。

第二天，在乡苏干部的带动下，村里的群众主动献工献料帮助陈大妈修房子，毛泽东也亲自到了现场。

陈大妈捧着热茶恭恭敬敬地献给毛泽东，说："同志，红军是天兵天将，是专替穷人消灾灭祸的。"

毛泽东笑着说："大妈，红军是穷人的子弟兵，只要天下穷人一条心，什么困难也不怕！"

半个月后，陈大妈的房子就修好了。乔迁那一天，她特地按照闽西客家人的习惯，打了一臼的糍粑，要献给毛泽东表示谢意。

乡干部告诉她，毛泽东早就离开才溪了。她怅然若失，端着糍粑，喃喃地说道："大好人，你什么时候再回到我们的身边？"

此事之后，才溪的各级干部都把毛泽东嘱咐的要完成"两大任务"，记在心头并落实在具体行动中。

这则佳话告诉人们，毛泽东不仅在调查中发现了陈大妈的困难情况，而且非常负责任地出主意帮助她解决了这个难题。

对于调查研究，毛泽东早在1930年5月的《反对本本主义》中就指出："调查就像'十月怀胎'，而解决问题就像'一朝分娩'，调查就是解决问题。"这是非常精辟的见解，形象地说明了调查研究是发现问题、解决问题、破解矛盾的必由之路。

其实，按照词义的内容分析，调查研究，一是调查，了解真正的实际情况；二是要进行认真的研究，发现其中的问题，进行认真分析，分析产生的原因以及各个方面的关系，寻找科学的解决办法，并付诸实践，解决这些问题。用今天的话来说，就是人们常说的问题导向。

因此，问题，是调查研究过程中最值得倾注全力的核心！这正是毛泽东思想在闽西这片红土地上孕育并催生的。

从这个视角看，毛泽东的《才溪乡调查》，是为人们提供并让人回味无穷的典范。

还有，当年才溪乡百分之八十八的青壮年参加红军，也就是说，强壮的劳动力绝大部分都跟着红军走了，作为以农业劳动为主的农民家庭，由谁来耕田？他们的家庭怎么办？毛泽东在这篇文章中这样解答：

因此，耕种主要依靠于女子。上才溪今年能用牛的约三百人，能莳田的六十多人。暴动前的这三百人中，只有十分之一即约三十人能用牛。数年来的努力，得此成绩。

大批的男劳力去当红军，妇女顶上去了，不是"半边天"，而是承担起农村和家庭全部的劳动。

战争锻炼了人民、教育了人民，也动员了广大客家妇女，破除家庭和农事妇女一般不做主的旧俗，使她们成为农村生产生活的主力军。

此外，毛泽东还指出，除了女子，"老同志"（即农村中的老人）精神也很好，连儿童都主动积极参加力所能及的生产了。

解决劳动力不足的难题的另一个法宝，就是通过劳动合作社与耕田队，进行调剂互助。对这方面的内容，毛泽东的调查阐述得非常详细：

调剂劳动力的主要方法，是劳动合作社与耕田队，其任务是帮助红属与群众互助。

帮助带饭包（不带菜），带农具，莳田割禾也是这样。

群众互助：议定每天工钱二毛，男女一样，紧时平时一样，一九三〇年起就这样做。工钱，红属帮助红属，每天一毛半；红属帮助群众，每天二毛；群众帮助红属，不要工钱。

劳动合作社统筹全局，乡的劳动合作社委员五人。主任筹划一乡。四村每村一个委员，筹划一村。要请工的，必经村委员，不能私请，否则混乱了劳动力的调剂。工钱，"雇""佣"双方自理，不经委员。

如此详尽的阐述，展现了毛泽东调查中极端认真、严谨的精神。

这样的调查，的确富有特别大的说服力，并具有借鉴的榜样作用。

正是采取了这一系列的措施，才溪乡不但解决了劳动力不足的问题，还完全改善了群众的生活。对群众生活改善之后的具体情况，包括吃饭、穿衣，甚至贫雇农每年可以吃多少肉都调查得一清二楚，毛泽东在文中这样兴奋地写道：

米：暴动前，贫雇农平均每年只有三个月吃米饭，其余九个月均是吃杂粮，青黄不接的时候要吃"羊蹄子"，更有吃糠的。现在，有了六个月的米饭吃，配合六个月的杂粮，一年就够了，本地产米本来很少，故还需要一半依靠杂粮，现在杂粮生产也比以前多了。以每餐说，暴动前不能吃饱，现在能吃饱了。并且自己吃外，还可以卖给红军，完土地税，买公债票和兑换油盐。总之，吃饭改善了百分之一百（三个月的米饭与六个月的米饭相比）。

肉：暴动前贫农雇农平均每年吃肉一元（大洋），现在为二元，增加了百分之一百。暴动前百家只有六十家养猪，现在有九十五家养猪。

衣：暴动前平均每人每两年才能做一套衫裤，暴动后平均每人每年能做一套半，增加了百分之二百。

铁的事实证明，扩大红军带来的困难，是完全可以解决的，关键是党要制定正确的政策，充分地相信群众、发动群众、组织群众发展生产，所有困难不但迎刃而解，而且开辟了焕然一新让人欣喜的崭新局面，给人民群众创造了幸福生活。

社会的发展，国家的建设，如果仅仅停留在客观事实的层面上，是远远不够的。毛泽东对此从思想和理论上进一步进行分析：

这种经济战线上的成绩兴奋了整个群众，使广大群众为了保卫苏区而手执武器上前线去，全无家庭后顾之忧。

只有拿经济上的动员配合政治上的动员，才能造成扩大红军的高潮，达到如像长冈乡、才溪乡一样的成绩。

我们重复地说，只有经济建设配合了政治动员，才能造成扩大红军更高的热潮，推动广大群众上前线去。才溪乡在青壮年成群地出去当红军、做工作之后，生产超过了暴动前的百分之十。荒田开尽，进到开山，没有一片可耕的土地没有种植，群众生活有了很大的改良。

至此，我们发现：毛泽东以才溪乡大批青壮年出去当红军，如何解决劳动力严重不足的难题为中心，把扩大红军、发展生产、繁荣经济、改善群众生活等元素有机地联系起来，并进行令人信服的分析、研究，从而得出正确的结论，使毛泽东思想的形成得以丰富。

什么叫作"十月怀胎"？毛泽东做了很好的示范，那就是沉下身子，放下架子，全心全意地深入到群众之中，抱着为他们服务的初心和向群众学习的谦逊态度，要不辞辛苦、不怕劳碌，而不是走马观花、蜻蜓点水、浮光掠影地走过场。毛泽东三下才溪，他的《才溪乡调查》一文就是这样写出来的。毛泽东这个比喻太形象了，而且具有厚重的深意。

调查研究是手段，主要是摸清实际情况，"一朝分娩"即解决问题才是目的。因此，毛泽东的调查研究有个显著的特点，那就是始终为了科学地解决革命道路或过程中所遇到的根本的、关键的、重大问题而进行的。《才溪乡调查》所提供的如何在农村建设巩固的、先进的革命根据地的方法、经验，的确是个经典性的范例。

当时，不少人尤其是那些脱离实际的"左"倾机会主义者，他们往往把扩大红军和经济建设对立起来，把革命战争和根据地建设对立起来，毛泽东用《才溪乡调查》做了最为有力的回答。事实胜于雄辩，才溪乡的经验，为全国苏区的建设树立了光辉的旗帜和榜样。

毛泽东的这个方法，用今天人们熟知的语言解读，就是通过解剖一个"麻雀"即树立一个典型进行引路。

才溪乡之所以成为"全苏区第一个光荣的模范"，和毛泽东的亲自指导是紧紧相连的。通过调查研究，解决共产党领导的中国革命中重大问题或难题，是毛泽东一生的重大贡献。

上杭幸运！才溪幸运！

1929 年 12 月，毛泽东亲自主持召开具有重大历史意义的古田会议，通过了被誉为第一个建党建军纲领的《古田会议决议》，确定了思想建党、政治建军的路线和方向。而《才溪乡调查》则就如何建设农村革命根据地的问题，树立了又一座丰碑。如果从当初的时代背景来看，更能够清晰地看到，毛泽东的调查研究，从最初对中国农村、农民实际状况的深入调查开始，认清了农民问题是取得革命胜利的核心问题，进而把马克思主义与中国实际相结合，找到了一条农村包围城市、武装夺取政权的正确道路。与之形成鲜明对照的，是我党一些早期领导人看不起调查研究，奉行教条主义、本本主义，不从中国实际出发，照搬照抄苏联经验，导致第一次国内革命战争、第五次反"围剿"的惨痛失败。正反两方面的经验表明，正确的方针政策来源于深入的调查研究。

因此，从一定意义上来说，毛泽东的思想同样源于调查研究。

当然，调查研究不仅仅是方法问题，它还是毛泽东充分运用马克思主义的辩证唯物论和中国实际相结合的产物，是毛泽东的伟大创造。在长期的实践中，毛泽东还十分注意调查研究的方法。他一生极为重视方法问题，曾经说过："我们不但要提出任务，而且要解决完成任务的方法问题。我们的任务是过河，但是没有桥或没有船就不能过。不解决桥或船的问题，过河就是一句空话。不解决方法问题，任务也只是瞎说一顿。"

在长期实践中，毛泽东同志积累总结了一套行之有效的社会调查方法，如召开调查会、组织典型调查和开展试点实验等。

有一个值得特别注意的细节：毛泽东每次开调查会，人数不多，往往分类别进行，有利于充分听取被调查人的发言，而且在调查会上，总是一边亲自做记录，一边发问，在调查期间，还和参会的人员进行讨论，平等地交换意见和看法。因此，每次开座谈会、调查会，毛泽东总是真正听到与会者的心声，得到最为重要和详尽的第一手材料，原因就在于此。

毛泽东不愧是我党调查研究理论的创造者和勤奋的践行者。毛泽东早期留下的大量详尽的调查笔录和他自己整理的调查报告，是我们党的一笔巨大的财富。

毛泽东留下的这些调查报告，长的达几万字，短的不足 2000 字。他写的《寻乌调查》，就有 8 万多字。也就是在做寻乌调查期间，毛泽东于 1930 年 5 月从理论上总结了调查研究与马克思主义世界观和方法论之间不可分割的关系，写下了《调查工作》一文，提出了许多重要的理论观点，其中最著名的是"没有调查，没有发言权""一切结论产生于调查情况的末尾，而不在它的先头"等论断。

毛泽东还特别强调了"离开实际调查就要产生唯心的阶级估量和唯心的工作指导"等马克思主义观点，指明了只有调查研究才能产生马克思主义世界观的道理，明确提出了马克思主义理论必须同中国实际情况相结合的途径。1931 年 4 月，他又在起草一份关于调查工作的通知时提出两个响亮的口号："一、不做调查没有发言权。二、不做正确的调查同样没有发言权。"这一时期，随着调查研究的深入，以一切从实际出发、实事求是为精髓的毛泽东思想也开始有了雏形和基础，中国共产党人调查研究的理论和实践也开辟出正确途径。

"洞前对"

上杭，苏家坡，圳背岩。

苏家坡，位于古田镇与新罗区大池镇交界处的大山深处。这里，闽西人称"吊崇岩"，是闽西乡村传统上粉刷土墙的"石灰"产地。群山耸立。

这里，山势陡峭。放眼望去，漫山都是莽莽苍苍的树林。大山深处的山窝子里，有以畲族村民为主的村落，不大，横亘在山下。村前的田，总共只有 20 多亩。有荷塘。鹅卵石铺成的道路，青灰色，也不知是哪个年月留下来的。岁月无痕。无数人踩过的脚印，更是了无痕迹。细看，落寞之情油然而生。古诗云："南北东西去，苍茫万古尘。"

人们或许没有想到，毛泽东因红四军党的"七大"落选后到地方协助指导工作，曾两次来到苏家坡生活了 40 多天。第一次，是 1929年 7 月 29 日红四军前委在蛟洋召开紧急会议后，毛泽东因患严重的疟疾，在中共闽西特委的安排下，化名"杨先生"转移到苏家坡养病。第二次，是 1929 年 10 月，久病初愈的毛泽东辗转到上杭城，后因局势变化，于 10 月 21 日晚至次日凌晨，撤离上杭城，前往苏家坡继续休养。

当时，毛泽东化名"杨子任"，和贺子珍一起，晚上就悄然住在村中的树槐堂二楼右侧的小房间里。树槐堂的主人雷进坤，是参加过张献忠农民起义后回乡隐居的当地人的后代。当时的闽西特委机关，就设在这里。离树槐堂不到百米的鸿玉堂，是闽西特委机关举办的干部培训学校。

毛泽东来到这里时，为了安全，闽西特委派人从蛟洋顺着山间小道，沿着黄潭河的支流"圳背溪"将他送到这偏僻又安静的苏家坡村。白天，毛泽东在苏家坡村后的圳背岩小岩洞里，以饱满的革命乐观主义精神，为闽西革命根据地建设、地方党组织发展，探索红四军建党建军、中国革命的道路问题辛勤工作着。

傍晚太阳下山后，毛泽东就沿着这条小路回到村里，开展调查研究、指导闽西特委的工作。晚上，在鸿玉堂亲自为民众上课。

2000 年后，苏家坡时年百岁高龄的当地村民雷耀庚回忆：那时，毛泽东经常在早饭后带着书和文房四宝，独自来洞中读书。除了看书外，毛泽东时常会站在洞口，眺望远方陷入沉思，站在那里，久久不动。

圳背岩的小岩洞，在崎岖的半山腰。这是个石灰岩溶洞，有条曲曲折折的小径可通洞口。洞里空间不小，中间有块凸起的比较平坦的长条石，可坐，还可躺。进洞后，假如遇到特殊情况，还可顺着这小岩洞再沿着陡峭的洞壁往上爬过七八米，就到了洞的顶部，上面有一小片平展的岩石，可以平躺三两个人呢。

站在洞前一看，山脚下从梅花山脉流下的溪流，经古田镇流经这里的圳背溪，清冽、碧绿如蓝，没有波澜，静静的，就像守候在那里等待着他的到来。溪边，夹岸是浓绿的水柳，虽没有婀娜的身姿，却如一团团浓得化不开的云彩，停留在溪畔。他是红军领袖，曾横刀立马，驰骋血雨飘飞的战场。

而今，因为特殊原因，暂时远离战地，而隐蔽在这里。他还是诗人，漫步之间，对这个溶洞发生了兴趣。于是，选择此洞作为他读书和养病的地方。

而今，洞前的崖壁上，"主席洞"三个红漆大字赫然在目，引来无数的游客，纷纷到这里寻访当年毛泽东的旧迹，穿越岁月，拜谒这位伟人的丰功伟绩。遥想当年，一段似乎被人们忘却的"洞前对"，便浮现在眼前了。

应当感谢辛勤的党史专家，钩沉远去的烟海，打捞起这段佳话。

那是1929年10月21日晚，时任闽西特委书记的邓子恢又一次来到这里，他是毛泽东的常客、战友。他们的关系非同寻常，邓子恢十分敬重毛泽东，此时的毛泽东身处逆境，身体又不好，邓子恢尽全力进行照顾，除了保证毛泽东的安全，还在生活和医疗等方面竭尽全力。毛泽东也深深了解和感谢邓子恢。这一天，天气很好，天上的月亮朗照着，万籁俱寂。毛泽东的身体经过邓子恢安排的医生的治疗，也有了好转。两个人漫步在圳背岩前的小径上，毛泽东突然问邓子恢：“作为一个领导者，他的责任是什么？”

邓子恢是闽西暴动的领导人，又肩负着重要的职务，但对毛泽东提出的这个问题，却不知如何回答为好。

毛泽东看出他的为难，接着说道：“依我看，领导者不应有什么特殊性，领导者的任务就是当群众的‘传达员’。”

话音刚落，觉得意犹未尽，毛泽东又接着说道：“当好传达员也不容易，必须把大多数群众的意见和要求，及时反映到党和政权的机关里去，然后加以总结、分析，做出相应的决定，并将决定传达到群众中贯彻执行。”

后来，当地人民将毛泽东与邓子恢在苏家坡圳背岩溶洞前的历史性对话，称为“洞前对”。

毛泽东当时说的，就是他后来多次强调的“从群众中来，到群众中去”的思想方法，也是他高度重视的调查研究必须遵循的群众路线。

邓子恢深感毛泽东在“洞前对”中的论述的重要性，立即在闽西特委会议郑重地进行了传达，并将这一精神以《特委通告第十四号》的文件形式下发到闽西各级的党政部门，教育领导干部应当认真贯彻群众路线，并树立立足群众、求真务实的工作作风。

毛泽东在调查中还了解到，当时苏区虽然实行了土地改革，农民可以在祖祖辈辈渴望的自己土地上耕种、收获，但是不是就没有问题了呢？

一天，毛泽东走进当地贫农雷选如的家里，了解农民的实际情况。这位农民告诉毛泽东，今年的粮食虽然获得了丰收，但价格并不好，出现了粮食价格大幅度下跌的情况，富农乘机低价收购粮食，囤积起来，待以后粮食缺乏时抬高粮价出售。这就是“谷贱伤农”的情况。

毛泽东得知这一情况，立即告诉邓子恢，这是闽西苏区普遍存在的问题。经过商量，决定以苏维埃政府的名义成立粮食调剂局，以信用社和闽西工农银行的资金作为支撑，在丰收时节，将农民卖不出去的谷子按照正常价格收购进来，调剂到其他缺粮的地方，或者暂时囤积起来，待以后再出售。对待富农收购粮食，实行限价政策，保护了农民的利益，杜绝了奸商剥削农民的道路。闽西苏区始终关注和保护"三农"——即农村、农业、农民——所取得的成就，是毛泽东倡导的群众路线结出的硕果。

《古田会议决议》的第八部分有专门一节《优待伤病兵问题》，一般人看到或许会觉得有点不解，此事为什么会写进庄重的《决议案》呢？从中可以引出毛泽东亲自进行调查研究的一段历史：

苏家坡和蛟洋隔着一座山。那是傅柏翠先生苦心经营的地方，也是闽西暴动的地点之一。那里有所红军医院，毛泽东亲自到那里去看望红军伤病员，嘘寒问暖，十分关心他们的生活。毛泽东对这所红军医院进行了认真的调查研究，总结他们的经验，也发现了一些问题。因此，在古田会议上，特别把优待伤病兵问题写进《决议案》，一是引起党和红军的高度重视，二是展现党和红军对这些光荣负伤的红军指战员的一片关爱的拳拳之心。

对待群众，毛泽东有一句深情的话："群众是真正的英雄，而我们自己往往是幼稚可笑的。"因此，每到一个地方，和群众打成一片，并且召开各种类型的群众座谈会、调查会，已经成为毛泽东长期养成的习惯和作风了。究其原因，在《古田会议决议》中，毛泽东说了这样的话：

> 离开了对群众的宣传、组织、武装和建设革命政权等目标，就是失去了打仗的意义，也就是失去了红军存在的意义。

此话的意义告诉人们，一切为了群众，为天下的穷苦大众得解放，一切从群众的利益出发，用一句最为通俗也最为贴切的话语来表达，共产党人的宗旨就是"为人民服务"这五个大字。正因为怀着这样的情怀和胸襟，毛泽东在调查研究的实践中，始终把"群众"二字，牢牢地镌刻在心上。

土地问题，是紧紧联系着群众利益乃至生存的重大问题。

如何解决土地问题？闽西苏区解决这一重大问题的过程，也是贯彻毛泽东所倡导的必须深入群众、争取群众、走群众路线的过程。

正是因为有毛泽东坐镇闽西，时常对邓子恢言传身教，闽西苏区领导的思路十分清晰。闽西苏区的根本是什么？读 1929 年 11 月 5 日《中共闽西特委通告第十五号——中共闽西特委第一次扩大会关于土地问题的决议》，里面有一段这样的文字：

> 现在就整个中国的局面来说还是夺取群众的时代，而不是夺取政权的时代。

夺取群众，这就是根本。

如何夺取群众？"坚决领导广大贫苦农民彻底实行土地革命"是闽西伟大斗争的主要目标。深谙农民祖祖辈辈对土地强烈渴望的共产党人，心中明白，土地问题是土地革命最为根本的问题，要取得夺取群众这一大局的伟大胜利，用什么口号去令无数的群众尤其是广大劳苦农民趋之若鹜、毅然奋起跟共产党走呢？平分土地！这就是闽西特委在毛泽东的指导下召开的中共闽西第一次代表大会，实施的土地政纲产生无穷力量的奥秘。

抓住"牛鼻子"，土地就是夺取农民的"牛鼻子"！

能够在取得辉煌胜利的情况下，清醒地看到"平分土地"这一夺取了千千万万群众的措施应存在缺点，并及时采取应对的策略，更是不简单了。他们没有被胜利冲昏头脑，而是在看到喜人成就的同时，发现其中存在的问题，用辩证法来看，这是道道地地的科学二分法。

平分土地有哪些缺点呢？

因为是平均分配土地，只要不是地主、富农，包括小商人、知识分子，人人有份，结果是不会生产或没有劳动力的人们也分到了土地，只好雇人耕种，除了发点工钱，还有余润，无形中形成了新的剥削制度，这是很让人担忧的现象。因为是绝对的平均主义，会生产的农民却少分了土地，一些土地落到不会生产的人手里，不会生产的人家为了雇工付工钱，不得不贱卖粮食，造成米价下跌，而工业品的价格和工人用工价格急剧上升，出现"剪刀差"；而有生产能力的人家，因为分得的土地不够耕作，造成人力、物力的闲置，同样影响了生产力的发展。于是，相继出台了一系列的有关规定和政策。

根本的立足点，是广大的贫苦大众而且主要是农民。夺取群众，直率地说，就是夺取农民。正如这一文件中所说的："没收一切土地之实现证明了闽西贫农力量之伟大。"

根本的问题是政策要随着社会和时代的变化而变化。分完了土地的闽西，通过认真的调查研究，邓子恢主持的闽西特委发现，左右人们生活水平的根本是什么？"剪刀差"！

在解决迫在眉睫的"剪刀差"问题上，闽西特委和苏维埃政府采取组织起来大办合作社包括信用合作社和闽西工农银行的策略，立足点依然是群众，尤其是劳苦大众。细读 1929 年 12 月 5 日颁发的《中共闽西特委关于剪刀差问题演讲大纲》，人们可以鲜明地感受到当时共产党人的清晰思路，以及对群众尤其是农民的无比关爱之心。

这份文件是作为党内教育和对群众进行宣传用的，面对着日益严重并威胁到暴动之后取得政权的根据地生存和稳定的"剪刀差"问题，透过现象，怎么认识到这一问题的实质和危害呢？

文中首先明确指出："剪刀差"现象的流弊是变相剥削农民，使农民重陷困苦的境地，并会使农民丧失生产劳动的积极性，产生怠工的问题，直接减少生产。此外，"剪刀差"的现象持续下去，农民的购买力降低，市场冷落，工业缩小，工人失业，同样造成社会经济的恐慌。最终的恶果是共产党失去群众的信任，脱离苏维埃政权，这正是国民党反动派所想要达到的奢望。

解决"剪刀差"问题的根本，立足点依然还是农民以及工人。因此，解决的办法和思路，还是紧紧从服务农民和工人大众出发，在这份文件中，提出的办法就是救济处于困境中的农民以及工人。其中提出的九条措施，完全都是站在工农群众的视角进行布局安排的。

以民为本，是中国儒家思想的重要内容之一，共产党人的民本思想不仅继承了儒家思想的精华，而且有着全新的内容。它不是纯粹为了夺取政权、巩固政权的需要，而是出于共产党人的最高宗旨，那就是以人民群众得到解放并过上幸福生活为最终的奋斗目标。为了实现这一伟大目标，共产党领导的新民主主义革命，就是必须动员和组织全国的人民群众，推翻代表帝国主义、封建主义、官僚资本主义的三座大山，建立起人民真正当家做主的新中国。

因此，如果要论到真正的根本，就是发展苏区，壮大红军的力量，在军事上粉碎国民党反动派的疯狂"围剿"，把革命的熊熊烈火烧遍神州大地，用当时的语言叫赤化全国，实际上就是解放全中国。这是共产党人和苏维埃政权的长远目标，也是为之奋斗的根本，而要实现这一伟大的目标，关键在于动员群众、发动群众、组织群众，以形成排山倒海的力量。

调查研究，制定决策，本意就在这里。

当地的诗人李迎春写过一首诗《圳背岩洞的小路》，有一段很有味道：

一次不经意间的洞前交流
铸就一场经典佳话
时间凝固在 1929 年冬日的某个傍晚
关于"领导者的责任"
深思熟虑的伟人将它变成
影响深远的群众路线

从此思想的智慧照亮洞前的小路
走出一条胜利的康庄大道

"洞前对"，永恒。

第九章

人民万岁

发生在闽西永定牛牯扑的毛泽东脱险的真实故事，感人至深。

领袖与人民，血肉相依，患难与共。

伟人毛泽东的力量来自哪里？人民，千千万万普普通通的老百姓。毛泽东曾经发自内心地呼喊：人民万岁！

巍巍牛牯扑

永定，岐岭镇。

由 23 座大小山峰组成的金丰大山，面积 490 平方公里，处处重峦叠嶂、奇石累累、沟壑纵横。山溪、飞瀑、一眼望不到边的森林，绵延到天地交接的深处。主峰天子崀，海拔 1296 米。伫立此处，颇有"高处不胜寒"之感；放眼望去，群山依然连绵不绝。

位于这座刺破青天峰峦的半山坳，就是毛泽东曾经遇险的牛牯扑。

原来，毛泽东和贺子珍住在岐岭镇山下的陈添裕家里。陈添裕家是座小型的土楼，叫"华兴楼"，后来红军北上长征后，因毛泽东在这里住过，老屋被敌人烧毁了。而今，这里已经成为红色旅游胜地。华兴楼旧址，改建成一座毛泽东纪念亭。

这亭二层，砖木结构，白墙、乌瓦，落落大方，是个小小的纪念亭，里面陈列着金丰大山革命大事记。汽车可以开到此处，并在门前的广场上停下。从此徒步上山，攀登到毛泽东建在牛牯扑半山腰中的饶丰书房，脚力好的人走半个多小时，一般游客则要走一个小时以上。

路越走越窄越小。为了保持历史的原貌，大部分的山径都没有进行人工修整，典型的羊肠小道，弯弯曲曲，最险要的地方，只有一脚多宽，且斜挂在陡壁一般的山坡上。浓荫遮蔽的树下，没有草，而是硌脚的如谷粒般的碎石，一不小心，就可能滚下去。

当年的毛泽东怎么会选择这个地方呢？

毛泽东转移到牛牯扑之前，住在上杭苏家坡。闽西特委领导考虑到毛泽东的安全，安排当地的赤卫队员，陪同他从上杭溪口翻过茫茫金丰山脉上杭界内的"憷岽洋"，再经永定的虎岗、坎市、湖雷、抚市、岐岭、陈东和堂堡、合溪等地，一边养病一边进行社会调查。金丰大山的人民，以热情的情怀和大无畏的革命精神，为毛泽东治病、养病和指导中国革命做出了重大贡献。

从上杭溪口到永定，走的是一条崎岖陡峭的山路，离龙岩比较近，但是这一带国民党民团的活动猖獗，非常不安全。闽西特委领导长期活动在大山深处，了解生活在大山里的客家民众痛恨国民党和地方军阀，共产党人深入大山开展革命活动后，群众对革命的热情高涨，用客家人的忠诚和热情跟共产党闹革命，就派人将毛泽东转移到永定金丰这片茫茫大山深处的荷坳头张家方楼养病。

在闽西山村，毛泽东曾居住过的住处多达几十处。只可惜，经岁月的风霜，大多都成了残垣断壁。

毛泽东当时离开了红军的领导岗位，化名为"杨子任"在上杭永定一带养病，也兼做地方工作。这次毛泽东到达永定的途中，当地的赤卫队员用家用竹椅竹床扎成担架，将他送到上杭永定多个村庄。其中一处为永定抚市荷坳头张屋乡苏维埃主席张茂煌家。

荷坳头，深藏于金丰山脉的大山深处的仅几户人家的村庄，是抚市、湖雷、陈东的接合部，村民以做纸谋生，当年是国民党反动统治比较薄弱的地方。因此，是闽西特委的领导指导闽西革命活动的核心区域。

毛泽东被党组织秘密转移到这里居住了八九天。1929 年 8 月下旬，当地国民党民团嗅到"赤匪头子"藏在大山里的消息，决定进村搜捕。从永定湖雷嫁到荷坳头卢家的张细妹得知后，连夜密报。张茂煌、张茂春、张茂荣三兄弟连夜找来村里的赤卫队员一起用"竹床子"做担架，沿着后山羊肠小道般的山路，经陂子头、石岭村，艰难地把毛泽东安全护送到岐岭"青山下"自然村的"华兴楼"赤卫队员陈添裕的家里。

之后，党组织安排张茂煌和两个弟弟跟随部队转战在金丰大山里。

第二天，当地的国民党的头子卢九连果真带民团进村搜捕，罪恶的国民党民团欲将张茂煌的两个弟弟也一并诛灭。在搜捕未果之后，便将他的弟媳妇阮唐嬷抓到乡公所进行严刑拷打。阮唐嬷，是永定地下党领导人、最早的我党金融家阮山烈士的堂妹。她被抓捕关押四十多天，受尽了酷刑。国民党仍旧未能从她的口中获得任何情报，不得不把她释放。

1932 年年初，我党内受"左"倾错误的领导，国民党地方势力对隐藏在金丰大山里的闽西特委领导和革命群众进行剿杀，扬言要彻底地剿灭共产党。闽西特委在金丰大山的天子崀下转移时，张茂煌为了掩护战友，不幸被捕。

永定国民党民团得知抓到了两年前转移"赤匪头目"毛泽东的关键人物，现在他又是苏维埃的领导，当即将他五花大绑后进行严刑拷打，要他招供。

但张茂煌死不招供，残忍的国民党民团在天子崀把他杀害后，将头砍下挂在陈东墟示众，并扬言不让收尸。后经地下党组织秘密让人收买民团头目，荷坳头的群众才将张茂煌的尸体掩埋。

接着，荷坳头因毛泽东曾居住于此，驻扎在永定陈东的国民党地方民团，便组织永定和大埔的国民党军队曾六次对这里实行惨无人道的烧光、杀光、抢光和移民并村等残忍手段，将村里所有的房屋烧毁。张家的四方楼和全村一样，被全部烧废，人民群众的生命财产遭受到严重的摧残。

但是，荷坳头人民始终冒着生命危险支持和保护在这一带活动的红军组织，坚持为山上的红军游击队送医送药送情报。

后来，张茂煌的两个弟弟也为中国革命流尽了最后一滴血。中华人民共和国成立之初，由政府拨钱重建张家方楼，时任中共福建省委书记的张鼎丞批准将其命名为"泽东楼"。如今，这幢楼仍然屹立在金丰大山深处，向人们诉说着在中国革命的血雨腥风中，人民与领袖的血肉深情。

毛泽东是个闲不住的人。他被转移到永定各地后，身体稍微好一点的时候，会到村子里和周围的村庄走一走，经常和农民交谈。在青山下牛牯扑，负责保护毛泽东安全的闽西特委负责人邓子恢同志等觉得住在村子里还是不大安全，征得毛泽东的同意，干脆在牛牯扑的深山老林深处找个地方，给他盖了座竹寮。

这座竹寮，是按客家人盖竹寮的传统习惯，在山间主要用竹子和几根木头搭建起来的，有门、窗、床，还有一张简易的桌子，房间大约有十平方米。屋顶是将整根竹子一剖两半，去掉竹节，一正一反相扣镶接起来的。离"饶丰书房"十来米的下方，有一座比较小的一点的竹寮，格局一样，那是警卫员住的。在竹寮再往上攀登一二十米的原始森林中，凸立着一方巨大的岩石，警卫人员在这里还设立了瞭望哨，以确保毛泽东的安全。

毛泽东来到这里，很高兴，请人找来一块木板，亲笔书下"饶丰书房"四个字，悬挂在门口。

毛泽东在这里住了28天。经常接见邓子恢、张鼎丞、阮山、卢肇西、陈正、卢其中等同志，和他们交谈如何贯彻落实闽西"一大"的精神以及建立闽西革命根据地等问题。还先后到石岭、河凹头、牛牯扑、雨顶坪、下山、彭坑、白腊坑等地方走村串户，深入群众，进行调查研究。

毛泽东在这座竹寮里，阅读由交通员送来的各地战报、文件，始终坚持写作。不少革命家都曾回忆，这段时期，毛泽东经常在伏案写材料。据人们研究分析，毛泽东的《反对本本主义》以及后来的《关于纠正党内的错误思想》等文章，很有可能是在这里酝酿、修改、润色的。

毛泽东在闽西住过的故居有数十处之多。这座简陋至极的竹寮，是条件最艰苦的。在那艰难的岁月中，它像茫茫林海中一张小小的帆，漂过风雨如晦的岁月；更像是毛泽东这位伟人一生中的一个驿站，留下了惊心动魄的传奇故事。

当时毛泽东化了名，一般人不知道他是声名如雷贯耳的毛泽东。但是，他的行踪还是被狡猾的敌人发现了。

当时，毛泽东居住的岐岭乡有个地主，名叫张克识，红军来了以后，他的土地被分给农民了，他对红军恨之入骨，但伪装得老实。他在牛牯扑一带转悠时，遇上了杨先生，觉得杨先生气宇轩昂，身边还有随从人员，觉得来头不小，便向国民党本县民团团总林蔚民告密。林蔚民大喜，一面与下洋民团头子胡道南商议，一面向相隔不远的国民党广东大埔县县长梁若谷告发。

9月17日，胡道南、林蔚民纠集13个乡的民团，配合国民党广东大埔县保安团，共700余人，兵分两路杀向金丰大山进行"围剿"。

这是个经过精心策划的罪恶计划，目标就是妄图抓住毛泽东。

敌情发生得实在是太突然了。当时毛泽东身边除了几位警卫人员，没有什么武装，在附近活动的只有粟裕带的红军一纵的一个连队和地方赤卫队，他们一边拼尽全力阻击敌人，一边组织转移毛泽东。

敌众我寡，粟裕带领的队伍只好且战且退。金丰大山深处，枪声越来越近，疯狂的敌人正从四面八方向牛牯扑涌来。

形势十分危急。

按照组织的安排，陈添裕带着陈奎裕、陈荣裕、陈万裕等赤卫队队员一路飞奔，出现在毛泽东居住的饶丰书房门前，他们喊道："杨先生，有情况，赶快转移！"

久经战阵，毛泽东此时还在竹寮中沉着地看书，怀有身孕的贺子珍，挺着个大肚子，守在他的身旁。得知敌情如此严重，他们立即随赤卫队员迅速离开竹寮。陈添裕便让两名赤卫队员架着贺子珍边走边跑，自己则和另一位赤卫队员想架着正身患严重疟疾的毛泽东跑。

毛泽东身体虚弱，还没走两步就累得气喘吁吁，出了一身冷汗，甚至双腿发软，迈不动步子。

还没等毛泽东停下来喘一口气，不远处的枪声越来越近，陈添裕心急如焚，此时不仅没有担架，这生满了灌木荆棘的崎岖山路也不好行动。情急之下，陈添裕一把扶起毛泽东，说："来，杨先生，我背着你走！"

毛泽东见状，连忙说："这使不得，我快点走就是了。"

陈添裕急了，说道："哎呀，杨先生，你就不要客气了，敌人就要追过来了，逃命要紧！"

说完，不等毛泽东争辩，他便俯身将毛泽东一下背了起来，向前猛冲。

陈添裕从小在牛牯扑山里转，放牛、砍柴、采蘑菇、摘野果，对这一带的地形和地势非常熟悉。为了避免与敌人遭遇，他背着毛泽东从竹寮下的"警卫室"往右侧横穿过去，便向那天子嶂下更深更密的雨顶坪深处跑去。一般的外人，难以在这山林里看出这大山里的小路，更难辨清方向。

几个赤卫队员为了迷惑敌人，穿着草鞋在密林深处快速奔跑，几个人还故意分开着跑，不让那陡峭的山路留下脚印，以迷惑跟踪而来的敌人。

陈添裕虽然年轻力壮，但背起一米八三身高的毛泽东，还是有一些吃力，一会儿就累得呼呼喘气。毛泽东见状，几次要求下来自己走，但陈添裕就当没听见，硬是咬着牙，继续背着毛泽东艰难又快速地往前冲。

几百号敌人气喘吁吁地进入牛牯扑的大山里，就晕头转向，分不清南北了，一无所获，只好撤退。

就这样，陈添裕背着毛泽东整整跑了五公里的山路，才终于到达目的地——雨顶坪村。陈添裕心里的一块石头终于落地，他小心翼翼地放下了毛泽东，贺子珍也到了这里。

陈添裕放下背着的毛泽东，累得倒在地上直喘大气。

枪声远去。毛泽东躲过这场大劫！

毛泽东非常感激冒着生命危险救了他的赤卫队员，感动地说："这一路多亏了陈添裕同志啊！"

贺子珍拿出三块大洋对赤卫队员们表示感谢。但大家都婉言拒绝了。见这些朴实的农民不要大洋，毛泽东心里总觉得过意不去，他们临走时，毛泽东郑重地写下了一张欠三元钱的欠条，交给了陈添裕："欠条你拿着，等革命胜利了来找我，这张欠条就是你的通行证。"

陈添裕拿过欠条，和毛泽东告别，与同伴们一起回家去。转眼，中华人民共和国成立，二十多年过去了，这张欠条早已不知去向，但是毛泽东却牢牢地记住了牛牯扑这个地名以及救他一命的农民陈添裕等人的名字。

说来颇有点戏剧色彩：1953 年国庆节前夕，毛泽东点名邀请他赴京参加国庆观礼。可是，由于非常特殊的原因，他的堂弟陈奎裕代他上北京观礼（在毛泽东居住过的旧址留影）。

毛泽东一见陈奎裕，大笑，说道："你不是背过我的陈添裕，你是看茶桶的。"

原来，陈添裕个子高，和毛泽东相似，而陈奎裕个子矮，即使勉强背起毛泽东，毛泽东的脚还没有办法离地呢！

陈添裕的后人，家住下山村十一组四号，这里原名叫霞山村。陈添裕于 83 岁去世，生有三男二女。据他的儿子陈庚生介绍，陈添裕做纸，毛泽东住在他家的时候，往往白天在家里，晚上就住在竹寮。

他父亲和毛泽东是"烟友",他上山时经常给毛泽东带烟、报纸。毛泽东身体不好,山涧里有野生"石鸡",当地人叫"石冻",是一种像大青蛙一样的动物,营养价值很高,他会去抓些来给毛泽东补补身体。毛泽东喜欢吃辣椒,就是炖鸡汤也放辣椒。他称毛泽东为"杨主任",客家话的发音"子"和"主"分不清,毛泽东的化名"杨子任"就变成"杨主任"了。

毛泽东脱险以后,恼羞成怒的敌人洗劫了这个村庄。国民党大搞"连坐法",陈添裕曾经被抓去坐牢,后来逃了出来。

中华人民共和国成立后,他曾救了毛泽东并被毛泽东请去参加国庆观礼的消息传开,他成了名人。但他始终老老实实地当个农民,享受的唯一一项待遇就是,凭政府发给的证件,出门乘车免费。但是,陈添裕一辈子并没出过几趟门,这证件也就没派上用场。

人们都这样动情地用歌声赞颂:毛泽东是人民的大救星。从毛泽东在牛牯扑脱险的经历看,长期以来,被无意疏忽或冷落了的历史的真实是:人民,胼手胝足一身土气的农民,却也曾经是毛泽东的救星。

领袖和人民,鱼水相依,生死与共。

巍巍牛牯扑,莫道默默无言,它是历史的见证。曾经发生在这里的这段传奇故事,不是生动地演绎着这一厚重如山的真理吗?

在闽西这片红土地上,还演绎着许多领袖与人民、将军与故土的感人故事。

战地黄花分外香

闽西上杭,汀江之畔的山城,宁静、明丽。南门古城墙边窄窄的沿江路,小店如织,江上的木浮桥早已被现代化的钢筋水泥大桥取代了。细看,江岸上低矮的老桥墩还在,经不起风雨剥蚀,已经变成苍黑色,是遗落在岁月深处不凋的标点吗?

上杭县城临江路 52 号，毛泽东当年住过的临江楼，倒是保留得很好。白墙，平顶，石砌藻饰的拱形廊檐，庄重，清雅，依然不减昔日"广福楼"纸栈的风采。楼前，一棵百年大榕树郁郁葱葱，撑起如云的华盖，日日夜夜俯瞰奔腾不息的碧绿江水，是独自呢喃，还是在默默地回首那飘然逝去的辉煌岁月呢？

这棵百年古榕，在 2017 年的"莫兰蒂"超级台风中，曾经被连根拔起，现在这棵是当年移植过来的老榕树，多年过去，已经枝繁叶茂，遍地浓荫，数人合围的树干，同样遒劲、雄奇，树下的毛泽东、朱德下棋的石桌、石凳以及镌刻着红字说明的石碑依旧，见证着一页不凋的峥嵘历史。

1977 年 1 月，著名作家何为先生的一篇《临江楼记》，令洛阳纸贵，小小的临江楼也饮誉海内外。前来拜谒的人群络绎不绝，几乎要把门槛踩破了哟！

如今，光顾这里的人虽然少了些，正如深沉浩瀚的大海，退潮以后，嶙峋、厚重的礁石，才露出了水面，如铸，如山，它们才是真正熟知大海秉性的中流砥柱。

毛泽东是在 1929 年 10 月 10 日到达上杭临江楼的。其时，他患的恶性疟疾还没有痊愈，身体十分虚弱。更让他不安的是，由于党内各种错误思想的严重泛滥，以及红四军领导高层内部的分歧，此时的他，处于逆境，经历了牛牯扑险象环生的遇险一幕，脱离险境，终于到达比较安全的地方了。

领袖也是人，也有喜怒哀乐，也会感到委屈、无奈、窝火，甚至大发脾气。

离开了红军的毛泽东，深深地为红四军的前途忧虑，也为自己的不幸处境感到孤独、不安、烦躁、痛苦。此时的毛泽东，是农民用竹椅改装的担架，从永定合溪石塘里的"师俭楼"抬到上杭临江楼的。

毛泽东住在二楼前厅的左厢房里。房间很小，但窗外便是滚滚滔滔、一碧如洗的汀江。解放了的山城，秋色无涯，小楼上的菊花开得很是热闹。戎马倥偬的红军之父，难得有这样宁静幽雅的环境。更让他高兴的是，红四军的许多将领，他原来的老战友，得知他住在临江楼，纷纷前来看望，给他带来不少鼓舞人心的胜利消息，并且恳切地请他回到红军中去。曾和他意见有点分歧的朱德，也前来请他归队。

毛泽东和朱德就端坐在那棵大榕树下的石桌旁，一面下棋，一面谈心。有道是：朱毛、朱毛，朱离不开毛，毛也离不开朱。朱之不存，毛将焉附？绝大多数的红军指战员都急切地盼望毛泽东重新执掌帅印。他们用写信等各种形式，表达自己的强烈渴望。10 月 11 日，正是传统的重阳节，毛泽东在临江楼和他的老战友谭震林、傅柏翠、郭化若等人相聚。欢声笑语不绝，长期积压在胸中的块垒，一时烟消云散，诗人气质的毛泽东诗兴大发，当即吟成了《采桑子·重阳》这首脍炙人口的词。全文是：

> 人生易老天难老，岁岁重阳。今又重阳，战地黄花分
> 外香。
> 一年一度秋风劲，不似春光。胜似春光，寥廓江天万
> 里霜。

值得特别注意的是，该词的"战地黄花分外香"一句，在不同的手迹中有不同的文本，最早的原作是"但见黄花不用伤"。一个"伤"字，最清晰也最形象地表达了毛泽东当时的心境：面对逆境，不免有点感伤、惆怅，但并不乏坚定的信心和信念。"不用伤"就是很肯定的回答。显然，富有远见的毛泽东，此时已经预感到，重回红军跃马扬鞭驰骋疆场的日子已经不远了。

1963 年 12 月，人民文学出版社出版《毛泽东诗词》时，经毛泽东亲自审订修改，定稿为"战地黄花分外香"，给读者创造出一个色香俱佳的非凡意境，原来的感伤情绪一扫而空，显得格外明净、开朗、洒脱。

伟人就是伟人，身处逆境，并且刚刚经历过生死劫难，创作的这篇短短的词作，让人细细品读之下，不得不为雄才大略的革命家毛泽东博大的胸襟和深沉、激越、浪漫的情怀所感动。

心中有人民的领袖，胸中自有千山万壑、江河湖海，任何艰难险阻都无奈他何！

这首毛泽东在战争年代独具神韵的感怀之作，具有旷古绝今的艺术魅力，是毛泽东当时心境的真实写照，也是以解放全中国的劳苦大众为己任的毛泽东革命人生壮美的歌唱。

这首词有三个重要的意象：重阳、菊花、秋色。

词的题目是重阳。由重阳引发毛泽东的情怀和感悟。这一天是中华民族的重要节日，是一个值得庆贺的吉祥日子，有饮宴祈寿之俗，又具有"敬老、敬祖、感恩"的意思，现在又称"敬老节"。而在闽西客家地区，重阳节被称为"九月节"。九月节，在当地的传统习俗中，是一年中最后的一个节日，民间历来非常重视，在阵阵的鞭炮声中祭祖、走亲。凡外出的人，这个节日必须回家与亲人相聚，哪怕是路途再远再难，也必须赶回来。

也许是县城过节的热闹的鞭炮声，激发了诗人毛泽东的诗意；也许是重阳秋高气爽，适宜登高望远，抒发思乡、思念久别亲人之情，因此，最容易引发人们的感怀。毛泽东的感怀就是由此起笔的。

"人生易老天难老"，是感慨。当时，中央的"九月来信"还没有到，毛泽东处于逆境的情况并没有改变，且大病尚未痊愈，百感交集，心情复杂，自有"人生易老"这对人生苦短的慨叹，但他并没有消极地局限于此，接着的"天难老"三个字，重压前轴，那是对天地运行规律的深沉思索，展现了胸怀宏图大志深感创业举步维艰的毛泽东，不会因时间无涯、人生有涯的感慨而消沉衰颓，反而更加激发起"只争朝夕"的紧迫感。

毛泽东很喜欢唐代诗人李贺，李贺在《金铜仙人辞汉歌》中有"衰兰送客咸阳道，天若有情天亦老"之句，这里反用其意，以"天难老"反衬"人生易老"。1964 年 1 月，毛泽东曾经对这首词的英译者口头解释说："与人间比，天是不老的。其实天也有发生、发展、衰亡。天是自然界，包括有机界，如细菌、动物。自然界、人类社会，一样有发生和灭亡的过程。"与人生、天地对话，是毛泽东诗词意境开阔、出手不凡的地方。

"战地黄花分外香"，堪称是这首词的点睛之笔。将菊花写成"黄花"，更为雅致，典出《礼记》："季秋之月，鞠有黄华。"重阳正是菊花盛开的季节。重阳节也被称作"菊花节"。

从西汉开始，我国就有重阳节登高、饮菊花酒的习俗。菊花向来是诗人的爱物，重阳节登高赏菊，也是千百年来诗人吟咏的传统主题。如王勃《九日》："九日重阳节，开门有菊花。不知来送酒，若个是陶家。"杜甫《复愁》："每恨陶彭泽，无钱对菊花。如今九日至，自觉酒须赊。"苏轼《南乡子·重九涵辉楼呈徐君猷》："佳节若为酬。但把清尊断送秋。万事到头都是梦，休休。明日黄花蝶也愁。"相比之下，毛泽东的这首词，不仅继承和弘扬了古代文人墨客吟咏菊花的深厚传统，更为可贵的是，以一个革命者的独领风骚的视野，开拓了词意全新的境界。

"战地黄花分外香"，系全篇作品中笔锋突转之笔，将战争与菊花联系起来的古代诗作并不多。其中比较出名的有唐代岑参《行军九日思长安故园》："强欲登高去，无人送酒来。遥怜故园菊，应傍战场开。"表达了诗人孤独的思乡之情。而唐末黄巢《不第后赋菊》"待到秋来九月八，我花开后百花杀。冲天香阵透长安，满城尽带黄金甲"，虽是豪气四溢，但表现的是农民起义领袖唯我独尊的草莽之气。毛泽东的这句词，深究起来是颇有来历的：

杨万里有"若言佳节如常日，为底寒花分外香"，与元好问"高原出水山河改，战地风来草木腥"的句意完全相反，将消沉情绪转化为激扬的格调。而毛泽东笔下的战地菊花，与改天换地的革命战争联系在一起，词格迥然不同，那是浸润着革命理想和为天下百姓利益而战崇高使命精神的纵情歌唱，一个韵味隽永的"香"字，把战地的环境、胜利之后的喜悦氛围，以及作者溢于言表的独特感受，诗意地表现出来了，浪漫、自豪、俊朗而又神情飞动！洋溢着浓郁的革命乐观主义的异彩！

毛泽东喜爱不惧霜雪的菊花。据将军、书法家舒同的回忆，1932年春漳州战役结束，毛泽东同舒同第一次会面。打扫战场时，毛泽东握着舒同的手说，早就知道你了，看过你的文章，见过你的字。毛泽东边走边从弹痕遍地的地上捡起一颗弹壳，轻轻地说："战地黄花呵！"舒同会心地一笑，他为毛泽东如此丰富的情感世界和如此神妙的结句所触动。毛泽东的视角和气魄，是如此令人钦佩和惊叹！

这首词的下半阕是写秋色。据专家研究认为，毛泽东最早的原作是将下半阕放在上半阕的，后来进行位置对调，发现效果更佳。

秋天、秋色是绝大多数古代诗人钟爱的意象，但悲秋者居多。在他们的作品中，草木摇落、万物凋零，借萧瑟的清秋意象，吟唱感伤身世、人生的无奈、生命的忧患等。毛泽东不落窠臼，没有重蹈旧穴，而是以秋色"胜似春光"一句，强劲地打破了肃杀哀婉的文人悲秋传统，高度赞美秋色之壮美，展现出辽阔豪迈的艺术境界，彰显了久经战火考验的一代领袖豁达激越、超凡脱俗的人格魅力。

结句"寥廓江天万里霜"，展现在读者面前的是一片秋高气爽、水天相接、万物依然洋溢着成熟风采的壮美的动人景致。秋色"胜似春光"，是发现，更是有"一双翼鸟穿云去，万里长空入九霄"的壮阔之感。正如专家所分析的，如果说"战地黄花分外香"是芬芳秀丽的近景，表达诗人对战斗胜利的温馨心境，那么"寥廓江天万里霜"则是辽阔壮丽的远景，寄托诗人对革命前途的美好遐思，余韵悠扬。"万里霜"之"霜"不是霜雪凉意沁人之霜，而是秋色的代字，是"霜叶红于二月花"的"霜"，色彩斑斓，绚丽迷人。

汀江缓缓流去，临江楼默默无言，寥廓霜天又至，今非昔比，旧貌换新颜了，"江城如画里，山晚望晴空"。伫立江畔，注目熙熙攘攘在这片热土上生生不息的人民，毛泽东的这首词超越时空，依旧在胸中回荡不绝。那是深情的回望，更是对这位一生为全国人民的解放和过上美好日子奋斗不息伟人的缅怀和礼赞。

"放逸真闲摅雅致，诗词不写自高吟。"读不完你的黄钟大吕，更品不尽你的似水柔情。

力量的源泉在哪里

曾志，活泼、灵秀，长得很美的女红军，湖南省宜章县汪家冲（今宜章县城关镇）人，当年，曾跟随毛泽东从红四军到闽西特委工作。历经战阵，新中国成立后，曾任中组部副部长。在她的目光中，中央苏区时期在闽西的毛泽东是怎样的一个人呢？她在解放后写的长篇回忆录《一个革命的幸存者——曾志回忆录》，记载红四军第七次党代表大会后，毛泽东离开了红四军前委书记岗位，到闽西特委指导闽西地方工作时的真实情况：

> 当时闽西特委机关设在龙岩与上杭交界的苏家坡，毛委员、邓子恢都住在那里，毛委员有时也到蛟洋一带指导工作，但大部分时间在苏家坡。重视调查研究，掌握第一手资料，是毛委员历来的良好工作作风。在红四军的戎马倥偬时期尚且如此，现在到了地方工作，时间较多，毛委员更是不失时机地开展各种调查研究，思考重要问题。
>
> 记得在苏家坡，毛委员用好几天的时间开了几场座谈会。毛委员每次邀请人数不多，只七八个，但请来的都是各种各样的人，有商人、小贩，有贫雇农、中农，有老人、年轻人和妇女，以便他根据不同的对象有针对性了解不同的情况。毛委员主持这样的座谈会、调查会不是一问一答式的，而是开得很生动活泼，像是在唠家常，有说有笑的。毛委

员给大伙提的问题，都是实际生活中遇到的社会问题，切合实际。大家见他这样平易近人，没有一点架子，也就无拘无束，你一言我一语地谈开了。有时他们也向毛委员提出一些问题，毛委员谈笑风生、旁征博引，能讲出许多通俗易懂的道理来。

毛委员主持的几次座谈会，我都在边上旁听，有时还帮忙做些搬桌椅、挂黑板、倒开水等杂务。但毛委员就是不要我记录，每次都是他自己亲自记录，每场会下来都要记上好几张纸。毛委员很喜欢同群众接触，同三教九流交朋友。记得刚打下长汀城时，他就邀请过佃农、裁缝工人、老教书先生、老衙役、钱粮师爷、流氓头子六种人来参加调查会，从各个侧面深入了解汀州社会的经济、政治状况。后来，毛委员还在汀州召开工人座谈会，了解汀州的工业、手工业状况，了解社情民意。

读这段文字，毛泽东的音容笑貌依稀就在眼前。调查研究是毛泽东始终坚持的实事求是思想路线的具体表现，更是他深入群众、相信群众并且从群众中汲取智慧和力量的重要途径。

官近玖是闽西上杭大源村人，敌人曾多次血洗这个红色村庄，但该村的幸存者，依然坚定地跟着共产党闹革命，谱写了二十年红旗不倒的史诗。1928—1930 年，他任中共连城县委书记，作为亲历者，他目光中，1929 年 12 月的毛泽东是这样的：

新泉"望云草室"是新泉整训期间毛泽东、朱德、陈毅的住址。白天，毛泽东下基层，到连城临时革命委员会驻地庙前"继志堂"等地开展农村调查，召开农民座谈会，和农民们拉家常。他逐个询问到会的每一位农民兄弟过去租种地主多少田、每年要交多少租金、红军来了以后生活有些什么

变化等情况。大家见毛泽东平易近人，热烈、激动地如实回
答毛泽东的询问，同时称赞红军的好处。当问到对红军有什
么要求和意见时，农民们也坦率地提出了自己意见和批评，
毛泽东都一一做了详细记录。晚上，回到新泉"望云草室"，
毛泽东着手起草红四军党的第九次代表大会决议。

现在，有个出现频率很高的词：亲民。对待人民群众，毛泽东始
终保持和蔼、亲近、犹如家人般的亲切融洽态度。毛泽东的决策，往
往出人意料，却又在情理之中，究其原因，人们可以发现一个极其重
要的原因：平时，他就高度重视倾听群众意见，了解群众的喜怒哀乐、
人心所向，特别是要做重大决策的时候更是如此。毛泽东超乎常人的
智慧来自人民群众，毛泽东的力量源泉更是在千千万万的群众之中。

如何对待人民群众？毛泽东有许多经典性的论述。

1960年5月27日，毛泽东会见英国陆军元帅蒙哥马利时，就国
际局势等问题进行了广泛交谈。蒙哥马利回国后，在6月12日《星
期日泰晤士报》发表《我同毛的会谈》一文，明确指出："毛泽东的
基本哲学非常简单——人民起决定作用。"

1964年8月29日，他同尼泊尔教育代表团谈话时说："力量的来
源就是人民群众。不反映人民群众的要求，哪一个人也不行。要在人
民群众那里学得知识，制定政策，然后再去教育人民群众。所以要当
先生，就得先当学生，没有一个教师不是先当过学生的。而且就是当
了教师之后，也还要向人民群众学习，了解自己学生的情况。"毛泽
东的这段话是他的心声，也是他一生中感受、感悟的总结。

毛泽东在闽西前后六年时间，在党内复杂多变的政治风云中，两
起两落，无论是顺境还是逆境，他都和群众心心相印。特别是在严酷
的战争环境里，毛泽东更是把人民群众作为他审时度势、战胜强敌的
重要力量。

这是一段佳话：

1929 年 11 月 28 日，根据中央的"九月来信"，重回红四军前委书记领导岗位的毛泽东，在长汀亲自主持召开了前委会议，福建省委巡视员谢运康应邀出席。对于由国民党 31 军军长金汉鼎充任总指挥的"三省会剿"，毛泽东以潇洒的态度轻松地说道："形势并不那么严重，闽西已有八十万赤色群众，足以掩护红军。前委还是按照中央'九月来信'的精神，安排十二月份工作。红军如果不及时训练整顿，必定难以执行党的政策。我们当前主要任务是准备召开四军第九次党代会。"

群众，经过土地革命洗礼的赤色群众，他们一心向着共产党、向着红军，在毛泽东的心目和决策中，具有难以估量的伟大力量。

于是，这一年的 12 月 28 日，红四军第九次党代会在古田镇廖氏祠堂隆重召开，其时，漫天飞雪，天气奇寒。会场上有通红的炭火驱寒。

90 多年过去，当年参加会议的代表们早已远去，他们化为祖国的高山、大海，与日月同在。古田会址当年留下的炭火黑色的痕迹，今天依然清晰可见。星火燎原，那是永恒的红色历史的见证！

毛泽东在 1934 年 1 月 27 日发表的《关心群众生活，注意工作方法》一文中有一段堪称经典且激情洋溢的话语：

国民党现在实行他们的堡垒政策，大筑其乌龟壳，以为这是他们的铜墙铁壁。同志们，这果然是铜墙铁壁吗？一点也不是！你们看，几千年来，那些封建皇帝的城池宫殿还不坚固吗？群众一起来，一个个都倒了。俄国皇帝是世界上最凶恶的一个统治者；当无产阶级和农民的革命起来的时候，那个皇帝还有没有呢？没有了。铜墙铁壁呢？倒掉了。同志们，真正的铜墙铁壁是什么？是群众，是千百万真心实意拥护革命的群众。这是真正的铜墙铁壁，什么力量也打不破的，完全打不破的。反革命打不破我们，我们却要打破反革命。在革命政府的周围团结起千百万群众来，发展我们的革命战争，我们就能消灭一切反革命，我们就能夺取全中国。

关键是发动群众，让群众从实际生活中感受和体味到共产党和红军是真正为他们的翻身解放和谋幸福服务的，是人民的队伍。因此，要关心群众的生活，体贴群众的艰辛，从最基本的柴米油盐开始，改善群众生活。用毛泽东的话来说，我们不但要提出任务，而且要解决完成任务的方法问题。毛泽东用了一个很形象的比喻，我们的任务是过桥，但是没有桥和船就不能过。不解决桥和船的问题，过河就是一句空话。显然，群众就是保证共产党人和红军完成任务的"桥和船"。

新中国成立以后，中国共产党取得政权。毛泽东依然没有忘记人民群众，1968年国庆节，毛泽东邀请部分省市的工人代表进京观礼，亲自吩咐，请部分工人代表住进中南海。他在接见辽宁省工人国庆观礼代表团时，说过一段非常尖锐的话：

> 进城以后，我们许多干部官越做越大，离人民群众也越来越远喽。这在党内是个相当普遍的问题。战争年代，是我们离不开群众。离开了群众，我们连脑壳都保不住，就像鱼离不开水一样。进城后当了大官了，张口闭口说自己是什么父母官了，好像群众离不开他了。鱼水关系逐渐变成了油水关系，自己高高浮在上面，还不让下面群众透口气。
>
> 到底谁是父母？是官老爷，还是人民群众？我们的党员，特别是党员领导干部，只有恭恭敬敬孝敬父母的义务，绝不能有骑在父母头上作威作福的权力。

重温毛泽东这些语重心长的讲话，亲切而又让人为之震撼。

毛泽东和傅连暲

长汀，城北卧龙山下，东后巷。

这是老城区，鹅卵石铺成的小径，曲曲折折，上上下下落满沧桑。夹巷两侧的民房，墙高，多数是泥墙，也有青砖墙。进巷口不远，左侧，有幢庭院式的建筑，白墙、乌瓦，两檐燕翅式翘起的大门，古朴、厚重。一脚跨进去，寂静的庭院里，左右各有一棵合抱的广玉兰树，浓荫遮蔽，挺立其中，恰似阅尽风云的人士，恭候着络绎不绝的来客。

这就是中央苏区第一所红军医院福音医院的旧址。老红军、开国中将傅连暲就是从这里走出去的。史载，福音医院原是英国人创办的教会医院，清光绪三十年（1904）开办，建至1908年落成，命名为"亚盛顿医馆"。面积有1871平方米。地势前低后高。中间是条阶梯式的小路，窄窄的，拾级而上，两边皆是砖木结构的平房，共有30个房间，有小礼堂、传达室、挂号室、妇产科、外科、内科、药房、化验室、手术室以及医生护士住房、男女病房、膳厅等；细看，房间都不大，料理得干干净净。

距离旧址不远的山下，有座粉色的别墅，二层，有围墙。那是傅连暲的住处。福音医院是教会医院，作为该医院院长的傅连暲，当时生活优裕，地位特殊，且是信仰基督教的教徒，他怎么会和毛泽东交上朋友并继而成为同志、战友、忠诚的共产党员？人们同时感到好奇，他并没有领兵打仗，新中国成立后，却位列中将，原因何在？

毛泽东和傅连暲的交往和关系，不愧是一部传奇式的佳话，更展示了毛泽东崇高的人格魅力和他博大的情怀。

傅连暲的老家在福建省汀州伯公岭村，父母都是贫苦农民。当时英国人办的教会为了吸引老百姓入会，承诺他们入教之后可以给他们提供生活补贴，并且保证他们的孩子有书可以念。于是，一家人为了维持生计流落到了汀州。傅连暲一家就这样成了基督教徒。

意外获得读书机会的傅连暲，完成学业之后在汀州红十字会做过主任医师。他是穷苦人家的孩子，对忍饿挨冻的乡亲们十分同情，经常减免他们的医疗费用。战乱年代，民不聊生，傅连暲一边行医救人，一边关注着大革命的进展，参加反帝爱国游行。那时候，汀州福音医院的院长担心受到波及，带着外国医生们全部出逃，31 岁的傅连暲被选举为新院长。

毕竟是出身贫苦的农家子弟，他虽然入了基督教，但还是受到革命思潮的影响。1926 年，傅连暲第一次看到瞿秋白主编的《新社会观》，犹如发现一个新世界，接受了新的思想。此后，他积极接触进步革命人士，时代变迁的风雷激荡，同样促使他的世界观逐渐发生变化。

傅连暲真正接触到中国共产党领导的革命队伍，是在 1927 年 9 月。

这一天，汀州中共地下党的一位负责人秘密拜访他，告诉他一个惊人的消息：南昌起义的部队即将经过汀州，有一批伤病员急需救治，请他全力帮助。傅连暲听了，立即答应，说道："医生当以救死扶伤为天职，我一定尽全力挽救伤病员的生命。"这位地下党员道谢后转身离开，傅连暲很是感动。他们虽早就已经相识，但没想到对方会透露如此重要的机密并委托自己重任，这是莫大的信任。

不久，南昌起义军的 300 多名伤员被送到了福音医院。天气炎热，很多伤病员的伤口已经感染化脓，在磺胺和青霉素等抗生素还没有问世的年代，这些被感染的伤口威胁着伤员的性命。傅连暲和医护人员不分昼夜地为他们做手术，抢救伤病员。

给傅连暲留下深刻印象的是后来成为开国大将的陈赓。当时，他是起义军的营长，在激战中左腿两处中弹，膝盖筋骨被打断，股骨骨折，面色蜡黄，腿部浮肿，因为失血过多显得很虚弱。傅连暲仔细检查伤口，为他治疗。陈赓是个硬汉子，手术中一声不吭，还宽慰傅连暲："你尽管治，不要紧，我能忍受。"

按照以前的治疗方案，这种伤势必定是要截肢保命。而傅连暲看到他忍受着剧痛还在和同病房的战友们开玩笑的样子，便犹豫了，最终尝试了保守治疗的方案。傅连暲为陈赓接上断骨，每天清理消毒，用夹板固定，还把自己订购的牛奶送给陈赓，细心指导他如何配合治疗。最后，陈赓奇迹般地恢复了健康，精神抖擞地重上战场。陈赓在手术过程中忍受了常人无法忍受的疼痛，所展现的革命乐观主义精神，也让傅连暲深深感动并为之肃然起敬。

在这次为南昌起义的伤病员治疗过程中，傅连暲不仅保住了陈赓的一条腿，还照顾了当时年过半百、患上急性胃肠炎的徐特立老前辈。更为难得的是，他还见到了周恩来。富有远见卓识的周恩来，和傅连暲促膝深谈。傅连暲是个基督教徒，原本以为，作为一名医生，救死扶伤是天职，人道主义精神就是他行医的精神。周恩来听了，摇摇头，语气坚定而又温和地启发他："人道主义也要为革命，给同胞治病是革命的人道主义精神，给强盗和刽子手治病，就是对同胞的残忍。"周恩来运用锐利的阶级分析法解读人道主义的精辟见解，如强劲的春风，吹开了傅连暲的心扉，这些道理是他从来也没有想到过的，傅连暲开始走出自己狭小的天地。他感慨地说道："我治好了他们的病，他们治好了我的心。"

傅连暲第一次见到毛泽东，是1929年春。毛泽东、朱德率领的红四军打下汀州，全城一片欢腾。那一天，毛泽东和朱德同时来到了福音医院，由傅连暲亲自为他们检查身体。傅连暲对毛泽东非常崇拜，对朱德也早闻其名，对其敬佩不已。人是有缘分的，他为毛泽东儒雅、幽默、睿智的风采深深吸引住了，几句交谈，就感到相见恨晚。当时，汀州天花肆虐，傅连暲向毛泽东建议为红军将士们接种牛痘，以避免天花传染到军中。毛泽东欣然同意，朱德还带头接种。傅连暲用了半个月的时间，就为全体指战员接种了牛痘。傅连暲这次和毛泽东、朱德的初次见面，让傅连暲感动不已。他认为，毛泽东和朱德把自己和红军将士的"命"都交给了他，世界上还有什么比这更值得他信任和珍惜的呢？

在接下来的两年之中，汀州时红时白，傅连暲一直保留着福音医院的名称，为的就是能够顺利前往白区购买药物、订购报纸，再通过地下党员传递给毛泽东和红军，他们的感情已经紧紧联系在一起了。

促使傅连暲坚定地跟着共产党走的，还有一个意外事件：

有一天，国民党金汉鼎部包围了傅家，洗劫一空后扬长而去。傅连暲的侄子、红军战士唐维彬，和堂弟、中共地下党员傅连标接连牺牲在国民党刽子手的屠刀之下，这让傅连暲坚定了加入共产党队伍的决心。

1931年，汀州成为苏区重要经济中心，许多中央领导人和红军干部都在福音医院看病治疗。

1932年10月，毛泽东由于操劳过度，身体不大好，住进了福音医院，疗养了三个多月。傅连暲把自己住的别墅让给毛泽东居住。傅连暲亲自给毛泽东打针喂药，每天傍晚5点左右，还会邀请毛泽东到附近的北山散步聊天。此山就在毛泽东居住的别墅后面，漫山苍松、翠竹，山路逶迤，树影摇曳，很是幽静。毛泽东难得有如此闲暇，两人对话之中，毛泽东循循善诱，傅连暲因此懂得了许多革命的真理。他的思想、信仰悄然发生着根本的变化。从一个基督教徒到一个信仰共产主义的革命者，是世界观、价值观的裂变和飞跃。此时的傅连暲，已经下定决心，跟着毛泽东，跟着共产党。

红军队伍在扩大，战事不断，太需要护士和医生了，根据毛泽东的建议，傅连暲开始有计划地培养红军医护人员，以适应革命的需要。他创办了红军第一所"中国工农红军之中央看护学校"，亲自编写教材，亲自授课；后又在毛泽东的建议之下开办了"中央红色医务学校"，兼任校长和教员，为中国红军培养了一批医术精湛的医生。

此时的福音医院，实际上已经是一所红色医院。毛泽东康复后，对傅连暲说："我们要有个自己的医院，还是不要叫福音医院了吧。福音医院是基督教会医院的名字，我们要把它改为中央红色医院，你说怎么样？"傅连暲听后，十分高兴，毫不犹豫地同意了。毛泽东又问："要是蒋介石的军队打过来了，你们怎么办？"

傅连暲大笑。他为得到毛泽东的高度信任而心花怒放，响亮地回答："我们把医院搬到瑞金去。我们全家人一起搬过去！"当时，瑞金是中华苏维埃共和国的首都。

毛泽东十分赞同傅连暲的想法，并且对他说："我回到瑞金之后，会尽快派人来商量医院搬迁的事宜，你也和医院所有的人说明情况，愿意去根据地的我们都很欢迎，不愿意去的就留下，最好还能替他们找到另外的工作。"

两天之后，毛泽东从长汀返回瑞金。只过了一个星期，临时中央政府办公厅的傅公侠就来到长汀，帮助傅连暲办理搬迁医院的具体事宜。

长汀距离瑞金虽然只有几十里路，但全都是崎岖的山道，交通非常不便。傅公侠在瑞金组织了100多人的运输队，整整搬运了半个月，才将整个医院的东西全部搬完。傅连暲真是一块纱布一片药都不愿留给国民党，医院的工作人员在傅连暲的带领之下，全部前往瑞金，没有一个人留下来。

傅连暲把他经营多年的福音医院毫无保留地送给了红军，其中的部分设备和医药还是他的私人财产。傅连暲行医多年，积攒了4000多块大洋，也全部捐给了中共中央。毛泽东对他既钦佩又感激，称他为"苏区第一模范""我们的红色华佗"。

在毛泽东的倡导下，中央红色医院正式成立，与傅连暲主持的中央红色医务学校合并，傅连暲仍旧为院长。医院不仅可以收容300多名病人，也是中央苏区设施最好、医疗水平最高的医院，能够进行较为复杂的手术，也拥有X光机和比较先进的化验设备，这在当时，是很罕见的事情。

1934年4月，中华苏维埃国家医院正式成立，傅连暲担任院长。

第五次反"围剿"节节失利，毛泽东忧郁沉积，日夜操劳，病了，连续几天高烧不退。毛泽东的保健医生给他打针喂药也没有作用，他的体温一直无法降下来，每天只能勉强喝一点米汤。傅连暲得到了消息，心急如焚，立即从瑞金匆匆赶往于都，他骑着骡子日夜兼程，走了180里山路，一直到第二天傍晚才到达。他见毛泽东一脸憔悴，心酸、心疼不已。

经傅连暲诊断，毛泽东患的是恶性疟疾。傅连暲不顾连夜赶路的疲倦，和警卫员们守在毛泽东身边，一夜基本没有合眼。三天之后，在傅连暲的精心照顾之下，毛泽东的体温终于降了下来。

前线战事危急，身为中华苏维埃共和国临时中央政府主席的毛泽东，有太多的事情等待着他去处理。毛泽东身体还没有完全康复，就急着投入工作。傅连暲不放心，在于都逗留了十天，照顾毛泽东。第五天的时候，傅连暲发现，他的午餐多了一罐鸡汤。这是毛泽东用自己的钱给傅连暲买的，让他好好补补身体。他坚决推辞。毛泽东亲自过来劝他，说这只鸡只能傅连暲吃，而且要他一个人慢慢吃。傅连暲含泪吃这只鸡，三天才吃完。

1935年10月，中央红军开始了长征。当时，傅连暲身体不好，毛泽东想要他留下来。傅连暲几次申请，坚决要求，组织才批准他跟随队伍随长征出发。于是，傅连暲辞别了老母亲和妻儿，和医院的同志们一起，装上了八大箱子的药品，毅然走上了艰苦卓绝的长征之路。

漫漫长征路上，傅连暲多次遇险，与死神擦肩而过，历经千辛万苦，终于到达延安。他从1927年开始就为红军服务，从前因为考虑到福音医院在白区的作用，需要傅连暲基督教徒的身份作为掩护。而今，傅连暲已经跟随着红军十多年，又参与了艰苦卓绝的长征，可谓是百炼成钢了。毛泽东笑着对傅连暲说道："我看你可以申请入党了，你去找陈云同志，向他提出申请。"

听到毛泽东真诚的话语，傅连暲心如潮涌，他急忙去找陈云，第二天就在陈云的安排下前往干部培训班听党课。这是他参加革命以来，第一次接受系统的马克思主义理论教育。1938年9月7日，傅连暲正式加入中国共产党。

一个曾经信奉上帝的虔诚基督教徒，跨越千山万水，历经淬火般的种种磨难，终于成为坚信马克思主义的忠诚共产主义战士，傅连暲的人生之路，跌宕起伏，感人肺腑！

此时的傅连暲已经 44 岁，入党之后的他更精神了。据老同志回忆，在延安，傅连暲是一道独特的风景，他往往是戴着一顶黑色的帽子，穿着一袭黑衣服，骑着一匹黑骡子，涉过延河水，走过沟沟壑壑，不辞辛劳地给中央首长、部队指战员以及乡亲们看病。

1944 年中秋节，是傅连暲 50 岁的生日，党中央破例给他办了喜气洋洋的祝寿会。周恩来夫妇、任弼时、彭德怀、陈毅、聂荣臻等领导人都来参加，感谢他这些年为同志们所做的一切。

毛泽东当天因为有事没有到场，第二天他一见到傅连暲马上上前和他握手，向他祝贺。傅连暲谦逊、低调，他始终觉得自己只是做了些分内的事情，这次祝寿会如此隆重，他既兴奋又感到不安。

在延安时期，傅连暲是除了毛泽东等领导人之外备受外国记者关注的人物之一，最主要的原因就是他独特的经历——从一个虔诚的基督教徒转变为坚定的共产主义战士。

新中国成立初期，傅连暲巧遇了福建同乡、著名的妇产科专家林巧稚，说起当年他从基督教徒转变为革命战士的经历，他感慨道："是毛主席把我带上了革命道路！"

毛泽东和傅连暲，一段令人回味不绝的佳话、传奇。

大爱如山

1929 年 3 月 15 日，长汀。

长岭寨一仗，红军大胜。驻守长汀的国民党中将旅长郭凤鸣，面对红军排山倒海般的攻势，发现不妙，弃马而逃，后来被红军击毙。他的坐骑被缴获。于是，发生了这样一件颇有神奇色彩的故事：

这是一匹神骏彪悍的大黄马。凯旋的红军指战员，纷纷想一试身手。不料，一个个都被这匹大黄马无情地甩了下来，人们恼怒不已，便提议杀了吃肉。闻声而来的毛泽东，立刻摆手制止众人，他走到大黄马跟前，伸手抚摸了一会儿，似乎是在悄然交流，突然，他纵身一跃，忽地跳上马背。

正当人们为毛泽东担心的时候，刚刚还是桀骜不驯的大黄马，仰头长嘶一声，居然温顺地低下头，乖乖地听从毛泽东的使唤了。众人大惊。站在一旁的朱德军长，看见这一奇异的情景，情不自禁地拍手叫好："良驹寻主啊！"从此，这匹大黄马就成了毛泽东的坐骑。

此后，毛泽东骑着这匹大黄马，转战中央苏区，并经历了万里长征。

无论是在炮火纷飞、血雨腥风的战场，还是在春光明媚、风和日丽的行军日子，这匹大黄马都忠实地跟随着毛泽东。震惊中外的二万五千里长征，实在是太艰苦了哟！1936年1月13日，毛泽东终于到达延安。从汀江两岸的闽西红土地到西北的黄土高坡，大黄马终因长途劳顿，气力用尽，一病不起，最终倒在了一片苍茫的黄土地上。

得知大黄马病逝的消息，毛泽东十分悲伤、怆然泪下，明确指示："不准剥皮，不准吃肉，不准拔毛，完整掩埋。"最后，将这匹大黄马安葬在延安凤凰山，与巍巍的宝塔相伴。

这匹大黄马，见证了毛泽东马背吟唱诗词的潇洒和浪漫，感受过数万红军血洒湘江后毛泽东的万分痛楚，目睹了毛泽东指挥红军四渡赤水、摆脱困境的出奇制胜，大渡河上铁索寒，娄山关头夕阳红，爬雪山、过草地，一路征程，大黄马太累，实在走不动了。它完美地完成了神圣使命，同样走进了辉煌的史册。

战马向来是军人的战友，历来有良驹择善勇而从之说，峥嵘岁月，毛泽东和大黄马建立了深厚的感情。回首这段历史，人们不由得想起杜甫的《病马》一诗：

乘尔亦已久，天寒关塞深。

尘中老尽力，岁晚病伤心。

毛骨岂殊众，驯良犹至今。

物微意不浅，感动一沉吟。

　　人和马的情感往往是相通的。性情中人毛泽东，无愧是个大爱之人。

　　毛泽东深爱立下特殊功勋的大黄马，更爱和他一起朝夕相处、生死与共的红军指战员。

　　这是又一个动人的真实故事：

　　共和国威武的将军队列中，有个开国中将叫方强，湖南平江人。1932 年，在中央苏区的一次反"围剿"战斗中，方强带着警卫营作战，在侦察敌情的时候，不幸被敌人的子弹击中，血流如注，倒了下去。他的伤势异常严重：子弹从前胸打进去，又从后背穿出来。年仅20 岁的他，顿时昏死过去，等他醒来的时候，才发现自己躺在担架上，抬担架的居然是五个女赤卫队员。

　　两天两夜啊，这些可敬的女子，抬着一脚已经踩到地狱门口的方强，走了 200 多里的山路，一直把方强送到了长汀城内的福音医院。方强连她们的名字都没来得及打听，她们就悄悄地走了。

　　医术高明的傅连暲院长，亲自检查方强的伤口，他惊呆了：子弹好像长了眼睛一样，从方强的胸腔穿过，却没有伤及心脏和其他器官，否则方强必死无疑。尽管如此幸运，方强依然危在旦夕，因为国民党的封锁，医院里缺少药材，傅连暲只好采用保守治疗的办法。他特地派一名护士每天精心地为方强换药，擦洗伤口，防止感染。因为失血过多，营养又跟不上，方强一天天消瘦下去，伤口也迟迟无法愈合，好在他意志坚强，耐心地配合治疗。

　　这一天，傅连暲满脸笑容地来到方强的病床前，激动地说："方政委，有药了。"方强看见傅连暲手中捧着印着一颗红色五角星的白色茶缸，打开盖子，里面盛着几块清炖的牛肉，汤里还漂着几颗油星。在根据地，这是难得的佳肴，方强已经好久没有吃过肉了。袅袅的肉香味飘了出来，清香扑鼻，让人馋涎欲滴。方强吃了一口，问道："这牛肉是哪里来的？"傅连暲故作神秘地回答说："你猜猜看！"方强说："是老乡送的，或者是打猎打的，还是从敌人那里缴获的？"傅连暲连连摇头。方强哪里会猜到，这是毛泽东亲自让人送过来的。他完全没有料到，毛泽东当时也在医院里养病。

当地老乡给毛泽东送来一些牛肉，他舍不得吃，听说方强受了重伤，正在医院里救治，就让人把牛肉送来给方强。一听这话，方强哪里吃得下啊，毛泽东的身体不好，他应该留给自己改善营养。傅连暲说，毛主席的身体很虚弱，很瘦，心情也不好。话说到这里，方强更不能吃了。可傅连暲说道，不吃不行，这是毛泽东专门为你开的救命药方。

方强一愣，从来没有听说毛泽东当过医生，这牛肉是什么药方呢？傅连暲指着窗外的小松树娓娓道来。毛泽东发现小松树树干被砍了一刀，受了伤，它靠什么医治呢？靠自身分泌的树脂，愈合了伤口。

毛泽东从中得到启发，认为伤病员应当争取从各方面增加营养，调动身体内在的免疫力，才有利于抵抗感染，愈合伤口。此话很有道理。毛泽东虽然没学过医学，也没有当过大夫，可是他精通哲学，看透了人世间的物理真谛。

傅连暲轻声细语地给方强解释，我们生病了，吃药打针，好像是药物把我们的病治好的，其实这是误区，治好我们的是我们肌体本身的免疫力，药物只是起到一个辅助作用。如果一个人丧失了免疫力，再好的医生，再好的药物，也是无力回天。

方强听了这番话，很受鼓舞，对疗伤更有信心了。

这缸牛肉，方强吃了一个星期，慢慢恢复了体力。傅连暲又想方设法给他炖鸡汤，滋补身体。不到两个月的时间，方强的伤口竟然奇迹般地渐渐愈合了。刚能走路，方强就迫不及待地去看望毛泽东。此时的毛泽东非常消瘦，双颊深陷，头发很长，颧骨高耸，他正在聚精会神地看书。方强走过去喊了一声，主席！

毛泽东连忙放下手中的书，热情地招呼方强坐下，说道，恢复得很快嘛，可以走路了。方强笑着说，幸好伤得不重。毛泽东笑着说，还不重呢，听傅大夫讲，敌人的子弹把我们警卫营政委的身体穿了一个洞，要命啊。

说完，毛泽东亲自查看方强的伤口，非常关心地说道，我相信你会好过来的，这不是真的好了吗？毛泽东的救命之恩，方强铭记了一辈子。

新中国成立后，方强担任了首任南海舰队司令员兼政委，系共和国的开国中将。2012年，方强逝世，他活了整整100岁。毛泽东的一服药方，为他延长了80年寿命。

毛泽东的爱是建立在为全国劳苦大众得解放的远大目标基础上的，他挚爱每一个为这一目标而不怕牺牲、英勇作战的红军指战员，在长期的战争岁月，有太多这方面的故事和佳话。他的一颗挚爱之心，是和红军将士息息相通的。他是红军的领袖，更像是和他们血脉相依的亲人。

毛泽东每到一处都十分关心普通百姓的生活，亲自开调查会，访贫问苦，为改变群众的命运、改善群众的生活竭尽全力。更为重要的是，他率领红军，推翻国民党反动派的统治，分配土地，建立起由共产党领导的贫苦农民为主体的苏维埃政权，让人民自己起来当家做主。毛泽东以彻底推翻帝国主义、封建主义、买办资产阶级三大敌人的统治，解放天下劳苦大众建立新中国为己任，改天换地，扭转乾坤、惠及天下，这是毛泽东自觉承担的重任，也是毛泽东大爱如山之源。

人民，千千万万的人民是革命的主力军。毛泽东始终把相信群众、发动群众、依靠群众、做好群众工作放在极为重要的位置。毛泽东的大爱是建立在这一基础上的。

他后来在《论联合政府》中说得十分透彻："人民，只有人民，才是创造世界历史的动力。"他告诫全党："只要我们依靠人民，坚决地相信人民群众的创造力是无穷无尽的，因而信任人民，和人民打成一片，那就任何困难也能克服，任何敌人也不能压倒我们，而只会被我们所压倒。"

毛泽东的这个思想和观点，早在闽西的时候，就非常成熟了。

1929 年 7 月 20 日至 29 日，毛泽东亲自指导中共闽西第一次代表大会在上杭蛟洋乡的文昌阁召开。毛泽东在会上做了鼓舞人心的报告，他不仅精辟地阐明了当时错综复杂的国内外形势，还高度赞扬了闽西人民的革命斗争所取得的辉煌战果。面对敌人大兵压境气势汹汹的"会剿"，毛泽东在论述闽西党今后的任务是巩固和发展革命根据地时，列举了六个有利条件：

一　有 80 万已经发动起来的群众；

二　闽西各县有了共产党，并与群众建立了密切的联系；

三　有人民的武装——红军、游击队、赤卫队；

四　有足够的粮食，可以维持军需民用；

五　地势有利，适合开展游击战；

六　敌人内部有矛盾，有利于各个击破。

讲完六个有利条件以后，毛泽东又扳起手指，形象地讲述了三个基本方针：

一　深入开展土地革命；

二　彻底消灭民团土匪，发动工农武装，有阵地波浪式地向外发展；

三　发展党、建立政权、肃清反革命。

认真品味毛泽东的讲话，可以深切地感受到，人民群众在毛泽东的心中，是坚实的大地、浩瀚的大海、巍巍的群山，是完全可以信任和依靠的伟大力量。据在毛泽东身边工作的人们介绍，毛泽东平时最怕听到劳苦大众的哭声。

当年属于闽西的清流县的林畲乡，有座闽西客家较常见的"五凤楼"式民居，始建于清光绪三年（1877），白墙、乌瓦，名曰"诒燕第"，是福建目前保存最完好的毛泽东旧居。1930年1月16日，古田会议之后，毛泽东率领的红四军第二纵队在完成主力红军转移之后，撤出古田，转移到赣南境内，经过这里。毛泽东虽然在这里只住过一个晚上，却留下了不少动人的故事：

这天夜晚，毛泽东带着警卫员在附近村庄走走，突然，从一座低矮的民房里传出了哭声，他立即停下脚步，叩门查个究竟。原来，这是一户穷苦农民，家中一个只有五六岁的小女孩病了，毛泽东用手摸了摸女孩的额头，滚烫滚烫，显然是高烧。小女孩的母亲见状，哭了起来。毛泽东急忙叫警卫员跑步回去请红军医生。医生很快就来了。查看以后，面有难色地告诉毛泽东，这个小女孩高烧不止，唯一的特效药是当时非常珍贵的盘尼西林，这是准备给毛泽东万一生病时才能启用的。毛泽东听了以后，深情地告诉军医，老百姓的痛苦就是我们的痛苦，为他们解除病痛是我们应尽的责任，不必迟疑，用盘尼西林。这是特效药，小女孩得救了。

1929年6月，为了医治在战争中负伤的红军官兵，红四军军部与闽西地方党组织在蛟洋设立了"蛟洋红军医院"，又叫闽西后方医院，是闽西规模最大、开办时间最长的红军医院之一。这所医院建在蛟洋石背村创立于1465年的"傅氏宗祠"里，毛泽东对这所医院非常重视，多次前来调研。

还有一件在闽西传颂广泛的事是：设立在上杭蛟洋石背村建于1465年的"傅氏宗祠"里的"蛟洋红军医院"，边上有一口古井，在这里曾经发生过毛泽东组织红军清井的故事。

当时，一位脚受伤的伤员在此养病。一天，他到井边打水时不慎掉了一个银元到井里。在当时，这一个银元可是一大笔钱。伤员就要下井去捞。群众得知后便说这井中的水天天都要喝，被伤员污染了，群众就与伤员发生了争执。其时，毛泽东正在蛟洋调研，得知此事后，出于对伤员和群众的大爱，一面向群众解释伤员是为了劳苦民众在战场上受伤的，一面又向伤员劝说，这井水是当地群众每天的生活用水，我们都应保护井水的干净。于是，毛泽东组织红军下井去捞起银元之后，又组织红军把井水清理干净。

毛泽东爱穷苦老百姓和红军战士，胜过爱自己。这就是大爱的毛泽东。类似的佳话，远远不止于此。

或许正因为如此，大爱如山的毛泽东，才会发自肺腑地喊出"人民万岁"的心声！

第十章

民主建政的重要尝试

毛泽东率领的红军每当解放一个地方，重要的任务之一，就是建立红色工农政权，当时叫苏维埃政府。怎样建立人民自己的领导机构，其提供的民主建政的经验，今天依然具有重要的借鉴价值。

一切权力归苏维埃

毛泽东有句震撼中国大地的话语："十月革命一声炮响，给中国送来了马克思主义。"十月革命是引领世界潮流开天辟地的大事变，开创了世界共产主义运动进入建立革命政权的新时代。

1917年11月7日（俄历10月25日），俄国人民在以列宁为首的布尔什维克党领导下，推翻了地主资产阶级政权，取得了十月革命的胜利。胜利的当天即召开了全俄苏维埃第二次代表大会，通过了列宁起草的《告工人、士兵和农民书》，宣布全部政权归苏维埃。从此，苏维埃成为俄国无产阶级专政的政权组织形式。

十月革命胜利后，合并的工农兵代表苏维埃，成为各级的国家权力机关。1934年改称劳动者代表苏维埃。1917年11月至1918年3月，全国各地相继建立了苏维埃政权。1918年1月25日，全俄苏维埃第三次代表大会通过《被剥削劳动人民权利宣言》，宣布俄国为工兵农代表苏维埃共和国。同年7月10日，全俄苏维埃第五次代表大会通过的《俄罗斯苏维埃联邦社会主义共和国宪法（根本法）》（简称《苏俄宪法》），确立了以苏维埃为基础的社会主义的政治制度。

于是，"苏维埃"这一代表工农兵政权的名称，随着十月革命的影响和马克思主义进入中国，并为中国共产党人所接受。

1927年的武汉"八七会议"之后，中国共产党人在蒋介石反动集团实行反革命大屠杀的血海中爬起来，独立领导中国革命。以毛泽东建立的井冈山革命根据地为标志，建立地方政权，就叫"苏维埃"政府。这一名称和中国共产党人的"走俄国人的道路"的理念、思想是紧紧相连的。

一切权力归苏维埃，不仅是个具有强大号召力的革命口号，而且是革命根据地建立政权的组织形式。中国式的"苏维埃"，继承了苏联十月革命的两个鲜明的特点：一是始终坚持共产党的领导，并以马克思主义理论及思想为指导；二是实行代表制，工农兵代表直接组成政府，并执行政权的职责。然而，毕竟中国和苏联的历史、文化、民情等都有许多不同的地方，"苏维埃"的名称可以借用，但实际的内容和做法还是有显著的区别的。

闽西是全国建立苏维埃政权最早的地区之一。党的"八七会议"后，闽西相继举行了"四大暴动"，在中国共产党的领导下，农民运动不断推进。1928年8月中旬，溪南区苏维埃政府在永定金砂金谷寺正式成立，这是闽西第一个区苏维埃政权，同时，还建立了第一支红军队伍。

毛泽东、朱德率领红四军从井冈山来到闽西，进一步点燃闽西熊熊的革命烈火，各地纷纷起来暴动，建立苏维埃政权。1929年3月20日，红四军攻下长汀之后，毛泽东亲自起草《红军第四军前委给中央的信》，其中有一段很值得注意的话：

> 前敌委员会决定四军、五军及江西红军第二、第四两团
> 之行动，在国民党混战的初期，以赣南、闽西二十个县为范

围，从游击战术、从发动群众以至于公开苏维埃政权割据，
由此割据区域以与湘赣边界之割据区域相连接。

毛泽东的这段话勾画了建立中央苏区的雏形，并且把在苏区建立苏维埃政权、形成红色割据局面提上了议事日程。

红四军所到之处，在毛泽东的亲自指导下，各地的苏维埃政权犹如雨后春笋拔地而起。中国式的苏维埃政权和苏联的苏维埃政权相比较，有几个突出的特点：

首先，中国建立苏维埃政权的区域，主要是农村而不像苏联那样是城市。中国共产党人并非不懂得城市的重要性，在独立举行武装起义的 1927 年到 1928 年，因为受俄国的"城市中心"论和"走俄国人道路"思潮的影响，首先也是在城市举行暴动，但先后都失败了，包括规模较大的南昌起义、广州起义、秋收起义等，最后，不得不退往敌人力量相对薄弱的农村，而以毛泽东建立的井冈山革命根据地最为成功，成为全国的典范。

其次，中国式苏维埃政权的主要力量是农民而不像苏联那样是工人。中国的农民占全国人口的百分之八十以上。毛泽东第一个发现，中国农民是中国革命的主力军，红军就是穿起军装的农民。而革命的根本问题是解决土地问题，摧毁长达近三千年的封建土地制度，实行土地改革，将土地分配给贫苦农民，因为，中国共产党领导的革命，实际是土地革命。

最后，中国式的苏维埃政权是靠长期革命战争打出来的，建立和发展稳固的革命根据地，不仅有主力红军，更为重要的是武装群众，建立赤卫队、游击队、地方红军，以至建立主力红军，才能保障苏维埃政权的存在。毛泽东有句豪气横溢的话："枪杆子里面出政权。"同样，要用枪杆子建设"苏维埃"政权。

毛泽东在《中国的红色政权为什么能够存在？》一文中，有一段分析湘赣边界的割据即苏维埃政权之所以能够在湘赣两省敌人重兵

"进剿"之中坚持下来的文字：

> 湘赣两省派来"进剿"的兵力，随时都有八九个团以上的兵力，多的到过十八个团。然而我们以不足四个团的兵力和敌人斗争四个月之久，使割据地区一天天地扩大，土地革命一天天深入，民众政权组织一天天推广，红军和赤卫队一天天壮大，原因就在于湘赣边界的共产党（地方的党和军队的党）政策是正确的。当时党的特委和军委的政策是：坚决地和敌人作斗争，创造罗霄山中段政权，反对逃跑主义；深入割据地区的土地革命；军队党帮助地方党的发展；正规军队帮助地方武装的发展；集中红军相机应付当前之敌；反对分兵，避免被敌人各个击破；割据地区的扩大采取波浪式的推进政策，反对冒进政策。因为这些策略的适当，加上地形之利于斗争，湘赣两省的进攻军队之不尽一致，于是才有四月至七月中的各次胜利。

毛泽东、朱德率领红四军，建立闽西苏区各地各级的苏维埃政权，采用的正是毛泽东在井冈山时期的成功经验，并在这一基础上不断进行丰富和发展。

连城的连南十三乡暴动是个很典型的范例。

连城是著名的旅游胜地，风光奇秀。最驰名的是冠豸山，有"阳刚天下第一、阴柔举世无双"之美誉。此外，还有入选"中国十大最美村镇""中国最美休闲乡村"的培田古村落，其"九厅十八井"的建筑类型是客家民居的三种典型代表之一，被誉为"民间故宫"。连城更值得人们惊叹的是文化渊源特别深厚，人文荟萃，而且是著名的革命老区，在第二次国内革命战争时期，全县有97%的乡村建立了苏维埃政权，1万多名连城子弟参加红军和游击队。

早在第一次国内革命战争时期，连城就建立了共产党的组织。

1929 年 3 月，红四军在长汀长岭寨歼灭郭凤鸣旅 2000 余人，乘胜攻下长汀城。闽西特委就给连城县支部的共产党员李云贵发去"时机已到，准备行动"的指示信，他回到连南家乡，秘密进行组织农民暴动的准备工作，在连南的连大坪、岭下、良坑、吕坊、大垄坪、寨背间（包括官庄）、陂头（包括伍坑）、仙坪、连坑尾、背头科（包括安岭）、百鱼岭、儒畲、陈屋坪十三乡（村）先后建立秘密农民组织——农民协会。

连南十三乡土地肥沃，经济相对也比较繁荣。经过共产党人的积极工作，广大农民具有强烈的革命要求，当机会到来的时候，只要一声令下，就会高举红旗，进行暴动。

1929 年 5 月，红四军二度进入闽西经新泉一带，6 月又到新泉休整，开展打击土豪劣绅的斗争，极大地鼓舞了人民群众的革命热情，在党组织领导下，连南十三乡在 6—7 月间先后举行武装暴动。7 月22 日，共产党员俞炳荣在岭下罗家祠主持召开连南十三乡武装暴动代表会议，有十三乡代表 30 多人参加。会上决定把分散各乡的农民武装力量联合起来，正式成立连南十三乡工农武装暴动队。24 日，暴动队联合行动，一举打下乐江，收缴"春兴店"的枪支，接着又连夜进攻庙前，打败江中岳民团。此后，这支工农联合武装活跃在连南大小乡村，经常给地主民团以出其不意的打击。在连南十三乡农民暴动影响下，10 月，池溪、小鱼潭、大岗头、金龙山的农民在共产党员傅铁人的领导下，举行了池溪暴动，建立红色政权。

连南十三乡武装暴动威震闽西各地，瓦解了国民党在连城南部的统治，使汀、杭、岩、连等县红色区域连成一片。

暴动取得胜利以后，一是迅速加强党组织的建设，增强党的领导力量；二是在各地建立苏维埃政权，一切权力归苏维埃，强化共产党领导下的红色政权建设；三是开展土地革命，没收地主的土地分给农民，铲除封建土地制度；四是建立赤卫队、游击队等地方武装组织，和主力红军相互配合，清除反动势力，巩固革命根据地，并根据毛泽东制定的战略，波浪式地向前推进；五是建立各种新的制度，完善地方政权建设。

　　闽西的苏维埃政权，是在毛泽东的直接领导下进行的，展现了中国式苏维埃的显著特点。实现了马克思主义和中国实际相结合，即马克思主义的中国化。如果提升到理论的层次进行审视，人们可以清晰地感觉到，此时的闽西，在中国式苏维埃政权的建设方面，已经从"走俄国人的道路"，进而发展、转变到走"马克思主义中国化"的全新道路。这是毛泽东思想最具生命力的地方，也是毛泽东这位伟人在闽西进行革命实践的重大成果之一。

代表会议制

　　翻开毛泽东的经典文献《才溪乡调查》，你会发现一个很值得注意的情况：他把才溪乡的民主建政中的代表制，不仅放在全文的首位，而且其具体、细致的介绍，令人惊叹不已。才溪是苏区的第一模范乡，毛泽东在此文中，在简单介绍了才溪乡的行政区划之后，是这样写的：

二、代表会议

　　1. 代表数

　　上才溪：前五十三个代表。此次选举，工人家属算入工人成分，增至七十五个代表（新增二十二，本乡泥水工人多）。原五十三个代表中，工人十三人，加新增二十二人，共有工人代表三十五人，余四十是农民代表。全乡工人一百八十三人，属于一百六十三家，连家属平均每家以三人计，共四八九人，每十三人举一代表，故举代表如上数。

　　下才溪：前七十三个代表，现在九十一个代表，新增十八个代表，也是因为工人家属的选举比例提高了。

2. 代表团

代表在各村，每村有十多个的，有二十多个的。四村每村代表各自开会选举一人成为乡苏的"代表团"，故代表团是四人。比较小的工作即由主席召集代表团开会解决。每次代表会开会之先，召集代表团开会，预先准备（或者上午或者前一天），代表会约五天开会一次。此办法，一九三一年开始的（代表团应改称代表主任）。

3. 代表与居民的关系

每个代表管辖的居民，有十多人的，二十多人的，三十多人的，四十多人的，以五十多人为最多。工人代表管辖少些。农民代表管辖多些。此办法，一九三二年开始的。

4. 代表的政治表现

上才溪五十三个代表中：

最积极的，二十多个

中等的，二十多个

最差的，一个

这个最差的代表，十次会只到三次，忙于找自己的生活，分配工作不上心做，批评了多回，被代表会开除。

下才溪的七十三个代表中，没有最差的。

毛泽东《才溪乡调查》一文中以上的文字，把当时苏维埃政府基层实行代表制中人员组成情况的面貌，叙述得十分清楚，从中透露出来的信息主要有：

代表是从群众中产生的，有农民，即使是在才溪这样的农村，也有工人，而且工人所占的比例不低，充分表现了对工人的高度重视。

代表具有相当高的"代表"性。

毛泽东特别注意到女代表的情况：

女代表

去年十月选举时，上才溪的五十三个代表中，女的十六个，占百分之三十。下才溪的七十三个代表中，女的二十一个，也是百分之三十。补选之后，至今年十月选举时，上才溪的五十三个代表中，女的三十三个，差不多占了百分之六十。下才溪的七十三个代表中，女的四十三个，也是百分之六十。此次选举，上才溪的七十五个代表中，女的四十三个，仍然是百分之六十。下才溪的九十一个代表中，女的五十九个，则占了百分之六十六。

人们常说妇女能顶半边天。才溪乡的男子绝大多数去当红军了，妇女则成了顶梁柱。因此，毛泽东对该乡的妇女高度重视，用准确的数据告诉人们，这些可敬的客家女子，发挥着不可忽视的独特作用。

代表紧密联系群众，他们来自群众，而且真正代表群众。

据文中介绍，代表的政治素质不差。最积极和中等的占了绝大多数。差的只是极个别的现象。他们完全值得信任，可以代表群众。

苏维埃政权是工农政权，而采取代表制，是践行民主建政的重要途径。

民主是什么？民主一词源于希腊字"demos"，意为人民。其定义为：在一定的阶级范围内，按照平等和少数服从多数原则来共同管理国家事务的国家制度。人民真正当家做主，采用代表制的途径和方式，从最基层开始，逐级进入政府的管理机构，采用这种制度，民主建政才真正落到了实处。

这是耐人回味的一段佳话：

1945 年 7 月 1 日至 5 日，黄炎培、傅斯年、章伯钧等几位先生曾访问过延安，其间，毛泽东同志与黄炎培作过一段关于中国共产党领导的政权如何跳出历代统治者从艰苦创业到腐败灭亡的周期率的谈话。国民参政会参议员黄炎培先生对毛泽东说："时代长河浩浩荡荡，朝代更替，历代历朝'其兴也勃焉，其亡也忽焉'，总不能跳出这一'兴亡历史周期率'的怪圈。如'康—雍—乾'，也无法幸免。"这就是"兴亡周期率"。他的意思是希望中共能找到摆脱怪圈的新路径。毛泽东当时毫不犹豫地说："我们已经找到了新路，我们能跳出这周期率。这条新路就是民主。只有让人民来监督政府，政府才不敢松懈。只有人人起来负责，才不会人亡政息。"

毛泽东在《才溪乡调查》一文中所肯定的代表会议制，系实行民主建政的重要途径和制度。从这则佳话中，人们可以发现，代表不仅参政，而且成为监督政府，防止重蹈"兴亡周期率"悲剧出现的有力保障。

民主的力量可谓大矣！

代表是怎样产生的？选举。

毛泽东在此文中详细介绍了才溪乡的选举办法和过程。

一、领导者：选举委员会。

二、进行选民登记；发榜三张。

三、公布候选名单。毛泽东介绍的这个环节很有意思：

> 下才溪一百六十多人（内应选九十一人），一村贴一张，每张均写一百六十多个名字。群众在各人名下注意见的很多，注两个字的，五六个字的，十多个字的，儿童也在注。注"好""不好"等字的多，注"同意"或"消极"的也有。有一人名下注着"官僚"二字，受墙报批评的有二十多人，被批评的都是只知找自己的生活，不顾群众利益，工作表现消极的。内有三张批评乡苏对纸业问题解决得不好。

朴素而简洁的文字，却形象生动地勾画出群众对候选名单热情关注并积极发表自己意见的动人情景。有句老话：群众的眼睛是雪亮的。公布候选代表的名单，将他们置于群众的评价之中，这是民主的充分体现，只有中国共产党领导下解放了的苏区，才会出现如此令人欣喜的场景。

经过群众筛选之后产生出代表，就可以召开选民大会了。程序是：首先由乡苏维埃政府向选民报告工作。工人以全乡为一个单位，农民以村为单位（四个）。召开选举大会是件非常严肃而隆重的大事，选民百分之八十参加。其余百分之二十没有到会的，原因是生病、放哨、在合作社工作外出办货、女子坐月子的。细心的毛泽东还欣喜地发现，老人撑着棍子前来开会。

为了做好选举工作，必须做充分的准备。主要是通过召开各个组织，工会、贫农团、妇女会、互济会与反帝同盟会召开动员大会，甚至连儿童团、少队部都开了会。广泛发动群众，倾听群众的意见。其间，作为骨干的党团员先开会，统一思想和行动，让大家都了解选举的意义。为了做好选举工作，还组织了宣传队到各个村进行宣传，白天讲话，夜间演戏。

通过如此周到的准备，才溪乡的选举工作做得非常成功。毛泽东在文中这样介绍：

> 新干部的当选：上才溪七十五个代表中，前任代表五十三个，有二十一个再当选了，落选的三十二个，新当选的占五十四个。下才溪九十一个代表中，前任代表七十三个，有五十个再当选，落选的二十三个，新当选的占四十一个。

这些数据很值得注意的是，有不少前任代表落选了。其中的原因，就是群众对他们的履职不满意。把选举的权力交给群众，以群众满意不满意作为标准。这种选举实际上就是 100 多年前，全世界第一个无产阶级政权即 1871 年 3 月 18 日到 5 月 28 日巴黎公社首创的普选制精神的继承和弘扬。

史载：巴黎公社废除了资产阶级民主，实行无产阶级民主。它采用普选制，直接选举公职人员，如公社委员会成员都是经过直接和普遍选举产生的。他们大多数是工人或公认的无产阶级代表，还有拥护公社事业的知识分子、职员、医生、教师和新闻记者，从而使公社委员会具有广泛的代表性和群众基础。其他公职人员、法官、国民自卫军营长也都由选举产生并随时可以撤换。巴黎公社接受群众的监督，听取和采纳第一国际各支部、工团联合会、国民自卫军、俱乐部以及报纸舆论的建议和要求。公社社员享有广泛的民主权利，有权参政议政，对国家权力机构进行监督。

很可惜，因为敌我力量过分悬殊等原因，巴黎公社只存在72天，就被梯也尔政府和普鲁士军队残酷镇压下去了。马克思曾经宣告："公社的原则是永存的，是消灭不了的；在工人阶级得到解放以前，这些原则将一再表现出来。"（《马克思恩格斯全集》第17卷第677页）马克思不愧是伟大的预言家，60多年后，巴黎公社的原则在毛泽东亲自参与开辟和领导的闽西这片红土地上，开花结果了。

经过选举，乡苏维埃政府终于成立。为了更好地履行职责，根据需要，乡苏维埃政府成立了许多委员会，这些委员会的名称是：优待红军家属委员会、查田委员会、选举委员会、土地委员会、劳动委员会、山林委员会，还有一个"逃兵归队委员会"。乡苏维埃下属的这些委员会的组织和领导，成为乡苏维埃工作的重要组成部分。此外，还有一个"耕田队"，在帮助红军家属和困难群众中发挥了很大的作用。

毛泽东在《才溪乡调查》一文中介绍和总结的以代表制起步并以此为标志的民主建政方式、经验，后来在全国的其他苏区也开展起来。从闽西开始的民主建政的尝试，成为苏区的样板之一。

代表会议制的长处，是代表与居民发生固定的关系。通过各级的代表会议制，使民众像网一样组织于苏维埃之下，去执行苏维埃的一切工作任务。既实行了民主，又代表了群众的心声、呼声、利益、诉求，而且奠定了各级政权建设的坚实基础。毛泽东认为"这是苏维埃制度优胜于历史上一切政治制度的最为明显的一个地方"。通过代表会议制实行民主建政，在各个革命根据地建设中发挥了重大作用。

保护工商业

这是个颇具敏感性的话题。

1929年3月，毛泽东、朱德率领的红四军解放汀州后，从被动转为主动，实行具有战略性的大转变。一进城，毛泽东就亲自起草了《告商人及知识分子书》，明确指出："共产党对城市政策是取消苛捐杂税，保护商人贸易。"这一年的7月，毛泽东指导召开的中共闽西"一大"会议，通过的《政治决议案》中规定："对大小商店应采取一般的保护政策（即不没收）。"1930年3月，闽西第一次工农兵代表大会通过的《商人条例》也明确规定："商人遵照政府决议案及一切法令，照章纳缴所得税，政府予以保护，不准任何人侵害。"允许"商人自由贸易"。正是有了正确政策，闽西苏区的私营工商业不仅得到很好的保护，而且获得迅速的发展。

其实，早在井冈山时期，毛泽东就高度重视用正确的政策保护中小商人利益。当时，因为交通不便，边界各县的物资流通由一批中小商人维系。基于这一点，毛泽东从实际出发，提出了"保护工商业"和"保护中小商人"的政策，对一般的普通商人及一般小资产阶级，采取了切实的保护措施。同时，取消种种苛捐杂税，鼓励私营工商业发展。这一时期还先后恢复了宁冈的大陇、遂川的草林圩场，既活跃了根据地的经济，又打破了敌人的经济封锁。正确的工商业政策赢得社会各方面的赞誉，极大促进了根据地私营商业的繁荣。

人们一般称私营工商业主为商人。闽西苏区稳定诞生、发展、成熟，始终和其相系。如实地说，商人这个概念是比较笼统的，在私人工商业主中，有肩挑叫卖辛苦行走于城乡的小商贩，他们属于穷苦人家，比较容易进行阶级划分，难就难在有一定资产的私营工商业主，若按阶级划分，他们属于民族资产阶级，对待共产党和革命，具有左、中、右之分。按照毛泽东的观点，既可以争取、利用、团结、改造，又不能让他们搅乱了自己的阵线。

如何对待私营工商业？

从表面上看，似乎是个经济问题，实际上是个严肃的政治问题，它连着闽西苏区的全局，连着千千万万的家庭和无数的普通百姓，人们往往忽视了，它和苏维埃政权即民主建政同样有着直接的关系。现在有句人们耳熟能详的话语："无工不富，无农不稳，无商不活。"尤其是进入商品经济的新时代，一个"活"字，如画龙点睛般地活现出不可小视工商业的重要作用。当时苏区的情况虽然与今天大相径庭，但认真审视，在政策问题上，同样有某些相通之处。特别是在建政这一关键节点上，鉴于反腐败的严峻形势，我们目前的做法是：扎紧权力的笼子，不能让钱权交易进入国家各级的权力机关；当年的苏区则是，对待商人，采取谨慎的态度，一般不让他们进入工农民主政权。

苏区通过民主建政成立的各级政权组织，主要是工农。即使是经济活动，如闽西苏区组织合作社，对商人也采取了颇为谨慎的态度。最早的合作社，一般没有让商人参加的，后来，允许商人参加，但规定不能让商人办事（即掌权的意思），道理很简单，就是谨防合作社成为商人赚钱牟私利的工具。这种做法完全是正确和必要的。

闽西苏区最早主要是在农村，后来，苏区不断发展、扩大，进入龙岩、长汀、上杭等城市，自然接触到大量的商人。开始，不少商人受国民党反动派的欺骗，害怕共产党"共产"，逃跑或藏匿起来了，后来，看到情况并非如此，红军纪律严明，便陆续回来继续经营。闽西苏区的领导人按照毛泽东的决策，正确地执行了团结、保护私营工商业主的政策，尤其是面对敌人严酷的经济封锁，更是高度重视私营工商业主的作用。

在这一正确政策的指引下，闽西苏区的私营工商业不仅得到很好的保护，而且获得迅速的发展。特别是闽西工农银行成立之后，对私营工商业主的政策就相对宽松多了。因为工农银行实际是向社会招募股本的商业银行，于是，对于私营工商业主采取了热情欢迎的政策，鼓励他们积极向工农银行购买股票。虽然，当时向闽西工农银行购买股票的绝大多数是工农群众，还有苏区各级的苏维埃政府以及合作社，但从闽西工农银行的日计表来看，也有不少商家和私营工商业主。

保护私营工商业，是一项极为重要的政策。在当时的特殊政治和时代背景下，很不容易。

1931年1月7日，在以共产国际代表名义出现的米夫一手操持下，中国六届四中全会在上海召开，王明等"左"倾机会主义者采取突然袭击的手段，以批判李立三的"左"倾冒险主义路线为名，窃取了党中央的领导权。这是一个充满激烈斗争的会议，会议只匆匆开了一天就草草收场。经过岁月的沉淀，现在再来看这次中央全会，就非常清楚了，这完全是由米夫操纵、王明等疯狂篡夺党中央领导权的一场闹剧。

窃取了党中央领导权的王明等"左"倾机会主义者，推行比李立三更为"左"倾的机会主义路线，他们打着执行共产国际指示的旗号，盲目地照搬苏联的经验，给全国革命造成了极为严重的损失，最后，他们无法在上海立足，党中央不得不在1932年陆续撤离上海，进入中央苏区。

他们进入中央苏区之后，一开始就把毛泽东视为眼中钉，撤销了毛泽东的军事指挥权，鉴于毛泽东在党内和红军中的崇高威信和影响，虽然暂时还不敢轻易对他所担任的中华苏维埃临时中央政府主席的职务有所觊觎，但在1932年10月，在中共苏区中央局在江西宁都召开的中央局全体会议上，"左"倾错误的推行者，对毛泽东进行了无理的指责和错误的批评。史家评论，宁都会议是在敌强我弱的情况下，王明"左"倾盲动主义的"积极进攻战略"同毛泽东为代表的"积极防御战略"斗争的总爆发。这次会议是在红军第四次反"围剿"即将到来的紧迫情况下，排挤和剥夺了毛泽东对红军的领导和指挥，不仅给当时红军的前线指挥机关造成了困难和不利局面，而且成为后来红军第五次反"围剿"失败的一个重要原因。

目光敏锐、思想深邃的毛泽东通过社会调查，还发现了汀州的苏维埃政府存在的一个倾向性的问题，在《关心群众生活，注意工作方法》一文里中肯地进行了批评。

进入中央苏区并掌控了党中央领导权的"左"倾机会主义者，不仅在军事上执行冒险主义的所谓"进攻战略"，而且在经济建设上也推行一系列的极左政策，严重影响苏区的经济建设。其中主要的表现是极力推行"左"倾劳动经济政策。实际上，毛泽东在当时发表的一系列关于经济建设的文章以及在汀州养病期间所做的社会调查，就是对当时"左"倾劳动政策的有力纠正。

中华苏维埃国家银行成立之后，在汀州成立了福建分行，闽西工农银行依然存在，忠诚地履行着职责，包括模范执行对私营工商业的政策，成为苏区金融的一面鲜红旗帜。

毛泽东在 1933 年 8 月 20 日写的《必须注意经济工作》一文中有一段精辟的讲话：

> 过去有些同志认为革命战争已经忙不过来了，哪里还有闲工夫去做经济工作，因此见到谁谈经济，就要骂为"右倾"。他们认为在革命战争环境中，没有进行经济建设的可能，要等战争最后胜利了，有了和平的安静的环境，才能进行经济建设。同志们，这些意见是不对的。抱着这些意见的同志，他们不了解如果不进行经济建设，革命战争的条件就不能有保障，人民在长期的革命战争就会感到疲惫，你们看，敌人在进行经济封锁，奸商和反动派在破坏我们的金融

和商业，我们红色区域的对外贸易，受到极大的妨碍，我们如果不把这些困难克服，革命战争不是要受到很大的影响吗？

毛泽东的这段讲话，实际是对那些"左"倾机会主义者的有力驳斥。保护工商业，发展苏区经济，是稳定苏区、支持革命战争的政治大局。

法治以及法制建设的重要探索

上杭，蛟洋，文昌阁。

一座雄伟的宝塔拔地而起，砖木结构，通高达 29.6 米，颇有孤高耸立天际、登临鸟瞰神州之势。一侧是山，不高，绿树蓊郁；一侧是村庄，毗连人间烟火。该塔气魄不凡，建于清朝中叶，旨在祈求文化昌盛。这座塔的建筑工艺独特、精致、讲究。最为杰出的是采取当时罕见的"悬臂梁"结构，只有中间一根独木支撑，四周没有一个柱子，如一把巨大的伞，撑起这座巍巍然的建筑物。建塔工程从乾隆六年（1741）至乾隆十九年（1754），历时 13 年，才终于竣工。从外观看有六层，飞檐翘角，振翅欲飞，实为四层。一至三层分别安奉了孔子、文昌帝君、文魁星的神像，据说，蛟洋自从建了文昌阁后，果然文运亨通，才士辈出。每年三月初三，全乡文人绅士都纷纷集会于此高阁，"称觞祝嘏""讲论阴骘""以为省身克己之助"。后来，又于文昌阁之左右两侧分设天后宫、五谷殿等建筑，形成一片瑰丽的古建筑群。辛亥革命后，文昌阁改办为学校（即广智小学），邓子恢等人就曾任教于此，开展革命活动。

一页辉煌的历史遗落在这里。

1929 年 7 月中旬，毛泽东同贺子珍、蔡协民、江华、曾志等人前往上杭蛟洋文昌阁，指导召开了中共闽西第一次代表大会。大会通

过了毛泽东亲自修改的政治决议案。大会之后，闽西各地认真贯彻
"闽西一大"，"武装斗争""抽肥补瘦"的土地革命精神，呈现出一派
"收拾金瓯一片，分田分地真忙"的喜人景象。

　　此次会议的胜利召开，把闽西的革命推向了高潮，至 1930 年春，
闽西形成相对稳定的苏区。这一年的 3 月 18 日，来自闽西各乡的 180
多位工农兵代表，云集龙岩，参加了盛况空前的闽西首届工农兵代表
大会，这些与会的代表全是由自下而上的民主选举产生的。在这次会
议上，产生了以邓子恢为主席，张鼎丞、卢肇西、郭滴人等 35 人为
执行委员的闽西苏维埃政府，标志着闽西苏维埃政府正式成立。

　　闽西第一次工农兵代表大会在党史和苏区史上写下了浓墨重彩的
一笔。1930 年 2 月 6 日，闽西苏维埃政府筹备处颁布了《工农兵代表
大会选举条例》，这是全国苏区制定的第一个选举条例。

　　1930 年 3 月，闽西第一次工农兵代表大会制定并颁布了《苏维埃
政府组织法》《土地法》《山林法》《劳动法》《婚姻法》《工会法》以
及《借贷条例》《优待士兵条例》《商人条例》《取缔牙人条例》《取缔
纸币条例》《保护青年妇女条例》《保护老弱残废条例》《合作社条例》
《裁判条例》《暂时税制条例》共计 6 部大法 10 项条例。其中《苏维
埃政府组织法》《土地法》《劳动法》《婚姻法》《工会法》等法令，是
中共所创建苏区中最早制定的比较完备的法律，为后来全国苏区政权
建设提供了范本，摸索并积累了丰富的经验。这些法令、条例的出
台，展现了闽西苏区在短短的时间内，已经初步创建了具有鲜明特色
和时代特征的苏维埃法律体系。

　　闽西苏区在政权组织、选举、社会保障、司法制度等方面的立法
是全国苏区最早的。闽西第一次工农兵代表大会是我党创建中央苏区
时期立法成果最大最丰富的一次会议，奠定了中央苏区的法律框架，
对以后陕甘宁边区、各抗日根据地、各大解放区乃至新中国成立后的
立法、司法实践均产生了深远的影响。

　　其实，关于闽西苏区立法的历史，还可以往前推。

这是往往被人们忽视的一段史实：

1928 年 8 月，在永定县金砂金谷寺召开溪南区工农兵代表大会，大会通过了《土地法》《劳动法》《裁判和肃反条例》《婚姻条例》等法律。这是永定暴动的重大成果之一。后来，因为敌人的残酷镇压，起义部队不得不退入深山老林之中坚持斗争。直到 1929 年 3 月，毛泽东、朱德率领的红四军进入闽西，才重新点燃起熊熊的革命烈火，闽西形成了各个县连成一片的苏区，出现了可以召开闽西第一次工农兵代表大会的大好局面。

响应红四军入闽，闽西各地纷纷举行暴动，推翻国民党的反动统治，建立工农民主政权。建立政权之后，如何进一步实行民主建政呢？法治。即制定新的法律、法规、条例，这是具有时代变迁重大意义的飞跃和创举。

是法治还是人治？据专家分析，有三大显著的区别：

区别之一：法治是多数人之治，法律是大家合意的表示，是全民意志的表示；而人治是一个人的意志，凭批示，如古代帝王经常凌驾于法律之上，仅靠皇帝一个人的意愿来决定事务。多数人之治和个人之治，都是治理，但意志来源和代表性不一样。这是法治和人治的最重要的区别。

区别之二：事先之治还是事后之治。法治是按照事先建立的法律规则进行法律适用，"十二铜表法"，"商鞅立信"，都是事先立了规矩，向社会宣告颁布，令出必行。包括立法者自己，也要坚决遵守，这都是事先立法。而人治是事后立规，便宜行事。发生事件之后，再随即出台处理原则，随势而为，政策治国，跟着社会状况，随时变化。

区别之三：是理性之治，还是运动之治。法治是将矛盾带上法庭，理性管理国家。让国家按照秩序，以法治的渠道来解决，稳妥而恒定。而人治是搞运动，像到处游行，把嫌疑人拉到广场上宣判，公开处理，一下子从重打击，一下子从轻放过。我们强调法治，就是要限制那种不受制约的随心所欲的权力，即将权力关到笼子里面。

因此，在建立苏维埃各级政权之后，实行法治，是民主建政的重要尝试。法治依靠什么？法制，即通过苏维埃代表大会制定的法律、制度。这是毛泽东在闽西实行民主建政实践的重大内容。

苏维埃的法治毫不含糊，尤其是对贪污、腐败，严惩不贷。

在闽西苏区的反腐工作中，贪污100元（银元）以下强制劳动半年，500元以上死刑。当时，依法查办了闽西苏维埃政府常务委员兼粮食部长林延年、闽西中央苏区总工会代理委员长陈日兴、福建省军区特务营副政委黄浴明与大队长黄土辉等腐败案件。1930年2月15日，枪毙了两名腐败分子，树立了清正廉洁、勤政为民的风气，巩固了苏维埃政权。

法制建设，即以立法的形式建立必要的制度，对闽西苏区的完善、发展、成熟发挥了重大作用。且以《合作社条例》为例。这个条例不长，全文如下：

闽西苏维埃政府布告第十一号
——合作社条例
（一九三〇年五月）

闽西自暴动以来，已建立了许多县、区、乡苏维埃政府，在苏维埃政权下的群众，解除了国民党军阀的政治压迫，与苛捐杂税的剥削，但是因为受到军阀的经济封锁，商人的购买怠工，以致物价高贵，金融停滞，群众痛苦尚不能彻底解除，因此合作社的组织，是目前闽西群众最急切的需要。兹将第一次代表大会决议公布如下，仰各级政府及全体群众一概知悉，并切实进行为要。

附合作社条例

一、有下列条件者，始得称为合作社：

（甲）照社员付于合作社之利益比例分红，而非照股本分红者。

（乙）社员是自愿加入的。

二、在业商人可以加入，但不能办事。

三、合作社所得红利照如下分配：

（甲）百分之四十照股金分配，作为利息。

（乙）百分之十，作为公积金。

（丙）百分之十，抽与办事人花红。

（丁）百分之四十，照社员付与合作社之利益比例分配。

四、合作社办事人，由社员公选，政府不予干涉。

五、合作社不受工会法之支配。

六、合作社货物之运输，及账目之追收，政府应予以保护及帮助。

七、合作社免向政府缴纳所得税。

八、合作社有向政府廉价承办没收来之工商业及农业之优先权。

九、合作社借贷买卖，及各种章程，由社员大会规定。

十、合作社应将社员人数、股本、章程、分红办法，及办事人的姓名报告政府登记。

主席兼经济部长　邓子恢

公历一九三〇年五月

这里所说的合作社，不只是信用合作社，还有生产合作社、消费合作社等合作组织。鉴于当时的环境尤其是红色区域处于经济十分困难的情况，苏维埃政府高度重视各类合作社的组织，把其视为突破敌人封锁、解除困境的极为重要的途径即组织形式。合作社是群众的集体组织，落脚点是苏区的群众，苏区党和政府的领导人心里十分明白，只有依靠最广大人民群众，积极把他们动员起来，才能形成强大的力量和优势。而参加合作社，是群众自愿的，不搞强迫命令、统一行动，完全相信群众、立足群众，走群众路线，是这份文件的坚实基点和出发点。

对于商人，有着警惕性。可以加入，但不能办事。也就是说，不能把领导权、办事权落在他们手里。这是符合商人的身份和实际情况的。在商言商，商人往往以获得最大利益为上，虽然并非民间所云的"无商不奸"，但不少商人唯利是图的情况的确存在，很值得人们警惕，他们和广大的贫苦农民不同，不能让他们搅乱了阵线。

这份文件中没有提到富农，是个不足。昔日生长在农村的人们都清楚，农村中的富农往往和富裕中农不大容易区别，他们和地主不大一样，不是完全依靠收租剥削农民过日子，而是参加劳动，家庭富裕，而且不少还有点文化，在农村尤其是宗族中还颇有影响。后来在实践中，人们发现，因为政府开始的时候对合作社比较少过问，以致有些合作社被富农把持，成为私人商店的性质。因此，红军前委、苏维埃政府对富农予以高度重视。

1930 年 6 月，红四军前委、闽西特委召开联席会议，在决议中就富农问题特别做了两点重要的阐述：一是什么是富农。明确地指出，富农有三种：一是半地主性的富农，自己耕种同时有多余的土地出租；二是资本主义性质的富农，没有把土地出租，甚至租别人的土地，但雇佣工人耕作；三是初期的富农，既不出租土地，也没有雇佣工人，只是自己努力耕种，但土地、劳力皆充足，每年都有剩余粮食出售或出借。

值得称道的是，在这份文件中，十分精确地对富农进行了界定，其标准就是"剥削"二字。富农或利用多余土地出租，或利用经济充裕放多种形式的高利贷，其中有钱利、谷利、猪利、牛利、油利等，或雇佣工人等，皆属于对劳苦大众进行剥削性质。而且指出，各种富农有许多是兼营商业的，开个小商店及贩卖农产品等。

土地革命初期，农民的目光往往只注意到土豪劣绅，农村中的富农尚不是打击对象，对富农的债务保存不废，而且为了"流通金融"，希望富农能够再借钱给贫农。这份文件中尖锐指出：这是最愚蠢不过的行为。流通金融，摆脱困境，不能靠富农发慈悲，而只能依靠劳苦大众自己组织信用社。

营垒分明的阶级分野，是合作社制度上重要的政治保障。因此，1930年9月25日，闽西苏维埃政府经济、财政、土地委员会联席会决议案中，对合作社问题有一条重要的补充决定：富农分子不准加入合作社，已经加入合作社之富农，即刻取消其股东权，并停止分红，其股金和利息待一年后归还。当时，为了稳定社会局面，尽量缩小打击面，苏维埃政府将富农和地主进行区别对待，也没有没收富农的土地和财产，包括富农在合作社中的股金和利息，展示了很高的政策水平。

合作社的办事人员，由群众公选，政府不予干涉。巴黎公社的普选制度在这里得到真正的体现。这是一条了不起的规定。因为，当时合作社是群众自愿参加的集体组织，把群众自己的事情交给群众进行选举从而决定人员的任用，体现了当时决策者在相信群众、依靠群众方面，具有宽广的胸怀和坚定的信念。

共赢，今天人们熟悉的观念。在当年合作社的红利分配上，可以清晰地发现，这一观念同样得到充分的体现。

初期的合作社，红利的分配共有四份，第一个百分四十是作为股金和利息，这是保证合作社生存和发展之本。值得注意的是第二个百分之四十，按照社员的利益进行分配。办社的初衷，不以谋取个人私利为目的，而是为群众谋利益。这一比较大股的分配，正是从这个角度进行安排的。有了这个规定，群众不仅在物质上得到好处，更为重要的是在精神上得到激励，感到合作社的确是为人民群众谋福利的，进而更加积极参加、支持合作社。

政府和合作社的关系，一是不予干预，二是保护和支持。值得注意的是有几项优惠政策，一是免缴所得税。现代社会，政府对企业也有某些免税政策，如对残疾人开办的企业，政府不仅要扶持，而且免税。当年对初办的合作社，也是如此。二是对承办没收来的工商业以及农业具有优先权，壮大合作社的经济，利在群众，充分体现了苏维埃政府对尚处在初期的集体经济扶持的目光和力度。切莫小看最后一条，看似简单的登记制度，实际是一种对合作社情况的全面把握。政府不干预不等于一切都不管，而是随时掌握合作社的情况，以免出现某些偏差和意外，这同样是负责的态度。

闽西苏维埃政府始终关注着合作社的发展，并为其进一步完善做了大量的工作。1931 年中华苏维埃临时政府成立以后，从闽西起源的信用社以及各类合作社组织，更是在各红色根据地遍地扎根、生长、开花、结果。1933 年 9 月 30 日苏区政府公布的《信用合作社标准章程》，完整地总结了办信用社的经验，不愧是更为完善的典范之作。没有规矩，不成方圆，从源流来看，闽西第一次工农兵代表大会推出的《合作社条例》确是基础和开山之作。

别样山水一样情

江西，瑞金，叶坪村，谢氏宗祠。

四周，由上百棵古樟树汇成的树林，如一片碧沉沉的云彩，凝聚在这里。深沉、浪漫，还有些许的神秘韵味。浓荫遮蔽的宗祠，颇具规模，马头墙、乌瓦，木质结构。正对广场的大门两侧，是高高的栅栏，简朴却不失古建筑气派。

开天辟地的一幕震撼中外的大剧，曾在这里徐徐拉开帷幕。

1931 年 11 月 7 日，十月革命纪念日。中华苏维埃第一次全国代表大会在这里隆重召开。来自闽西、赣东北、湘赣、湘鄂西、琼崖、中央苏区等根据地红军部队，以及在国民党统治区的全国总工会、全国海员总工会的 610 名代表出席了大会。

这天的早上，叶坪广场上举行了隆重的阅兵典礼，毛泽东、朱德、项英、彭德怀、王稼祥、任弼时等领导人检阅了威武的中央红军代表及闽赣两省附近的县赤卫军和模范少先队。雄风猎猎，红旗招展，铁流滚滚，令人心潮如涌。下午，大会举行开幕式，项英致开幕词。晚上，时任瑞金县委书记的邓小平为大会精心准备了提灯庆祝晚会，将庆祝活动推向高潮。

有一个充满戏剧性的细节：

为确保大会安全，大会筹委会还专门设置了一个假会场迷惑敌人，充满戏剧性的是，这天假会场遭到敌机轰炸，而叶坪的真会场却安然无恙。长汀比瑞金繁华多了，城市也更具规模，敌人误判，以为此次大会必定在长汀召开，结果没有得逞。

大会历时 14 天，听取了毛泽东作的政治问题报告，项英作的劳动法草案报告，张鼎丞作的土地问题报告，朱德作的红军问题报告，周以栗作的经济政策问题报告，王稼祥作的少数民族问题报告，邓广仁作的工农检察问题报告，任弼时作的苏维埃宪法问题报告；大会通过了苏维埃宪法大纲、土地法、劳动法及红军问题、经济政策、工农检察问题、少数民族问题等决议案；选举了毛泽东、项英、张国焘、周恩来、朱德等 63 人为中央执行委员会委员，组成中央执行委员会，作为大会闭幕后的最高政权机关。大会最后发表了《中华苏维埃共和国临时中央政府对外宣言》，向全国全世界庄严宣告：中华苏维埃共和国临时中央政府正式成立，定都瑞金。

27 日，中央执行委员会举行了第一次会议，毛泽东当选为中央执行委员会和其下设的人民委员会主席，项英、张国焘为副主席。当选举结果一出来，任弼时高兴地站起来，说："下面我们请毛主席讲话！""毛主席？"与会人员一开始愣住了，随即热烈地鼓起掌来，目光一齐投向毛泽东，不约而同地喊道："毛主席！毛主席！"从此，"毛主席"的称呼就在瑞金喊响了，并一直喊到北京，传遍世界。

中华苏维埃共和国临时中央政府成立，并定都瑞金，是具有重大时代意义的历史事件，也是中国共产党人履行民主建政的辉煌成果。令全国苏区尤其是闽西人民感到有点不解的是，当时闽西长汀比瑞金繁华多了，城市也更具规模，为什么不定都长汀而选择瑞金呢？

这是鲜为人知的一段史实：

当年，中央以及毛泽东、朱德等最初考虑的开会地点并不是瑞金，而是福建长汀，准备建立以长汀为中心的中华苏维埃共和国。毛泽东对闽西有着特别深厚的感情，他的最初主张更是如此。

根据党史专家研究，促使最终选定瑞金作为中华苏维埃共和国首都，有一个人发挥了特殊的作用，那就是邓小平。

1931 年 7 月，27 岁的邓小平离开上海，辗转广东、福建，于 8 月抵达瑞金，并被推为县委书记。他一上任，就碰到当时瑞金进行"肃反"活动这一棘手的问题。由于瑞金前任县委书记兼"肃反"委员会主任李添富将运动扩大化，把县苏维埃政府和县总工会两个单位 80% 的干部逮捕作为"社会民主党"处理，几乎天天有几十个干部或群众被枪决。

据老同志刘家祁回忆，当时邓小平身边只带了一位同志来到瑞金。但他以果敢的气魄和敏锐的洞察力，一面深入实际了解干群被害真相，一面采取措施稳定事态。经过一个多月的深入调查研究，在掌握大量铁证后，他拘捕并严肃处置了李添富等人，释放大批在押的干部、群众，制止了乱捕滥杀的错误行为，将瑞金从人心惶惶、动荡不安，转向秩序井然、稳定发展的局面。

如今瑞金城中绵江路东有座东方庙，就是当年瑞金县委机关所在地和邓小平的住所，现在已成为民宅。当年，邓小平就住在庙里一间狭小而光线阴暗的小厢房里。房东大娘介绍，原来县委机关在群德小学，为了腾出来办列宁小学，邓小平就把县委机关搬到了东方庙。

敢于采用铁腕手段扭转危局，是邓小平的风格。在果断处理了李添富等人之后，他立即主持召开瑞金县苏维埃第三次代表大会，约法三章：第一，立即停止乱杀人；第二，已被供出名字怀疑是"社会民主党分子"的一律不抓；第三，已被关押在狱的，凡是贫农、中农，先放掉，让他们回原地继续参加革命斗争；凡是地主、富农，罚钱后放掉，罚不到钱的取保释放。

当时总共释放了300多名无辜的干部、群众。会上还通过了"肃反"工作、优抚工作、劳动法、组织消费合作社等议案，选举了新一届苏维埃领导人，瑞金干群的革命积极性再次高涨，全县局面大为改观。在纠正肃清所谓"社会民主党"的错误后，邓小平及时将工作重心转到土地分配上。之前，瑞金曾两次分配土地，但由于种种原因，许多贫困农民并未分到一分田地。

在领导土地分配中，邓小平坚持实行毛泽东在闽西创造的"平均分配土地""抽多补少""抽肥补瘦"的土地政策，既不侵犯中农的利益，也不过分打击富农。他当时在全县分田工作会议上提出的响亮而务实的口号是："大家都要有口饭吃嘛！"

"大家都要有口饭吃嘛！"这极大地激发了瑞金各阶层发展生产的积极性，全县经济得到很大发展，为全国第一次苏维埃代表大会在瑞金胜利召开创造了条件。为迎接这次具有深远影响的重要会议在瑞金召开，短短一个月内，全县工农群众就捐助了现洋2万多元、粮食500多担、食盐1万多斤、棉被800多床等等，为召开这次会议创造了极为有利的条件。

1931年9月28日，毛泽东、朱德等率红一方面军途经叶坪村，此行原定到福建筹粮筹款、休整补充，并筹备在长汀召开全国第一次苏维埃代表大会。到瑞金后发现瑞金的工作做得更好，立即做出调整，选定叶坪村为苏区中央局和红军总部驻地；在叶坪村召开全国第一次苏维埃代表大会，建立苏维埃临时中央政府。

到过叶坪村的人们，还可以深切地感受到，或许，是那里上百棵古樟树汇成的风水林，宛如威严的方阵，忠诚地守望了数百年的风风雨雨，正深情地等待着这一从天而降的历史机遇。香樟多情，"千叶芙蓉讵相似？百枝灯花复差然"，终于留住了毛泽东等人的脚步。

当上了中华苏维埃共和国临时中央政府主席的毛泽东，虽然较长时间住在瑞金，但他并没有忽视闽西。瑞金是闽西的近邻，来来往往只有几十公里。走遍闽西大地的毛泽东，时时挂念着闽西，而且把闽西的成功经验介绍到全国各个苏区。

最为典型的就是他将亲自作的《才溪乡调查》和江西的《长冈乡调查》一起，在全国第二次苏维埃代表大会上，作为正式文件，发给到会的代表。此后，闽西民主建政的成功经验，在全国各个苏区生根、生长、开花、结果。

别样山水一样情。这是对闽西这片红土地和人民最深的关爱和最为充分的肯定、褒奖。

据统计，毛泽东前后 12 次到长汀，最长的一次，在长汀一边养病，一边工作，前后达三个月之久。毛泽东非常赞赏长汀这片"红军的福地"，他的不少决策都是在长汀完成的。他在民主建政中提出了全面、科学的经济思想，包括"一要打仗，二要建设"的思想，把农业放在经济建设首位，发展国营经济、合作社经济和私人经济"同时并进"，开放赤白贸易、搞活苏区经济，发展国民经济增加财政收入、在财政支出上厉行节约，动员和依靠广大群众参加经济建设、切实解决群众实际问题等也都是在长汀提出来并付诸实践的。

1933 年春，对外贸易总局在瑞金成立，下设赣县江口、汀州、会昌筠门岭、罗塘四个外贸分局，长汀是其中之一。吴亮平在《经济建设的初步总结》中这样说明："福建的对外贸易工作也得到相当的成绩，如宁化、新泉、上杭分局进口食盐、洋油，出口纸（三百余担）及莲子，使苏区特别是汀州市的经济比以前活跃。"1933 年 11 月 20 日，国民党第十九路军发动"福建事变"，成立了"人民革命政府"。11 月 27 日，中央苏区政府派代表在长汀与十九路军签订了《闽西边界及交通条约》，由此打通了中央苏区经闽西到达福建沿海的通路。中央苏区政府迅速以长汀为核心，建立了一条"江西—福建长汀—第十九路军—潮汕、漳厦"的钨砂出口线，销售停滞一段时期的钨砂源源不断地从长汀运出，换回大量苏区急需的物资。史料记载，通过汀江航运到达长汀码头的物资，有价值 900 多万光洋的食盐、600 多万光洋的布匹、300多吨的药品等。汀江，也因此被誉为"苏维埃共和国的经济血脉"，作为商业与对外贸易的重镇，连接着中央苏区经济活动的毛细血管，起着经济支撑的作用。

毛泽东民主建政的思想和实践，在长汀取得巨大的成功。

上杭是闽西重镇。毛泽东前后九次到过上杭，他亲自主持的古田会议和进行的《才溪乡调查》都在上杭。两者的意义和影响，犹如擎天柱，撑起红军和苏区建设广袤的蓝天。

永定、连城、龙岩，包括当时属于闽西的宁化、清流、归化等地，处处都留下了毛泽东的足迹，处处都闪烁着这位伟人进行民主建政等伟大革命实践的异彩。毛泽东高度信任闽西苏区，其重要的原因之一是，通过民主建政，闽西从村到区到县，都建立了巩固的共产党坚强领导下的政权。人心向着共产党、向着苏维埃，这是任何敌人也摧毁不了的。

第十一章

风展红旗如画

毛泽东的一首词，不仅唱亮了原来隶属于闽西的宁化、清流、归化（现为明溪），而且成为开创这三个县以及建宁等地进入中央苏区新局面的动人交响。

毛泽东不愧是个伟大的战略家，他提出的"离开闽西，巩固闽西"的决策，结出了丰硕的成果。

《如梦令·元旦》

1930年1月初。上杭，古田。

腊月隆冬。严霜铺地。庄稼早就颗粒归仓了，空旷的田野，正在悄然等待万紫千红的春天。古田会址后面的风水林，依然满目蓊郁。几棵红枫，兀立云天，霜叶如染，如熊熊燃烧的火把，分外醒目。古诗云："万叶惊风尽卷收，独余红树拟禁秋。"令人肃然起敬。广场上，军容整齐的红军队伍，正准备出发。

邓子恢等一批闽西的地方干部前来为毛泽东送行。古田会议胜利闭幕之后，前些天，朱德已经带领红四军的一、三、四纵队沿武夷山脉回师赣南。毛泽东带领的是红四军的第二纵队，掩护朱德率领部队顺利转移的任务已经完成，也决定向北经福建连城、归化、清流、宁化等县，翻越武夷山，前去江西与红四军主力会合，以打破敌人的

"围剿"，开拓更为壮阔的新局面。

据《毛泽东年谱（1893—1949）》记载："1月上旬，接到中共闽西特委来信，要求红四军留下一个纵队在闽西游击，帮助地方消灭敌人，巩固刚建立的红色政权。毛泽东对送信人说，敌军是跟着我们走的，不会停留在闽西跟你们走。他当即写了八个字：'离开闽西，巩固闽西。'"时任中共闽西特委书记邓子恢，看到毛泽东写的"离开闽西，巩固闽西"这颇有哲学意味的八个字，豁然开朗。因为国民党的疯狂"围剿"，是冲着红军主力而来的。毛泽东是个伟大的战略家，红四军突然全军回师江西，正是毛泽东调动敌军出奇制胜的战略战术。

位于群山环抱中的村庄，炊烟袅袅。太阳从彩眉岭上升起来了。明丽的阳光，洒遍这片红色的大地。一声令下，红旗招展，部队开拔。毛泽东和邓子恢等前来送行的地方干部依依告别。山里的空气清新如沐，虽然有点冷，但红四军的指战员个个精神抖擞。古田会议的精神已经传达并贯彻到部队，党和红军的思想达到了空前的统一。全军面貌焕然一新，骑在大黄马上的毛泽东，更是感到无比地通畅。自井冈山下山以来，困扰着毛泽东以及党和红军的许多难题，经过古田会议，终于迎刃而解了。

毛泽东一身轻松，心情极好。大黄马仿佛也感受到主人的心境，迈开四蹄，碎步向前。此次回师，毛泽东走的方向和朱德是相同的，但具体的路径却不大一样，他是个细心之人，按照行军的规则，兵分两路，遇到特殊情况，可以相互照应。

红军走的是山间小道。这里绝大多数是原始森林，树木遮天蔽日。小径弯弯曲曲，深山密林中，有不少是古驿道，长满青苔，上面铺着落叶，人踩上去，沙沙作响。有山泉潺潺流过，冷清、寂寞。偶尔，也遇到飞流直下的瀑布，空谷传音，声震四野。"争知不是青天阙，扑下银河一半来。"令人神思飞越。一路风光奇秀。绵延的竹林、杉树林、松树林、杂木林，还有罕见的红豆杉林、楠木林，就像奉命排列的大型仪仗队，肃立山间小径的两侧，热情地迎接这支气宇轩昂的红军队伍。毛泽东是诗人，戎马倥偬的他，就这样渐行渐远，悠然走进诗一样的意境和世界。

灵犀忽地一动，诗情涌起，看不尽迤逦而行的红军队伍，人强马壮。这一天正是 1930 年旧历大年初一，也称元旦。人们或许不知道，把阳历 1 月 1 日称为元旦，是 1949 年以后的事情。骑在马上的毛泽东徐徐而行，一行行诗句，恰似飘飞的音符，悠悠然浮上心头：

> 宁化、清流、归化，
> 路隘林深苔滑。
> 今日向何方，
> 直指武夷山下。
> 山下、山下，
> 风展红旗如画。

全文只有 33 个字。轻声咏诵，却如一首欢快的歌，在无边的深山密林中回荡。细细品去，形神相生，韵味更是如高山流水，一气呵成。《尚书·舜典》中云："诗言志，歌永言，声依永，律和声，八音克谐，无相夺伦，神人以和。"这是创作的神奇，同样是催生杰出作品的境界。毛泽东的这篇马上吟咏的词作，堪称词作中的精品。

这首词主旋律节奏明快、语言晓畅、笔调轻松活泼，洋溢着浓郁的革命乐观主义精神，同时也是一幅色彩鲜明的红军山地行军图：滚滚铁流，穿越山山水水，不可阻挡；旌旗飘扬，人喧马嘶，雄奇瑰丽。

"宁化、清流、归化"，是指红军行军经过的地方。这三个县的地理位置，清流居中，归化在清流东北，宁化在清流西北，武夷山又在宁化西面。从地图上看，这三个县实际是彼此相依的，而且闽西山脉都属于武夷山脉。

当年毛泽东率领红军走过的实际行军顺序是：归化、清流、宁化。之所以写成词中的顺序，是出于词律和押韵的需要。毛泽东率部从古田到江西的东韶与朱德率领的红军会合，千里行程，迂回行军，所到之处很多，只提了三个地名，并不代表只经过了这三个地方。

而今，有个很有意思的问题：毛泽东的这首词到底是在哪个地方写的？词中所点的三个县甚至包括武夷山市，都认为是这首词的诞生地。

文学创作向来有"长期积累，偶然得之"的规律，尤其是诗词创作，往往有灵感突至瞬间喷涌而出的特点。因此，除了毛泽东本人，其他人是很难说清楚这首词的诞生地的。

不过，有一点完全可以相信，这首词是毛泽东此次行军的心境、情怀、境界的诗性写照。在毛泽东的诗词创作中，并不必拘泥于某个具体的地点。因此，我们说：当年的闽西各地，凡毛泽东经过的地方，都是这首词的孕育与诞生之地。从地理学的角度去理解，福建的山都属于武夷山脉。

这是闽西的骄傲，更是毛泽东在词中所点出的三个地方的骄傲。

诗词要用形象思维，贵在意象的选择，"路隘林深苔滑"，实际上是三个非常具有代表性的意象。路隘，山路崎岖狭窄、险象环生；林深，树林幽深且神秘莫测如有奇兵设伏；苔滑，山路上长满青苔，虽是默然无语，却一不小心就会让人滑倒。形象而传神地勾画了行军征途的艰难，展现了红军一路攻坚克难无所畏惧的顽强斗志和精神。

三个地名三个词组，简练，干脆利落，掷地有声，组合成的意象，意境开阔、深远，开拓了广阔的想象空间。征途艰辛，不仅毫无愁苦之味，而且彰显了一往无前锐不可当的勇气与乐观精神，对光明前途的豪迈和自信，溢于字里行间。以有限通往无限，是诗词创作的高明之处，毛泽东运用得娴熟自如，令人为之惊叹不已。

"今日向何方，直指武夷山下。"毛泽东在词中，自问自答，这是紧接前文的跌宕之笔，使诗人的视野，如大幕开启，一片锦绣扑面而来。应当赞赏不少论者的目光，此词的题目中的"元旦"虽然可以理解为1930年阴历元旦，即1930年1月30日。但不能简单地把"今日"理解成写诗的"当天"，而应该将其视为整个战略转移行动的"当前阶段"。"直指"两字用在此处，如洪钟突然响起，在斩钉截铁的语气中，表现了毛泽东胸有成竹、指挥若定的气魄和决心，也体现了红军队伍步调一致、勇往直前的凛然气势。"武夷山下"，实际是指属于武夷山麓江西广昌西北一带，也就是朱毛所部会师的目的地。

"山下、山下，风展红旗如画。"这是点睛之笔，毛泽东兴奋地抒发战略转移取得成功后的轻松与畅快。古田会议的胜利召开，多年弥漫党内和红四军内的各种非无产阶级思想一扫而光，毛泽东思想建党、政治建军的路线取得决定性的胜利，重新掌握帅印的毛泽东意气风发、壮志满怀，对革命根据地将蓬勃发展的美好前景充满了坚定信心。

诗中接连的三个"山下"，有一咏三叹叩动心扉之美感。当然，"山下"所指有所不同，"直指武夷山下"中的"山下"，系此次行军实行战略转移的目的地。而"山下、山下"中的"山下"，则是泛指与武夷山相连的赣南闽西革命根据地的广大区域，旨意开阔、意境壮美，连续的"山下"，将浓郁的诗情推向高潮。最后一句的"风展红旗如画"，恰是一锤定音，预示着红四军实现战略转移之后，一个无比辉煌的光明前景即将展现在人们面前。这是对未来胜利的自豪、自信，同时也是对共产党领导的革命根据地的纵情赞美。

这首词最早由谢觉哉在1956年8月3日《中学生》杂志发表的《关于红军的几首词和歌》一文中披露，题为《宁化途中》。1957年1月，《诗刊》正式发表该词，毛泽东将题目审订为《元旦》。1963年12月，人民文学出版社出版《毛主席诗词》时，毛泽东将其写作时间确定为"一九三〇年一月"。

1962年4月，毛泽东为1962年《人民文学》杂志5月号发表的六首作品手书"词六首"三字并作引言。引言说："这六首词，是

1929—1931 年在马背上哼成的，通忘记了。《人民文学》编辑部的同志搜集起来，寄给了我，要求发表。略加修改，因以付之。"这六首词作是《清平乐·蒋桂战争》《采桑子·重阳》《减字木兰花·广昌路上》《蝶恋花·从汀州向长沙》《渔家傲·反第一次大"围剿"》《渔家傲·反第二次大"围剿"》。《如梦令·元旦》此前已经正式发表，不在其列，但也属于"1929—1931 年在马背上哼成的"作品。这首词所记述的军事行动发生在古田会议之后，这就不能不提到古田会议对中国革命的重大意义以及对毛泽东心境状态的直接影响。毛泽东的这六首诗词，大部分都出自闽西或者和闽西紧紧相连，这是值得闽西人民永远为之自豪的事情。

闽西出将军，家喻户晓；闽西还出毛泽东光辉诗词，怎能不令人为之心潮澎湃、欣喜至极！

万春桥通往哪里

明溪（归化），城关乡，坪埠村，万春桥。

此桥建于明成化六年（1470），位于坪埠村村部东北 300 米。该桥系单孔石拱廊屋桥，东西走向，长 22 米，宽 6 米，高 5.7 米。其建筑的格局，很像一幢长条形的屋子。桥屋面阔九间，颇具规模。桥屋藻井四周的雕刻，有飞禽走兽、花木虫鱼等，刀法洗练、精致，40 根鲜红的木柱子，密匝匝地撑起这座阅尽风雨的古桥。

原来，这里是进入归化县城古邑的必经之道，桥上有门，定时开门、关门，且有人看守。后来，大门卸去，细看，桥中间屋梁上方的一处，装门的门枢还在。靠外一侧，有木质的"美人靠"，浅红色，供来往行客歇息。归化当年是中央苏区的重要组成部分，毛泽东曾于 1930 年、1931 年两次来到归化，他走过的地方很多，万春桥是如今保留得最完善的地方。

1931 年 1 月，毛泽东曾经在这座桥上和老贫农等乡亲拉家常，调查了解明溪商业、造纸和人民生活的情况，发动群众打土豪、分田地，开展革命斗争，还向群众询问明溪肉脯干制作和价格情况。直接参加毛泽东所主持调查会的人们早已远去。村中一位身体尚好的老人家，只听她的奶奶说过这件事。当时，群众不知道来客是毛泽东，只记得主持人是个面目清秀、亲切和蔼的高个红军首长。

90多年过去，已无法寻觅当年的详细记录，只能确认此地的确是毛泽东曾召开过调查会的地方。

万春桥是最好的见证。如今，有个时尚的词叫"穿越"。如今我们站在这里，穿越时空，思接千载，让我们上天入地乃至神游烟雨苍茫的历史，可以和催生中国时代巨变的这段火红的日子进行对话吗？

当然可以。

应当感谢那些辛勤劳作的党史专家和明溪的百姓。他们对毛泽东率领红四军第二纵队进入归化的路线勾画得很是清晰。

毛泽东第一次进入归化（即现在的明溪），准确时间是1930年1月16日上午，这支红军队伍是从清流的林畲出发，翻山越岭，首先进入归化县的黄思坑，这个村子与盖竹洋两个自然村原来属于明溪，1970年划给清流县林畲公社管辖。此村在两县交界的大山深处，交通闭塞，生活不便，太偏僻，村民在早几年已经全部搬迁到山下林畲镇的向阳新村了。

从这里开始，毛泽东指挥红军兵分两路：一路经盖洋镇大坑村杰家山、连水垄、画桥村玉溪涧、桂林村圆洲、葫芦形村洋地漈、盖洋村圆巢、七里岬、雷西村西溪（西瓜墩），前往宁化县青瑶；毛泽东带领的一路红军人数比较少，走的是更难走而且比较近的山间小径。部队路过盖洋镇大洋村的土楼自然村，该村的确是座土楼，同样非常偏僻。久经沧桑的土楼还在，但今天居住在里面的村民绝大多数已经外迁，目前只剩下四户人家了。

当年一路行军，毛泽东有些口渴，曾经到村民邱招娣家讨茶喝。这位朴实的村民见毛泽东平易近人，并不害怕，热情地端了一大碗茶给毛泽东。这个故事是村民张根财听他的奶奶邱招娣说的。现在，毛泽东喝过茶的老木屋还在，系大洋村土楼七号，但已经破旧了。

经过土楼暂歇，毛泽东率领红军登上陡峭的杨梅岭。再走五里，到了石坑自然村，此村位于山顶，20多年前，村民全部搬迁到山下的张地自然村，石坑无人居住，草木乱长，已成荒芜之地。

从石坑下坡五里，便到了东坑村。毛泽东的队伍没有进村。在这里再次分两路行军，原因一是山路太窄，不少地方只有一个脚板宽，十分难走，分开走可以加快行军速度；二是更便于隐蔽，不容易引起敌人的注意。一路红军经落马坡（马滑岭）、邓地、秀珠亭、大门庵、雷西上村到西溪与先前分开的部队会合，从西溪出明溪（即归化）进入宁化县。毛泽东带的这一路则从马上白石岭、红松岭、下豆窠，经林家村自然村，过狐狸坳，经宁化富家村自然村前往青瑶和部队会合。

毛泽东诗词中有句名句："青山着意化为桥。"用来解读红军此次战略转移，很是恰当。

"宁化、清流、归化，路隘林深苔滑。"从明溪这些飘溢着浓郁乡土气息的村落和地名中，人们可以强烈感受到穿越这片群峰耸立大山连绵的行程，虽是艰险却是奇景无数。在具有浪漫诗情的毛泽东的心目中，青山为诗、为画、为歌，同样为桥。唐代诗人隐峦咏桥："行人到此全无滞，一片江云踏欲飞。"岁月峥嵘，青山依旧，毛泽东率领红四军穿越明溪的这段革命实践，已经化为一道系起昨日和今天、历史和现实的彩虹桥。

万春桥通往这里。世世代代明溪人民对毛泽东和红军无尽的思念、缅怀、崇敬通往这里。

莫道岁月无痕。

在明溪大洋村与宁化青瑶村交界的狐狸坳，至今还流传着这样的故事：毛泽东当年率领红军走到此地时，人困马乏。夕阳西下，山中的鸟雀纷纷归巢了。部队在一块稍微平整的树下休息，红军顺便吃点干粮充饥。此时，有几位林家山村民去宁化卖瓷器回来，正好经过这里。他们看到不少军人围坐在一起，附近还有五匹大白马，不远处有士兵持枪站岗。这些山里人不了解是红军，以为是路过的军阀队伍，不得不担心家中是否会出现意外。他们躲在山坳里观察，发现并无异常。

几个山民牢牢记住在狐狸坳遇到这些陌生军人的日子——民国十八年农历十二月十七日，这一天正好是 1930 年 1 月 16 日。他们还发现，遇到的这些军人直到深夜才离开狐狸坳，踏着又湿又滑的崎岖小径下山，经宁化富家山、青瑶抵达泉下宿营。等军队走后，他们才急匆匆地赶回家。出乎他们意料的是，村中家家平安无事。

后来，他们才知道，遇到的正是毛泽东率领的红军。红军宁可在山野里啃干粮，也不进村惊扰老百姓。

毛泽东率领的红四军进入宁化、清流、明溪，一路行军，一路播撒革命火种，更加坚定了当地人民的斗争信心，从而使闽西红色苏区的版图巩固和扩大到闽西偏北部的宁化、清流、明溪这一带。

1930 年 3 月 18 日，闽西第一次工农兵代表大会在龙岩召开，选举成立了闽西苏维埃政府，明溪与清流、宁化等各县的党组织选派了三位秘密工农兵代表出席了这次大会。此地的革命烈火开始迅速点燃了。

1931 年 1 月，红一方面军在总政委毛泽东、总司令朱德的领导下，取得第一次反"围剿"的伟大胜利之后，乘胜在闽、赣边界区域发动群众，开辟新区。

毛泽东高度重视宁化、清流、明溪。在建宁大捷后，毛泽东在建宁城先后召开了三次总前委会议，总结了第二次反"围剿"胜利的经验，准备第三次反"围剿"，部署了红军由战略反攻转入战略进攻的三期工作计划，划定了红一方面军所属各部的工作区域和筹款区域。

1931 年 7 月上旬，根据毛泽东三封指示信精神和毛泽东电令红四军及三军团不去顺昌、沙县，立即在将乐、归化（明溪）筹款的战略部署，红四军和红十二军部队击溃了归化城和县东南、县东北及西北区的乡反动保安团，首次解放了归化县，建立了临时红色政权——
"中华苏维埃共和国归化县工农革命委员会"。

1931年7月上旬，毛泽东、朱德率领的红一方面军浩浩荡荡开进
明溪县城。毛泽东住在明溪县城北郊鱼塘溪畔的"四贤祠"，他十分
重视地方工作，为了深入了解当地县情和乡风民俗，到明溪的当天就
向县民众教育馆借阅《归化县志》，并在四贤祠召开有贫苦工人、农
民参加的座谈会。正是在这段时间里，他到坪埠村的万春桥上，召开
了有老贫农等参加的座谈会，留下一段佳话。

从此，明溪成为闽西苏区的重要组成部分，并成为中央苏区的东
大门。

明溪是小县，全县1730平方公里，大多是山峦，连绵不绝的原
始森林，气象万千。据2020年全国第七次人口普查，全县只有9.9万
人，有76个老区行政村，是中央苏区21个基点县之一。在第二次国
内革命战争时期，全县有3200多人参加红军，大部分编入红三军团
第四师和红五军团三十四师，绝大部分牺牲在湘江战役等战场。在反
对国民党军队的第一次到第五次反"围剿"的激战中，明溪人民前仆
后继，不怕牺牲，做出了不可磨灭的卓越的贡献。

明溪县城位于美丽的鱼塘溪畔，是传统的客家居住地，新中国成
立后多次接纳了国家和省级移民安置，相对移入人口超过50%。改革
开放以后，明溪人民大胆地走到世界各地去，全县出国人员达1.32万
人，约占全县总人口的11%，主要分布在50多个国家和地区，其中
大部分集中在意大利、匈牙利、俄罗斯等国，侨眷约五万人，成为名
副其实的"福建旅欧第一县"和"海西内陆新侨乡"。明溪县城中心
的欧侨广场，巨石矗立，花木扶疏，流光溢彩，洋溢着山区小城的清
丽和富足。

有幸享受幸福生活甜美的人们，并没有忘记曾经为此而付出青
春、热血、生命的革命先烈。建起了颇具规模的明溪革命纪念馆，并
将当年红军医院的旧址玉虚洞（滴水岩）建成风光奇秀的省级地质

公园。

入门是座古香古色的旋转上升的亭阁，门口的对联是：存人间道义，思天下安危。一侧，有块青灰色的石碑，镌刻着"红军战地医院旧址"的鲜红大字。此洞在大山脚下，直入危崖之内，属于典型喀斯特地貌。一个个钟乳石的石色，如白玉黄蜡，玲珑剔透，气象万千，令人目不暇接，美不胜收。

这片奇景最早开发于宋开宝二年（969），迄今已有1000多年。明崇祯戊辰年（1628），著名地理学家、旅游家徐霞客到玉虚洞一带旅游考察，曾将明溪的玉虚洞、将乐的玉华洞、永安的桃源洞誉为"武夷三绝"。清康熙年间（1662—1722）所编《天下名山游记》，收有写福建山水的游记八篇，其中《游滴水岩记》是明代文学家、有"后七子"之称的宗臣的作品。宗在文中称："此岩之奇，天奇之也。"

玉虚洞（滴水岩）分明洞、暗洞。明洞明亮不燥，怪石嵯峨；暗洞阴暗不潮，洞穴深幽。因传说古时洞内龙蛇作祟，被玉虚仙翁镇服，称作"玉虚洞"；也因明洞顶端终年滴水的奇观，被当地人称为"滴水岩"。洞中碑刻甚多，有明代人所撰"玉虚洞天""玉虚仙侗"和"玉洞天浆"等题刻。明洞面积约100平方米，由左、中、右三根天然石柱支撑，内有天泉、斗狮、龟石、蜂窝、步月台等十多个景观；转个弯，即到暗洞桃花洞，可容千人，石色晶莹斑斓，有仙桥、佛头岩、祥云岩、隐鹊岩、晃石、跃鲤石等景观，其中"天鼓"和"虚鸣窍"最妙，用芦扫轻拍，即发出巨响，经久不绝。暗洞因地因景安装各色彩灯照明投影，内有镇鲤石、龟蛇入洞、一线天、沉溪、天河、仙人床、洞底日月等景致。洞内外有宋以来摩崖石刻近百处。

滴水岩区域有充足可靠的水源，邻近县城，是当年红军东方军进军、回师主要通道，方便供给和运送伤员，且因是岩洞可以提供防空保护。

令人赞叹的是，1931年至1934年，红军巧妙地将滴水岩景区设立为战地医院，收治红军伤病员250余人和在沙县俘敌伤病员540余人。滴水岩红军战地医院，以"救死扶伤"为宗旨，承担军中的治病、治伤任务，在地方开展红色宣传工作。医院同时还免费为当地群众治病，组织地方开展卫生防疫运动等，有效地改善了苏区卫生状况，为苏区军民身体健康提供了较好的保障。

7月，酷暑难当，但玉虚洞里吹出的冷飕飕的阵阵轻风，却是扑面而来，只需站在洞口，暑气尽消。万春桥上品红色春秋，玉虚洞前忆革命前辈，辉煌的历史和壮美的现实就这样隆重地交织在一起。岂不快哉！

"诒燕第"，永恒的红色驿站

清流，林畲镇，林畲村，塘堀自然村。

郁郁葱葱的青山，环拱四周，如忠诚的守卫者。村前，有个颇具规模的"毛泽东旧居广场"，广场正中，是尊毛泽东全身雕像，高18.93米，寓毛泽东出生之年于其中，金铜色，头戴军帽，身穿红军军装，双手叉腰，正在深情地眺望远方，将万里江山尽收眼底。令人情不自禁地想起"今日向何方，直指武夷山下"的壮美诗句。

毛泽东的旧居在广场的一侧，原系林畲邱氏祖厝，堂名"诒燕第"，始建于清光绪三年（1877），属于闽西客家较常见的"五凤楼"式民居建筑。乌瓦、青砖墙，简朴、大方。没有门楼。门口的对联是：南极前辉集吉祥，北辰后拱钟灵秀。对仗整齐，不乏文气。一脚跨进去，却不同寻常：两进三厅并附有左右两边护厝。正房有24间，横屋三排20间，占地面积1386平方米。毛泽东当年的卧室在正厅右侧第一间。

1930年1月7日，毛泽东率领红四军第二纵队离开古田，经连城姑田进入清流的沙芜、林畲。1月10日，毛泽东就居住在这里。整整住了七天。这是福建省保护得最好的毛泽东故居。正对毛泽东卧室的板壁上，有一幅红军当年写的标语，保护完好，是用墨笔写的，上书："红军是工农自己的军队。农民起来打土豪分田地。打倒勾结童子兵的民团。"笔力雄劲、流畅、利落，最后落款是"红军七师一团"。据专家考证，标语写于1932年下半年。红军七师一团当时属于福建军区独立七师，后来和其他部队一同整编为红34师。此师后来的师长，是血战湘江壮烈牺牲的陈树湘。这是支英雄的部队。

91年过去，书写标语的红军早已不知去向，但留下的字迹，穿越风雨，依然清晰，令后来者惊叹唏嘘不已。

"诒燕第"，永恒的红色驿站。毛泽东在这里做了些什么事情呢？他老人家遗落在这里的革命实践活动，是无比珍贵的瑰宝。

新中国成立以后，各地有关部门，曾经广泛发动群众，多方搜集革命文物，组织专家和研究工作者调查红色历史并编写有关书籍。对毛泽东率领红四军第二纵队到达清流尤其是毛泽东在"诒燕第"的详细情况的调查，最有力度的是1978年。其时，三明市曾组织各县的党史工作人员，成立专门的调查组，进行全面的具有抢救意味的工作。这一重要措施得到了曾经随毛泽东一起行动的谭震林、郭化若、黄克诚等领导的大力支持，他们欣然接受了调查组的专访。调查组终于基本摸清了历史的真相，获得具有重大价值的成果。

毛泽东率领的队伍为什么会走宁化、清流、归化这条行军路线？

毛泽东率领部队离开古田，经姑田到达连城和长汀边界的时候，发现长汀已经被敌军占领，于是改道走宁、清、归。为了甩开敌人，他们走的是几乎没有人烟的山间崎岖小道，每天都是急行军，大约走70里的路程。中途没有停顿，按照行军速度，1月10日到达清流的林畲。

萧克是随朱德率领的红四军一、三、四纵队先行离开古田的，毛泽东当时率领的部队承担掩护朱德他们进行战略转移的任务。据萧克回忆，他们是从连城进入清流的，在里田的一个山头上，还打了马司令，这就是1月9日的锅蒙山战斗。毛泽东走的是另外一条路，而且晚走了几天。

党史办的工作者找到了时任江西农学院院长吴德华同志，当年，他任红四军十一师政治部宣传委员，属于红四军第二纵队，是直接跟着毛泽东走的。他于1928年参加革命，1978年74岁，据他回忆，当时红四军二纵队的纵队长是伍中豪，后来是曾士峨，党代表是罗瑞卿。到清流时，住的房子院子里是大石板，住了好几个晚上。据分析，应当是1月10日到16日。

毛泽东为什么会在"诒燕第"停留七天？

从地理位置和地理条件分析，清流的林畲正好在整个战略转移路线的中心点，距离起点古田和会合地点东韶都是300华里。部队连续急行军几天，甩开了敌人，需要休整。在当时红军后勤供给的条件下，红军单兵除了随身携带的武器弹药，所带的给养一般也只能维持五六天，需要就地筹备。从时间节点判断，红军到了此地，给养基本用尽。而林畲是个盆地，居民有4000多人，人口稠密，物产丰富，且是将乐、明溪进入闽西的要津，商旅行贾众多，工商业发达，是清流北部重要的物资集散地，的确是个部队休整、筹集给养的理想之处。而且，从地形来看，相对封闭，适合进行安全警戒和防御。

根据这次全面的调查和走访，毛泽东率领红军在这一周开展的主要活动有：

休整、筹集补给。连续几天的急行军，红军指战员已经十分疲劳，需要休整，恢复体力，以便继续前行，完成战略转移和朱德率领的部队会合的任务。这里群众基础好，村落集中，而且有多处的家庙等公用建筑，附近有座山峰，山上为仁寿寺，山下有个溶洞，可容纳两三百人（1931年后改为红军医院）。利用短短的一周时间，完成这两项任务，是必要的。

发动群众、组织群众、武装群众，是红军每到一处的重要工作。其中包括进行政治宣传，召开群众大会、座谈会，宣传红军的宗旨。跟随毛泽东到这里的吴德华同志在专访中曾经兴奋地说："一到就做宣传工作，到处写标语，连学校桌子底下都写。"清流尤其是林畲红军标语之多，堪称是一大风景。毛泽东率领红军到这里，点燃了革命烈火。

1930 年 5 月 5 日，汀东游击队（当时清流属于汀州）首次解放清流县城，解救了监狱中被关押的群众。6 月下旬，红一军团一部从汀州进抵清流，帮助建立清流第一支红色武装——田口游击队。8 月，中共清流城市支部成立。9 月 16 日，李坊农民举行武装暴动，成立清流县第一个苏维埃政权——李坊乡革命委员会。随后，围埔、廖坊等乡苏维埃政府相继成立，清流各地的红色政权如雨后春笋拔地而起，进入如火如荼的全面发展时期。

毛泽东在"诒燕第"居住时期，留下了几则动人的佳话：

这里有座仁寿寺庙。离"诒燕第"不远，沿村庄的一条小径往南走，抬头就看到不远处山中绿林深处的庙宇，杏黄色的院墙，青灰色的殿脊，古木参天，飘溢着脱尽人间红尘的禅味。从寺庙大门踏入大殿，便看见了一座"五谷真仙"金像，与普通金像不同的是，这座金像左手举着谷穗。

当地的百姓说，仁寿寺始建于明代成化年间，是一座佛道共处的庙宇，也是福建省最古老的五谷真仙庙宇。在仁寿寺旁边有一个险峻的山峰，名为"仁寿峰"。据当地的老者回忆，毛泽东曾经轻车简从，到仁寿寺拜访住持，并和住持有一番深入的交谈。住持曾经问毛泽东，红军为了什么受苦时，毛泽东以"安贫者能成事，嚼得菜根者百事可做"回答。毛泽东还告诉警卫员，弥勒佛的肚子可容五湖四海，我们不是菩萨，可待人处事，也要有他那样的肚量才好。

当时，毛泽东曾经坐在寺庙外古树下的一块大石头上，和住持谈世事与佛理的关系，学识渊博、气度从容，令住持为之叹服。

老同志徐逢宝在林畲走访群众时发现一个真实的故事：

毛泽东带领红军在这里驻扎期间，常到附近的村庄访贫问苦、调查民情。在驻地附近的石寨下村，毛泽东得知一个名叫官玉莲的童养媳，重病多日，卧床不起，因为贫穷，请不起医生，全家为之焦急万分，毛泽东立即叫红军军医前去救治，当日傍晚，毛泽东还抽空亲自前往探望，并为其送去大米和棉被，嘱咐红军医生全力救治病人。20 世纪 70 年代末，这位曾经得到毛泽东关心的患病童养媳的胞妹，是林畲乡退休教师孙顺平的妻子，在人们问起此事时，还感激地说："红军好像是从天而降的好人，毛主席比爹娘还亲！"

红军在林畲期间，纪律严明，公买公卖，得到群众的赞扬和全力支持，军民之间建立了深厚的情谊。一位红军伤员住在林畲农民吴林清家中养伤，临走时，感谢这户农家，赠送了带着苏维埃标志的茶杯、铜盆和苏维埃的钱币。这些物件，现在已经成为珍贵的红色文物了。

在毛泽东旧居"诒燕第"门前的一侧，有座设计为摊开的书籍一样的石雕，上面镌刻着这样的文字：

人民委员会对于植树运动的决议案

为了保障田地生产，不受水旱灾祸之摧残，以减低农村生产，影响群众生活起见，最便利而有力的方法，只有广植树木来保障河坝，防止水灾旱灾之发生。并且这一办法还能保证道路，有益卫生，至于解决日常备用燃料（如木材、木炭）之困难，增加果物生产，那更是与农民群众有很大的利益。况中央苏区内空山荒地到处都有，若任其荒废则不甚好，因此决定实行普遍的植树运动，这既有利于土地的建设，又可增加群众之利益。现值初春之时，最宜植树，特决定以下办法，各级政府必须切实执行：

一、由各级政府向群众作植树运动广大宣传，说明植树的利益，并发动群众来种各种树木。

二、对于沿河两岸及大路两旁，均遍种各种树木，对于适宜种树之荒山，尽可能的来种树以发展森林，必须使旷场空地都要种起树来。

三、在栽树时，由各乡区政府考察某地某山适合栽种某种树木，通告群众选择种子。

四、为保护森林和树木的发育起见，在春夏之时，禁止随意采伐，免伤树木之发育。

五、这一运动最好用竞赛来鼓动群众，以后要注意培养树木种子，在每年春天来进行此种运动。

主席：毛泽东

副主席：项英　张国焘

1932 年 3 月 16 日

这是由毛泽东、项英亲自签发的中共最早关于生态文明的决议案，也是一个非常意外的发现：

1975 年 5 月 28 日，清流长校黄坑村村民李日晴在翻盖祖屋时，发现一包土地革命时期的文物，共有九份红色文件，其中这份《决议案》最为难得，是目前全国仅见的一份极为珍贵的红色文物。它真实地记载了 1932 年 3 月 16 日，中华苏维埃临时中央政府人民委员会召开的第十次常委会议，讨论通过的植树运动决议。这份临时中央政府文告刊发于当年 3 月 23 日的《红色中华》第 15 期。现原件收藏于中国革命历史纪念馆。

《决议案》充分地展现了以毛泽东为主席的中华苏维埃临时中央政府，对恢复生产、发展林业经济的高度重视，记载着中国共产党人对生态文明建设最初的探索。清流是全国著名的"油茶之乡"，值得赞叹的是，如今清流境内依然保存着 20 世纪 30 年代种植的油茶 200 多亩，其中里田的 60 多亩油茶林就是当年红军发动群众种植的。

清流是毛泽东亲自率领红军开辟的苏区，是中央苏区重要的组成部分。1930 年到 1935 年间，清流当时只有 5.3 万人，其中有 2.7 万多人参加了革命，超过总人口的二分之一；有 6000 多人参加了红军和各种地方武装，在战斗中牺牲和失踪的人口达 4000 多人；约 2000 人参加了长征，到达陕北的只有 3 个人。彪炳千秋的史诗与这里的山山水水，永远镌刻在新中国的辉煌史册上，成为召唤和激励中华民族实现民族伟大复兴的旗帜和力量。

"诒燕第"，多情的岁月，使它化为山高水长的文化符号，化为后来者绵绵不绝的思念、缅怀，化为了辉煌史册上不凋的诗篇，这一红色驿站，永恒！

长征　从这里出发

宁化，红军长征出发地纪念馆。

一座巍然如山的恢宏建筑，雄峙在浩渺的蓝天下。宁化长征出发地纪念馆，建筑面积 3.8 万平方米，投资 2.1 亿元，系全国最大的红色场馆之一。其设计独树一帜：中间是蓝色的三角形，令人想起岿然不动的山峰；而两侧连在一起的有点斜斜的呈宝盖形的巨幅平面，青灰色，饰有深蓝的横条，如徐徐展开的史册，悬挂在这"山峰"上，一侧，有一行鲜红的大字：长征　从这里出发。简洁、厚重，如落地有声宣言书的封面。这一恢宏的建筑，原来准备是按照客家博物馆的思路设计的，总体寓有一个"客"字，后来才改为长征纪念馆。

从广场拾级而上，穿过大门，是宽阔的大厅。靠门的背面，飘拂的党旗下，有块灰白色的石碑，上书：

长征是一次理想信念的伟大远征
长征是一次检验真理的伟大远征
长征是一次唤醒民众的伟大远征
长征是一次开创新局的伟大远征

这是对长征意义的独具新意的概括和总结，耐人寻味且给人焕然一新之感。

大厅正面竖起一座高达三米以上的浮雕。栗色，毛泽东、朱德、周恩来三位领袖骑着骏马，神采奕奕，他们背后是众多的红军组成的浩浩荡荡的队伍，震人心魄。

宁化这座纪念馆，内容丰富，展陈形式多种多样，形象而生动地诠释了宁化是苏区精神和长征精神的重要萌发地的厚重。其主题陈列为《宁化·万里长征第一步》。宁化是中央主力红军长征四个主要出发地之一，并且是起点最远的地方。该纪念馆以大量的红色文物和史实，凸显了宁化不愧是为中国革命的胜利做出了重要贡献和巨大牺牲的重要革命根据地。

纪念馆有个镇馆之宝——《中国工农红军军用号谱》。因为年代久远，页面已经发黄，但字迹尚清晰，除封面和内页略有虫蛀痕迹外，几乎完好无损。它是全国唯一一本正规出版、印刷保存最为完整的中国工农红军军用号谱，里面用五线谱完完整整地记录了340多首我们红军部队用于指挥部队作战、发布命令，还有作息以及部队番号、首长代号等的曲子。这一极为珍贵的革命文物，对研究中国工农红军革命斗争史、红军军事生活及红军音乐等都是一部不可多得的瑰宝，怎么能够完好无损地流传至今呢？

它牵起一个动人的故事：

捐献这本号谱的是来自福建宁化的老红军罗广茂。他1931年参加红军，长得虽然比同龄人个子小，但嗓门却很大，当时部队正在物色司号员，部队领导发现了他这一特长，就选中了他。后来他被送到中央军事政治指挥学校陆地司号大队去学习吹号，他十分机灵，悟性也高，成为一名优秀的红军号手，在学习完了以后，学校首长发给每一个学员一本《中国工农红军军用号谱》，并且再三地叮嘱他们，要像爱惜自己的生命一样去爱护、去保护这个号谱。

在那通信不发达的年代，红军部队所有的消息都是通过吹号来发布的，如果这个号谱一旦泄密出去的话，那红军就没有什么机密可言。他曾在朱德身边任司号员。后来，罗广茂在连城与国民党军作战时负伤，入红军医院治疗。反"围剿"失利后，医院被冲散，他回到家中，将号谱和他用过的号嘴交给母亲保管，自己则外出打工躲避国民党军队的抓捕。

新中国成立以后，他一直寻找这本号谱，询问母亲。这时候他母亲年事已高，已经忘了这号谱放在什么地方，甚至告诉罗广茂说，这本号谱已经被她烧掉了。所以，找这本号谱变成了他的一块心病。

1974年，年过花甲的他，拆建翻修家里的谷仓的时候，突然发现在谷仓的底板上有一包东西，是用布和油纸包裹得严严实实并钉在底板上的，把它拿出来，一看，竟然是他久久寻找梦寐以求的《中国工农红军军用号谱》。他高兴得泪流满面、失声痛哭。

1975年，罗广茂得到宁化县革委会正在征集革命文物的消息，便将《中国工农红军军用号谱》连同号嘴一并捐给了宁化县革命纪念馆，后来经专家鉴定，确认为国家一级文物，成为革命纪念馆的镇馆之宝。

宁化是中央苏区的战略"锁钥"之地，留下的感人肺腑的红色史实，太多、太多。

毛泽东曾经三次到宁化。

1929年3月，为了打破湘、赣两省国民党军队的联合"会剿"，毛泽东、朱德率领的红四军首次进入宁化，途经隘门、大王、凤凰山等地向长汀进发。虽然是行军路过，但红四军所到之处，依然进行广泛的革命宣传，扩大红军的影响，播撒革命种子。

第二次是1930年1月古田会议以后，毛泽东和朱德兵分两路进入宁化。朱德率领红四军的一、三、四纵队途经宁化的安乐、城关、济村，12日在宁化县国民政府大门口的火烧坪广场召开千人群众大会，朱德亲自上台演讲，号召劳苦大众起来"打土豪、分田地"，并亲自接见了张志农、黄鸿湘、范祥云等宁化进步青年。萧克当年是随朱德一起行军的，1978年8月接受三明党史调查组的专访时，深情地回忆了这段不寻常的历史。

毛泽东率领的红四军第二纵队比朱德率领的红军晚走了几天，他们于1月16日离开清流的林畲进入宁化的青瑶、罗坊坝、泉上、泉下，毛泽东当晚住在泉下许可嘉老宅（因为破旧现代的新农村建设被拆），二纵队及其首脑机关在邱氏宗祠宿营。对此，邱氏族谱上还有记载。部队在泉下驻扎的当天，在戏台关召开群众大会，有近千名群众参加，由红军宣传员上台宣传革命思想和红军的宗旨，号召群众起来闹革命，并将打土豪没收来的粮食、衣物分给贫苦农民。

在这里，红军还先后捉拿了泉上、水茜、安远的十余名土豪劣绅、破仓分粮、没收财物，对两名作恶多端、民愤极大的匪军头目进行镇压处决。

17日，毛泽东率领红四军经豪亨、新军、庙前、儒地、大岭抵达水茜，当晚在水茜宿营；18日经安寨、审家、管背大洋、坊坑、岩前入安远，当晚在安远宿营；19日经硝坊、营上、研里、吴家进入江西。

毛泽东和红军在宁化留下不少佳话和故事：

那是一个风雪之夜，奇冷。在安远镇一座旧祠堂的大殿里，毛泽东正和二纵队的耿凯等同志研究如何翻越前面的险峻的武夷山，突然，四支队的赖传珠领着一个同志走了进来，气喘吁吁地报告："刚才，马鸿兴匪帮和我们的后卫连遭遇，正在交火，是不是让大部队转个身，杀他个回马枪？"这时，通信员端进了一盆烧红的炭火，毛泽东立即招呼大家坐下，研究一下要不要打马鸿兴。大家发言很积极，都认为这是送来的肥肉，主张吃掉这股敌人。毛泽东听了，一边拿起火钳，拨亮了炭火，一边循循善诱地启发大家，说道："同志们，我们现在烤火的主要目的是取暖。做任何事情都要有明确的目的，我们这次行军的主要目的是要及时赶到东韶，如果现在停下来打仗，虽然能把敌人消灭，但必定耽误时间，还会有伤亡，这将影响我们和主力的会合，那将得不偿失，大家看是吗？"毛泽东深入浅出的分析，和拉家常一样，顿时使主张打一仗的同志改变了主意，认同了毛泽东的英明决断。

这是发生在宁化水茜镇庙前的事情：

1月17日，正是圩日，四面八方的农民带着土特产正到街上交易，红四军二纵队的先遣队奉命到这里探路。不明真相的老百姓一看到兵，立即丢下东西四处逃散，红军知道这是国民党对红军造谣污蔑的恶劣影响造成的，十分气愤。连忙帮助老百姓摆正摊位，扶起担子。此时，一个战士大喊一声："灯盏糕！"战士们围过去一看，在没有主人的摊位上，香喷喷的灯盏糕还冒着热气。此时，他们已经走了几十里的山路，还没有吃午饭。司务长决定买些难得的灯盏糕给战士们充饥。大家大声喊卖灯盏糕的主人，喊了很久，也不见人影。司务长只得买了二十个灯盏糕，把钱放在篮子里并留下一张字条。部队走后，躲在附近的群众便走出来了，大家发现，东西一点都没有少。卖灯盏糕的老伯也看到红军留下的铜板和纸条，上面写着："老板，我们吃了您的二十块灯盏糕，这是该付的二十个铜板，请收起，红军。"见到这一状况的老百姓，才明白红军是秋毫无犯的人民子弟兵，反动派的造谣污蔑，也就彻底破灭了。

这个故事也是发生在1月17日：

毛泽东率领的红四军前委和第二纵队抵达水茜，因为天气寒冷，部队在水茜安营扎寨，积极开展筹粮筹款、扩大红军等工作。当地群众没有见过红军，十分恐慌和害怕。水茜村青年农民黄松柏正在筹办婚礼，按照乡俗，过几天就要请客，家里备了不少大米、猪肉、酒等。这天下午，一位自称连长的青年红军来到他家中，看见厅中放着三竹箩筐的白米，就问："老乡，你家这么多的大米，有卖吗？"

黄松柏告诉他，那是准备结婚请客用的，不卖。这位红军连忙用商量的口吻，和蔼地对黄松柏说，因为部队需要，能否先借一箩筐的白米给他，保证当晚归还。黄松柏犹豫不决，最后还是有点勉强地答应了，并让对方写下借条。红军照办，这桩借事成交了。

到了炊烟四起的傍晚时分，黄松柏不见红军前来归还白米，心里有点急。暮色渐浓，他正等在门口瞭望，惊喜地发现那位红军正挑着一担谷子向他走来。这位红军卸下担子之后，握着黄松柏的手，解释说，打了村里的地主，以两箩筐谷还一箩筐的米，请他收好，并感谢他对红军的支持，并告诉他，红军是毛泽东领导的为天下人民谋幸福的人民军队，希望他今后依然积极支持红军。于是，这借一箩筐白米还两箩筐谷子的故事就成为水茜一带流传的美谈。

毛泽东第三次进宁化是 1931 年 7 月。为了粉碎国民党军队第三次"围剿"，毛泽东、朱德率领红一方面军从建宁回到赣南，在宁化住宿过。为了开辟包括宁化在内的闽西北革命根据地，1931 年至 1932 年间，红 12 军军长罗炳辉、政委谭震林奉命多次挺进宁化一带，开展各项工作，对此，毛泽东曾给予高度的关注。

1931 年 6 月 28 日至 7 月 1 日的短短四天之内，毛泽东在建宁前敌指挥部给驻守在宁化县城的红 12 军连发了三封指示信。特别强调"东方是个好区域"，明确指出，红 12 军的中心任务，不仅仅是简单的筹款筹粮，更为重要的是要指导地方开展土地革命，发展地方武装，建立红色政权和党的组织，将宁化建成巩固的革命根据地，并且使于都、瑞金、石城、宁化、会昌、长汀六个县连成一片。正是在毛泽东的决策和直接领导下，宁化成为一片具有光荣革命传统的红色土地，成为 21 个原中央苏区县中具有重要战略价值的地方。

宁化经济发达，宁化苏区大力发展经济，广泛开展扩红支前突击运动，组织广大苏区人民踊跃参军参战，是中央苏区的扩红支前重点县。当年仅 13 万人口的宁化县，就有 1.6 万人参加红军，新中国成立后列入国家民政部《烈士英名录》的烈士就有 3307 名。在那艰苦卓绝的岁月里，宁化人民筹集粮食 20 多万担，油菜 6 万多石，布鞋、草鞋 20 多万双，钱款 54 万余元，以及大量被装等军用物资支援前线，被誉为"中央苏区乌克兰"。

1934 年 10 月，约 1.4 万名红军指战员从宁化境内出发踏上漫漫长征路，占当时中央红军总兵力的 16%。参加长征的闽西籍红军有七八千人，大部分被编在红三军团第 4 师和红五军团第 34 师，分别担任前锋突破和后卫阻击任务。这支由闽西籍战士集结的红 34 师担任全军总后卫，堪称"绝命后卫师"。在长征途中惨烈的湘江战役中，这个由闽西子弟集结的红 34 师的将士们，血洒湘江，用自己的生命为革命立下不可磨灭的功勋。

可是，最后到达延安的宁化籍红军只有 58 人。

美国作家斯诺在《红星照耀中国》中写道："从福建最远的地方开始，一直到遥远的陕西北部道路的尽头为止，其间迂回曲折、进进退退，因此有好些长征战士肯定走过的路程有那么长，甚至比这更长。"这个"福建最远的地方"，说的就是宁化。

长征从这里出发。这是宁化的殊荣。

红楼记忆

毛泽东在建宁住了 41 天。他住在"红楼"。

这是建宁溪口的一座天主教堂旧址，分为两部分，前面为住宿楼房，有着西方建筑风格的一幢别墅。乌瓦、白墙，醒目的红柱子、栏杆、回廊，木质结构，二层。1931 年 5 月，红一方面军的总前委设立在这里，毛泽东住在二楼，朱德住在一楼，前委各部门、机关分别在楼中各室。后面是诵经祈祷的礼拜厅，红军入住后用作会议室。人们称此楼为"红楼"。

此外，离此地不远，还有一座白色的楼房，是红军第一支无线电通信队伍的诞生地，人们称之为"白楼"。红楼、白楼是建宁别具异彩的风景，而今，已经成为旅游热点。红楼门前，是个小院，绿树、鲜花，装点其中，还有一座群雕，红色，毛泽东、朱德、周恩来三个领袖人物站在门前的绿地上，重现当年运筹帷幄、指挥若定的动人风采。

毛泽东的居住处很简陋。一张床，窗前一张书桌。1930 年 6 月28 日、30 日和 7 月 1 日，给红十二军委、三十五军的三封指示信，指导闽西宁化、清流、长汀以及江西石城一带活动的红军，应当把建设革命根据地放在首要位置，开辟更为广阔的苏区，重新部署红军的工作任务和工作方向，这些重要的信件就是在红楼里起草的。因此，建宁是闽西近邻，虽然不属于闽西地区，却和毛泽东在闽西的革命实践活动紧紧地联系在一起。

毛泽东不仅在红楼留下不少温馨的故事，还在这里亲笔起草了反第三次大"围剿"的动员令。

毛泽东的房间里放了个擂钵。是当地百姓用来擂碾辣蓼草驱蚊子的。建宁是山区，七月盛夏，天气炎热，蚊子多。当时，毛泽东的警卫员是陈昌奉，新中国成立后曾任江西省军区司令员，写过一本畅销书《在毛主席身边的日子》，记载了那些极其难忘的岁月。毛泽东向来在夜晚工作，陈昌奉陪在身边，10点过后，就眼皮打架了，毛泽东劝他先去睡觉。12点，天已经有点凉了，毛泽东提着马灯去他房间查铺，发现陈昌奉不仅踢了被子，脖子上还被山蚊子咬了一个个大疙瘩，很是心疼。第二天，毛泽东就把驱蚊的办法传授给他：用擂钵擂碾辣蓼草和谷壳一起焚烧，蚊子闻到烟味就跑了。这个办法很灵验，很快就在全军中推广开来。

有一天，毛泽东在红楼的凉台上休息，听说隔壁邻居有人生病，连忙叫总部的小张医生去看个究竟。原来是邻居家的一个小男孩，因为患胆道蛔虫病，疼得直在床上打滚，大喊大叫。小张医生替他打针、吃药，他疼痛稍减，才安静下来。小张医生嘱咐小男孩的家长有关注意事项之后，背起药箱回来。走到驻地，一个后生端着一只大碗，里面是鸡蛋，追了过来，硬要送给小张。小张说什么也不肯收。

后生说道："你不收，我就不走！"

小张解释说："红军有纪律，我们不能拿老百姓的东西。"

毛泽东见两个人相持不下，哈哈大笑，说道："张医生，盛情难却，你就收下，收下吧！"

后生笑着走了。

小张拿着碗里的六个鸡蛋走上楼，把鸡蛋放在毛泽东的桌子上，说道："看一次病收六个鸡蛋，再去看几次，要拿多少鸡蛋？"

毛泽东笑了，对张医生说："你再去他家看病，就说红军有条规定，看一次病收一个鸡蛋，收六个鸡蛋，就是要看好病呗。"

后来，毛泽东叫张医生把这六个鸡蛋送给负伤的红军杨国兴补养身体。

距离红楼一小段路，是一片夹在矮矮山坡中间的一片梯田，斜坡形，是建宁驰名的莲塘。1931 年 6 月初的一天下午，接近傍晚时分，夕阳把天边的云彩烧红了，毛泽东带着警卫排从红楼出发，前去建宁西门附近的红三军团驻地开会，路过这里。荷叶田田，荷花盛开，清香阵阵。"楚楚净如拭，亭亭生妙香。"

毛泽东停下了脚步，突然发现前面有一丘莲塘被黄土埋了一大片，惋惜地说道："这是怎么搞的呀？"附近正在菜地劳作的一个农民说道："是国民党兵在山上挖战壕，倒下来的泥土埋没了的。"毛泽东听说后，对警卫排战士们说："荷花仙子不可辱，我们一起动手把莲塘里的黄土清除掉吧！"说完，第一个跳下莲塘，参加清除黄土的劳动。警卫排的战士也纷纷跳到莲塘里，和毛泽东共同干活。附近的农民看到这一景象，很是感动，拿起锄耙、土箕赶来参加。

这片西门莲塘，相传是 600 多年前宋朝末年流传下来的出产"贡莲"珍品之地，原来有 99 口，加上毛泽东挖的这口莲田，正好凑成"百口莲田"，此后，建宁百姓救亲切地把西门莲田称为"红军莲"。

而今，这片莲田还在。周围有住宅楼，并不拥挤。莲田上方的山坡上，有一高大的群雕，红色，九个人物，个个有数米之高，是根据一张珍贵的照片创作的。1933 年 11 月，周恩来与红一方面军的部分领导人在建宁旁边的一个小山包上拍摄的，照片左起是叶剑英、杨尚昆、彭德怀、刘伯坚、张纯清、李克农、周恩来、滕代远、袁国平。他们虽然已经远去，但留在建宁人民心中的记忆，化为这巍然耸立、顶天立地的群雕，永远留在这片红色的土地上。

建宁人感念毛泽东、想念毛泽东。新中国成立十周年即1959年国庆节，时任溪口公社管委会副主任的肖瑞兰代表苏区被选为新中国成立十周年大庆观礼代表，要到北京参加国庆典礼。

建宁百姓欢欣鼓舞，就在当年毛主席所挖莲塘精选了十斤西门莲子，委托肖瑞兰带给毛主席，表达建宁老区群众对毛主席的思念和当年红军重修莲塘的感恩之情。当年，中央规定，各地赠送的土特产都要原封不动地退回。

但这一次，中央办公厅向毛主席汇报说，这是主席当年带领红军战士挖的莲塘种出的莲子，算是劳有所得，建议收下。这样，毛主席才欣然接受，他特意嘱咐中央办公厅打个收条，感谢老区人民的盛意。

这张珍贵的收条如下：

建宁县溪口人民公社城关大队全体社员同志：

  你们委托肖瑞兰同志带给毛主席的信和建西伏莲一盒收到了，谢谢你们的盛意。

  此复，并致

敬礼！

中共中央办公厅秘书处
一九五九年十月十日

建宁位于中央苏区的东北部，是苏区的门户、屏障和战略基地，还是第二次国内革命战争的主要战场，为中国共产党领导的革命做出巨大贡献，五次反"围剿"都与建宁有着密切的关系。

毛泽东亲自指挥的第一次反"围剿"是从1930年10月开始的，面对10万敌人的疯狂进攻，红军采取"诱敌深入赤色地区"，集中优势兵力各个击破的战略，战场主要在江西，取得重大胜利。建宁是反"围剿"战争中筹粮筹款之地，为保障胜利做出了重要贡献。

红军只有 3 万多人，国民党军队出动 20 万人对红军进行疯狂的第二次"围剿"，红军在毛泽东的英明指挥下，采取"诱敌深入，集中优势兵力，先打弱敌，在运动战中歼灭敌人"的战略，气势如虹："七百里驱十五日，横扫千军如卷席"，大胜！

1931 年 5 月 30 日，毛泽东在里心主持召开红军总前委第四次会议，具体研究第二次反"围剿"的最后一战——攻打建宁县城。夜间发起攻城，第二天就取得胜利。此后，毛泽东、朱德率领红一方面军在建宁驻扎一个多月，部署第三次反"围剿"。在打破敌人的第二次"围剿"中，红军在建宁第一次组建了红一方面军的无线电总部和红一、三军团的两个山炮连。

第二次反"围剿"的伟大胜利，激起了毛泽东的诗情，他挥笔写下了《渔家傲·反第二次大"围剿"》这首词，以激扬的文字和有我无敌的气魄，展现了惊天动地的红军聚歼敌人的战斗场景，是一首令人荡气回肠的战歌。

建宁是第二次反"围剿"的完胜之地。

第二次反"围剿"结束不久，1931 年 7 月 1 日，蒋介石完成了对中央苏区的第三次"围剿"的部署，下达"围剿"总攻击令，亲自带领 30 万大军下达"围剿"令，以泰山压顶之势大举向苏区扑来。红军利用电台截获了这一情报之后，毛泽东立即在建宁召开了师级以上干部的军事会议，在这次会议上，毛泽东提出主力红军"千里回师赣南"，在赣南打破敌人"围剿"的战略方针。会议室就在红楼后面的那间原天主教的礼拜堂里。会后，毛泽东在红楼亲笔写了反第三次"围剿"的动员令，全文如下：

> 敌人已经向我们的基本苏区大举进攻了，我们无论如何要战胜这个敌人，我们要用一切的坚定性、顽强性、持久性去战胜这个敌人，我们这样做就一定能最后战胜这个敌人，最后胜利是我们的，英勇奋斗的红军万岁！
>
> 毛泽东

　　第三次反"围剿"，六战五捷一平，同样取得辉煌的胜利。1931年11月，闽西苏区和赣南苏区连成一片，形成了以瑞金为中心的21座红色根据地的城市、人口25万以及面积达5万平方公里的中央苏区。中华苏维埃共和国及其临时中央政府成立，毛泽东为中央执行委员会主席。

　　第四次反"围剿"，因为"左"倾机会主义路线控制的中央领导极力排挤毛泽东，不顾周恩来等同志的强烈反对，在1932年10月上旬召开的"宁都会议"，剥夺了毛泽东的军事指挥权，迫使毛泽东离开了红军的领导岗位，但毛泽东的军事思想依然在红军中具有强大的影响。尽管蒋介石调动了40万兵力围攻中央苏区，但红一方面军在周恩来、朱德的指挥下，连克建宁、泰宁、黎川三城，取得北线的大胜利。周恩来、朱德、王稼祥等率领红军总政治部、总司令部、中革军委进驻溪口天主教堂（即红楼），后总政治部、中革军委移驻建宁城内县衙的小白楼。建宁又一次成为指挥中心。周恩来运用毛泽东的"诱敌深入"、打运动战的战略战术，采用大兵团伏击的战法，于1933年的2—3月间，取得黄陂和草台岗两次大战的胜利，歼灭敌52、59、11三个师，俘敌52师师长李明、59师师长陈时骥及以下官兵1万余人，取得第四次反"围剿"的胜利。

　　第四次反"围剿"取得胜利后，中央苏区进入又一个鼎盛时期，原中央苏区的21座县城发展到60个县，人口从250万发展到450万，总面积达8.4万平方公里。众所周知，第五次反"围剿"，由于王明、博古的"左"倾机会主义路线在军事上完全偏离了毛泽东正确军事路线，采取了"御敌于国门之外"的"六路分兵""全线防御"等"左"倾冒险主义路线，终于遭受到严重的失败，红军不得不在1934年10月举行战略转移——长征。

　　在惨烈的第五次反"围剿"中，红军在建宁的邱家隘、将军殿、驻马寨、武镇岭、雪山栋先后组织五次阻击战，终因敌我力量悬殊，建宁县城于 1934 年 5 月 16 日失守。

建宁在五次反"围剿"的革命战争中发挥着十分重要的作用：是第一次反"围剿"筹粮筹款区和胜利后的游击区，是第二次反"围剿"的完胜之地，是第三次反"围剿"的战略准备和决策之地，是第四次反"围剿"的指挥中心和战略支点，是第五次反"围剿"的重要战场。在历次的反"围剿"战争中，仅有 7 万人口的建宁，有 8000 多人参加红军，有 4000 多人壮烈牺牲，经过长征到达陕北的建宁籍红军只有 4 人。

莫道红楼无语。它静静地矗立在岁月的长河中，记载着毛泽东、朱德、周恩来等老一辈领导人在这里留下的光辉业绩，见证着建宁人民跟着共产党闹革命的无比忠诚。注目这座美丽的莲城，早已是旧貌换新颜，但即使我们走得再远，也不能更不会忘记从这里启程的红色之路。

胜利从这里启航

"东方红，太阳升，中国出了个毛泽东……"从童年开始，我们就特别喜欢唱这首《东方红》。通俗优美的歌词，奋发激昂的旋律，不仅表达了亿万人民对毛泽东的崇敬心情，而且给人以无穷的力量，融入一代又一代中国人的血脉之中。

毛泽东把毕生贡献给了中国，贡献给了他热爱的人民。从1921年中国共产党诞生到1949年新中国成立，毛泽东和他的战友们领导中国革命浴血奋斗了28年。在这28年中，毛泽东在闽西战斗生活前后整整6年，这是事关中国革命成败，一段波澜壮阔、走向胜利的辉煌历史。

"问渠那得清如许，为有源头活水来。"闽西是名副其实的毛泽东思想的萌发地、实践地。中国共产党的百年风华，闽西篇章格外绚丽壮美。追寻着伟人的足迹，我们又一次走进闽西，查找资料，访问前辈，拜谒旧址，请教专家。我们强烈地感受到，毛泽东在闽西的光辉业绩，如汀江百转千回，奔流不息，并没有因为岁月流逝而远去，而是激励我们为实现中华民族伟大复兴中国梦奋力前行。

闽西的一草一木，都留住了毛泽东同志深邃的目光；闽西的山山水水，都留下了他老人家的佳话、传奇、史诗；闽西山水有情，毛泽东对闽西人民更有情，他走进了闽西人民的心里。

1978年8月，长期跟随毛泽东闹革命的谭震林，接受有关部门组织的党史调查组的专访，曾经感慨地说："革命根据地怎么搞法？不是说毛泽东思想是马列主义与中国革命实际相结合？仅从这样理解还不成！马列著作哪条有写建立革命根据地的？没有！这就是毛泽东思想，是发展了马克思主义。"谭震林说得太好了！

什么是"毛泽东式"的发展？

毛泽东没有拘泥于马克思主义的"本本"，更没有机械地照搬苏联的经验，而是根据中国的实际，严格遵循实事求是的基本原则，研究并解决中国革命应当走什么道路的重大社会问题，并为此制定了一系列切实可行的正确路线、方针、政策、战略、战术，带领红军和苏区的人民，克服千难万险，不断从胜利走向胜利。毛泽东在闽西的革命实践，就形成了"思想建党、政治建军、民主建政"等完整的思想体系，闽西成为毛泽东思想重要的萌发之地。

显然，"毛泽东式"的发展，就是与时俱进、勇于探索、开拓创新、走前人没有走过的路，开创全新的境界和局面。简而言之，就是坚定不移地走马克思主义中国化的道路。

毛泽东无愧是真正实行马克思主义中国化的伟大领袖，他领导中国共产党和中国人民，结束中国自鸦片战争以来一百多年屈辱的历史，庄严地向全世界宣告："中国人民从此站立起来了！"毛泽东改变了中国人的命运，改变了中国的形象，改变了时代的走向，改变了世界的格局。如今中国在世界东方顽强地崛起，在面临以美国为首的西方敌对势力恶意打压、围堵，妄图阻止我中华民族振兴的严峻形势下，毛泽东的勇气、情怀、气魄以及形象，无疑是中国共产党人和中国人民的榜样，而毛泽东思想更是中国人民坚如磐石的底气和锐不可当的武器。

这曾是一个旷世的奇迹，更是一个近似神话的现实：在战争时期，在敌我力量无比悬殊的严酷的环境里，毛泽东屡屡以神来之笔，指挥红军打了一个又一个大仗。只要有毛泽东指挥，红军就可以出奇制胜；而离开了毛泽东，红军就要打败仗。在闽西如此，在其他地方往往也是这样。只要有毛泽东在领导和筹划，革命根据地在军事、经济、文化乃至群众工作等各个领域的建设，无不洋溢着一片勃勃生机。

毛泽东的过人之处和取得胜利的奥秘在哪里？

"理论是灰色的，生命之树常青。"这是流传极广的名言。此语出自德国诗人歌德的诗剧《浮士德》。然而，你翻开毛泽东的著作，就会惊讶地发现，毛泽东的文章，不仅娓娓道来、通俗易懂、寓庄于谐，而且瑰丽雄奇、大有纵横捭阖论春秋之大气，笔底风雷起，纳恢宏的历史和现实于尺幅之中。面对错综复杂、疑云重重的社会现象，你不得不赞叹他的许多不乏天才的预言，不得不折服于他对时局、政局、社会发展潮流了如指掌的剖析。莫说风云难测，几乎每一缕起于青蘋之末的微风，都避不过他那双无比锐利的眼睛；莫说真理的影子扑朔迷离，毛泽东竟可以火眼金睛般认识和驾驭真理的雄风，驰骋天下。他把马克思主义的立场、观点、方法，运用到中国的实际之中，可谓达到娴熟自如的境界。

毛泽东和他的思想的出现，是时代的郑重选择。马克思主义和中国实际相结合（即马克思主义中国化），诞生了毛泽东思想。它集毛泽东一生的心血，集数十年全党、全军、全国人民的无穷智慧和创造，集中国数千年源远流长传统文化和世界各国最优秀思想文化的精粹，是中国乃至世界文化的精华，也是毛泽东留给中国共产党与中国人民最为宝贵的遗产和财富。拭去岁月的风尘，人们日益发现它无与伦比的光辉和价值，而闽西，正是毛泽东思想重要的萌发之地。

毛泽东在闽西的革命实践，让人们油然想起习近平总书记和党中央特别强调的"人民至上"的真理。民心是最大的政治，决定事业的兴衰成败。事实证明："谁把人民放在心上，人民就把谁放在心上。"毛泽东领导中国共产党和中国人民战胜一个又一个艰难险阻，跨越万水千山，终于取得伟大的胜利，其取胜的背后"密码"，正蕴藏其中。

世界变化太快，我们正面临百年未有之大变局，机遇难得，挑战严峻。中华民族正在从站起来、富起来大步走向强起来。

无数举世震惊的创造，如雨后春笋，出现在这片古老而现代的国土上。然而，面对滚滚而来催生神州巨变的商品经济的大潮，人们很快就发现，一方面是令中外都为之惊讶的经济上的腾飞，另一方面是价值观、世界观乃至人们追求、信念、精神世界等方面出现新问题，一些现象甚至令人深忧。以习近平同志为核心的党中央，坚定不移从严治党，重振了党心民心军心。

马克思主义还灵不灵？毛泽东曾经说过："主义譬如一面旗子，旗子立起了，大家才有所指望，才知所赴。"旗帜就是方向，旗帜就是力量。回首我们党的百年奋斗历史，当急剧变化的社会，面对让人眼花缭乱的各种蜂拥而来的思潮，新的时代又一次呼唤毛泽东和毛泽东思想。

毛泽东是个伟大的探索者。毛泽东思想的创立不是结束真理，而是指导人们不断开辟理论发展的新境界。毛泽东是人不是神，无法创造没有经历过社会变革和实践的新思想、新论断，于是，才有随时代变迁出现的邓小平理论、"三个代表"思想、科学发展观、习近平新时代中国特色社会主义思想等历史飞跃，但其源头却是毛泽东开创的马克思主义中国化的道路，是毛泽东和毛泽东思想。

饮水思源，不忘初心。时代一次次地呼唤毛泽东和毛泽东思想，也就成为历史之必然了。

2022 年 8 月 18 日初稿
2022 年 8 月 24 日完稿
2023 年 7 月 12 日改稿

附 录

一、主要参考文献

1. 毛泽东著：《毛泽东选集》（合订一卷本），人民出版社 1964 年 4 月版。

2. 杨庆旺著：《毛泽东足迹考察记》（上、中、下），中央文献出版社 2015 年 6 月版。

3. 任志刚著：《为什么是毛泽东》，光明日报出版社 2019 年 5 月版。

4. 吴玉辉著：《四十九个昼夜》，中共中央党校出版社 2022 年 9 月版。

5. 张惟著：《血色黎明》，海峡文艺出版社 2009 年 4 月版。

6. 中共福建省委党史研究和地方志编纂办公室、福建省农村信用社联合社编：《闽西——中国红色农信诞生地》，中共党史出版社 2019 年 11 月版。

7. 粟裕著：《粟裕回忆录》，解放军出版社 2007 年 8 月版。

8. 曾志著：《一个革命的幸存者：曾志回忆录》，四川人民出版社 2020 年 4 月版。

9. 刘忠著：《从闽西到京西——刘忠将军回忆录》，中西书局 2016 年 8 月版。

10. 杨成武著：《杨成武回忆录》，解放军出版社 2005 年 4 月版。

二、提供有关材料的主要单位

此书为龙岩市委宣传部立项的重点项目，得到龙岩市、新罗、长汀、上杭、永定、连城，以及原属于闽西的宁化、清流、归化以及建宁的市委、县委宣传部、方志办等的大力支持。这些单位提供的极为丰富的材料，绝大多数虽然没有正式出版，但十分珍贵。此外，还有以下单位也提供了大量的材料：

中共福建省委党史方志办

龙岩市文旅局

福建省闽西中央苏区博物馆

中央苏区（闽西）革命历史纪念馆

龙岩博物馆

闽西苏维埃展览馆

古田会议纪念馆

龙岩纪念馆

毛泽东才溪乡调查纪念馆

长汀革命纪念馆

上杭人民革命历史陈列馆

永定博物馆

武平革命纪念馆

新泉整训纪念馆

红四军三打龙岩城纪念馆

上杭“临江楼”

上杭古田苏家坡中共闽西特委机关旧址纪念馆

上杭南阳会议纪念馆

岐岭牛牯扑毛泽东纪念亭

中山镇上岭村“上坑暴动”展馆

龙岩后田暴动纪念馆

中央苏区红军学校纪念馆

长汀红军医院纪念馆

蛟洋文昌阁纪念馆

连城新泉芷溪革命纪念馆

连城芷溪村"红四军司令部旧址"纪念馆

白砂暴动纪念馆

三明市博物馆（三明市中央苏区革命纪念馆）

宁化县长征精神教育基地

宁化毛泽东旧居暨东方军泉上土堡战役纪念馆

清流革命历史纪念馆

清流林畲毛泽东旧居

明溪县革命纪念园

建宁县中央苏区反"围剿"纪念馆

建宁县红一方面军总司令部、总前委旧址

三、提供有关材料的主要个人

长汀县：黄启元、庐弓；

连城县：张开涛、黄瑞铭、李元健；

上杭县：傅荣恒、赖建军、王茂芳；

武平县：李坤洪、陈根源；

永定区：赖立钦、王松基、陈庚生等；

宁化县：邱明华、杨祥鑫；

清流县：刘光军、王宜峻；

明溪县：廖康标、王远松；

建宁县：陈忠奋。

后　记

这是一个历史厚重、主旨庄严、跨越时空的题材，我们深知写作此书的难度和高度，丝毫也不敢懈怠。

虽然，我们曾长期在闽西这片红土地上活动，熟悉这里的山山水水，但自从接受这项创作任务开始，我们就沿着当年毛泽东的足迹，一路寻访、考察、调查研究。2022年3月中旬开始，从春寒料峭，一直到如火盛夏，我们走访闽西的龙岩、长汀、连城、上杭、永定、武平、宁化、清流、归化，还有建宁等地，跋山涉水，凡是毛泽东走过的地方，我们都重走了一遍。"不忘初心、牢记使命"是我们的心境，也是我们的坚定信念。在全部过程中，得到沿途各地领导的全力支持，而各地的党史办、展览馆、研究闽西红色历史的学者、工作者等也慷慨提供有关的历史资料。参加过闽西中央苏区创建的革命老前辈绝大多数都谢世了，但他们的后代以及许多红色基点村的老百姓，总是热情地向我们讲述他们知道的真实情况。"读万卷书，行万里路。"我们收获了太多的真情和感动。

毛泽东在闽西前后六年，时间虽然不算长，但他在闽西的革命实践却是如此地丰富、动人。他在闽西两起两落，经历了人生中太多的艰辛、磨难甚至生命危险，正是在严峻乃至严酷的风云变幻时代大潮中，毛泽东矢志不移、独辟蹊径，始终恪守一切从实际出发、理论联系实际的原则，为中华民族自立自强，以为天下劳苦大众求解放的博大襟怀，开拓了独具特色的马克思主义中国化、时代化的唯一正确道路，领导中国共产党和红军一次次地摆脱危机、突破千难万险，成就了不断从胜利走向胜利的皇皇伟业。在实地的考察和学习中，我们更为深切地感受到，毛泽东思想宝库中不少重要的观点、思想不仅在闽西萌发，在指导实际斗争中不断丰富发展形成完整的体系，而且在指导实践中取得辉煌的成就。

饮水思源，源在闽西；不忘初心，初心也在闽西。闽西不愧是毛泽东思想的重要萌发地。中国共产党的百年史册，以浓墨重彩书写了闽西的无上光荣和自豪。

我们曾经攀登上永定金丰大山深处的岐岭青山下的牛牯扑，这里崎岖蜿蜒的山路依旧，不少地方只有一个脚板宽，群山嵯峨蔽日，山泉低吟浅唱，伫立在毛泽东亲自手书的"饶丰书房"前面，浮想联翩、感慨不尽！这是隐蔽在密林深处无比简陋的竹寮。很难想象，这座小小的竹寮居然会和中国共产党和红军的命运、中国革命的命运尤其是毛泽东的命运紧紧联系在一起。

莫道山水无言，踏足毛泽东曾经走过的每一个地方，似乎仍然可以聆听到这位世纪伟人超越时空的呼唤，甚至感受到他博大而温暖的呼吸。

前不久召开的中国共产党第二十次代表大会，开启了以习近平同志为核心的党中央领导全党、全军、全国人民迈入开创中国共产党第二个一百年的全新时代，充分肯定了毛泽东的丰功伟绩，充分肯定了毛泽东思想极为重要的历史地位。我们始终相信，处于世界百年未有之大变局加速演进的时代，将一次次深情地呼唤伟人毛泽东和毛泽东思想。

诚挚感谢所有帮助过我们的人们！

作　者

2022 年 11 月 18 日

图书在版编目（CIP）数据

毛泽东在闽西／沈世豪，何英著．－－北京：作家出版社，
2023.12

ISBN 978－7－5212－2600－3

Ⅰ.①毛… Ⅱ.①沈… ②何… Ⅲ.①报告文学－中
国－当代 Ⅳ.①I125

中国国家版本馆 CIP 数据核字（2023）第 212321 号

毛泽东在闽西

作 者：沈世豪 何 英
责任编辑：李亚梓
封面设计：琥珀视觉
出版发行：作家出版社有限公司
社 址：北京农展馆南里 10 号 邮 编：100125
电话传真：86－10－65067186（发行中心及邮购部）
　　　　　86－10－65004079（总编室）
E－mail: zuojia@zuojia.net.cn
http://www.zuojiachubanshe.com
印 刷：唐山嘉德印刷有限公司
成品尺寸：152×230
字 数：296 千
印 张：22.25
版 次：2023 年 12 月第 1 版
印 次：2023 年 12 月第 1 次印刷
ISBN 978－7－5212－2600－3
定 价：68.00 元